BASTEI
LÜBBE
TASCHENBUCH

Weitere Titel der Autorin:

Die Heilerin
Das blaue Feuer

Auch als E-Book erhältlich

Über die Autorin:

Janice Hardy wurde in Pennsylvania geboren und wuchs in Florida auf. Sie machte einen Collegeabschluss in Grafikdesign und arbeitete als Gestalterin für verschiedene Zeitschriften. Während dieser Zeit machte sie einen Kurs als Rettungstaucherin und lernte dabei ihren Mann kennen. Gemeinsam entdeckten sie eine Leidenschaft für das Fallschirmspringen. Zwischen Wasser und Himmel leben die beiden heute auf dem trockenen Land in Georgia, zusammen mit vier Katzen.

Janice Hardy

KRIEG DER HEILER

Roman

Aus dem amerikanischen Englisch von
Michael Krug

BASTEI
LÜBBE
TASCHENBUCH

BASTEI LÜBBE TASCHENBUCH
Band 20 011

1. Auflage: März 2012

Dieser Titel ist auch als E-Book erschienen

Vollständige Taschenbuchausgabe

Bastei Lübbe Taschenbuch in der Bastei Lübbe GmbH & Co. KG

Deutsche Erstausgabe

Titel der Originalausgabe: »Darkfall«
Originalverlag: Balzer & Bray, an imprint of Harper*Collins* Publishers, New York

Textredaktion: Frank Weinreich
Titelillustration: © Marta Dahlig, Warschau
Umschlaggestaltung: Guter Punkt, München
Satz: Urban SatzKonzept, Düsseldorf
Gesetzt aus der Goudy Old Style
Druck und Verarbeitung: CPI – Ebner & Spiegel, Ulm
Printed in Germany
ISBN: 978-3-404-20011-5

Für meine Familien.

Die, in die ich hineingeboren wurde,
und die, die ich mir ausgesucht habe.

Erstes Kapitel

Vermisste sind schwerer zu akzeptieren als Verlorene. Meine Eltern waren seit fünf Jahren tot, aber meine Schwester? Sie wurde erst seit drei Monaten vermisst. Ich hatte um diejenigen getrauert, die gestorben waren, doch ich wusste nicht, was ich wegen Tali empfinden sollte. Schuld, Angst, Wut, Hoffnung – die Gefühle kamen und gingen so schnell, wie sich Wasservögel in die Lüfte erheben.

Sie war irgendwo da draußen. Eine Gefangene des Herzogs, die mir genauso gestohlen worden war, wie er die Stadt Geveg, das Pynvium aus unseren Minen und das Essen von unseren Tischen gestohlen hatte. Seine Gier hatte zu einem Krieg geführt, und in seinem Bestreben, noch mehr Macht zu erlangen, zermalmte er uns alle unter seinem Stiefel. Niemand war noch sicher, und ganz bestimmt nicht Tali.

Spätnachts in der Sicherheit von Jeatars Bauernhof fragte ich mich, ob es Zeit wäre, die Suche nach ihr zu beenden. Ich hasste mich für den Gedanken, aber ich setzte bei dem Versuch, sie zu finden, nicht nur mein Leben aufs Spiel. Meine Freunde brachten sich jedes Mal in Gefahr, wenn wir den Hof verließen, und einige waren meinetwegen sogar verletzt worden.

Dann jedoch suchten mich Schuldgefühle heim. Wie konnte ich die Suche einstellen? Ich hatte so viele Versprechen abgegeben. Andere hatten so viel geopfert, um mir zu helfen. Es ging nicht mehr nur um eine vermisste Schwester, sondern um Tausende Familien, die vom Herzog von Baseer und seinem Verlangen, einen jeden in den Drei Territorien zu kontrollieren, ruiniert worden waren.

Wenn ich Tali aufgäbe, würde ich dann auch sie aufgeben? Und jede Chance, die wir hatten, den Herzog loszuwerden? Einfach *frei* zu sein?

Jemand klopfte an die Tür des Zimmers, das ich mir mit Aylin teilte. Ich wollte nicht antworten. Ich hatte mich die ganze Nacht hin- und hergewälzt, weil ich mich gesorgt und Pläne geschmiedet hatte, und nun, da Aylin das Bett nicht in Beschlag nahm, hoffte ich, an diesem Morgen einige Stunden schlafen zu können.

»Nya?«, fragte Danello durch die Tür hindurch. »Bist du wach?«

Ja, aber ich wollte es nicht sein. Wir hatten am vergangenen Abend wieder gezankt. Es war eine jener dummen Streitereien gewesen, die wegen nichts anfingen und damit endeten, dass wir beide wütend davonstapften. Wenn ich die Tür öffnete, würde er mich anlächeln, und ich würde ihm verzeihen wollen. Aber ich war noch nicht *bereit*, ihm zu verzeihen.

Das Ärgerliche war, dass ich mich nicht genau erinnern konnte, *weshalb* wir überhaupt gestritten hatten. Aber es war seine Schuld gewesen. Da war ich fast sicher.

»Nya, komm schon.« Danello klopfte erneut. »Du kannst nicht immer noch wütend auf mich sein.«

Es war um Späherberichte gegangen, oder? Truppenbewegungen außerhalb von Baseer. Ich hatte gemeint, das eröffne uns eine Möglichkeit, uns in die Stadt zu schleichen, aber Danello hatte gemutmaßt, es könnte bedeuten, dass sich die Armee wieder verlagerte, um Platz für mehr Soldaten zu schaffen. Ich sagte, dass ich bis Ende der Woche aufbrechen wolle, er fand, wir sollten warten, bis wir mehr wüssten. Daraufhin hatte ich etwas Dummes eingeworfen, und er hatte etwas Dummes erwidert.

»Ich habe Essen«, sang er.

Mein verräterischer Magen knurrte, und ich seufzte. Das war schlicht und ergreifend Erpressung.

»Ich habe *gutes* Essen.« Seine süße Stimme klang verspielt und unbeschwert. Schwierig, wütend auf ihn zu bleiben, wenn er sich so anhörte. Ich stellte ihn mir da draußen vor, wie er an der Tür lehnte, die Haare zerzaust von der Brise, die von den Feldern herüberblies.

Na gut, vielleicht war es nicht *ausschließlich* seine Schuld gewesen. Aylin fand, ich sei in letzter Zeit mürrisch – wahrscheinlich wegen Schlafmangels. Es war ja nicht so, dass er mir verbieten wollte zu gehen; er meinte lediglich, ich solle besonders vorsichtig sein und zuerst alles überdenken. Ohne zu wissen, weshalb der Herzog diese Truppen verlagerte, schien Vorsicht keine schlechte Idee zu sein.

Und Danello hatte Essen gebracht.

Ich schlüpfte aus dem Bett, ging über den Teppich, der so dick wie mein Daumen war, und öffnete die Tür. Danello trug zwar keinen Teller, aber er hatte einen Picknickkorb in den Händen.

Ich witterte eine Falle.

»Ouea hat den hier vollgepackt.« Er hob den Korb, der aufwendig gefertigt aussah, obendrein noch aus blauem Schilfrohr geflochten. Nicht billig. »Du musst mich nur begleiten, um ihn zu bekommen.«

Ich zögerte. Noch war er nicht aus dem Schneider, aber falls er Küchlein in diesem Korb hatte, konnte ich mich zu *etwas* Vergebung durchringen.

»Wohin?«

»Nur in den Garten. Sonnenschein, frische Luft.« Er grinste breit und albern. »Das wird lustig, und wir könnten ein wenig Spaß gebrauchen.«

Aylin hatte dasselbe zu mir gesagt. Ich grinste zurück. Es war ohnehin ein dummer Streit gewesen. »Ich ziehe mich nur rasch an.«

Ich schloss die Tür und schlüpfte in meine Kleider, dann fuhr ich mir mit einem Kamm durch die immer noch schwarzen Locken. Die Farbe, die Aylin als Tarnung für unsere Haare verwendet hatte, begann allmählich herauszuwachsen, aber sofern ich mir keinen so kurzen Schnitt wie Danello zulegte, würde es noch Monate dauern, bis ich wieder normal aussähe.

Bist du denn je normal gewesen?

Ich verdrängte den Gedanken, als ich die Tür wieder öffnete. Danello strahlte. Sein kurzes blondes Haar war genauso zerzaust, wie ich es mir vorgestellt hatte, sein Lächeln genauso süß. Er bot mir seinen Arm an, und ich ergriff ihn.

»Hast du Küchlein eingepackt?«, erkundigte ich mich.

»Du wirst schon mitkommen müssen, um das herauszufinden.«

Ich folgte ihm und freute mich zur Abwechslung mal wirklich auf etwas.

Stimmen drangen die Treppe herauf. Leute, die lachten, sich

unterhielten, sogar stritten. Völlig anders als in der ersten Woche, die wir auf dem Bauernhof verbrachten, als die Hälfte der Leute in Ecken kauerte, während die andere Hälfte umherrannte und Verteidigungseinrichtungen baute. Vorerst waren wir in Sicherheit, aber wie lang würde das so bleiben? Köpfe drehten sich, als wir am Empfangsraum vorbeigingen, und das Gelächter verstummte.

Jene im hinteren Bereich steckten die Köpfe zusammen und richteten ehrfürchtige Blicke auf mich. Einige erkannte ich – diejenigen, die Teil der geheimen Widerstandsbewegung gewesen waren, die Jeatar in Baseer angeführt hatte, die Soldaten auf dem Hof, die Freunde und Freunde von Freunden, die entkommen waren, bevor der Herzog die Stadt abriegelte und anfing, seine Truppen zurückzurufen. Die anderen kannte ich nicht, aber es trafen täglich neue Leute ein.

»Schon irgendwelche Neuigkeiten, Nya?«, rief jemand.

»Noch nicht.« Jeder schien über Tali Bescheid zu wissen. Vermutlich war das gut, denn je mehr Menschen wussten, dass ich nach ihr suchte, desto besser standen die Aussichten, dass jemand etwas hörte, das mir helfen konnte, sie zu finden. Dennoch beunruhigte mich, dass alle meine Probleme kannten. Und wussten, dass sie meine Schwester war. So groß die Gefahr auch sein mochte, in der sie derzeit schwebte – wenn der Herzog erführe, wer sie war, würde alles nur noch schlimmer werden. Er würde sie todsicher benutzen, um an mich heranzukommen.

»Wann gehst du das nächste Mal raus?«

Danellos Hand versteifte sich in meiner, aber er blieb still.

»Hoffentlich Ende der Woche«, antwortete ich. Womit ich mich zu nichts verpflichtet hatte.

»Du findest sie schon, keine Sorge.«

»Danke.«

Danello zog mich schnell zum Seiteneingang hinaus, und wir überquerten den von der Sonne aufgeheizten Hof. Ich sog die feuchte Luft ein und ließ die Wärme die Anspannung aus meinen Gliedern entweichen. Felder erstreckten sich jenseits des Hofgeländes. Hohe, hellgrüne Getreidehalme mit gelben Ähren wogten im Wind, kleinere, dunkelgrünere Süßkartoffelranken bildeten buschige Reihen. Auf einer Weide grasten Rinder mit langen, gewundenen Hörnern.

Es war völlig anders als die Inseln und Kanäle von Geveg. Obwohl wir uns meilenweit vom Fluss und eine zweitägige Segelreise von Baseer entfernt befanden, fühlte ich mich inmitten von so viel offenem Gelände ungeschützt. Es gab keine Ecken, hinter denen man sich verstecken konnte, keine Nebenstraßen, keine Brücken. Nur meilenweite Felder. Gevegs Berge zeichneten sich in der dunstigen Ferne ab und wirkten am Horizont eher wie Gewitterwolken denn wie Fels.

Nördlich des Bauernhauses gab es ein Geflecht von Trampelpfaden und Gebäuden; die Unterkünfte derjenigen, die Jeatars Bauernhof bewirtschafteten. Er besaß Tausende Morgen Grund und verfügte über Hunderte Landarbeiter. Auch einige Händler hatten hier, wie in einem kleinen Dorf, Geschäfte errichtet. Ich wusste nicht, ob es wirklich einen Namen hatte, aber Aylin nannte es Jeat-Dorf.

Dutzende Zelte sprenkelten die Felder rings um Jeat-Dorf, behelfsmäßige Unterkünfte für jene, die ebenfalls aus Baseer geflohen waren. Pferde grasten auf mit Seilen umzäunten Koppeln, in der Nähe standen Wagen. Ich erblickte sogar einige Kutschen, die Zeugnis davon ablegten, dass auch Reichtum nicht vor den Soldaten des Herzogs schützte.

»Es wird allmählich ganz schön voll hier«, meinte ich. »Bald müssen wir wohl anfangen, zweimal täglich Essensgänge zu machen.« Wir halfen Jeatars Leuten, Lebensmittel und Vorräte an die Flüchtlinge zu verteilen. Die Säcke schwanden jeden Tag schneller.

»Ich habe die Wachen sagen hören, dass mittlerweile Leute aus Verlatta hier sind.«

»Verlatta? Wovor rennen *die* denn weg?« Verlatta war während der vergangenen sechs Monate von der Armee des Herzogs belagert worden, doch als ich seinen Palast zerstört und einen stadtweiten Aufstand angezettelt hatte, musste er seine Armee abziehen, um sein Volk in die Schranken zu weisen. Die Bewohner Verlattas hätten jubeln sollen.

Danello zuckte mit den Schultern. »Keine Ahnung, aber Gerüchten zufolge wird in allen Städten gekämpft.«

Sogar in Geveg?

Ich versuchte, mir nicht vorzustellen, wie meine Stadt in Flammen stand, dass Menschen, die ich kannte, auf den Straßen kämpften und ihre Leichen in den Kanälen schwammen. Aber ich hatte viel zu viel gesehen, als dass ich diese Erinnerungen zum Schweigen hätte bringen können. Der Krieg nahte.

Bei den Heiligen, der Krieg war bereits *hier*, und wahrscheinlich hatte ich ihn begonnen.

Ich hatte immer noch Albträume, in der Waffe des Herzogs gefangen zu sein, angekettet an das unförmige Pynvium mit Handschellen aus silbrigem Metall, das einen Dinge tun ließ, die man nicht tun wollte. Über die Schmerzen, die durch mich und die anderen fünf Schmerzlöser flossen, die zusammen mit mir daran gefesselt waren. Träume von dem Zwang, die Waffe auszulösen, sie zum Töten einzusetzen, und über den Kontrollverlust, der bewirkte, dass ich Schmerzen in etwas verwandelte, das Leben aussaugte.

Ich betete zwar darum, die Waffe möge zusammen mit dem Palast des Herzogs zerstört worden sein – zerschmettert von ihrem eigenen Schmerz und den rings um sie einstürzenden Mauern –, doch ich wusste es besser. Es gab sie noch, und der Herzog versuchte unverändert, sie zum Funktionieren zu bringen.

Wenn ihm das gelänge, würde niemand je wieder sicher sein.

Ein Soldat an der Umzäunung winkte Danello zu und rief: »Hallo!« Er stieß mit dem Ellbogen einen anderen Soldaten an und deutete auf mich, aber als wir sie erreichten, waren sie bereits damit fertig, Gerüchte auszutauschen.

Wohin wir auch gingen, es war überall dasselbe. Gruppen von Leuten beobachteten mich, tuschelten über mich. Man hätte meinen sollen, dass sie meiner mittlerweile überdrüssig geworden seien, aber es schien immer einen Neuankömmling zu geben, der Wachdienst versah und noch nicht wusste, was ich getan hatte. Ihre Worte drangen zu mir, manche von Leuten, die nicht einmal versuchten, leise zu reden.

»Das ist das Mädchen, das den Palast zerstört und beinah den Herzog getötet hat.«

»Das ist die Schifterin, die all die Heilerinnen in Geveg gerettet hat.«

»Das ist Nya. Sie hat uns in Baseer das Leben gerettet. Und hat es dabei sogar mit den Unsterblichen aufgenommen.«

Meine Haut kribbelte angesichts so vieler auf mich gerichteter Blicke. Ich hatte mein gesamtes Leben damit verbracht, zu verbergen, wer ich war – was ich war –, doch nun war mein Geheimnis zu Klatsch geworden. Und Klatsch verbreitete sich schneller, als ein vierbeiniges Huhn rennen konnte.

Vielleicht sogar schnell genug, um an die Ohren des Herzogs zu dringen.

»Da sind wir.« Danello schob ein Tor zu einem Garten mit einer niedrigen Mauer auf. Kühler grüner Schatten begrüßte uns, begleitet vom Geruch von Geißblatt und Schmetterlingsingwer. Es war wunderschön, trotzdem stieg mein Unbehagen an wie die Flut.

»Vielleicht war das keine so gute Idee«, meinte ich. Bei all den neuen Menschen auf dem Hof konnten ein oder zwei Spitzel – oder schlimmer noch, Greifer – des Herzogs darunter sein. Er hatte letztlich die Kontrolle über Baseer zurückerlangt, und das beunruhigte jeden. Wir sollten uns darauf vorbereiten, zurückzuschlagen und uns im Notfall zu verteidigen, nicht den Sonnenschein genießen.

»Ist schon gut, Nya. Hier ist es ruhig. Niemand wird uns belästigen.« Danello drückte meine Hand und rieb mit seinem Daumen über meine Knöchel. Ich holte tief Luft und nickte. Er hatte recht. Bis wir wussten, was der Herzog vorhatte, konnten wir uns auf nichts vorbereiten.

Wir folgten einem Steinpfad, der sich durch hellgelbe Blumen und Bäume mit weißer Rinde wand und rings um einen kleinen Teich führte. Danello blieb stehen und zog eine Decke aus dem Korb. Er schüttelte sie auseinander und breitete sie neben dem Wasser aus.

»Frühstück ist serviert«, verkündete er mit einer überschwänglichen Geste.

Ich setzte mich und ließ den Blick über die Büsche wandern, während er den Korb durchwühlte. Blätter raschelten im Wind wie Schritte, die knirschend durch trockenes Gras gingen, aber ich sah in der Umgebung niemanden.

»Möchtest du Fischfrikadellen oder gefüllte Paprika?« Er hielt beides hoch und wackelte damit, als würde es dadurch ansprechender. Dem Essen half es nicht, aber *er* wirkte dadurch noch hinreißender.

Ich war eine Närrin. Ein romantisches Picknick mit Danello, und alles, woran ich denken konnte, war, was der Herzog im Schilde führen mochte. Danello verdiente etwas Besseres.

»Womit sind die Paprika gefüllt?«, fragte ich und rutschte näher zu ihm.

»Äh …« Er steckte einen Finger in die Füllung. »Sieht nach Fisch aus.«

»Derselbe Fisch?«

»Vielleicht, wenn es ein *großer* Fisch war.« Er grinste.

Ich kicherte. Es war mein erstes Lachen seit … Bei den Heiligen, ich konnte mich gar nicht daran erinnern, seit wann. Es fühlte sich gut an. Es *war* gut. Er, ich … wir beide ausnahmsweise allein, und niemand versuchte, ihn oder mich zu töten. Davon brauchte ich mehr – *viel* mehr. »Ich meinte, ob es Fisch derselben Art ist.«

»Ich weiß, aber es hat dich zum Lächeln gebracht.« Er legte eine Paprika auf einen Teller und griff sich aus dem Korb ein Messer. »Wir teilen beides. So brauchst du dich nicht zu entscheiden.«

Wie ich mich dafür entschieden habe, Tali zurückzulassen? Mein Grinsen erstarb. Ich hatte nicht vorgehabt, das zu denken, *wollte* es nicht denken. Ich hätte es auch nicht denken sollen, nicht angesichts der Sonne, der Blumen und dieses hübschen Jungen, der mir Essen gebracht hatte.

Ein süßlicher Geruch wehte mit der Brise vorbei. Schmetterlingsingwer. Kein Wunder, dass ich an Tali gedacht hatte.

Danello sah mich unsicher an. »Alles in Ordnung?«

Ich nickte, und er schnitt weiter.

Es war nicht meine Entscheidung gewesen, sie zu verlassen. Danello und Aylin hatten mich entführt, mich aus Baseer getragen, mich in Jeatars Boot geworfen und mich in einer Kabine eingesperrt, bis wir uns so weit entfernt befanden, dass ich nicht zurückschwimmen konnte.

Das ist nicht die Entscheidung, die du bereust.

Nein, es war jene, die ich in der ersten Nacht in Baseer getroffen hatte, als ich Tali vor der Greiferin Vyand und somit vor den

Klauen des Herzogs hätte retten können. Aber auch Danello und Aylin waren gefangen gewesen, eingekerkert in einem Gefängnis der Baseeri, wo die Hinrichtung auf sie wartete. Ihr sicherer Tod hatte gegen Talis Leben auf der Waagschale gelegen.

Und ich hatte mich für Danello und Aylin entschieden.

Natürlich hatte Tali in Schwierigkeiten gesteckt, aber Danello und Aylin wären innerhalb weniger Stunden getötet worden. Ich hatte gedacht, mir würde Zeit bleiben, sie später zu holen. Ich hatte geglaubt, ich könnte sie alle retten. Doch ich hatte mich geirrt. Ich hatte sie in einer Stadt zurückgelassen, die sich selbst in Stücke riss, bei einem Mann, der sie in eine Waffe verwandeln und sie zwingen wollte zu töten.

»Bitte sehr.« Danello reichte mir mit einem Lächeln im Gesicht, aber Sorge in den Augen einen Teller. »Eine mit geheimnisvollem Fisch gefüllte Paprika und eine Fischfrikadelle.«

Ich nahm das Essen entgegen. Der erste Bissen schmeckte wie Stein, trotzdem aß ich weiter. Er hatte sich solche Mühe gemacht, und alles meinetwegen.

Schritte pochten über Stein, und ich spannte den Körper an. Ein weiteres Paar tauchte auf, ging jedoch weiter um den Teich herum. Die beiden sahen uns nicht einmal an. Vielleicht befanden wir uns weit genug vom Hofgelände entfernt, dass die Menschen mich nicht erkannten. Mein Name war wesentlich berühmter als mein Gesicht.

»Schon gut, Nya, hier bist du in Sicherheit«, sagte Danello leise. »Ich werde nicht zulassen, dass dir etwas geschieht.«

Und das würde er auch nicht. Er würde sich jeglichen Soldaten in den Weg stellen, die mir der Herzog auf den Hals hetzte. Er würde mir den Rücken freihalten, ganz gleich, was ich versuchen würde. Sogar, wenn er nicht damit einverstanden wäre.

»Danke«, sagte ich. Eigentlich hätte ich mehr sagen sollen, doch die Worte wollten sich nicht einstellen. Ich blickte ihn an und hoffte, er würde trotzdem wissen, was ich empfand. *Augen sagen mehr, als Lippen es je könnten.* Danello besaß schöne Lippen. Ich lächelte.

Er lächelte unsicher zurück und beugte sich zu mir, nur ein wenig, als wollte er abwarten, was ich tun würde. Mit pochendem

Herzen lehnte ich mich ebenfalls vor. Ich hoffte, er würde näherkommen, damit ich ihm näherkommen könnte und …«

»Entschuldigung?«, rief eine Frau und trat zwischen den Bäumen hervor.

Danello stieß einen Seufzer aus und drehte sich um. Ich musterte die Frau mit gerunzelter Stirn. Sie wirkte zu gut gekleidet für einen Flüchtling. Vielleicht eine Baseeri-Händlerin. Als Nächstes kam ein Mann hervor. Sein Gesicht war mit drei Kratzern von der Stirn zum Kinn auf einer Seite vernarbt, als hätten ihn die Klauen eines riesigen Vogels erwischt. Er sah eher wie ein Soldat aus.

»Ja?«, fragte Danello.

Die Frau lächelte uns an. »Habt ihr vom Großen Blitz gehört?«

»Vom Großen Blitz?«

Sie nickte. »In Baseer. Ein Blitz, so grell wie die Sonne, verursacht von einem Mädchen, das die Macht der Heiligen lenkte, um den Palast des Herzogs zu zerstören.«

Mich schauderte. Sie hatte es völlig falsch erzählt.

»Äh, so ist das nicht geschehen«, meldete ich mich zu Wort. »Es war eine Pynviumwaffe, die überlastet war und blitzte.«

Danello ergriff meine Hand. »Sag nichts mehr«, flüsterte er.

»Die Heiligen singen von diesem Mädchen«, fuhr die Frau fort. Sie sah den vernarbten Mann an. »Sie gaben ihr die Macht ihres Lichts, damit sie uns vor der Dunkelheit retten kann.«

Ich konnte nicht einmal meine Schwester retten. Wie konnte die Frau da von mir erwarten, sie zu retten?

»Äh … hört sich ja toll an, aber wir müssen jetzt los.« Danello rückte weg und zog mich mit. Eine Hand behielt er in der Nähe seines Rapiers.

»Wart ihr dabei?«, wollte der Mann wissen. Sein verzweifelter Blick bohrte sich in mich. Er erinnerte mich an einige Soldaten, die ich am Ende des ersten Kriegs gesehen hatte – diejenigen, die das Kämpfen aufgegeben hatten und den ganzen Tag im Tempel hockten, wo sie um Erlösung beteten und jeden in ihrer Nähe anflehten, ebenfalls zu beten. Diejenigen, die verloren und wütend waren, die Hilfe und Sühne im selben Maß zu erlangen wünschten.

»Erzählt ihr uns, was ihr gesehen habt?«, fragte er. »Teilt ihr eure Geschichte mit uns und anderen, die so wie wir glauben?«

Meine Geschichte wurde bereits von genug Leuten geteilt. »Tut mir leid, ich habe nichts gesehen.«

Die Frau und der vernarbte Mann runzelten die Stirn, nickten aber. »Die Wahrheit ist ein Kloß, der schwer zu schlucken ist«, meinte er. »Falls ihr es euch anders überlegt, findet ihr uns im östlichen Lager. Haltet nach einer roten Kutsche mit goldenen Sternen Ausschau.«

Kutsche? Vielleicht waren sie keine Händler, wenn sie sich eine Kutsche leisten konnten. Allerdings sahen sie auch nicht wie Adelige aus.

»Danke, wir werden's uns merken«, sagte Danello. Wir wichen zurück, bereit, die Flucht zu ergreifen, sollten sie auch nur einen Schritt auf uns zukommen, aber sie machten sich auf und steuerten tiefer in den Garten hinein. Ich hörte, wie die Frau erneut sprach, vermutlich mit dem anderen Paar, das wir zuvor gesehen hatten.

»Was in Saeas Namen war *das* denn?« Ich redete leise, bis wir durch das Tor in die Sicherheit des offenen Hofs gelangten, wo sich drei Wachen in Rufweite befanden, falls wir sie brauchten.

»Ich bin nicht sicher, ob das überhaupt in Saeas Namen war. Sie haben sich angehört wie diese Heiligenjünger, die Leute im Park neben dem Tempel belästigen.«

»Diejenigen, die glauben, die Sterne würden erlöschen?« Ich hatte sie auch gesehen. Sie brüllten vor allen, die ihnen zuhörten, die Sterne würden schwarz werden und die Dunkelheit würde Einzug halten, aber ein Licht würde hell genug leuchten, um ... ach, ich weiß nicht, die Schatten zu vertreiben oder so ähnlich. Ich habe ihnen nie lange gelauscht. Ihr Geschwätz lockte immer Soldaten an, und Soldaten verhießen Ärger.

»Ja. Vielleicht hat Baseer seine eigenen Heiligenjünger«, spekulierte Danello.

»Die über *mich* schwafeln.« Das war schlimmer als der Klatsch und das Gemunkel. Was ich getan hatte, war kein Zeichen von den Heiligen. Es war ein Unfall gewesen. Ich hatte lediglich versucht, die Waffe des Herzogs aufzuhalten und zu verhindern, dass sie halb Baseer tötete.

»Nicht über dich persönlich. Sie versuchen nur, ihre verrückten Überzeugungen mit dem in Einklang zu bringen, was passiert ist.

Dasselbe haben sie bei jenem Gewittersturm vergangenen Sommer gemacht, erinnerst du dich? Der, bei dem all diese Villen in Brand gerieten?«

»Stimmt. Die Finger der Heiligen oder so ähnlich.« Niemand hatte ihnen zugehört, und manche Leute hatten sogar über sie gelacht. Es *war* aber auch ein ziemlich alberner Name.

Wir erreichten das Bauernhaus und schoben die Küchentür auf. Ouea, Jeatars Haushälterin, saß am Tisch und schälte Mangos. Links und rechts von ihr befanden sich zwei Mädchen mit kleineren Körben voll goldener Paprika vor sich, deren Stängel sie eine nach der anderen entfernten.

Ouea schaute auf. »Nya, was ist passiert? Du bist ja weiß wie Salz.«

»Ein Haufen Flüchtlinge hält mich für die achte Heilige.«

»Sie halten dich für was?«

Danello lächelte. »Nya übertreibt, aber es sind einige Heiligenjünger draußen, die über den Blitz in Baseer reden, als wäre er ein Zeichen von den Heiligen gewesen.«

Ouea strich sich eine graue Strähne hinters Ohr. »Wenn die Leute Angst haben, wenden sie sich dem Glauben zu. Ich bin sicher, das ist nichts, worüber man sich Sorgen machen muss.«

»Wahrscheinlich nicht.« Zumal ich auch so mehr als genug in meinem Sorgenkessel hatte. »Vielleicht weiß Jeatar, woher sie gekommen sind.«

»Könnte sein.«

»Kannst du ihn morgen fragen?«, bat Danello. »Ich hatte gehofft, wir könnten den Tag zusammen verbringen. Spaß, weißt du noch? Du hast in letzter Zeit so hart gearbeitet.«

Und ich hatte dafür nichts vorzuweisen. Dreimal hatten wir uns hinaus nach Baseer geschlichen – oder zumindest so nah, wie wir konnten –, um nach Tali zu suchen. Allerdings hatten sich die Gerüchte als falsch erwiesen, und die Spuren hatten nirgendwohin geführt.

Ouea räusperte sich. »Danello? Wo ist mein Picknickkorb?«

»Oh.« Er zuckte zusammen. »Im Garten.«

»Dort wolltest du ihn doch nicht etwa lassen, oder?«

»Nein.«

»Dann geh und hol ihn.«

Danello sah erst mich, dann die Tür an. Ouea starrte ihn über den Korb mit Mangos hinweg unbeirrt an. Ihre beiden jungen Helferinnen hielten die Blicke zwar auf die Paprikas gerichtet, aber beide Mädchen bemühten sich sehr, nicht zu kichern.

»Wartest du im Küchengarten auf mich?«, fragte er. »Wir haben noch ein Picknick zu beenden.«

Ich lächelte. »Unbedingt.«

Danello rannte hinaus, und Ouea wandte sich wieder dem Schälen der Mangos zu. »Er ist ein guter Junge. Wenn auch bisweilen etwas vergesslich.«

»Ja, er ist toll.« Ich schaute zur Tür und zum Rest des Bauernhauses. Danello würde eine Weile brauchen, um bis zum Teich und wieder zurück zu laufen. Ich hatte bestimmt genug Zeit, um herauszufinden, ob es Neuigkeiten über Tali oder über diese Heiligenjünger gab. Und ich würde trotzdem noch vor ihm im Küchengarten sein. »Ist Jeatar in der Bibliothek?«

»Dort hab ich ihn zuletzt gesehen.«

Hoffnung und Beklommenheit zupften an meinem Herz. Vielleicht würde ich heute erfahren, wo Tali steckte. Oder vielleicht würde ich hören, dass es keinen Grund mehr gab, nach ihr zu suchen.

Und, die Heiligen mochten mir helfen, ich war nicht sicher, was schlimmer wäre.

Zweites Kapitel

Die Tür zur Bibliothek stand offen, aber ich klopfte trotzdem an. Jeatar und Onderaan schauten gleichzeitig auf. Einer lächelte, der andere nicht.

Ich runzelte die Stirn. »Was ist passiert?«

»Vergiss Baseer. Geh nicht hin«, sagte Jeatar, wie immer mit steinerner Miene.

»Warum nicht?« *Bitte sag nicht, dass Tali tot ist. Bitte nicht.*

»Es gibt massive Truppenbewegungen entlang des Flusses, und Transportschiffe fahren in den Hafen. Sieht so aus, als mobilisiere der Herzog seine Armee.«

»Weißt du, wo?«

»Noch nicht, aber der Anzahl der Schiffe nach zu urteilen, sieht es nach einer Invasion aus.«

Meine Brust zog sich zusammen. »Geveg?«

»Oder Verlatta, die Bergbaustädte oder eine der Flussprovinzen.«

»Wenn nicht alle.« Onderaan schüttelte den Kopf und seufzte tief. Einen Moment lang erinnerte er mich so sehr an Papa, dass ich den Blick abwenden musste. Es fiel mir immer noch schwer zu glauben, dass er mein Onkel war. Dass ich überhaupt einen Onkel *hatte*, ganz zu schweigen davon, dass es ein Baseeri-Onkel war. »Das könnte der Beginn eines großen Feldzugs sein.«

Davon hatte ich bereits einen miterlebt – vor fünf Jahren, als der Herzog in Geveg einmarschierte und meine Eltern umbrachte. Meine Großmama. Als er die Stadt Sorille bis auf die Grundmauern niederbrannte, um seine Brüder – die Thronrivalen – zu töten.

»Irgendwelche Neuigkeiten aus Geveg?« Zuletzt hatten wir gehört, dass es immer noch Unruhen gab, wenngleich sie wohl nicht in einen vollen Aufstand ausgeartet waren. Seit Jeatar die meisten seiner Spitzel und Kundschafter nach Baseer geschickt hatte, erhielten wir nur noch spärliche Auskünfte, aber es gab noch ein paar Verbindungen nach Geveg.

Jeatar zögerte und blickte zu Onderaan. Kein gutes Zeichen. »Unbestätigte Gerüchte besagen, dass der Generalgouverneur tot ist.«

»Im Ernst?« Das überraschte mich zwar, berührte mich jedoch nicht im Geringsten, falls es zutraf. Der Mann war vom Herzog ernannt worden und hatte uns Geveger wie Abfall behandelt. »Wer hat jetzt das Sagen? Ein anderer Baseeri oder ein Geveger?«

»Ich warte darauf, von meinen Verbindungen dort zu hören, aber bislang ist nichts gekommen.«

»Wenn in Geveg eine richtige Rebellion ausgebrochen ist«, warf Onderaan ein, »wird sie der Herzog bestimmt niederschlagen wollen, bevor sie andere dazu verleitet, sich ebenfalls zu erheben.«

Ich nickte. »Zum Beispiel die Bergbaustädte.« Beim ersten Mal marschierte der Herzog wegen unseres Pynviums bei uns ein, und er musste nun noch mehr davon benötigen. Ich hatte seine Gießerei zerstört, einen Teil seines Vorrats des Rohmetalls gestohlen und den Rest ruiniert. Wenn sich Baseer auflehnte, würde er mehr Waffen brauchen, um sein eigenes Volk zu unterjochen. Er würde mehr Heilsteine für seine Soldaten verbrauchen, und dafür würde das spärliche Pynvium aufgegangen sein, das er noch übrig hatte. Mittlerweile musste es ihm bereits ausgehen.

Gingen ihm auch die Heiler aus?

Er hatte sie monatelang entführt und mit ihnen experimentiert, aber bei all den Kampfhandlungen *musste* er sie dafür verwenden, seine Truppen zu heilen.

»Glaubt ihr, Tali ist bei ihm?«

Diesmal zögerte Jeatar nicht. »Ja.«

»Können wir …«

»Nein, du kannst nicht los, um sie zu befreien. Die Heiler werden schwer bewacht sein, vermutlich inmitten der Armee. Und höchstwahrscheinlich werden sie von Unsterblichen bewacht.«

Mir jagten die Unsterblichen keine besondere Angst ein, aber für alle anderen waren die Heilersoldaten des Herzogs tödlich. Wie konnte man jemanden aufhalten, der in der Lage war, die eigenen

Wunden zu heilen, den Schmerz in seine Pynviumrüstung zu leiten und einfach weiterzukämpfen? Sie mähten gewöhnliche Soldaten nieder wie Bauern ihren Weizen.

»Nya, wir werden sie finden«, sagte Onderaan mit sanfter Stimme. »Ich bin es Peleven schuldig, für die Sicherheit seiner Mädchen zu sorgen.«

Papa.

Auch er war ein Baseeri gewesen, wenngleich ich das bis vor wenigen Monaten nicht gewusst hatte. Ich mochte gar nicht daran denken, was das aus mir machte. Baseer war immer der Feind gewesen, doch mittlerweile hatte ich Baseeri-Freunde, Baseeri-Angehörige. In meinen Adern floss sogar Baseeri-Blut.

»Was unternehmen wir?«

»Wegen Tali?«, fragte Jeatar. »Nichts, bis wir etwas Handfestes wissen. Dasselbe gilt für Geveg. Was den Herzog betrifft, beobachten wir und warten ab, wie seine Pläne aussehen.«

Im Abwarten war ich noch nie gut gewesen. In Geveg konnte Untätigkeit tödlich sein. Man musste Essen, Arbeit und Zuflucht vor den Soldaten finden. Die Augen offen halten, immer auf der Hut sein. Man musste in Bewegung sein und bleiben, sonst wurde man von Schwierigkeiten eingeholt.

Aber ich befand mich nicht mehr in Geveg.

»Vielleicht solltest du die nächsten Tage in der Nähe des Hauses bleiben«, meinte Onderaan. »Nur für den Fall, dass man nach dir sucht.«

»Das kann ich nicht. Ich habe Essensdienst.« Außerdem kannten mich hier in der Gegend ohnehin eine Menge Leute. Ein Spitzel würde mich nicht erst sehen müssen, um zu erfahren, dass ich hier war.

»Ich bin sicher, Jeatar kann jemanden finden, der für dich einspringt.« Er blickte zu Jeatar, der überlegte und mich betrachtete, als sei er unsicher, ob er dem zustimmen sollte oder nicht.

Ich begann, mich zu ärgern. Ich half gerne. Zumindest tat ich so etwas Nützliches, statt nur auf Neuigkeiten zu warten. »Es *gibt* niemanden, der für mich einspringen kann. Wir haben so schon kaum genug Leute. Wenn ich nicht zur Verfügung stehe, müssen alle anderen härter arbeiten, und das ist nicht fair.«

»Nicht alle anderen sind in Gefahr.«

Ich verschränkte die Arme. »Wir sind sehr wohl alle in Gefahr, meine ist nur persönlicher.«

Jeatars Lippe zuckte, aber er blieb stumm.

Onderaan seufzte. »Na schön, ich denke, solange du vorsichtig bist, ist es in Ordnung.«

Als ob ich seine Erlaubnis bräuchte. »Jeatar, gibst du mir Bescheid, falls heute noch Neuigkeiten eintreffen?«

»Natürlich.«

»Danke.« Ich musste zurück zu einem Picknick. Immerhin hatte ich Danello versprochen, dass wir Spaß haben würden, und ich hatte nicht vor, ihn zu enttäuschen.

Auch wenn mir nach allem anderen zumute war als danach, Spaß zu haben.

Ich schaffte es vor Danello in den Küchengarten, aber ich traf dort Aylin an, die mit Quenji auf einer Bank unter den Orangenbäumen kuschelte. Dünne Lichtstrahlen fielen durch das Geäst und brachten Aylins echtes rotes Haar unter dem falschen Schwarz zur Geltung.

Ich räusperte mich.

Die beiden lösten sich voneinander, und sie errötete, aber das Funkeln in ihren Augen verriet mir, dass ich die ganze Geschichte später zu hören bekommen würde. Wenigstens war eine von uns heute geküsst worden.

»Oh, hallo!« Sie kicherte und schaute zu Quenji, der grinste. Allerdings grinste er immer. Er war der Anführer einer Straßenbande gewesen, der ich in Baseer begegnet war. Er hatte sein Leben aufs Spiel gesetzt, um uns zu helfen, die Gießerei des Herzogs dort zu zerstören. Ich glaube, er brachte sich wirklich gerne in Gefahr, zumal er sich noch jedes Mal freiwillig gemeldet hatte, wenn wir in die Stadt zurückgegangen waren, um nach Tali zu suchen. Als Rückendeckung war er ein guter Mann, weshalb ich froh war, ihn dabeizuhaben.

Aylin anscheinend auch.

»Und? Wie war das Picknick?«, erkundigte sie sich.

»Kurz.« Ich erzählte ihr von den Heiligenjüngern.

»Pfff, die beachtet doch niemand«, meinte sie und schwenkte die Hand. Dann lächelte sie. »Aber sag, *bevor* sie euch unterbrochen haben – ist da etwas Interessantes passiert?«

»Nicht so interessant, wie ich es gerne gehabt hätte«. Ich schaute zu Quenji. Potenzielle Küsse waren nichts, worüber ich vor ihm reden wollte. »Onderaan versucht schon wieder, mir vorzuschreiben, was ich tun soll.«

»Er meint es gut«, sagte Aylin.

»Er ist nervig.«

»Nya, er weiß nicht, wie er sich dir gegenüber verhalten soll. Wahrscheinlich war er genauso bestürzt darüber, von dir zu erfahren, wie du von ihm.«

»Naja, vielleicht.« Diese Unterhaltung gefiel mir kein Stück besser. Sollten beste Freundinnen nicht bedingungslos für einen Partei ergreifen? Ich wechselte das Thema. »Jeatar sagt, der Generalgouverneur könnte tot sein.«

»Bedeutet das, wir können nach Hause?« Bevor ich etwas erwidern konnte, wandte sich Aylin Quenji zu. »Du wirst es in Geveg lieben! Die Stadt liegt am See, und es gibt dort Strände, warme Brisen und den besten Kaffee, den du je getrunken hast.«

»Und Soldaten«, fügte ich hinzu, überrascht darüber, wie erpicht sie darauf zu sein schien zurückzukehren. Aufzubrechen, bevor wir Tali gefunden hatten. »Vergiss nicht die Baseeri-Soldaten, die Menschen einfach so zum Spaß zusammenschlagen.«

Sie schwenkte erneut die Hand, als könne sie die Vorstellung von Soldaten so einfach abschütteln wie die von Heiligenjüngern. »Wenn der Generalgouverneur tot ist, kommen die Soldaten als Nächste an die Reihe. Wahrscheinlich werden sie verschwunden sein, bis wir eintreffen.«

»Wir wissen noch nicht, was das bedeutet.«

»Nya!« Sie starrte mich mit großen Augen an. »Es bedeutet, dass sich Geveg zur Wehr setzt, genau, wie du es immer wolltest. Ich wette, die Baseeri werden in diesem Augenblick mit Tritten aus der Stadt vertrieben.« Aylin sprang auf und tat so, als träte sie nacheinander mehrere Leute. Quenji spendete ihr Beifall.

»Ich war noch nie in Geveg«, sagte er. »Ich würde zu gern mal dorthin.«

»Aber ...«

»Wohin?«, fragte Danello, der hinter mich trat.

»Nach Hause!«, rief Aylin.

»Wirklich?« Er starrte mich mit Hoffnung in den Augen an. »Wann ist das passiert?«

Ich hob beide Hände. »Niemand hat etwas davon gesagt, dass wir nach Hause gehen. Ich bin nicht mal sicher, ob das Gerücht wahr ist.«

»Welches Gerücht?« Danello schaute verwirrt drein. »Du warst bei Jeatar, während ich weg war, stimmt's?«

»Ja, aber nur für eine Minute.« Seufzend erklärte ich alles. Die Transportschiffe, der Generalgouverneur, dass wir nicht hinkonnten, um nach Tali zu suchen.

Aylin ließ sich zurück auf die Bank plumpsen. »Also gehen wir nicht nach Hause.«

Mir war nie klar gewesen, wie sehr sie sich das wünschte. Ich wollte es auch, allerdings nicht ohne Tali. Mein Zuhause war, wo sich meine Familie befand, und ohne Tali wäre Geveg bloß eine weitere Stadt.

»Noch nicht, aber das werden wir. Ich versprech's.«

»Wenn es noch ein Zuhause gibt, zu dem wir zurückkehren können«, murmelte Danello.

»Was?«, fragte Aylin.

»Ich will auch zurück«, erwiderte er. »Mein Da ist noch dort. Und Halima und die Zwillinge fragen ständig nach ihm.«

Danellos kleine Schwester und Brüder blieben stets ziemlich nah beim Bauernhaus. Ich hatte sie noch nie jenseits des Haupttors gesehen. Nach allem, was sie durchgemacht hatten, konnte ich das durchaus nachvollziehen. Entführt, beinah von den Unsterblichen umgebracht, mit dem Rest von uns aus Baseer geflüchtet. Sie verdienten es, nach Hause zurückzukehren und wieder bei ihrem Vater zu sein.

»Hör mal«, sagte Danello und ergriff meine Hand. »Wir haben noch ein Picknick zu beenden.«

»Wir sehen euch doch heute Nachmittag, oder?«, fragte Aylin.

»Am Nordtor, wie immer.«

Wir gingen durch die Küche und zur Hintertür hinaus, aber Danello steuerte nicht erneut den Teich an. Stattdessen führte er mich zu einigen Bäumen in der Nähe der Vorderseite des Bauernhauses.

»Hier ist es nicht so abgeschieden, aber es ist schattig und ziemlich ruhig.«

»Was hast du damit gemeint, als du gesagt hast: ›Wenn es noch ein Zuhause gibt, zu dem wir zurückkehren können.‹?«

Er zuckte zusammen. »Nichts.«

»Wenn es nichts gewesen wäre, hättest du Aylin nicht belogen.«

Er rieb sich den Nacken. »Es ist nur so ... na ja, wenn in Geveg wirklich jemand den Generalgouverneur getötet hat und dort eine volle Rebellion im Gang ist und der Herzog plötzlich seine Truppen in Bewegung setzt, dann könnte er es auf Geveg abgesehen haben.«

»Das hat auch Onderaan gemeint.«

Er holte wieder die Decke hervor und breitete sie unter den Bäumen aus. »Weißt du, du bist nicht die Einzige, die Angehörige vermisst«, sagte er leise.

»Ich weiß.« Schamesröte stieg mir heiß ins Gesicht. Ich war so auf Tali konzentriert gewesen, dass ich gar nicht daran gedacht hatte, wie er und seine Geschwister sich fühlen mussten. Auch ihr Vater war irgendwo da draußen. Vielleicht war er in Geveg in Sicherheit, vielleicht aber auch nicht, vor allem, wenn in der Stadt tatsächlich Aufruhr herrschte.

Ich ergriff seine Hand und lehnte den Kopf an seine Schulter. »Wir holen sie alle zurück, das verspreche ich dir. Wir holen uns *alles* zurück.«

Er nickte, doch er wusste so gut wie ich, dass es nicht stimmte. Weder seine Mutter noch meine Eltern würden wir je zurückholen. Die Menschen, die der Herzog bereits getötet hatte, waren für immer von uns gegangen. Wir konnten nur an dem Wenigen festhalten, das wir noch hatten, und hoffen, dass wir etwas daraus machen konnten.

Ich vermutete, wir würden an diesem Tag doch keinen Spaß mehr haben.

Wir trafen Aylin und Quenji am Nachmittag beim Nordtor. Sie standen in der Nähe eines dunkelbraunen Pferdes und eines mit Essen beladenen Wagens. Das Pferd mampfte Gras, rupfte es mit den Zähnen durch jähe Drehbewegungen aus dem Boden. Auf der Kutscherbank des Wagens saß Ellis in der braunen Uniform, die alle Wächter von Jeatar trugen. Wir waren uns in Baseer begegnet, wo ich ihr das Leben gerettet hatte, nachdem ein Pynvium-Beutezug schiefgegangen war. Damals hatte sie zur Garde des Untergrunds gehört, hatte mit uns gegen die Unsterblichen gekämpft und sogar geschifteten Schmerz für uns gehalten. Vor wenigen Wochen war sie zum Hauptmann befördert worden, trotzdem half sie immer noch gern mit dem Essen, genau wie ich.

Ein zweiter Wächter tauchte auf und winkte Danello grüßend zu.

Er winkte zurück. »Tag, Copli.«

»Kennst du *alle* Wächter?«, fragte ich.

»Diejenigen, die zum Üben kommen.« Er trug sein Rapier nicht bloß zur Zierde. Danello übte jeden Tag einige Stunden mit den Wächtern und feilte an seinen Fähigkeiten. »Mit dem Rest spiele ich Karten.«

»Du solltest dich wirklich mehr unters Volk mischen, Nya«, befand Aylin. »Auf dem Hof sind eine Menge Leute.«

»Mich kennen bereits genug Leute.«

Quenji kicherte. »Man kann nie zu viele Freunde haben.«

»Kommt«, sagte ich und kletterte neben Ellis auf den Wagen. »Wir müssen hungrige Menschen füttern.«

Die Leute drehten sich uns zu, als wir durch das äußere Lager rollten. Familien saßen auf kleinen Hockern oder im Gras, starrten mit gesenkten Köpfen ins Lagerfeuer. Nicht jedes Zelt hatte ein Feuer, und diejenigen ohne wirkten am trostlosesten von allen.

Einige Leute sahen wie Baseeri aus. Manche Familien hatten schwarzes Haar und traurige blaue Augen, allerdings begegneten wir weit mehr Menschen mit ausgeprägten Zügen und Kleidern, die an Verlatta erinnerten, außerdem Bauern mit blondem Haar, die unter Umständen aus Geveg stammten.

Ich hatte ähnliche Gesichter gesehen, nachdem wir von den Baseeri aus unseren Heimen vertrieben worden waren. Traurig, verängstigt, verloren. Meine Eingeweide krampften sich zusammen, als mir die Erinnerungen durch den Kopf wirbelten.

»Nya, wo sollen wir schlafen?«, hatte Tali mit Tränen auf den Wangen und Furcht in den Augen gefragt. Keine Siebenjährige sollte je so verängstigt sein.

»Ich weiß es nicht, aber ich finde einen sicheren Platz für uns. Ich versprech's.«

Für uns gab es damals keine Zelte. Nur harten Boden unter kratzigen Büschen. Ich hatte die Arme um Tali geschlungen, um ihr ein Gefühl von Sicherheit zu vermitteln, doch es dauerte Jahre, bis wir uns, na ja, nicht sicher, aber sicherer fühlten.

Ellis lenkte den Wagen durch die Lager. Die Leute kamen bereits auf uns zu, als wir an einem großen Feuer mit einem schweren Kochtopf darüber anhielten. Ein Gemeinschaftstopf wie der, aus dem ich in Geveg gegessen hatte. Am Morgen brachten die Menschen etwas, das den ganzen Tag gekocht wurde, und am Abend teilten es alle. Es hatte Tage gegeben, an denen ich nur deshalb etwas gegessen hatte, weil es mir gelungen war, einige wenige Hand voll Mehl von der Mühle zu stibitzen, um den Eintopf zu verdicken. Es war nicht viel, aber den Regeln war damit genüge getan.

Der Eintopf dieses Tages brodelte vor sich hin. Süßkartoffeln und Rosmarin lugten aus der dicker werdenden Brühe hervor. Der Koch schaute zu uns herüber. Sein Gesicht war von der Sonne ledrig und zerfurcht. Er lächelte und winkte.

»Gerade rechtzeitig«, rief er. »Wir könnten ein wenig Brot zum Eintopf gebrauchen.«

»Davon haben wir reichlich«, gab ich zurück und fühlte mich ein wenig schuldig, als ich vom Wagen kletterte. Nichts davon war so gut wie das Brot, das Ouea buk. Keine Früchte oder Nüsse, keine Gewürze. Nur schlichtes Brot. Dennoch schien sich niemand daran zu stören. Essen war Essen.

Die Kinder rannten geradewegs auf Aylin zu und streckten die kleinen Händchen aus. Sie füllte jedem einen Sack mit Süßigkeiten – gezuckerte Nüsse, kandierte Früchte, sogar ein paar Stück Krokant.

»Die Neuigkeiten des Tages?«, erkundigte sich Ellis, während die Leute eine Schlange bildeten. Das Abendessen war nicht alles, was man an einem Gemeinschaftstopf bekam. Die Leute redeten unwillkürlich miteinander, wenn sie nirgendwohin konnten.

»Neun neue Kutschen sind nach Kleinadelshausen gerollt«, sagte Koch.

Ellis kicherte. »So solltest du den Ort wirklich nicht nennen.«

»Ein Haufen Adeliger, die ein Lager aufschlagen und alle anderen aussperren? Wie würdest *du* das nennen?«

»Ungehobelt.« Sie lächelte und reichte ihm einen weiteren Sack. »Möchtest du, dass ich mir die Sache mal ansehe?«

Er schüttelte den Kopf. »Nee. Dort würde ohnehin kein Baseeri mit etwas Selbstachtung schlafen wollen.«

Ellis sah mich an und zwinkerte mir zu. Vor nicht allzu langer Zeit hatte ich noch gedacht, kein Baseeri hätte überhaupt Selbstachtung, und daran erinnerte sie mich gerne.

»Oh, vielleicht möchtet ihr die Heiler herumschicken«, sagte Koch.

»Ist jemand verletzt?«, erkundigte ich mich.

»Ist wahrscheinlich nichts Ernstes, aber vor einer Stunde sind drei Familien angekommen, die so aussehen, als hätten sie es nur mit Müh und Not hierher geschafft. Ich habe ihnen gesagt, sie sollen rüber zum Haus gehen, aber sie haben darauf beharrt, dass ihnen nichts fehlt. Ich habe sie darauf hingewiesen, dass sie nichts bezahlen müssen, trotzdem haben sie ihre Meinung nicht geändert.«

»Ich gebe Jeatar Bescheid.« Wir hatten nicht viele Heiler, und die meisten waren Lehrlinge oder nur Ein- oder Zweilitzer, trotzdem war das mehr, als den meisten Menschen in diesen Tagen zur Verfügung stand.

Wir packten zusammen und fuhren näher zu Jeat-Dorf und den schöneren Lagern. Kutschen, größere Zelte, mehr dunkelhaarige Familien. Baseeri-Adelige, sogar einige reiche Händler. Dutzende Bedienstete, die noch ihre Hausfarben trugen, schwirrten herum und warteten auf Befehle.

Scherz hin, Scherz her, es war *wirklich* Kleinadelshausen. Genau wie in Baseer hatten sie ihr Gebiet abgeriegelt und benutzten die Kutschen wie eine Mauer um das Lager. Sie ließen es sogar von eigenen Wächtern beschützen. Natürlich gingen uns die Wächter ziemlich schnell aus dem Weg. Ellis hatte ihnen am ersten Tag beigebracht, wer hier die *echten* Befehle erteilte.

Sie hatten ihr eigenes Gemeinschaftsfeuer, allerdings sah man sie nie dabei, wie sie gemeinsam das Essen teilten, nur beim Austausch von Gerüchten und Meinungen. Wir stellten den Wagen ab, und die Bediensteten bildeten eine Schlange, während die Adeligen in ihren gemütlichen Stühlen sitzen blieben. Ich konnte mir nicht recht vorstellen, wie es ihnen gelungen sein mochte, die Stühle aus Baseer heraus zu schaffen, allerdings hegte ich den Verdacht, dass mehr als ein Bediensteter Möbel oder Kunstgegenstände auf dem Rücken hatte schleppen müssen.

»Ihr wisst doch gar nicht, wovon ihr redet«, meinte eine Frau in roter und blauer Seide verächtlich. Sie saß mit einigen Dutzend anderen, alle genauso fein gekleidet wie sie, um das Feuer. Die Leute sahen weder uns noch das Essen an. »Es waren die Heiligen. Sie haben sich herabgebeugt und den Palast mit ihren Händen zerschmettert. Keine lebendige Seele hat getan, was ich dort bezeugt habe.«

Mir drehte sich der Magen um. Sie redeten über mich. Es verhieß nie etwas Gutes, wenn Baseeri-Adelige über *mich* sprachen.

»Sei nicht albern, es war ein Angriff. Wahrscheinlich ein Vergeltungsschlag Verlattas.«

»Ich habe gehört, es war ein Mädchen«, meldete sich ein anderer Mann zu Wort. »Eine dieser Scheißköpfe.«

»Die Schifterin?«

»Genau. Bestandteil einer gevegischen Todesschwadron mit dem Auftrag, den Herzog zu töten.«

Ich war *was?* Danello legte mir eine Hand auf die Schulter und beugte sich dicht zu mir. »Ruhig. Schenk ihnen keine Beachtung. Das ist bloß Klatsch.«

Er hatte leicht reden, schließlich bezeichneten sie nicht ihn als Meuchelmörder. Ich schaute zu Aylin und Quenji. Beide waren von Kindern umzingelt, während sie die Küchlein und Kekse verteilten. Sie erwiderte meinen Blick mit Besorgnis in den Augen, Quenji hingegen hatte ein verschlagenes Lächeln aufgesetzt, als hieße er die Geschichte gut. Quenji erzählte selbst gern Geschichten. Auf der Straße konnte einem eine gute Geschichte, die man in der richtigen Kneipe erzählte, zu einer Mahlzeit verhelfen.

»Sie ist genauso schlimm wie die Unsterblichen«, meinte eine Frau mit kippender Stimme. »Diese Leute haben meinen Mann getötet. Er hat nichts Falsches getan! Nur versucht, die Kutsche zu wenden.« Das junge Mädchen, das neben ihr saß, begann zu weinen. Die Kleine ähnelte dem Mädchen aus Baseer – demjenigen, das ich nicht retten konnte.

»Fenda, nein!«

Metall klirrte gegen Metall, ein Mädchen schrie vor Schmerzen.

»Sie ist nur ein Kind!«, schluchzte der Mann. »Wie konntet ihr?«

Zorn verdrängte einen Teil meiner Furcht. Ich war *nicht im Mindesten* wie die Unsterblichen. Sie hatten ein unschuldiges Mädchen ermordet, das nur versucht hatte, seinen Vater zu beschützen.

»Wir haben den Schmuck meiner Frau gegen einen Torpass eingetauscht.«

Ein Mann grunzte. »Von mir hat ein Soldat meine *Frau* verlangt, um mich durchzulassen.«

Einige Leute kicherten, aber die meisten sahen aus, als wüssten sie nicht recht, ob er scherzte oder nicht.

»Tja«, meinte eine Frau, »wir sind besser dran als diejenigen, die zurückgeblieben sind.«

Ich stellte mir Tali vor, und mein Herz schmerzte erneut.

»Ich weiß nicht, was dieser Blitz war oder wer ihn verursacht hat«, fuhr sie fort, »aber in dieser Stadt stimmt etwas nicht. Und das ist schon so, seit Bespaar ...«

Wütende Schreie ertönten hinter den Zelten, gefolgt von wiederholten Befehlen aufzuhören. Ellis sprang auf den Kutschbock und hielt einen Herzschlag später ihr Schwert in der Hand. Danello zog sein Rapier.

»Was ist da los?«, flüsterte Aylin. Die um sie gescharten Kinder drängten sich dichter zusammen, die blauen Augen geweitet und verängstigt. Quenji trat vor sie hin und schob sie zurück.

»Ich weiß es nicht«, sagte er. »Aber es klingt nicht gut.«

Drei Männer stürmten hinter einigen Zelten hervor. Zwei waren blond, einer hatte dunkle Haare. Alle trugen alte Kleider und Masken, die ihre unteren Gesichtshälften bedeckten. Ein Mann hielt einen Sack an die Brust gepresst, aber es war keiner von unseren.

»Diebe!«, rief jemand, und die Lagerwachen tauchten auf, um die Banditen zu jagen.

Ellis stieß einen Fluch aus und hüpfte vom Wagen. Sie eilte hinter den Dieben her, dicht gefolgt von Danello. Die Diebe rannten wie Hühner, huschten bald hierhin, bald dorthin, stießen Dinge um und schleuderten sie auf alle in ihrer Nähe. Überall stoben die Leute wirr und verängstigt auseinander. Niemand achtete darauf, wohin die Diebe flüchteten.

Ellbogen stießen mich und drängten mich weiter in die Menge hinein. Ein Mann prallte gegen meine Schulter und wirbelte mich herum. Der zweite Wagenwächter, Copli, befand sich auf dem Kutschbock und beschützte das Essen, sah jedoch aus, als wolle er lieber hinter Ellis und Danello herrennen. Quenji hatte die Arme um Aylin geschlungen, hielt sie dicht am Wagen und schirmte sie gegen die panische Menschenmenge ab. Die Kinder rannten zwischen Beinen und trampelnden Füßen in die Masse hinein, wurden in dem Chaos gefangen.

Ich kämpfte mich zwischen den Körpern hindurch und packte einen Jungen an der Hand. Ich riss ihn zurück, bevor eine panische Frau ihn über den Haufen rennen konnte. Er klammerte sich zitternd an mir fest. Ich hielt nach weiteren Kindern Ausschau und erblickte stattdessen einen der Diebe.

Er zog ein Messer, dann sprang er zurück und schwang es gegen die Wachen. Mehrere Leute brüllten, aber nur ein Körper stolperte und fiel zu Boden.

»Sofort stehenbleiben«, befahl ein großer Baseeri und schwenkte etwas auf die Diebe. Beinah wäre mir das Funkeln von blauem Metall entgangen.

Pynvium. Er hatte einen Pynviumstab. Obendrein einen guten – das Metall war so rein, dass es in sattem Blau schimmerte.

Der Adelige richtete den Stab auf die Menge verängstigter Menschen – und Kinder.

»Nicht! Warte!«, schrie ich.

Peng.

Schmerz blitzte von dem Stab. Das vertraute Gefühl eines Sandgebläses prickelte auf meiner Haut. Rings um mich brüllten die Leute und brachen zusammen – Wachen, Diebe, Kinder. Sogar das Pferd kreischte und nahm Reißaus. Säcke mit Essen flogen vom Wagen, und Copli stürzte vom Bock. Die Menschen am Rand des Blitzes stolperten und fielen über jene am Boden. Der Junge, den ich gepackt hatte, klappte zusammen und kam vor meinen Füßen zum Liegen.

Ich stand in einem Kreis, den die Schmerzen gelichtet hatten, ungeschützt und allein.

Drittes Kapitel

Hat sie gerade …?«

»Scheißköpfin!«

»Die Schifterin ist hier!«

Rufe breiteten sich durch die Menge aus, dann zeigten Finger und winkten Hände, alle in meine Richtung. Ich sank auf ein Knie und ergriff die Hand des bewusstlosen Jungen vor meinen Füßen. Meine Hand kribbelte, als ich die Schmerzen *zog*, die seine Sinne überlasteten. Er wachte auf und sah sich wimmernd um.

»Geh und such deine Mutter«, forderte ich ihn auf und ließ den Blick über den Rest der Leute auf dem Boden wandern. *Danello. Wo steckt Danello?* Da! Er lag in der Nähe von Ellis und einem der Diebe. Die Leute japsten, als ich zu ihm rannte, und wichen zurück, als würde ich ihnen wehtun.

»Schnappt sie! Haltet sie auf!«, rief der Baseeri mit der Pyniumwaffe.

Ich kniete mich hin und schlang eine Hand um Danellos Handgelenk, die andere um das von Ellis. Dann *zog* ich ihre Schmerzen und hielt sie in der Höhlung zwischen meinem Herzen und meinen Eingeweiden. Dort schwelten sie, als hätte ich etwas gegessen, das mir nicht bekam.

Danello erwachte mit einem Ruck und streckte die Hände aus. Ellis wachte unmittelbar nach ihm auf. Ich ließ die beiden los und hielt nach dem Wächter Ausschau, der mit dem Messer gestochen worden war. Er würde richtige Schmerzen haben – Schmerzen, die ich benutzen könnte, falls einer dieser Adeligen versuchte …

Jemand prallte gegen mich und schlug mich zu Boden.

»Ich hab sie!«, rief ein Mann, praktisch direkt in mein Ohr.

»Runter von ihr«, sagte Danello. Das Gewicht verschwand, und er zerrte mich wieder auf die Beine.

Auf dem Boden lagen immer noch Bewusstlose, und so würde es wohl noch eine Weile bleiben. Die anderen umzingelten uns. Aus ihren Gesichtern sprachen Angst und Wut. Außer bei der Frau mit dem Jungen, dem ich geholfen hatte. Die beiden sahen mich voll Dankbarkeit an.

Wäre nett, wenn ihr euren Freunden sagen könntet, sie sollen mich in Ruhe lassen.

»Jetzt beruhigen sich alle mal«, befahl Ellis mit gezücktem Schwert. Copli war wieder auf den Beinen. Auf seiner Stirn prangte eine Platzwunde. Danello blieb in meiner Nähe, hielt sich dabei aber auch in ausreichender Nähe zu den anderen, um ihnen notfalls helfen zu können.

»Aber das ist die Schifterin«, sagte eine Frau.

Ellis zuckte mit den Schultern. »Und?«

»Sie hat versucht, den Herzog zu töten!«

»Nein, hat sie nicht. Er hätte sie beinah getötet, und sie hat sich verteidigt. Wenn ihr also nicht erleben wollt, was geschieht, wenn sie sich bedroht fühlt, schlage ich vor, ihr alle beruhigt euch.«

Das war nicht unbedingt das, was ich gesagt hätte, um die Situation zu entspannen, aber die Menge wich einen weiteren Schritt zurück. Ich bewegte mich auf den verletzten Wächter zu. Er war schwer verwundet worden. Unter ihm sammelte sich eine Menge Blut zu einer Lache. Sehr viel Blut, was bedeutete, dass ein Organ durchstoßen worden war.

Einer der Adeligen zuckte zusammen und deutete auf mich. »Was macht sie da?«

»Sie hilft ihm, du Trottel«, gab Aylin zurück. »Was glaubst du wohl, das sie macht?«

»Wenn ich diese Blutung nicht stille, stirbt er.« Ich griff nach dem gefallenen Wächter. Niemand versuchte, mich aufzuhalten, aber einige Leute zappelten, als wären sie bereit, sich auf mich zu stürzen, falls ich etwas versuchen sollte, das ihnen nicht gefiel.

Er war tief an der Seite getroffen worden, über der Leber. Ich legte eine Hand auf die Wunde, die andere auf seine Stirn, und fühlte mich hinein. Und zuckte zusammen. Eine Menge Schaden, als hätte das Messer seitwärts geschnitten und nicht nur zugestochen. Ich konzentrierte mich darauf, die Risse zu schließen und die Löcher zu versiegeln. Ich *zog*, und Schmerz floss von ihm in mich, stechende Pein, die sich durch meine Mitte ausbreitete. Er stöhnte und öffnete die Augen.

»Du wirst wieder gesund«, sagte ich mit sanfter Stimme. Und mir würde es auch wieder gutgehen, sobald wir zurück im Bauernhaus wären und einen Heiler fänden, der mir die Schmerzen abnehmen konnte.

Der Wächter stand auf und schwankte ein wenig. Ich stützte ihn. Gemurmel kroch durch die Menge, eigentlich unnötigerweise. Es war ja nicht so, als hätten Adelige noch nie zuvor gesehen, wie jemand geheilt wurde. Tatsächlich waren sie in diesen Tagen die Einzigen, die sich Heilungen leisten konnten.

»Was hat sie mit ihm gemacht?«

»Ihm das Leben gerettet.«

»Sie ist eine Verbrecherin«, sagte derselbe Mann.

Ellis lächelte. »Nicht mehr als du.«

»Aber sie ist ...«

»Oh, um der Heiligen willen«, ergriff die Frau mit dem Jungen das Wort. »Sie ist ein *Kind.* Glaubt ihr wirklich alles, was der Herzog sagt?«

»Ich glaube, was ich gerade gesehen habe.«

»Ich auch. Sie hat ein Leben gerettet, während du meinen Sohn und die Söhne und Töchter anderer Leute verletzt hast. Und wofür? Wegen eines belanglosen Diebstahls?« Sie schüttelte den Kopf und zog ihren Sohn näher zu sich. »Du bist verbrecherischer als sie.«

Einige Menschen murmelten, und es hörte sich zustimmend an.

Ellis griff mit einer Hand in seinen Rücken und zog Seilstücke aus einer hinteren Tasche hervor. Sie warf sie Aylin zu. »Du und Quenji fesselt den Dieben die Hände, bevor Nya sie weckt. Wir nehmen sie mit und übergeben sie Jeatar.«

»Sie haben uns ausgeraubt«, warf die Frau zögerlich ein. »Es sollte unsere Entscheidung sein, was mit ihnen geschieht.«

Ellis schüttelte den Kopf. »Das hier ist weder Baseer noch euer Eigentum. Wenn ihr bleiben und zu essen bekommen wollt, dann haltet ihr euch an unsere Regeln und tut, was wir sagen.«

Niemand sonst erhob Einwände, aber viele musterten uns mit zu Schlitzen verengten Augen.

»Weck sie auf.«

Ich tat es und *zog* weitere Schmerzen in das Pochen um meine Mitte. Die Diebe erwachten und glotzten uns mit großen Augen an, versuchten aber nicht zu fliehen. Quenji zerrte sie auf die Beine, und wir bahnten uns langsam den Weg aus dem Lager. Ellis und Danello bildeten die Nachhut, wobei sie besorgter über die Baseeri als über die Diebe wirkten.

Die Adeligen folgten uns bis zu ihrem »Tor«, weiter jedoch nicht. Der Mann, der die Waffe benutzt hatte, starrte uns finster hinterher, als wir gingen.

Ellis warf mir einen Blick zu, aus dem die Überzeugung sprach, dass es meine Schuld sei, auch wenn sie sich deshalb eindeutig schlecht fühlte.

Dass Kleinigkeiten gestohlen wurden oder ein Lager das andere ausraubte, bereitete mir kein Kopfzerbrechen. Derlei Dinge schlichteten sich von selbst. Aber dies waren Baseeri; wir wussten nicht, wem ihre Treue galt, und sie wussten, dass ich hier war. Einige hielten mich sogar für eine Verbrecherin, eine Meuchelmörderin, obwohl an sich alle hier gegen den Herzog sein sollten. Sie sollten alle auf Jeatars Seite stehen.

Doch wo stand ich dann?

Mit einem neuen Gefühl von Beklommenheit, das mir den Magen umdrehte, folgte ich den anderen zum Bauernhaus.

Ellis und Copli brachten die Diebe zu den Kasernen. Der Rest von uns begab sich in das Zimmer, das Jeatar als Krankenstube zur Verfügung gestellt hatte. Als wir aus Baseer geflohen waren, hatten wir mehr Heiler gehabt. Doch die meisten waren gegangen, um zu ihren Familien zurückzukehren oder um weiterzufliehen, irgendwohin, wo der Herzog sie nicht wieder in die Finger bekommen konnte. Nur zwei waren geblieben – Lanelle und Tussen. Ich hatte beide vor dem Herzog und seiner Waffe gerettet.

Lanelle versah Dienst. Aylin machte sofort kehrt.

»Wir sehen uns später, ja?«, sagte sie und schleifte Quenji mit sich hinaus.

Lanelle wirkte einen Moment lang verletzt, fasste sich jedoch rasch wieder. Ich konnte Aylin keinen Vorwurf daraus machen, dass sie nicht hier sein wollte. Mir selbst wäre auch lieber gewesen, wenn Tussen heute Dienst gehabt hätte. Lanelle hatte dem Herzog bei seinen Experimenten geholfen, indem sie sich um Tali und die anderen Lehrlinge gekümmert hatte, die in dem Turmzimmer eingesperrt und mit Schmerzen gefüllt worden waren.

Auch an seinem nächsten Experiment hatte Lanelle teilgenommen, diesmal allerdings als Opfer, als eine der Löserinnen, die an die Waffe gekettet worden waren. Es hatte mich überrascht, als sie freiwillig angeboten hatte, auf dem Hof zu bleiben und zu helfen, die Flüchtlinge zu heilen, aber wahrscheinlich konnte sie sonst nirgendwohin.

»Ist das dein Blut?«, fragte sie und erhob sich aus einem Stuhl. Sie legte das Buch beiseite, in dem sie gelesen hatte.

»Nein, in einem der Lager hat ein Wächter eine Stichverletzung erlitten.«

»Geht es ihm wieder gut?«

»Ja.«

Sie sah Danello an, der reglos hinter mir stand, dann streckte sie die Hände aus. Ein leichtes Kribbeln lief mir die Arme hinauf und umkreiste meine Mitte, dann waren die Schmerzen verschwunden.

Lanelle verzog das Gesicht. »Das war mehr als ein einfacher Stich. Du hättest mich ruhig vorwarnen können.«

»Tut mir leid, es waren nur ein paar Blitze.«

Sie ging zu einem Schrank und ergriff einen Schlüssel, der um ihren Hals hing. »Für dich vielleicht, aber für uns gewöhnliche Heilerinnen schmerzt das trotzdem.« Sie sperrte den Schrank auf und holte einen Schlachtfeldstein aus Pynvium daraus hervor. Reines Metall, wesentlich mehr wert als alles, was diese Adeligen in ihrem Lager hatten.

Sie legte eine Hand darauf und drückte die Schmerzen in das Metall. Für gewöhnlich bedachte sie mich dabei mit einem verschlagenen Grinsen, zog mich damit auf, dass sie Pynvium zu fühlen vermochte, was ich nicht konnte, doch an diesem Tag tat sie es nicht. Vielleicht wurde sie es allmählich leid. Ich mochte keine »richtige Heilerin« sein, aber das störte mich inzwischen nicht mehr annähernd so, wie es das einmal getan hatte.

»Im äußeren Lager sind einige Leute verletzt«, sagte ich. Wahrscheinlich auch einige in Kleinadelshausen, aber die bereiteten mir keine Sorgen. Sie würden schnurstracks zum Bauernhof marschieren und verlangen, dass man sie heilte, wenn es notwendig wäre. »Unter Umständen müssen sie behandelt werden.«

Lanelle nickte. »Ich werde dort vorbeischauen, wenn Tussen kommt.«

»Nimm unbedingt ein paar Wachen mit.«

»Tu ich immer.« Sie legte den Pynviumstein zurück in den Schrank und versperrte ihn wieder. »Hast du das über Geveg gehört?«

Den Generalgouverneur konnte sie nicht meinen. Jeatar hatte das noch nicht bestätigt, und selbst wenn, bezweifelte ich, dass er Lanelle davon erzählt hätte. »Was gehört?«

»Sie vertreiben die Baseeri.« Lanelle zuckte mit den Schultern. »Zumindest habe ich das gehört.«

»Von wem?«, wollte Danello wissen. Er klang argwöhnisch.

»Von Leuten in den Lagern. Weißt du, mit *mir* reden sie nämlich.«

»In den Lagern wird viel geredet«, ergriff ich das Wort, »aber die Hälfte davon darf man nicht glauben.« Und dennoch, wenn man in Geveg wirklich die Baseeri vertrieb, stimmte das Gerücht über den Generalgouverneur womöglich.

Lanelle schnaubte verärgert. »Ich weiß nur, dass hier eine Menge heimatlose Baseeri sind, und nicht alle stammen aus Baseer. Sie wollen genauso gern nach Hause wie wir.«

Es fühlte sich seltsam an, Lanelle sagen zu hören, dass sie nach Hause wollte.

»Wie auch immer«, meinte sie und rieb sich die Augen. Zuvor waren mir die dunklen Ringe darunter nicht aufgefallen. »Ich kümmere mich um die Leute in den Lagern.«

»Danke.« Wir ließen Lanelle in einem Zimmer mit Pritschen allein. Mich schauderte, als ich mir den letzten Raum vorstellte, den sie beaufsichtigt hatte. Dort waren alle Pritschen besetzt gewesen. Ein Raum gefüllt mit Leid.

Ich seufzte. »Wann ist bloß alles so aus dem Ruder gelaufen?«

Danello hielt inne. »An dem Tag, als du mir geholfen hast.«

»*Was?*« Gab er etwa mir die Schuld?

»Nein! So hab ich das nicht gemeint«, sagte er rasch. »Es lag nicht an *dir*, es war bloß an jenem Tag. Das Fährunglück. All die verletzten Menschen. Damit fing es an.«

Ich blies den Atem aus, aber mein Herz raste immer noch. »Gut, da haben wir von den Experimenten des Herzogs erfahren, aber weißt du, ich glaube, es hat schon davor begonnen.« Ich sah ihn an, und in seinen Augen flackerte Begreifen auf. Und Traurigkeit.

»Vor fünf Jahren.«

Ich nickte. »Vor fünf Jahren.«

Als der Herzog die Macht übernommen hatte und in unsere Heime einmarschiert war. Und bis er weg wäre, würde nichts je wieder in Ordnung sein.

»Nya«, flüsterte Aylin irgendwann in den Stunden vor dem Morgengrauen. »Bist du wach?«

»Ja.« Der Wind hatte mich schon vor einer Weile geweckt, weil er gegen das Bauernhaus peitschte wie Wellen gegen Felsen. Es lag wohl daran, dass er weder von Wäldern noch von Bergen gebremst wurde. Hier gab es nur offenes Ackerland.

Ich vermisste Wellen. Und Wasser. Und das Krächzen der im Wind schwebenden Seemöwen.

Aylin schüttelte mich. »Hörst du mir überhaupt zu?«

»Tut mir leid. Was?«

Sie seufzte tief. »Ich habe dich gefragt, wie lange du vorhast, nach Tali zu suchen.«

»Bis ich sie finde.«

»Und was, wenn du sie gar nicht findest?«

Darüber wollte ich nicht nachdenken. Oder reden. Stille breitete sich in der Dunkelheit aus.

»Ich will nicht herzlos oder so erscheinen«, fuhr Aylin fort, »aber wenn die Gerüchte stimmen und Geveg wieder den Gevegern gehört, na ja, dann wäre es doch toll, nach Hause zurückzukehren, oder?«

Ich schluckte, aber mein Mund fühlte sich trocken an. »Ja.«

»Und ich weiß, dass es Danello auch will, obwohl er dir das nie sagen würde. Er macht sich Sorgen um seinen Vater. Halima und die Zwillinge tun das auch. Sie vermissen ihn wirklich.«

»Vielleicht solltet ihr ohne mich gehen.« Es tat weh, das auszusprechen, aber wie konnte ich sie mit dem Wissen, dass sie nach Hause wollten, hier behalten?

Sie schnaubte und stupste mich in den Arm. »Das will ich damit nicht sagen. Ich meine nur, dass du vielleicht anfangen solltest, über Möglichkeiten nachzudenken, wie man Tali finden könnte, ohne dass du dich ständig in Gefahr bringst.«

»Wie?«

»Keine Ahnung. Durch einen Greifer? Ich habe gehört, Vyand soll gut sein.«

Ich schlug mit meinem Kissen nach ihr. »Aylin! Wie kannst du so etwas auch nur zur Sprache bringen ...«

Etwas schlug gegen die Außenwand – etwas Heftigeres als der Wind. Aylin richtete sich jäh auf.

»Was war das?«, flüsterte sie.

Ich schlüpfte aus dem Bett und achtete darauf, nicht mit den Laken zu rascheln oder den Rahmen zum Quietschen zu bringen. Jeatar besaß gute Möbel, die selten einen Laut von sich gaben. Genauso leise bewegte ich mich über den Teppich, als ich mir den Weg zu den Balkontüren bahnte.

Ein weiteres Pochen, dann ein Kratzen, das sich wie Metall auf Holz anhörte.

Ich zog die Vorhänge gerade weit genug zurück, um hinausspähen zu können. Mondlicht erhellte den Balkon und spiegelte sich wider auf einem ... einem Enterhaken?

Eine Hand landete auf dem Geländer, gefolgt von einem Bein. Ich wich zurück.

»Da ist jemand«, sagte ich. »Verschwinde aus ...«

Hinter mir zerbarst Glas, dann schossen mir heiße Schmerzen in den Rücken.

Viertes Kapitel

Ich schrie auf und hechtete nach vorn, weg von dem, was mich erwischt hatte. Ich schlug auf dem Boden auf; neben mir landete etwas anderes. Etwas Kleines, das sich bewegte. Es schlitterte zurück zu den Balkontüren, verkeilte sich am Türrahmen, durchbrach diesen jedoch und blieb schließlich am Balkongeländer hängen.

Ein zweiter Enterhaken.

»Aylin, verschwinde aus dem Zimmer!« Ich rappelte mich gerade auf die Füße, als der erste Eindringling die Türen auftrat. Weiteres Glas zerbarst, und eine Scherbe ritzte meinen Arm auf. Es brannte nicht annähernd so sehr wie mein Rücken.

»Lass sie in Ruhe!« Etwas flog an mir vorbei. *War das ein Stuhl?* Holz prallte auf Fleisch, und ein Mann grunzte. Aylin sprang mit den Decken in den Händen vom Bett. Sie griff den Mann an, verhedderte ihn in dem Stoff und stieß ihn zu Boden.

Der zweite Mann stürmte herein und trat sie. Aylin schrie auf und flog mit einem Keuchen zurück. Sie prallte gegen den Spiegel, der dabei zerbrach. Ich stürzte mich mit ausgestreckten Händen auf den Kerl, wollte Haut zu fassen bekommen. Stattdessen packte ich seine Ärmel.

Haut, Haut, ich brauchte Haut.

Wir rangen miteinander. Mein Rücken brannte. Er drehte sich, sein Arm rutschte zurück und nach unten, und dann – Haut.

Hab ich dich.

Ich *drückte*. Die Schmerzen brandeten durch meine Schultern und durch meine Hände hinaus. Der Mann sog gequält die Luft ein, taumelte zurück und stolperte über seinen Gefährten, sodass sie beide wieder am Boden landeten.

Licht erhellte den Raum. Ich kniffe die Augen zusammen und wandte mich davon ab. »Aylin?«

Die Lampe auf dem Schreibtisch neben ihr war voll aufgedreht, die Blenden standen vollständig offen. »Es geht mir gut«, sagte sie. Sie *klang* jedoch keineswegs so, als ginge es ihr gut. Außerdem presste sie einen Arm an ihre Seite.

Die Tür zu unserem Zimmer flog auf. Aylin kreischte, und ich wirbelte herum, bereit, mich auf jeden zu stürzen, der uns nun angreifen wollte.

Danello stand mit seinem Rapier an der Tür, bekleidet nur mit der Hose seines Schlafanzugs. Schnell kam er herein und stellte sich zwischen uns und die beiden Männer, die sich mittlerweile wieder auf die Beine gekämpft hatten und selbst Waffen gezückt hatten. Einer hielt ein Messer, der andere ein Kurzschwert.

Der mit dem Schwert griff an und schwang die Klinge gegen Danello. Er parierte. Das kratzige Klirren von Metall auf Metall richtete mir die Härchen an den Armen auf. Der Messerkämpfer hielt sich mit vor Schmerzen angespanntem Gesicht zurück. Er musste derjenige sein, in den ich geschiftet hatte.

»Geh und such Jeatar«, forderte ich Aylin auf und schob sie auf die Tür zu.

Sie schenkte mir keine Beachtung, ergriff vom Schreibtisch die Statue eines sich aufbäumenden Pferds und bewarf damit den Kerl mit dem Messer. Der sog scharf die Luft ein und wich aus. Wendig, aber nicht so trittsicher wie Danello. Auch nicht so anmutig wie Aylin. Wer in Saeas Namen waren diese Männer?

Beide hatten dunkles Haar, sahen jedoch nicht wie Baseeri-Soldaten aus. Fein geschneiderte Kleider, gute Stiefel. Ordentlich rasiert, also keine Flüchtlinge. Greifer? Die Wachen von Adeligen?

Danello kämpfte gegen den Mann mit dem Schwert, während Aylin den anderen weiter mit allem bewarf, was sie zu fassen bekommen konnte. Ich huschte an Danello vorbei zur anderen Seite des Zimmers, wo es mehr Wurfgegenstände gab. Ich schleuderte einen Wasserkrug. Er prallte vom Kopf des Mannes ab und schlug eine Delle in die Wand.

Danello stieß vor und stach dem Schwertkämpfer ins Bein. Der schrie auf und sank auf ein Knie. Danello jagte sein Rapier ins andere Bein, und der Mann brach zusammen.

Schnelle Schritte ertönten aus dem Flur vor unserem Zimmer,

zahlreiche Füße kamen die Treppe heraufgerannt. Wachen in braunen Uniformen stürmten mit gezogenen Klingen herein. Der Schwertkämpfer rollte sich herum und streckte beide Hände aus. Blanke Wut stand ihm ins Gesicht geschrieben. Der Kerl mit dem Messer rannte zurück zum Balkon. Danello und die Wachen verfolgten ihn, aber bevor sie ihn packen konnten, sprang er über das Geländer und ließ sich auf den Boden hinab.

»Übernimmst du den hier?«, fragte einer der Wächter Danello und nickte in Richtung des Schwertkämpfers auf dem Boden.

»Ja.«

Die Wachen machten kehrt und rannten aus dem Zimmer. Danello ragte über dem Schwertkämpfer auf und hielt ihm die Spitze seines Rapiers an die Kehle.

»Denk nicht mal dran, dich zu bewegen«, warnte er. »Warum seid ihr hier eingebrochen?«

Der Schwertmann starrte ihn nur finster an.

»Geht es dir gut?«, fragte mich Danello, ohne den Blick von dem Fremden abzuwenden.

»Mir fehlt nichts.« Mein Herz fühlte sich zwar an, als wolle es aus der Brust springen, und ich war nicht sicher, ob mich meine Knie aufrecht halten würden, aber beides würde vergehen.

»Aylin? Alles in Ordnung?«

»Ich denke schon.« Sie hielt sich immer noch die Seite.

»Ich denke nicht.« Ich eilte zu ihr, ergriff ihre Hand und fühlte in sie hinein. »Zwei gebrochene Rippen.«

Sie verzog das Gesicht. »Kein Wunder, dass es so wehgetan hat, diese Dinge zu werfen.«

Ich *zog*, heilte ihre Rippen. Meine begannen zu schmerzen.

»Es ist wirklich praktisch, dich in der Nähe zu haben, weißt du das?«

»Nya?« Jeatar kam vor der Tür schlitternd zum Stehen, zwei Schritte vor Onderaan. Männer mit Rüstungen und Schwertern folgten dicht hinter ihnen. Zwei kamen herein und hievten den Schwertmann auf die Beine, ehe sie ihn zur Tür hinausschleiften. Ich glaube, seine Stiefel berührten nicht einmal den Boden. Jeatar sagte nicht, wohin sie ihn bringen sollten, aber die finstere Miene in seinem Gesicht verriet mir, dass ich es gar nicht wissen wollte.

Er musterte uns, und sein zorniger Blick verwandelte sich in Besorgnis, als er mein zerrissenes Nachthemd und das auf meinem Arm verschmierte Blut bemerkte. »Wer ist verletzt?«

»Ich war verletzt, aber jetzt bin ich's nicht mehr«, antwortete Aylin. »Allerdings ist da draußen ein Kerl mit einem Messer, der alles andere als glücklich sein dürfte.«

»Keine Sorge, den finden wir.« Jeatar sah aus, als sei er noch nicht im Bett gewesen, Onderaan hingegen rieb sich ständig die Augen, und sein Haar stand zu einer Seite hin ab. Er kam herüber und drückte meine Hand. Ich erwiderte die Geste, tat so, als wäre er Papa.

Jeatar blieb an der Tür. Ich hatte ihn zuvor noch nie so verängstigt erlebt. Oder so wütend. Hoffentlich galt der Teil mit der Wut nicht mir.

»Erzählt mir, was passiert ist«, forderte er uns auf.

»Jemand hat versucht, Nya zu töten!« Aylin beschrieb ihm den gesamten Vorfall mit schriller Stimme und fuchtelnden Armen. Auch sie war verängstigt.

»Wir stellen draußen Wachen auf«, sagte Onderaan leise und tätschelte meine Hand. »Keine ungenehmigten Besuche mehr in diesem Haus.«

»Gut. Danke.« Ich holte tief Luft und betrachtete den zerbrochenen Spiegel. Aus den Scherben starrte mich mein Gesicht dutzendweise an. Ich wandte mich ab und überprüfte meinen Rücken. Entlang meiner Schultern verlief eine neue Narbe, schlimmer als jene an meinen Beinen und meiner Brust.

Schiften unterschied sich vom Heilen. Wenn ich heilte, hatte ich Zeit, über die jeweilige Wunde nachzudenken und darauf zu achten, dass sie sich ordentlich schloss. Beim Schiften überlegte ich nicht – ich tat es einfach. Ich hatte schon in so viele Leute geschiftet. Die Gefängniswachen. Die Gießereisoldaten. Die Unsterblichen.

Und jedes Schiften hatte eine Narbe hinterlassen.

Jeatar verlegte uns in ein Zimmer ohne Fenster in der Mitte des Hauses, und wir mussten durch zwei Türen schreiten, um hineinzugelangen. Als wir dort ankamen, waren keine Wachen davor postiert gewesen, mittlerweile jedoch schon. Lanelle hatte sich darüber beschwert, von ihnen schikaniert worden zu sein, als sie kam, um mir die Schmerzen von Aylins gebrochenen Rippen abzunehmen. Die schenkte ihr die ganze Zeit über keine Beachtung und unterhielt sich stattdessen betont auffällig mit Danello.

»Was glaubt ihr, wer die waren?«, fragte ich, nachdem eine Weile niemand mehr aufgekreuzt war. Die Wachen hatten Befehl, mich nicht aus dem Zimmer zu lassen, bis die Umgebung gesichert wäre. Was entsetzlich lange zu dauern schien.

»Männer des Herzogs?«, schlug Aylin vor.

Danello schüttelte den Kopf. »Die sind eher von diesem Adeligen aus Kleinadelshausen geschickt worden. Die Männer des Herzogs wären nicht so schlampig gewesen.«

Mich schauderte. Ich hätte nie gedacht, dass ich einmal dankbar für *laienhafte* Meuchelmörder sein würde. »Glaubt ihr, sie haben den anderen schon gefasst?«

»Er hatte einen ordentlichen Vorsprung«, gab Danello zurück. »Könnte eine Weile dauern.«

»Heißt das, ich sitze hier fest, bis es ihnen gelingt?«

»Darüber solltest du froh sein.« Aylin schauderte ebenfalls und schlang die Arme um sich. »Ich kann nicht aufhören, daran zu denken. Ich meine, ich weiß, dass schon früher Leute versucht haben, dich zu verletzen, aber nicht so. Das waren immer Kämpfe, es war nie etwas ... *Persönliches*.«

Ich wusste, was sie meinte. Es waren keine Soldaten gewesen, die eine Gießerei verteidigten, auch keine Männer, die einen Raum bewachten. Dies waren Meuchelmörder gewesen, die man eigens dafür losgeschickt hatte, mich zu töten.

»Mittlerweile muss es Frühstückszeit sein«, ergriff Danello das Wort. »Soll ich runter in die Küche gehen und etwas holen?«

Aylin sprang auf. »Ihr bleibt, ich gehe. Ich muss ohnehin aus diesem Zimmer raus.« Damit verließ sie uns und zwinkerte mir zu, als sie die Tür schloss. Wohin würde sie wohl zuerst gehen – in die Küche oder zu Quenji? Mich überraschte ein wenig, dass er noch nicht gekommen war, aber vielleicht hielten die Wachen wirklich alle Besucher fern.

Danello lächelte mich an, doch auch ihm stand die Besorgnis ins Gesicht geschrieben. »Gut, dass du nicht leicht zu töten bist.«

Nein, ich war nur leicht zu verletzen.

»Heiler sind immer schwer zu töten«, gab ich zurück. »Im Krieg pflegten die Soldaten auf ihre Augen oder Herzen zu zielen – um sie schnell zu erledigen, bevor sie sich selbst heilen konnten.« Man konnte die Leiche eines Heilers immer an der Wunde erkennen, die ihn umgebracht hatte.

Danello kam näher und schlang die Arme um mich. Ich lehnte den Kopf an seine Schulter. »Ich weiß, die letzten Monate waren grauenhaft«, sagte er. »Ihr Heiligen, die letzten fünf Jahre waren grauenhaft, aber wir stehen das durch.«

»Versprochen?«

»Versprochen.« Er löste sich von mir und ergriff meine Hände. »Weil wir einander haben.«

Danello lächelte auf eine Weise, dass es mir plötzlich schwerfiel zu atmen. Er beugte sich näher und zögerte eine Flüsterlänge entfernt, dann küsste er mich. Ein heißes Kribbeln breitete sich bis zu meinen Zehen hinunter aus, jagte wie ein Blitz über meine gesamte Haut, allerdings war es ein *guter* Blitz. Plötzlich fiel mir sogar das Denken schwer, aber davon hatte ich vorläufig ohnehin genug.

»Wo immer du hingehst«, hauchte er mir ins Ohr, »dorthin gehe ich auch.«

Aylin kehrte viel schneller zurück, als mir lieb war, und machte sich nicht die Mühe anzuklopfen. Ihre Hände waren leer, ihre Augen dafür voller Angst.

»Irgendetwas ist los, und ich glaube nicht, dass es dabei um dich geht«, sagte sie und bedachte mich nicht einmal mit einem schiefen Grinsen, als Danello und ich auseinandersprangen. Demnach musste es sich um etwas Ernstes handeln.

»Irgendeine Ahnung, was?«

Sie schüttelte den Kopf. »Überall laufen Leute umher, Ouea hat *überhaupt kein* Essen vorbereitet, und ich schwöre dir, die Bediensteten sind dabei zu packen.« Kurz verstummte sie, dann sog sie scharf die Luft ein. »Oh! Und die Wachen vor deiner Tür sind weg.«

»Sie sind weg?« Ich stand auf. Das konnte nichts Gutes verheißen. »Hast du Jeatar gesehen?«

»Nein, aber es sind Leute in die Bibliothek gegangen und rausgekommen.«

»Lasst uns herausfinden, was los ist.«

Die Sonne war aufgegangen, und durch die Fenster strömte vormittägliches Licht herein. Es rannten tatsächlich Bedienstete mit Kisten und in Planen eingeschlagenen Gegenständen herum. Die Gesichter wirkten angespannt, blass, besorgt.

Jeatar stand am großen Tisch in der Bibliothek. Vor ihm lagen Landkarten ausgebreitet, und Soldaten umgaben ihn. Ellis war da, Onderaan hingegen sah ich nirgends.

»... runter durch die Ebenen, damit wir vor ihnen bleiben können«, sagte er gerade und fuhr mit dem Finger etwas auf einer Karte nach.

Ich betrat den Raum, dicht gefolgt von Danello und Aylin. »Was ist denn los?«

Jeatar schaute auf. »Die Armee des Herzogs macht mobil, und es sieht so aus, als käme sie hierher.«

Mir wurde schlagartig eiskalt.

»Wir haben eine Botschaft aus Baseer erhalten. Der Herzog befördert mit der Fähre Truppen ans Westufer des Flusses. Er verlagert Vorräte, Hilfspersonal, alles, was er für einen längeren Marsch braucht.«

»Wie viele Soldaten?«, wollte Danello wissen.

»Groben Schätzungen zufolge – zwischen zehn- und fünfzehntausend.«

»Das sind zu viele.«

Ein kurzes Lächeln flackerte um Jeatars Lippen auf. »So ist es. Er hat es zwar auf uns abgesehen, aber wir sind bestimmt nicht sein einziges Ziel.«

»Bist du sicher, dass er *hierher* kommt?« Es gab keinen Grund, uns anzugreifen. Zwar hatte ich ihm eine Menge Schwierigkeiten bereitet, aber man entsandte keine ganze Armee wegen einer Person. Mir liefen Schauder über den Rücken.

Es sei denn, diese Person konnte alles zerstören. Jemand, von dem man geglaubt hatte, man hätte ihn bereits getötet.

»Ja, ich bin sicher.« Jeatar schaute zu zwei Männern, die den Raum betraten. Er hob einen Finger, und ich wartete, während er mit einigen seiner Wachen sprach. Sie eilten wieder hinaus und brüllten Namen. Jeatar drehte sich zurück zu mir. »Es gibt keinen strategischen Grund für ihn, den Fluss zu überqueren. Die Straße aus Baseer führt sowohl nach Verlatta als auch nach Geveg und ist zum Reisen weit besser geeignet. Das Einzige von Wert auf dieser Seite des Flusses sind die Adeligen, die bereit sind, sich gegen ihn zu stellen.«

Das stimmte nicht. Jeatar befand sich hier. Und ich war ziemlich sicher, dass er den rechtmäßigen Erben des Throns von Baseer verkörperte. Wenn ich recht hatte und der Herzog dahintergekommen war, würde er schnell zuschlagen, um seiner habhaft zu werden.

»Was ist mit den Leuten?«, fragte Aylin.

»Ich bringe alle nach Veilig«, antwortete Jeatar. »Damit sollten sie weit genug aus dem Weg des Herzogs und abseits der Kampfhandlungen sein. Er wird uns nicht jagen.«

»Wenn er hinter dir her ist, schon«, widersprach ich. Der Herzog hatte eine gesamte Stadt niedergebrannt, um an Jeatars Vater und den Rest seiner Familie zu gelangen. An jeden, der statt seiner Anspruch auf den Thron hätte erheben können. Ich wusste nicht, wie Jeatar überlebt hatte, aber er trug Narben, die er stets versteckte.

Zum ersten Mal konnte ich mühelos in Jeatar lesen.

Er hatte Angst.

»Er ist weder hinter dir noch hinter mir her«, entgegnete er ruhig, wobei sich der Blick seiner blaugrauen Augen in meine bohrte. »Dieser Hof ist der Ort, an dem sich Menschen sammeln, die ihn seiner Macht beraubt sehen wollen. Ich wusste, dass wir es nicht lange geheim halten konnten. Manche Geheimnisse kann man nicht ewig bewahren.«

So wie sein Geheimnis? Hegte er den Verdacht, dass ich es erraten hatte? Ich konnte ihn auf der Stelle fragen, und jeder würde wissen, wer er war. Unser Widerstand könnte endlich den Anführer haben, den er verdiente, einen, der stark genug war, die Adeligen im Zaum zu halten und dafür zu sorgen, dass alle zusammenarbeiteten.

Und Jeatar würde zum gesuchtesten Menschen in den Drei Territorien werden.

Wenn der Herzog wusste, dass er hinter den Aufständen steckte, würde er jede Ortschaft zerstören, in der er Jeatar vermutete, genau so, wie er Sorille zerstört hatte.

Dieser Gefahr konnte ich all diese Menschen nicht aussetzen. Nicht, bis wir bereit wären zu kämpfen.

»Will er nach Geveg?«, fragte ich.

Jeatar stieß den Atem aus und nickte. »Das wäre eine begründete Vermutung. Er wird an Geveg ein Exempel statuieren, die anderen Aufstände niederschlagen und jegliche Unterstützung beseitigen wollen, die der Adel erlangt hat.«

Weitere Wachen kamen herein, und Jeatar wandte sich wieder ab.

Wenn es der Herzog auf Geveg abgesehen hatte, mussten die Gerüchte über den Generalgouverneur stimmen. Vielleicht stimmten sie alle. Die Geveger setzten sich zur Wehr und vertrieben die Baseeri. Sobald diese weg wären, würde man die Kontrolle über die Pynviumminen zurückerlangen und das zurückholen, was uns gestohlen worden war.

Das würde der Herzog niemals zulassen. Er würde alles tun, um diese Minen, um das Pynvium zu behalten. Dafür würde er uns sogar vernichten.

Und wenn er mit Geveg fertig wäre, würde er vielleicht nach Verlatta marschieren. Dann gäbe es in den Drei Territorien keinen sicheren Ort mehr, an den man flüchten konnte. Es würden nicht einmal mehr Drei Territorien *sein*. Ich versuchte, mir das nicht auszumalen, aber die Bilder stellten sich trotzdem ein: brennendes Pech, das in hohem Bogen durch die Luft flog, auf Dächer und Gebäude spritzte und Feuer in der gesamten Stadt verbreitete.

In Geveg wusste man unter Umständen gar nicht, dass der Herzog kam. Jemand musste die Leute dort warnen.

Jemand wie wir.

Was bedeutete, dass ich Tali erneut im Stich lassen und meine Suche nach ihr unterbrechen musste. *Wenn du den Herzog aufhältst, kannst du sie mit Sicherheit zurückholen*. Die Chancen dafür standen genauso schlecht, wie die, sie zu finden, ohne die geringste

Ahnung zu haben, wo ich suchen sollte. Allerdings befand sich Tali wahrscheinlich bei seiner Armee, und die Armee war unterwegs nach Geveg.

»Wir müssen den Gevegern mitteilen, dass sie in Gefahr sind«, sagte ich zu Danello und Aylin. »Sie können unmöglich wissen, dass der Herzog kommt.«

Aylin starrte mich mit geweiteten Augen an. »Du willst *jetzt* nach Hause gehen?«

»Sie hat recht, wir müssen es tun«, pflichtete mir Danello bei. »Je mehr Zeit sie haben, sich vorzubereiten, desto besser sind ihre Chancen, die Stadt verteidigen zu können.«

Aylin zögerte mit schmalen Lippen, dann nickte sie. »Na schön, ich sage es Quenji. Wie ich ihn kenne, wird er begeistert von der Idee sein, in den sicheren Tod zu laufen.«

»Sagst du es Jeatar?«, flüsterte Danello.

Ich schaute zu ihm hinüber. Er war ins Gespräch mit seinen Soldaten vertieft. »Ich sage es ihm, bevor wir aufbrechen. Im Augenblick hat er wichtigere Dinge, um die er sich kümmern muss.«

»Ich will mitkommen«, bedrängte mich Lanelle im Lager für Trockengüter.

»Wohin mitkommen?« Wie alle anderen auf dem Hof war ich herumgerannt, um Vorräte zu sammeln. Ich hatte Quenji losgeschickt, um ein Pferd samt Wagen aufzutreiben, da er am wahrscheinlichsten eines finden würde. Allerdings hatte ich ihn davor gewarnt, eines von jemandem zu stehlen, der es brauchte.

»Nach Geveg.«

Ich ließ um ein Haar einen Sack mit Ziegendörrfleisch fallen. »Du weißt, dass der Stadt eine Invasion bevorsteht?«

»Man wird dort Heiler brauchen.«

Sogar solche, die Geveg einst verraten hatten? Vielleicht betrachtete Lanelle dies als ihre Gelegenheit, Wiedergutmachung zu leisten.

»Tut mir leid, aber ...«

»Bitte, Nya.« Sie ergriff meine freie Hand. Ich kämpfte gegen den Drang, sie ihr zu entreißen. »Ich kann helfen, wirklich. Ich kenne Leute, und ich weiß Dinge über die Gilde, die du nicht weißt. Die Oberen haben sich in meiner Gegenwart unterhalten, sogar über Dinge, die ich nicht hätte hören sollen.«

Weil sie ihnen geholfen hatte. Trotzdem verfügte sie damit über ein gutes Argument.

»Und du wirst nicht überlaufen und die Seiten wechseln?«

Sie wirkte aufrichtig verletzt. »Nein, ich schwöre bei der Heiligen Erlice, dass ich das nicht tun werde. Baseeri lügen, das weiß ich inzwischen.«

Nicht alle, aber es war ein Schritt über die richtige Brücke.

»Bitte, Nya.«

Ich seufzte. Aylin würde mich umbringen. »Na schön, du kannst mitkommen.«

Die Hitze der Esse umhüllte mich, sobald ich um die Ecke bog. Hammerschläge ertönten metallisch, vermischt mit einem dumpferen Pochen und einigen beeindruckenden Flüchen. Mir war immer noch kein Vorwand eingefallen, weshalb ich Pynvium brauchte, aber da ich es war, die das Metall ursprünglich gestohlen hatte, fand ich, dass ein Teil davon ohnehin mir gehörte.

Die Schmiede arbeiteten wie wild, zweifellos der Versuch, einige letzte Werkstücke fertigzustellen, bevor wir aufbrechen mussten. Vielleicht Waffen oder Werkzeuge. Vielleicht auch nur Metallbarren, die einfacher zu befördern wären. Onderaan arbeitete in einer Ecke etwas abseits. Ich zuckte zusammen. Ich hatte inständig gehofft, ich würde ihn nicht hier treffen.

»Onderaan?«

Mit frustrierter Miene drehte er sich um. Er wirkte überrascht, mich zu sehen. »Du solltest nicht allein herumstreunen.«

Die Esse befand sich zwar auf dem Hofgelände, war jedoch nicht mit dem Haus verbunden.

»Ich weiß, aber ich … äh … brauche etwas Pynvium.«

»Ich glaube, die Waffen wurden bereits verpackt, aber ich sehe mal nach, was noch hier ist. Es könnten noch einige schmerzgefüllte Splitter übrig sein.«

»Irgendwelche Heilsteine?«

»Heilsteine? Wofür brauchst du … o Nya.« Er seufzte und rieb sich die Augen. »Was hast du vor?«

»Geveg warnen. Ich weiß, es ist gefährlich, aber ich …«

»Du klingst wie dein Vater.«

»Wirklich?«

»Nicht der Teil mit dem Warnen«, fuhr er fort, »sondern der Teil mit dem Dorthingehen, wo es gefährlich ist. Insbesondere nach *Geveg*.« Er seufzte abermals und setzte sich auf eine Ecke der unfertigen Esse. »Aber du musst wohl gehen, genau, wie er gehen musste.«

»Er ging nach Geveg?« Ich hatte immer gedacht, er wäre dort geboren worden. Als ich erfahren hatte, dass er ein Baseeri war, hätte ich eigentlich gleich wissen müssen, dass dem nicht so war.

»Der Erbe.«

Ich sah mich um. Die anderen Schmiede befanden sich außer Hörweite, zudem übertönten die Blasebalge und das Hämmern alles, was wir sagen würden.

»Du meinst Jeatars Vater?« Es war eine Vermutung, ein Risiko, aber ich musste wissen, wer der Mann war, der Herzog hätte werden sollen.

Onderaans Augen weiteten sich. »Wer hat es dir verraten?«

Also stimmte es tatsächlich.

»Niemand. Jeatar hat die Augen des Herzogs, eine Menge Geld, und er versucht ständig, den Menschen zu helfen, ohne dass jemand davon erfährt.« Das hatte ich mir kurz, nachdem wir Baseer verlassen hatten, zusammengereimt. »Und ich sah seine Brandnarben, als er mich aus dem Amtszimmer des Erhabenen zog. Er war in Sorille, als der Herzog die Stadt niederbrannte, nicht wahr? Dazu kamen noch Kleinigkeiten, die er gesagt und getan hatte. Alles führte zum selben Schluss.«

Onderaan lächelte mich so an, wie Papa es zu tun pflegte, wenn ich etwas gut gemacht hatte. »Du hast die Gabe, Dinge zu sehen, die anderen entgehen.«

Hitze stieg mir ins Gesicht, und ich wandte den Blick ab. Es war nichts Besonderes, nur das, was man tun musste, um zu überleben. »Weiß es sonst noch jemand?«

»Ouea. Sie ist schon bei seiner Familie, seit er so alt war, wie du es jetzt bist. Und noch einige andere loyale Anhänger seines Vaters. Die sind aber mittlerweile über die Territorien verstreut.«

»Und entfachen Aufstände?«

»Sie sammeln Unterstützung für den richtigen Zeitpunkt, um gegen den Herzog vorzugehen.«

»Aber dieser Punkt ist *jetzt gekommen!*«

Er schüttelte den Kopf. »Nein. Wir haben keine Armee, keinen Stützpunkt, den wir verteidigen könnten.«

»Wir erzählen einfach allen, wer Jeatar ist, und erlangen ihre Unterstützung. Wir stellen eine Armee auf, marschieren zurück nach Baseer, übernehmen die Stadt, retten Tali und befreien anschließend Geveg und Verlatta. Das ist ein guter Plan.«

Onderaan musterte mich mit einem traurigen Lächeln im Gesicht. »Nya, das ist kein Plan, das ist Wunschdenken.«

»Vielleicht auch nicht.«

Wir konnten es schaffen. Wie schwer konnte es schon sein, eine Armee aufzustellen? Dem Herzog gelang es, und *ihn* mochte noch nicht einmal jemand.

»Nya, eines Tages werden wir den Herzog aufhalten, aber nicht jetzt.« Onderaan stand auf und sah sich im Raum um. »Lass mich dir an Pynvium beschaffen, so viel ich kann. Keine Heilsteine zwar, aber ich glaube, es sind einige Kugeln übrig.«

»Was ist mit Jeatar?«

»Ich sage ihm, dass du gegangen bist, nachdem du weg bist. Er wird über beides nicht glücklich sein, aber er wird es verstehen. Sobald wir die Flüchtlinge nach Veilig gebracht haben, komme ich und stoße in Geveg zu dir.«

»Wie finde ich dich?«

Er überlegte. »Sei in sechs Tagen bei Sonnenuntergang im Analov-Park. Genau unter Großpapas Statue.«

Wir beschlossen, in jener Nacht aufzubrechen. Der Mann, der mich angegriffen hatte, war immer noch nicht gefunden worden, und wir waren uns einig darin, dass es sicherer wäre, die Reise anzutreten, wenn uns niemand beobachtete. Quenji hatte ein Pferd samt Wagen aufgetrieben – wobei ich angesichts der Bevorratung des Wagens vermutete, dass Onderaan etwas damit zu tun gehabt hatte –, und er hatte beides am Waldrand, die Straße hinunter versteckt.

»Warum können wir nicht mitkommen?«, fragte Jovan. Den ganzen Nachmittag lang war es sein Zwillingsbruder Bahari gewesen, der auf gleiche Weise gequengelt hatte, aber der hatte mittlerweile aufgegeben. Oder sie wechselten sich damit ab.

»Weil es nicht sicher ist«, antwortete Danello, wie er es schon den ganzen Tag lang getan hatte. Dabei hatte er sie weder angeherrscht, noch angebrüllt, nichts von all den Dingen getan, die mir vielleicht unterlaufen wären, wenn meine kleinen Brüder mich stundenlang gepiesackt hätten. »Bleibt bei Ouea. Sie kümmert sich um euch, bis wir in Geveg fertig sind.«

»Und dann kommst du zurück, um uns zu holen?«, fragte Halima und zwirbelte einen blonden Zopf um ihren Finger.

»Versprochen.« Er kniete sich hin und umarmte sie innig. »Ich werde immer zu euch zurückkommen.«

Der Schmerz in seiner Stimme brach mir das Herz. War es schlimmer oder einfacher, Lebewohl sagen zu können? Ich wusste nicht, ob ich die Kraft gehabt hätte, Tali mit dem Wissen gehen zu lassen, dass ich sie vielleicht nie wiedersehen würde.

»Finde Da«, sagte Bahari und umarmte ihn, als Halima fertig war. »Bring ihn mit zurück.

»Das werde ich, versprochen.«

Auch wir anderen bekamen Umarmungen, sogar von Bahari, dann scheuchte Ouea die Kleinen zurück ins Haus. Ich ergriff Danellos Hand. Sie zitterte, und er hielt die meine noch fester.

»Ihnen wird doch nichts passieren, oder?«, flüsterte er.

»Sie sind sicherer, als wir es sein werden. Ouea wird nicht zulassen, dass ihnen etwas geschieht. Und Quenjis Bande bleibt auch da. Es werden sich also außerdem Zee und Ceun um sie kümmern.« Das war so viel mehr, als Tali je gehabt hatte.

Danello holte zittrig Luft und nickte. »Also gut, lass uns gehen.«

»Alles aufgeladen«, verkündete Quenji und lächelte von der Fahrerbank des Wagens herab. »Wie weit ist es nach Geveg?«

»Zwei oder drei Tage.«

Er verzog das Gesicht. »Klingt langweilig.«

Wir kletterten auf den Wagen und setzten uns auf die Holzbänke zu beiden Seiten. Nicht unbedingt die gemütlichste Beförderungsmöglichkeit nach Geveg, aber wir würden es überstehen.

Quenji schnalzte mit den Zügeln, und wir rollten sanft die Straße entlang. Abgesehen von einem vereinzelten Hüsteln blieben alle still. Ich beobachtete, wie der Hof in der Nacht entschwand, und konnte das Gefühl nicht abschütteln, dass ich eine Familie zurückließ.

Fünftes Kapitel

Wir rollten nach Dorpstaad, eine der wenigen Ortschaften in den Marschen, die groß genug waren, um als Stadt bezeichnet zu werden. Sie lag am Rand des Sees, gesäumt von Sümpfen mit blauem Schilfrohr auf der einen Seite und fruchtbarem Ackerland auf der anderen. Der Ort bestand aus kaum mehr als einigen Dutzend Handelsposten, aber er beherbergte das Dock für die Fähre auf die Inseln von Geveg sowie eine Herberge und ein Kaffeehaus – ein willkommener Anblick nach zwei Tagen auf der Straße.

Jenseits der Gebäude funkelte der See, Geveg jedoch lag im Dunst, und über den Dächern kräuselten sich dünne Rauchschwaden. Feuer.

»Jeatar hat ja gesagt, dass es einen Aufstand gibt.« Danello klang ruhig, dabei musste er um seinen Vater besorgt sein. »Sieht allerdings nicht allzu schlimm aus. Nicht schlimmer als die Unruhen vor ein paar Monaten.«

Es musste in Wirklichkeit schlimmer sein, wenn der Generalgouverneur getötet worden war und der Herzog herkam. Aber ich erkannte Hoffnung, wenn ich sie hörte.

Quenji parkte in der Nähe der Stallungen und sorgte für eine Koppel sowie für einen Platz zum Verwahren des Wagens. Die Überfahrt mit der Fähre für beides wäre zu kostspielig, zudem hätte es kaum noch Plätze zum Zwischenlagern gegeben, wenn wir es getan hätten. Aber mit dem, was Quenji zweifellos gestohlen und was Danello beim Kartenspielen von den Soldaten gewonnen hatte, konnten wir uns den Unterhalt für einige Tage leisten.

Ich reckte meine wunden Muskeln. »Finden wir heraus, wann die nächste Fähre ablegt.«

Das Dock der Fähre erwies sich als verwaist. Nicht einmal die üblichen Bettler kauerten bei den Pfählen oder lagen unter den Mangrovenbäumen. Die Fähre selbst befand sich leer an ihrem Ankerplatz am Ende des Docks.

»Vielleicht ist sie nicht in Betrieb.« Aylin schirmte mit der Hand die Augen ab und blickte über das Wasser. An diesem Tag war es spiegelglatt. Kaum eine Brise kräuselte die Oberfläche.

»Oder man lässt sie in Geveg nicht anlegen«, meinte Danello. »Das ist die einfachste Möglichkeit, Menschen davon abzuhalten, die Stadt zu verlassen.«

»Oder in die Stadt zu gelangen«, fügte ich hinzu.

Das würde ein Problem werden. Ohne Boot gelangten wir nicht nach Geveg. An anderen Ankerplätzen lagen einige Fischerboote sowie eine Jolle, die schick genug aussah, um einem Adeligen zu gehören.

»Wenn ihr wisst, wie man damit segelt, kann ich das Ding stehlen«, sagte Quenji, der meinem Blick folgte.

»Finden wir zuerst heraus, ob jemand bereit ist, uns zu befördern.« Ich hatte vorerst genug von Gefängnissen und Käfigen. Außerdem mussten wir darauf achten, so wenig Aufmerksamkeit wie möglich auf uns zu lenken.

Lanelle schnaubte. »Niemand wird den Hals riskieren, um *uns* zu helfen.«

»Uns vielleicht schon«, gab Aylin zurück. »Dir – nein.«

»Sehen wir uns mal um.« Ich seufzte. Man hätte meinen sollen, dass sie nach zwei Tagen gegenseitiger Gehässigkeiten genug davon hatten.

Wir verließen das Dock und begaben uns zur Hauptstraße. Es waren zwar Leute unterwegs, allerdings fehlte das übliche geschäftige Treiben einer Ortschaft mit einem Hafen. Niemand suchte nach Arbeit, keine Verkäufer stellten sich mit ihren Karren entlang der Straße auf. Wenn niemand aus Geveg herauskonnte, ergab das durchaus Sinn, trotzdem wirkte es unheimlich.

Der Duft von Kaffee lockte uns zum Kaffeehaus auf der gegenüber liegenden Seite des Häuserblocks in der Nähe der Herberge.

»Ist jemand hungrig?«, fragte Danello.

Mein Magen knurrte. Das Frühstück war lange her und zudem spärlich gewesen. »Klingt gut. Vielleicht finden wir dort auch einen Fischer, den wir fragen können, ob er uns gegen Bezahlung übersetzt.«

Aylin hängte sich bei Quenji ein. »Ich hatte seit Monaten keinen guten gevegischen Kaffee mehr, also ...«

Ein Soldat in Pynviumrüstung kam aus dem Kaffeehaus.

Lanelle sog scharf die Luft ein. »Ein Unsterblicher!«

»Sei ruhig.« Ich wandte rasch den Blick ab und hielt den Kopf gesenkt. Mein Herz raste und meine Füße wollten losrennen, aber dadurch wäre ich aufgefallen.

Als Nächster kam ein gewöhnlicher Soldat in Baseeri-Blau heraus, gefolgt von einem Jungen im Grün der Heilergilde.

Soek? Er war einer der Lehrlinge, mit dem Vinnot in dem Turmzimmer experimentiert hatte, wo auch Tali gewesen war. Er hatte mir bei der Flucht geholfen und sogar versucht, mich zu befreien, als die Greiferin mich gefangen nahm, aber seit jenem Tag hatten wir ihn nicht mehr gesehen.

Es war derselbe Tag gewesen, an dem ich Tali verloren hatte.

Soek starrte mich an, die Augen voller Angst, dann wandte er den Blick ab und spähte beunruhigt zu den Soldaten, die ihn begleiteten.

Was machten sie mit ihm? Er musste ein Gefangener sein; Soek würde nie den Unsterblichen oder dem Herzog helfen. Aber warum hier und nicht bei der Gilde?

Die Leute traten mit gesenkten Köpfen beiseite, um sie vorbeizulassen. Der Unsterbliche stolzierte mit demselben Hochmut, der mir in Baseer aufgefallen war, ganz so, als könne ihm nichts etwas anhaben.

Einen Moment lang überlegte ich, ob Schmerz in der Rüstung des Mannes steckte. Falls ja, konnte *ich* ihm reichlich wehtun.

»Augen runter«, flüsterte mir Danello ins Ohr. »Du starrst ihn an.«

Tat ich das? Mit gerötetem Gesicht schaute ich weg, konnte jedoch nicht anders, als wieder hinzuspähen.

Soek und die Soldaten gingen zur Herberge. Soek sah noch einmal hilflos zu mir, bevor er den anderen hineinfolgte. Ein flehentlicher Blick.

Die Menschen setzten sich wieder in Bewegung, und ich vernahm einige laute Seufzer der Erleichterung. Wir rannten in das Kaffeehaus und schnappten uns einen Tisch im hinteren Bereich, von wo aus wir sowohl die Tür als auch das Esszimmer im Auge behalten konnten.

»War das Soek?«, fragte Aylin mit leiser Stimme.

Ich nickte. »Wir müssen ihn retten.«

»Nein, müssen wir nicht«, widersprach Lanelle. »Wir müssen sofort verschwinden. Die *Unsterblichen* sind hier.«

Ich beugte mich zu ihr. »Wir wussten, dass die Möglichkeit bestand, den Unsterblichen über den Weg zu laufen«, sagte ich, was eine halbe Lüge war. Ich hatte zwar damit gerechnet, dass wir welche zu Gesicht bekämen, sobald der Herzog hier wäre, aber nicht so bald. Hatte er einige vorausgeschickt? »Es ist nur einer, und er scheint lediglich Wachdienst zu haben.«

»Wer ist Soek?«, wollte Quenji wissen.

»Ein Freund von uns. Er war ein Lehrling in der Gilde. Nya, er hat richtig verängstigt ausgesehen«, flüsterte Aylin mir zu.

»Ja.«

»Glaubst du, er ist der Einzige hier?«, fragte Lanelle.

»Keine Ahnung. Die Gilde kommt einmal im Monat für Heilungen zu den Marschhöfen. Sie könnten deshalb hier sein.« Früher hatte ich Mama bei diesen Ausflügen begleitet. Für die Gelegenheit einer richtigen Heilung kamen die Leute aus dem gesamten Großraum Geveg herbei.

Wir verstummten, als die Bedienung unseren Kaffee brachte.

»Entschuldige«, sagte ich. »Hast du einen Heiler gesehen, der vor ein paar Minuten hier war?«

Der Schankbursche zögerte, dann jedoch nickte er. »In der Herberge ist eine Gruppe der Gilde untergebracht. Ist schon ein paar Wochen hier, seit sich die Lage dort drüben verschlechtert hat.« Er deutete mit dem Kopf in Richtung der Inseln.

»Was geht denn dort drüben eigentlich vor sich? Mir ist aufgefallen, dass die Fähre nicht in Betrieb ist.«

Er sah sich um und beugte sich näher. »Ich habe gehört, die ganze Stadt hat sich aufgelehnt, Baseeri *und* Geveger. Jede der Inseln von Geveg gehört einer anderen Gruppe. Dem Kommandanten, den Dockarbeitern, den Adeligen. Jeder, der bereit ist, sich ein Schwert zu greifen und eine Brücke zu bewachen, könnte sich eine Insel nehmen.«

»Was ist mit dem Generalgouverneur?«, bohrte ich nach weiteren Auskünften. »Unternimmt er denn nichts, um dem Einhalt zu gebieten?«

»Es heißt, er sei am ersten Tag gestorben. Das war es überhaupt erst, was die Aufstände ausgelöst hat.«

Aber warum sollten Baseeri gegen den Generalgouverneur oder den Herzog rebellieren?

»Sind hier viele Soldaten mit dieser blauen Rüstung?«, fragte ich. »Solche habe ich noch nie zuvor gesehen.«

Der Schankbursche schluckte. »Nur dieser eine. Er kam mit den Heilern an. Das war die letzte Fähre von den Inseln. Danach haben noch etliche kleinere Boote angelegt, aber seit vergangener Woche gar keine mehr.«

Danello schaute verwirrt drein. »Die Heiler bleiben einfach hier?«

»Anscheinend.« Der Schankbursche zuckte mit den Schultern. »Sie verdienen hier gutes Geld, und es ist nicht sicher, auf die Inseln zurückzukehren.«

Ich war schon vielen Leuten begegnet, die sich eine solche Lage zunutze machen und als Möglichkeit betrachten würden, schnelles Geld zu verdienen, aber Soek gehörte nicht dazu. Vielleicht zwangen ihn die Soldaten, es zu tun.

»Gibt es denn einen Weg nach Geveg?«, erkundigte ich mich.

»Nur, wenn ihr schwimmen wollt.« Ein anderer Gast rief, und der Schankbursche eilte davon.

»Hast du sein Gesicht gesehen, als du ihn nach den Unsterblichen gefragt hast?« Aylin schauderte. »Ich glaube, jemanden zu finden, der bereit ist, uns hinüberzubringen, ist gerade schwieriger geworden.«

Wir wären dumm gewesen, einfach blindlings nach Geveg zu gehen. Wir hatten keine Ahnung, wem welche Insel gehörte oder mit wem wir sprechen mussten, um die Bewohner der Stadt vor dem Herzog zu warnen.

»Wir müssen mehr darüber in Erfahrung bringen, was da drüben los ist«, verkündete ich.

Danello nickte. »Wie stellen wir das an?«

»Soek?«, gab ich zurück. »Wir müssen ihn ohnehin retten.«

Alle sahen einander an, als hofften sie, jemand hätte eine bessere Idee.

Danello seufzte. »Ja, wir können ihn nicht hier lassen. Und wahrscheinlich weiß er besser als jeder andere hier, was vor sich geht.«

»Wir werden auch ein Boot brauchen«, sagte ich. »Quenji, sieh zu, ob du das Pferd, den Wagen oder beides für eines eintauschen kannst, selbst wenn es nur für einen oder zwei Tage ist.«

»Können wir nicht eines stehlen?«

»Solange es kein Fischerboot ist. Ohne Boot kann ein Fischer seine Familie nicht ernähren.«

Quenji verdrehte die Augen, nickte aber.

»Wie reden wir mit Soek?«, fragte Danello. »Die bewachen ihn ziemlich gut.«

Aylin schnaubte und süßte ihren Kaffee mit mehr Zucker. »Er ist ein Heiler. Wir verletzen jemanden.«

»Hilfe, ich brauche Hilfe!« Danello trug mich in den Gemeinschaftsraum der Herberge. Blut lief mir über das Gesicht. Meine Kopfhaut brannte von dem Schnitt, den Aylin gemacht hatte, aber Köpfe bluten wie fließendes Wasser, und wir mussten ein beeindruckendes Schauspiel liefern.

Leute japsten und deuteten auf mich. Eine Frau hinter dem Tresen wandte sich an einen Jungen, der Becher wusch.

»Geh und hol den Heiler. Mach schnell.«

Die Gäste räumten ein altes Sofa in der Nähe eines Fensters, und Danello legte mich hin. Dann lief er auf und ab und wischte sich über die Lippen und die Stirn, als fürchte er, ich könnte vor seiner Nase sterben.

»Ich kann nicht helfen, wenn ihr mich nicht durchlasst«, sagte Soek, wobei er sich verärgert anhörte.

Er drängte sich durch die Menge, scheuchte die Umstehenden mit einer scharfen Handbewegung zurück. Als er mich erblickte, hellte sich seine Miene auf, aber er überwand seine Überraschung schnell. »Was ist passiert?«

»Sie ist gestürzt«, antwortete Danello und schwenkte die Hände, während er sprach. »Ich habe ihr ja gesagt, sie soll nicht auf dem Zaun laufen, aber sie hat es trotzdem getan, ist gefallen und hat sich den Kopf an ... ich weiß nicht, woran angeschlagen, jedenfalls war es hart. Es gab ein fürchterliches, knackendes Geräusch.«

»Das ist übel.« Soek drehte sich zu der Menschenmenge um. »Hört auf, sie anzuglotzen. Geht und macht wieder, was ihr getan habt, bevor sie hergekommen ist.«

Der Unsterbliche befand sich ebenfalls im Raum, blieb aber im Hintergrund und beobachtete die Menge. Den anderen Soldaten konnte ich nirgends entdecken.

»Also, sehen wir uns das mal an.« Soek zog sich einen Stuhl herbei und setzte sich neben mich. Er legte eine Hand auf meine Wunde, die andere auf meine Stirn. Meine Kopfhaut kribbelte, und der zwischen meinen Haaren verborgene Schnitt schloss sich, aber Soek runzelte die Stirn.

»Sie hat sich den Schädel aufgeschlagen«, sagte er. »Und eine Gehirnquetschung hat sie auch. Du kannst von Glück reden, dass du sie rechtzeitig hergebracht hast.« Er wandte sich dem Unsterblichen zu. »Dafür werde ich den Stein brauchen. Die Kugel wird nicht reichen.«

Der Unsterbliche zögerte und sah seine Pynviumrüstung an, als wöge er ab, ob er sie verwenden sollte, statt zurück nach oben zu gehen. Entweder war sie voll, oder er durfte es nicht, denn schließlich seufzte er und steuerte auf die Treppe zu. »Ich bin gleich wieder da.«

Soek nickte, dann drehte er sich zurück zu mir und fuhr sich mit einer Hand durch das rote Haar. »Bei den Heiligen, Nya, ihr müsst mich hier rausholen«, flüsterte er.

»Werden wir. Was geht hier vor sich?«

Er holte tief Luft. »Ich war zu einem Hofbesuch hier, als die Kampfhandlungen anfingen. Die Soldaten wollten zurück, aber Hüterin Betaal ließ uns nicht. Sie verkauft Heilungen zum doppelten Preis und steckt sich das Geld in die eigene Tasche. Die Soldaten werden von ihr geschmiert. Ich glaube nicht, dass sie vorhat, zurückzugehen.« Er schluckte. »Oder mich gehen zu lassen.«

»Wer ist Hüterin Betaal?«

»Eine der neuen ›Verwalterinnen‹ des Erhabenen. In Wirklichkeit eine beförderte Verbrecherin.«

»Ist sonst noch jemand bei dir?«

»Nein. Nur Soldaten und Betaal. Als ich ihr Fragen stellte, meinte sie, sie habe einen Unsterblichen und überlege, ob sie eigentlich zwei Heiler brauche.« Er schluckte. »Da habe ich mit dem Fragen aufgehört.«

»Er kommt zurück«, warnte Danello, als auf den Stufen Schritte ertönten. Eine Frau folgte dem Unsterblichen. Auch sie trug das Grün der Heiler, allerdings in Form einer Uniform, die ich noch nie gesehen hatte. Hinter ihr gingen zwei zusätzliche Soldaten.

Soeks Miene verwandelte sich in ernste Besorgnis, wie es sich für einen guten Heiler gehörte. Er nahm den Schlachtfeldstein aus Pynvium und legte abermals die Hände auf meinen Kopf. Diesmal spürte ich kein Kribbeln, zumal es nichts zu heilen gab, aber er machte trotzdem ein Schauspiel daraus. Soek tat so, als drücke er den Schmerz in das Pynvium und gab den Stein dem Unsterblichen zurück.

Ich öffnete flatternd die Lider, setzte mich auf und schwankte ein wenig.

»So, alles wieder gut.« Soek erhob sich und trat von mir zurück.

»Halt«, ergriff die Frau in Grün das Wort. Ich hielt den Atem an. »Sie hat nicht bezahlt.«

Ich sah Danello an. Ich wusste nicht, wie viel er hatte, aber wenn Heilungen jetzt das Doppelte kosten, konnte es unmöglich für das reichen, was Soek vermeintlich geheilt hatte. Wahrscheinlich wäre es sogar für die Heilung der tatsächlichen Schnittwunde zu wenig gewesen.

»Es war ein Notfall«, sagte Soek. »Sie wäre sonst gestorben.«

»Dann hättest du sie sterben lassen sollen.«

»Hüterin Betaal ...«

»Du kennst das Gesetz, Soek, und ich habe es satt, dass du es verbiegst. Das muss sofort aufhören.« Sie verschränkte die Arme vor der Brust und starrte mich mit finsterer Miene an. »Eine Heilung anzunehmen, für die man nicht bezahlen kann, ist Diebstahl und wird auch genau so bestraft.«

Sechstes Kapitel

Danello durchwühlte seine Taschen. »Ich habe etwas Geld dabei – nicht viel, aber Ihr könnt alles haben.« Die Dankbarkeit in seinem Tonfall war herzzerreißend und durch und durch geheuchelt.

Hüterin Betaal starrte ihn wütend an. »Mit Almosen könnt ihr euch aus dieser Sache nicht rauskaufen. Nehmt sie in Gewahrsam«, befahl sie den beiden Soldaten.

Der Unsterbliche hatte immer noch den Schlachtfeldstein, der vermutlich eine Menge Schmerz enthielt. Könnte ich den Stein berühren, bevor der Unsterbliche mich aufhielte?

Das Blitzen dieses Pynviums würde den Herzog darauf aufmerksam machen, dass ich hier war. Dasselbe galt für Schiften. Er war ohnehin auf dem Weg hierher, also spielte es unter Umständen keine Rolle. Aber wenn weitere Meuchelmörder nach mir suchten, würden sie herausfinden, wo genau ich mich aufhielt. Ich hatte keine Ahnung, ob Quenji bereits ein Boot beschafft hatte, also würden wir vielleicht nicht fliehen können, selbst wenn ich das Pynvium blitzte.

»Hüterin Betaal, bitte«, meldete sich Soek zu Wort. »Sie lag im Sterben.«

»Na und? Wenn wir nicht hier gewesen wären, dann wäre sie gestorben. Und jetzt hast du eine Heilung für eine Schmarotzerin vergeudet, und jemand, der es sich hätte leisten können, bekommt nicht die Hilfe, die er verdient.« Sie lächelte höhnisch. »Wahrscheinlich hast du gerade jemand anderen das Leben gekostet.«

Die Soldaten packten Danello und mich. Sie suchten uns beide nach Waffen ab und nahmen unsere Messer an sich. Dann zerrten sie uns aus der Herberge und zu einem kleinen Ziegelsteingebäude, das einzeln und nicht weit von den Docks entfernt lag. Die Fenster waren vergittert. Wahrscheinlich handelte es sich um das einzige Gefängnis der Marschhöfe. Die Bauern neigten dazu, sich auf ihre Weise um Verbrecher zu kümmern.

Lanelle saß vor dem Kaffeehaus. Als wir uns näherten, stand sie auf, aber ich schüttelte den Kopf. Sie hielt inne und beobachtete uns mit besorgtem Blick.

Die Soldaten brachten uns in die Wachstube. Ein Wächter saß an einem abgenutzten Tisch und aß zu Mittag. Zottiges, etwas zu langes Haar, eine abgewetzte Uniform. Vermutlich ein Ortsansässiger, einer der Söhne des Bauern. Er schaute flüchtig auf, dann sah er genauer her und sprang auf die Beine.

»Guten Tag, Herr.«

Der Soldat, der Danello am Arm festhielt, legte die Stirn in Falten. »Gefangene.«

»Jawohl.« Der Wächter eilte zu einem Regal an der Tür und zog einen Schlüsselbund von einem Haken. An der Wand daneben hing ein Steckbrief. *Mein* Steckbrief, derselbe, den Vyand in Geveg angeschlagen hatte, um mich aufzuspüren. Die Zeichnung war kein Meisterwerk, trotzdem einigermaßen genau. Mit pochendem Herzen wandte ich das Gesicht ab und ließ mir das wesentlich kürzere und nunmehr schwarze Haar über die Wange fallen.

Was, wenn sie mich erkannten? Was, wenn ihnen befohlen worden war, nach mir Ausschau zu halten?

Der Soldat sah sich im Raum um und verzog angewidert das Gesicht. »Wo ist der andere Wächter? Betaal hat euch doch gesagt, dass ihr immer zu zweit sein sollt.«

»Und ich sage ihr andauernd, dass wir nur zwei haben.« Er sperrte die Zelle auf und trat beiseite. »Wenn sie ein paar von euch Soldaten zur Unterstützung herüberschickt, nehme ich mir nur allzu gerne einen Tag frei.«

Der Soldat grunzte und stieß Danello vorwärts. Er stolperte in die Zelle, eine typische, zehn Quadratfuß große Kammer mit zwei Pritschen. Der Soldat, der meinen Arm festhielt, ließ mich los, und ich ging in die Zelle. Wenn sie diesen Steckbrief sahen und mich eingehend betrachteten ...

»Was haben die gemacht?«, erkundigte sich der Wächter mit einem Blick auf meine blutverschmierte Bluse.

»Diebstahl.«

Ein verwirrtes Stirnrunzeln. »Was haben sie denn gestohlen?«

»Eine Heilung.«

»Und ihr habt sie festgenommen, weil …«

Der Soldat trat näher zu dem Wächter. »Das ist genauso schlimm wie der Diebstahl von Pynvium.«

Der Wächter schluckte. »Ja, stimmt.«

»Bleib bei ihm«, sagte der Soldat zu seinem Gefährten.

»Jawohl.« Er starrte finster auf den Rücken des anderen Soldaten, als dieser ging.

Ich setzte mich von dem Soldaten und vom Wächter abgewandt auf eine der Pritschen. Danello nahm neben mir Platz. Die Wächter hatten keinen Grund, auf den Steckbrief zu schauen. Er war mindestens vier Monate alt. Solange ich nichts Dummes tat, konnten wir einfach auf Rettung warten.

Mittlerweile würde Lanelle Aylin und Quenji erzählt haben, was geschehen war. Das Zellenschloss zu knacken würde für Quenji einfach sein, ihn hereinzuschaffen und die Wachen hinaus hingegen nicht. Wahrscheinlich betrachteten sie gerade zu dritt das Gefängnis, achteten auf Schwächen, suchten nach Möglichkeiten, um hereinzugelangen, und überlegten, wie sie die Wachen überlisten konnten. Naja, vielleicht zu zweit. Lanelle versuchte wahrscheinlich, beide zu überreden, mit ihr zu fliehen.

Ich ergriff Danellos Hand. Diesmal lag es an Aylin, sich einen Plan einfallen zu lassen.

Es sei denn, Lanelle hat ihr gar nichts gesagt.

Ich zuckte zusammen und spannte jeden Muskel an. Was, wenn Lanelle *tatsächlich* geflüchtet war? Was, wenn sie gar nicht versucht hatte, Aylin oder Quenji zu finden? Unter Umständen wussten sie gar nicht, dass wir verhaftet worden waren.

Meine Eingeweide krampften sich zusammen. Lag unser Leben wirklich in *Lanelles* Händen?

Saea mochte uns allen gnädig sein.

Das Rumpeln dutzender Räder unterbrach die Stille. Das Licht war vor Stunden von den Fenstern verschwunden, und ein orangefarbener Sonnenuntergang erhellte die Bäume, die ich sehen konnte. Der Soldat stand auf und schaute nach draußen.

»Was ist das?«, fragte der Wächter.

»Pferde.« Der Soldat drehte sich zu dem Wächter um. »Geh nachsehen, was da los ist.«

»Ich?«

»Oder bleib hier und komm allein mit etwaigen Angreifern zurecht, falls das ein Ablenkungsmanöver ist.«

Der Wächter verdrehte die Augen. »Glaubst du wirklich ... Ich bin gleich zurück.« Er huschte hinaus.

Der Soldat stand mit der Hand auf seinem Schwert an der Tür. Nur wenige Fuß vom Steckbrief entfernt.

»Klingt nicht nach den Männern des Herzogs«, flüsterte Danello. Fand ich auch.

»Flüchtlinge?«

»Mit Pferden?«

Stimmen schwollen an und ab. Sie stritten nicht, sondern führten lediglich eine Unterhaltung. Vielleicht erklärte der Wächter ihnen, dass sie verschwinden mussten.

Wenige Minuten später öffnete sich die Tür, und der Wächter kehrte zurück. Er wirkte beunruhigt.

»Und?«, fragte der Soldat. Seine Hand hatte sich immer noch nicht vom Schwert entfernt.

»Unsterbliche«, antwortete der Wächter mit zittriger Stimme. Mein Herz setzte einen Schlag aus.

Der Soldat sah ihn finster an und verengte die blauen Augen zu Schlitzen. »Du meinst die *Aufseher?*«

Also hatten die Unsterblichen eine offizielle Bezeichnung. Mich überraschte, dass ich sie zuvor noch nie gehört hatte.

Der Wächter nickte. »Aufseher, ja, das habe ich gemeint. Sechs davon und ein Dutzend Soldaten.«

Ihr Heiligen, nein. Wenn Lanelle bisher noch nicht geflüchtet war, würde sie es jetzt todsicher tun.

»Was wollten sie?«

»Haben sie mir nicht gesagt. Sie haben nur verlangt, meinen Befehlshaber zu sehen. Ich habe sie zur Herberge geschickt.«

Ich sah Danello an und hoffte, dass ich nicht verängstigt wirkte.

»Was machen wir jetzt?«, fragte der Wächter.

Der Soldat schaute mit gerunzelter Stirn zu uns herüber. »Wir befolgen Befehle und bewachen die Gefangenen.«

Der Sonnenuntergang ging in die Abenddämmerung über. Ich konnte nicht sehen, was draußen vor sich ging, aber die Geräusche kamen und gingen. Die Tür öffnete sich, und eine Soldatin trat ein. An ihrem Kragen prangten Unteroffiziersbalken. Der Wächter sprang auf die Beine, der andere Soldat erhob sich gemächlich.

»Wir haben Ärger«, verkündete sie. »Sieht so aus, als könnte die Schifterin in der Gegend sein.«

Mir raste ein eiskalter Schauder über den Rücken.

»Ist sie hinter dem Heiler her?«

»Es wäre nicht der erste Heiler, den sie getötet hat.«

Danello drückte meine Hand, doch ich spürte es kaum. Sie glaubten, ich wäre hier, um Heiler zu töten? Was in Saeas Namen hatte der Herzog über mich verbreitet?

»Sie hat sie nicht getötet, sie hat sie gerettet«, meldete sich der Wächter zu Wort. Die Soldatin und der Soldat richteten die Blicke auf ihn. Er trat zurück. »Na ja, das habe ich gehört.«

Die Frau schnaubte. »Sag das mal den Toten.«

Der Wächter erwiderte nichts. So töricht es sein mochte, ich wollte unbedingt *irgendetwas* sagen, um mich zu verteidigen.

»Die Aufseher haben Betaal erzählt, dass die Schifterin auf einem Bauernhof ein paar Tagesritte von hier entfernt gesehen wurde«, sagte die Frau. »Aber jetzt ist der Ort verlassen. Sie sind überzeugt davon, dass sie in diese Richtung gekommen ist.«

Sie mussten unmittelbar nach unserem Aufbruch am Bauernhof eingetroffen sein. Jemand musste ihnen berichtet haben, dass ich dort gewesen war. Wahrscheinlich einer der Adeligen, die mich gesehen hatten. Vielleicht ein Spitzel in Kleinadelshausen mit Botenvögeln. Andernfalls hätten sie unmöglich so schnell dort sein können.

»Ich werde die Augen offenhalten. Worauf genau muss ich achten?«

»Ein Mädchen, kurzes schwarzes Haar, etwas sechzehn Jahre alt.« Sie verstummte kurz, dann streckte sie die Hand aus und riss den Steckbrief von der Wand. »Tatsächlich sieht sie genau so aus. Präg dir dieses Gesicht ein, aber nähere dich ihr *nicht* auf eigene Faust.«

»Ist sie wirklich so gefährlich?«

»Frag Gemid. Sie hätte um ein Haar seinen gesamten Trupp getötet.«

»Unster… ich meine Aufseher? Ich dachte, sie wären unverwundbar.«

»Niemand ist gegen alles gefeit.« Sie bedachte ihn mit einem finsteren Blick und schlug ihm den Steckbrief gegen die Brust. »Wenn du dieses Mädchen siehst, suchst du uns. Verstanden?«

»Ja.«

Sie zog eine Augenbraue hoch.

»Ja, Unteroffizierin.«

Kaum war die Tür zugefallen, sank der Wächter auf seinen Stuhl. »Mein Unteroffizier ist mir lieber«, murmelte er.

Danello schaute zu mir, aber ich fühlte mich durch sein Alles-wird-gut-Lächeln keineswegs besser. Die Wachen hatten den Steckbrief angesehen. Sobald sie mich erneut anblickten, würden sie mich erkennen.

Ich hatte keine Schmerzen, die ich verwenden konnte, es sei denn, wir verletzten uns selbst. Und selbst wenn wir das täten, würden sie mich vielleicht erkennen, bevor sie nahe genug herankämen, dass ich die Schmerzen schiften konnte. Und wenn nur einer von ihnen entwischte und den anderen Bescheid gäbe …

Beeil dich, Aylin. Beeil dich.

Die Abenddämmerung ging in die Nacht über. Durch das Fenster drangen beunruhigtes Gemurmel und gelegentlich ein Schrei herein. Die Unsterblichen. Sie verhörten jeden im Ort. Man hatte mich im Kaffeehaus gesehen und als wir zu Soek gingen. Wenn jemand den Unsterblichen von einem dunkelhaarigen Mädchen erzählte, das verhaftet worden war …

»Den Soldaten kann ich wahrscheinlich überwältigen, wenn es mir gelingt, ihn zu überraschen«, flüsterte Danello dicht an meinem Ohr. »Kannst du den Wächter ausschalten?«

»Vielleicht. Ganz sicher, wenn er mich durchbohrt.«

»Darfst du Karten spielen?«, fragte der Wächter den Soldaten. »Oder hat deine Unteroffizierin etwas dagegen?«

»Hast du auch Münzen hier?«

»Genug.«

»Dann teil aus.«

Während der dritten Runde des Spiels flog die Tür auf. Der Soldat war binnen weniger Sekunden auf den Beinen und hatte das Schwert gezogen. Aylin erschrak und quiekte, heuchelte Überraschung. Der Wächter kippte beinah von seinem Stuhl.

»Ich hab sie gesehen!«, rief Aylin und deutete mit einer Hand zur Tür hinaus. Sie war adrett wie eine Händlerin gekleidet. Woher hatte sie diese Gewänder? »Die Schifterin, sie ist draußen bei der Schmiede und macht etwas mit der Esse, glaube ich.«

Der Soldat musterte sie – ihr schwarzes Haar, ihre feine Aufmachung. Ich bezweifelte, dass sie seine Aufmerksamkeit erregt hätte, wenn sie so wie sonst ausgesehen hätte. »Bist du sicher?«

»Ja, sie sieht genau wie auf dem Steckbrief aus, der überall herumgezeigt wird.«

»Hast du jemanden bei ihr bemerkt?«

»Vielleicht einen Mann und ein anderes Mädchen. Kommt, ich zeige es euch.«

»Nein, bleib hier.« Der Soldat wandte sich an den Wächter. »Du auch.«

»Das brauchst du mir nicht zweimal zu sagen.«

Der Soldat rannte hinaus. Aylin schaute ihm durch die Tür nach. Einen Moment lang zerfurchte Besorgnis ihre Stirn, dann war der Ausdruck verschwunden. Sie seufzte und ließ beide Hände auf die Rückenlehne eines der Stühle sinken.

»Hast du wirklich die Schifterin gesehen?«, fragte der Wächter.

Sie nickte eifrig. »O ja! Hätte mich fast zu Tode geängstigt. Es waren die Flammen, die meine Aufmerksamkeit erregt haben. Sie waren blau, ist das zu glauben?« Ihre Finger schlossen sich um die Rückenlehne.

Der Wächter verzog das Gesicht. »Blau?«

»Blau wie der Himmel. Schau selbst …« Sie neigte den Kopf in Richtung des Fensters neben ihr. »Du kannst es von hier aus sehen.«

Der Wächter trat ans Fenster. Aylin hob den Stuhl und zog ihn dem Mann über den Schädel. Stöhnend sackte er zu Boden.

»Schnell, wir haben nicht viel Zeit«, sagte Aylin und stieg über den bewusstlosen Wächter hinweg. »Der Soldat wird nicht lange brauchen, um festzustellen, dass niemand bei der Schmiede ist.«

»*Gibt* es hier überhaupt eine Schmiede?«, fragte ich.

»Keine Ahnung, aber ich dachte, Bauern haben Pferde, und Pferde brauchen Hufeisen, richtig?« Sie holte einige Dietriche hervor und kniete sich neben die Zellentür.

»Wann hast du gelernt, wie man Schlösser knackt?«

»Quenji hat es mir beigebracht.«

Mit einem Klicken öffnete sich das Schloss.

»Ihr seid beide genial.« Ich eilte zu dem Wächter und legte ihm eine Hand auf den Arm.

Aylin schob den Stuhl zurück. »Ich habe ihn doch nicht schwer verletzt, oder?«

»Es geht ihm gut. Er wird Kopfschmerzen und blaue Flecken haben, aber die verheilen von allein. Wo sind die anderen? Ist Lanelle noch hier?«

Aylin verdrehte die Augen. »Gerade noch. Sie sind an den Docks. Quenji hat uns ein Boot besorgt.«

»Was ist mit Soek?«

»Er ist in einem Gebäude voller Soldaten. Ich glaube nicht, dass wir ihm helfen können.«

»Wir können ihn nicht einfach hier zurücklassen.«

Danello legte mir eine Hand auf den Arm. »Nya, sie hat recht. Wir müssen die Menschen in Geveg warnen. Wir dürfen keine Zeit mehr verlieren. Wenn wir den Herzog aufhalten, retten wir alle.« Er hob das Schwert des Wächters auf und öffnete die Tür einen Spalt weit. »Keine Soldaten, aber da draußen sind eine Menge Leute. Sie sehen ziemlich wütend aus.«

»Die Unsterblichen haben jemanden verletzt«, erklärte Aylin. »Eine ältere Frau. Die Menschen beschweren sich darüber.«

Die vertraute Beklommenheit kehrte zurück. Mit Leuten, die sich beklagten, gingen Unsterbliche nicht zimperlich um.

»Achte darauf, dass Nya zwischen uns bleibt«, sagte Danello und huschte hinaus. »So ist die Gefahr geringer, dass sie gesichtet wird.«

Wir blieben dicht bei den Gebäuden und hielten uns außerhalb der gelben Lichtkegel der Straßenlampen. Die Marschbewohner hatten sich vor der Herberge versammelt. Sie brüllten und schüttelten die Fäuste.

Eine Frau schrie, und die Menge teilte sich nicht weit vor uns. Soldaten kamen zum Vorschein. Ihre Blicke suchten im Vorbeigehen Gesichter ab. Hinter den Soldaten schritt ein Unsterblicher. Danello und Aylin rückten näher zu mir.

»Alle dort drüben aufstellen«, befahl der Unsterbliche und deutete zur Seite des Marktgebäudes.

»Wir müssen nicht auf dich hören«, brüllte ein Mann.

Der Unsterbliche zog sein Schwert und marschierte auf den Mann zu. Der wich zwar nicht zurück, aber über seine Züge huschte Besorgnis.

»Setz dich in Bewegung. Sofort«, sagte der Unsterbliche.

»Ich setze mich in Bewegung, wenn mich jemand darum ersucht, der *nicht* vom Tisch des Herzogs isst.«

Der Unsterbliche schlug ihm mit dem Handrücken so heftig übers Gesicht, dass der Mann in die Menge flog. Leute kreischten, einige brüllten, andere griffen den Unsterblichen an. Der stemmte sich dagegen, ging jedoch unter dem Ansturm von Körpern zu Boden.

Die Soldaten zogen die Schwerter, preschten in das Gemenge und schwangen wahllos die Klingen. Weiteres Geschrei, und der Unsterbliche tauchte aus dem Getümmel auf, sein Schwert dunkel vor Blut. Er rammte es in die nächstbeste Person, eine Frau, die versucht hatte, einer anderen zu helfen. Ein Mann neben ihr stieß ein Messer in die Hand des Unsterblichen, doch der riss es nur heraus und stach damit auf den Mann ein. Gleich darauf war die Wunde verschwunden, geheilt und in seine Rüstung gedrückt. Weitere Unsterbliche rückten gegen die Menge vor. Einer war riesig, ragte hoch über die Köpfe aller anderen auf. Ein anderer war klein und bahnte sich mit flinken Schwertschwingern einen Weg durch den Menschenauflauf.

»Sie werden die Leute umbringen«, sagte ich langsam.

Danello zog mich weiter. »Nya, wir müssen dich von hier wegschaffen.«

»Aber diese Leute!« Es war wie damals, als ich klein gewesen war. Menschen rannten umher, Soldaten verfolgten sie, Blut wurde vergossen. Und alles, weil ein Mann zu jemandem in Blau ›nein‹ gesagt hatte.

»Wir können nichts dagegen tun. Komm schon.« Danello zerrte an meinem Arm, und ich stolperte ein paar Schritte weiter, konnte den Blick jedoch nicht abwenden.

Ich konnte etwas dagegen unternehmen. Ich ließ Danellos Hand los.

»Nya, was hast du vor? Aylin!«, brüllte er.

Wenn sie hier waren, um nach mir zu suchen, wusste der Herzog vermutlich bereits, wo ich mich aufhielt. Es würde keine Rolle spielen, wenn ich schiftete oder blitzte. Ich konnte die Unsterblichen aufhalten, diesen Leuten helfen und Soek befreien.

Mal sehen, wie viel Schmerz in euren Rüstungen steckt.

Ich trat vor, schob mich in die Menge und schlich mich hinter einen der kleineren Unsterblichen. Ich schlug die Hände auf die Rüstung und stellte mir vor, wie Löwenzahn im Wind wehte.

Peng!

Der Blitz hallte wider, als der Unsterbliche aufschrie ... schrill, weiblich und vertraut. Eine Frau. Sie drehte sich, als sie fiel und alle um uns herum zu Boden gingen. Unsere Blicke begegneten sich.

Tali.

Siebtes Kapitel

Nein!

Ich sank neben ihr zu Boden. Sie lag bewusstlos auf der Straße. Blut verschmierte die Pynviumrüstung, die sie trug.

Eine Unsterbliche.

Tali war eine *Unsterbliche*.

Jeatars Worte hallten durch meinen Geist. *Du hast die Unsterblichen gesehen. Du weißt, was sie machen. Wenige wollen all die Schmerzen erleiden oder sie anderen zufügen. Aber die Kommandanten zwingen sie dazu. Sie biegen den Verstand und brechen den Willen und schaffen so die Waffen, die der Herzog haben will. Wie lang kann Tali das deiner Meinung nach dort drinnen ertragen?*

Nicht lang genug.

»Wie konnten sie dir das antun?«, flüsterte ich und legte eine Hand auf ihre Wange. Ich sehnte mich danach, den Blitz aus ihr zu *ziehen*, sie aufzuwecken und das Warum zu erfahren ... aber sie hatte genau so wie die anderen getötet. Wenn ich sie weckte, würde ich sie vielleicht noch einmal verletzen müssen.

Wut drehte mir den Magen um, und Hitze schoss durch meinen Körper. Es war *deren* Schuld. Sie hatten ihr das angetan, ihren Verstand verbogen, sie zu einer Mörderin gemacht. Mit geballten Fäusten erhob ich mich. Dann öffnete ich die Finger. Ich würde meine Hände brauchen.

»Was habt ihr mit ihr gemacht?«, brüllte ich und steuerte auf den nächstbesten Soldaten zu.

Der riesige Unsterbliche drehte sich um und hob sein Schwert an. Ich ging weiter auf ihn zu.

Die letzten paar Schritte sprang er mir entgegen und rammte mir das Schwert in den Bauch. Ich keuchte. Rings um die Wunde brannte meine Haut wie Feuer. Dann ließ ich mich auf ihn zufallen. Mit einem selbstgefälligen Grinsen im Gesicht starrte er mich an. Ich griff nach oben und legte die Hände auf seine Wangen.

»Nicht klug«, sagte ich.

Einen halben Herzschlag lang schaute er verwirrt drein, dann erbleichte er. »Schifterin«, flüsterte er.

Ich *drückte* die Schmerzen in ihn.

Er schrie auf, taumelte und fiel auf ein Knie.

Doch Sekunden später war er wieder auf den Beinen, sein Schmerz verheilt. Er war eindeutig zu wütend, um seinen Fehler zu erkennen. »Es ist die Schifterin!«, rief er, und die anderen Soldaten drehten sich um.

Während sie herbeirannten, griff er mich an. Ich trat ihm entgegen und schlug beide Hände gegen seinen Brustpanzer.

Peng.

Schmerz blitzte, und das Prickeln eines Sandgebläses kroch über meine Haut. Der hünenhafte Unsterbliche schrie auf und brach zusammen. Die vorrückenden Soldaten taumelten und fielen. Die Menge verharrte einen Moment lang wie erstarrt, dann brach sie in Jubel aus.

»Lauft!«, rief ich. »Verschwindet von hier.«

Die Menschen hörten nicht auf mich. Einige preschten vor und hoben die gefallenen Schwerter auf. Sie griffen die Soldaten an, stachen sie so unbarmherzig nieder wie zuvor die Soldaten die Marschbewohner. Dann wandten sie sich dem großen Unsterblichen zu, und er verschwand unter einer Woge von Wut und Angst.

Tali!

Ich rannte zurück zu ihr. Über sie hatte sich noch niemand hergemacht. Danello tauchte neben mir auf und zupfte an meinem Arm. »Nya, wir müssen weg.«

»Das ist *Tali.*«

»Was?« Er blickte hinab und erbleichte. »O nein.«

»Schaff sie zum Boot.« Ich war hier noch nicht fertig. Der Letzte der Unsterblichen stürmte aus der Herberge, gefolgt von Betaal und ihren Soldaten.

»Nya, warte!«

Ich raste auf den Unsterblichen zu. Soldaten brüllten, Klingen schnitten meine Haut auf, aber ich blieb nicht stehen. Sie würden alle für das bezahlen, was sie getan hatten. Jeder einzelne der Unsterblichen.

Der Soldat aus dem Gefängnis stach mir in die Schulter. Ich wirbelte herum, packte ihn am Handgelenk und *schob* die Schmerzen in ihn. Er schrie auf und wankte wie all die anderen zurück. Ein weiterer Unsterblicher, ein weiterer Blitz, der durch die Nacht hallte, ein weiteres Prickeln eines Sandgebläses. Wieder flammten Schmerzen über meine Haut, diesmal von hinten. Ich ließ mich fallen und rollte auf denjenigen zu, der mich getroffen hatte. Ein *Drücken*, und er ging zu Boden.

Ich hielt Ausschau nach weiteren Gegnern.

Ich hatte meine Schwester verloren. Sie hatten sie mir gestohlen, sie missbraucht. Sie sollte eine *Heilerin* sein, keine Mörderin.

Sie hatten mir alles genommen. Tali, Mama, Papa, Großmama. Das Leben, das ich hätte führen, die Familie, die ich hätte haben sollen. Sie hatten mich dazu gebracht, Dinge zu tun, von denen ich mir gelobt hatte, sie nie zu tun.

Ich packte den letzten Mann in Pynviumrüstung. Er schrie als Nächster auf, aber danach niemand mehr. Sie lagen alle auf der Straße, einige blutig, einige von Schmerzen gepeinigt.

»Nya?«

Ich wirbelte mit ausgestreckten Händen herum. Danello wich zurück und hob die Arme.

»Ich bin's nur!«

»Danello?«

»Wir müssen weg.«

»Aber Tali …«

»Wartet auf dem Boot auf dich, wie versprochen. Du kannst ihr nicht helfen, wenn du gefasst wirst.« Jemand stöhnte, und Danello zuckte zusammen. »Wir müssen uns beeilen.«

Ich nickte nur. Ich fühlte mich plötzlich zu erschöpft, um zu sprechen. Wir hasteten das Dock entlang. Nur wenige Lampen brannten, gerade genug, um den Weg zu finden. Es herrschte Stille. Nur das Schwappen der Wellen gegen die Pfähle und das Knarzen des Holzes der Boote waren zu vernehmen. Quenji stand auf dem Dock vor uns neben der feinen, grün und golden verzierten Jolle.

Eine Jolle der Gilde.

Ich sprang an Bord.

Aylin setzte das Segel, während Quenji die Leinen löste. Wir trieben vom Dock weg. Segel flatterten und bauschten sich, dann gewannen wir an Fahrt und kreuzten über das dunkle Wasser in die Nacht hinein. Nachts zu segeln war gefährlich, aber immer noch sicherer, als in der Ortschaft zu bleiben.

Ich setzte mich auf die Bank und hob mir Talis Kopf auf den Schoß. Lanelle starrte sie an, das Gesicht vor Angst und Mitleid verzogen. Soek nahm neben ihr Platz.

»Wie bist du hierhergekommen?«, fragte ich Soek.

»Ich rannte weg, als Betaal und die anderen auf dich losgingen. Danello sah mich, und ich half ihm, Tali zum Boot zu bringen.«

Ich lächelte. »Danke.«

»Wir sollten sie nicht mitnehmen«, meldete sich Lanelle zu Wort, die Tali immer noch beobachtete, als würde sie jeden Moment aufspringen und versuchen, uns zu töten.

»Tali bleibt bei mir.«

»Nya, ich habe gesehen, was es bei Menschen bewirkt, wenn sie Unsterbliche werden. Wenn sie aufwacht, wird sie ...«

»Halt die Klappe, Lanelle«, fiel Danello ihr ins Wort. Nicht boshaft, nicht wütend; nur ein ruhiger Befehl.

Sie starrte ihn an, blieb jedoch still.

Danello übernahm das Ruder, während Aylin das Segel bediente. Die Lichter des Docks entfernten sich, bis ich Talis Gesicht nicht mehr erkennen konnte.

Ich rückte neben sie und begann, ihre Rüstung zu entfernen. Mondlicht erfasste die Unterseite, die silbrig funkelte, allerdings nicht wegen des Mondlichts.

Jedes Teil der Rüstung war mit silbrigem Metall ausgekleidet. Wie hatte es der Herzog genannt? Kragstun. Dasselbe Metall, das er verwendet hatte, um jene Handschellen anzufertigen, die Schmerzlöser zwangen, das zu tun, was er ihnen auftrug. Die *mich* gezwungen hatten, das zu tun, was er mir auftrug.

Schuf er so die Unsterblichen? Zwang er sie zu töten?

Tali keuchte, richtete sich ruckartig und mit schwingenden Armen auf. Sie stürzte sich von der Bank geradewegs auf Lanelle.

»Aaah!«

»Tali, nicht!«, rief ich und hechtete ihr nach.

Lanelle warf sich zur Seite, und die Jolle schaukelte. Soek packte

Tali, hielt sie um die Mitte fest, während sie austrat und kreischte. Er taumelte, Tali wand sich, und sie fielen beide auf das Deck.

»Ergreift sie! Haltet sie fest!« Lanelle deutete auf Tali und sprang herum, als hätten wir Schlangen freigelassen.

Quenji und Soek packten Tali erneut, hielten sie unten.

»Tali, ich bin's, Nya.« Ich versuchte, mich ihr zu nähern, aber sie setzte sich zu heftig zur Wehr. »Tali!«

Sie schenkte mir keine Beachtung oder hörte mich nicht. Womöglich wusste sie nicht mal, wer oder wo sie war. Ich versuchte es weiter. Meine Kehle war heiser, als sie sich vor Erschöpfung endlich beruhigte.

»Kannst du mich hören?«

Sie starrte mich an. Ihre Augen schimmerten, doch ich sah darin nur das Mondlicht.

»Sie weiß nicht, wer ich bin.« Ich brachte die Worte kaum heraus. Tali war fort. Wirklich fort. Mein Herz fühlte sich völlig ausgehöhlt an.

Ich wollte sie umarmen, ihr sagen, dass alles gut werden würde, doch das wäre eine Lüge gewesen. Außerdem hätte sie sich nicht von mir halten lassen. Sie wollte eindeutig nicht einmal von mir berührt werden, und es würde vielleicht nie wieder alles gut werden.

Ich hatte meine Schwester im Stich gelassen.

»Du musst sie fesseln, damit sie ... sich nicht selbst verletzt«, sagte Lanelle leise. »Wenn sie über Bord geht, könnte sie ertrinken.«

Ich presste die Augen zu, drängte die Tränen zurück. Meine Schwester fesseln? War ihr nicht bereits genug angetan worden? Ich holte tief Luft und näherte mich ihr mit ausgestreckter Hand. »Tali ...«

Kreischend schwang sie die geballten Fäuste in meine Richtung. Mit einer Hand traf sie Quenji. Der schrie kurz auf, ließ aber nicht los. Ich wich zurück.

»Haben wir Seil?«, fragte ich und hasste mich dafür.

»Ich bin sicher, wir haben welches.« Aylin stand auf und machte sich auf die Suche. Nachdem sie eine Weile herumgekramt hatte, kam sie mit Seilstücken zurück, die Enden frisch abgeschnitten.

Ich fesselte Talis Hände und Füße. Sie kreischte erneut, setzte sich wieder zur Wehr, aber Soek und Quenji hielten sie fest. Wimmernd wie ein gefangenes Tier lag sie auf dem Deck.

Aylin legte mir eine Hand auf die Schulter. »Nya, es tut mir so leid. Wir finden eine Möglichkeit, ihr zu helfen. Ganz bestimmt.«

Ein zerbrochenes Ei kann man nicht zusammensetzen.

Eine Weile sagte niemand etwas. Wir trieben vor uns hin. Die Jolle schaukelte, das Segel knarrte.

»Was machen wir jetzt?«, fragte Quenji.

Auf dem Deck funkelte die Pynviumrüstung. Ich holte tief Luft und hob ein Teil davon auf. »Seht euch das an.« Ich zeigte ihnen die Metallauskleidung an der Innenseite. »Ich glaube, das ist es, was bewirkt hat, dass sie … sich so verhält.«

Lanelle schauderte und zog die Knie ans Kinn. »Vinnot hatte etwas davon an dem Ort, wo er mit uns experimentierte. Er stritt deswegen oft mit dem Herzog.«

»Worüber stritten sie?«

»Darüber, es zu verschwenden. Er sagte, er könne keines mehr bekommen. Derjenige, der es hergestellt habe, sei tot.«

»Wer?«

»Zerten oder so.«

Zertanik! Der Schmerzhändler, der Techniker. Derjenige, der mir Pynviumsplitter als Gegenleistung dafür angeboten hatte, Schmerz für seine reichen Kunden zu schiften. Er hatte in seinem Stadthaus Pynvium mit Geheimzeichen derselben Art gehabt, wie es bei der Waffe des Herzogs verwendet wurde. Er musste das Kragstun hergestellt und eine Möglichkeit gefunden haben, es mit Pynvium zu mischen und den Geist zu beeinflussen.

Ich ließ den Blick übers Wasser wandern. Lampenreihen entlang der Docks von Geveg erhellten die Nacht in regelmäßigen Abständen, die wie die Breite von Ankerplätzen anmuteten. Dunkle Schemen schaukelten davor, ließen die Lampen abwechselnd hell und dunkel flackern. Boote im Wasser um die Docks. Eine Blockade? Wir mussten an diesen Booten vorbei. Außerdem an den Soldaten, an den Kämpfenden und an allem Sonstigen, was in Geveg vor sich gehen mochte.

»Wir gehen zu Zertaniks Stadthaus«, verkündete ich. »Wenn er das Kragstun hergestellt hat, könnte es dort etwas geben, das mir verrät, wie man Tali heilen kann.«

Quenji schaute verwirrt drein. »Wer ist Zertanik?«

»Er war ein Schmerzhändler, der versucht hat, den Pynviumblock der Gilde zu stehlen«, antwortete ich. Was ich mit ihm gemacht hatte, erwähnte ich nicht, wenngleich ich unweigerlich das Bild des roten Nebels auf den beschädigten Steinmauern der Gilde vor Augen hatte. »Eine Weile haben wir uns in seinem Stadthaus versteckt, bis wir Geveg verlassen mussten.«

»Und er hatte nichts dagegen?«

»Er ist tot.«

»Oh.« Quenji verstummte kurz. »Du hast ein ganzes Haus gestohlen?«

Er klang beeindruckt. Ich seufzte.

Danello nickte. »Also zum Stadthaus. Glaubst du, mein Da könnte dort sein?«

Danellos Vater war bei uns geblieben, nachdem ihm die Soldaten auf der Suche nach uns zugesetzt hatten. Er hatte Geveg kurz vor uns verlassen, weil er versuchen wollte, für uns auf den Marschhöfen einen Platz zu finden, an dem wir bleiben konnten. Wahrscheinlich war er krank vor Sorge um Danello und die Kleinen.

»Schon möglich.«

»Wie kommen wir an der Blockade vorbei?«

Ich hatte oft genug auf Fischerbooten gearbeitet, um einige Tricks zu kennen. Nicht alle dieser Bootskapitäne hatten gewollt, dass ihre Baseeri-Meister erfuhren, wie viel sie an einem Tag gefangen hatten. Auch wenn die Docks bewacht wurden, bezweifelte ich, dass man solche Plätze im Auge behielt.

»Steuere das Lagerhausviertel an. Ich kenne ein paar Plätze, wo wir unbemerkt an Land gehen können.«

Das Segel kräuselte sich, als wir den Kurs änderten. Die warme Brise strich kitzelnd durch mein Haar. Wir kreuzten die Küste entlang und umfuhren die Docks.

»Achtet darauf, dass die Fahrwasserglocken auf unserer rechten Seite bleiben«, sagte ich. »An der Nordseite, in der Nähe der Lagerhausreihe, befindet sich ein Landungsstrand.«

Danello runzelte die Stirn. »Wo die alten Docks versenkt wurden? Ich dachte, dort seien zu viele Trümmer, als dass noch Boote durchkämen.«

»Durch das Geröll unter Wasser führt ein verborgener Kanal.«

Quenji lächelte. »Eine Schmugglerbucht. Nett.«

»Wir können durch eine bröckelige Seemauer gehen«, erklärte ich. »Die Böschung ist steil, aber man kommt mit dem Bug ran und kann das Boot festmachen. Wir werden Lotungssteine brauchen, um hinzugelangen. Es müssen welche an Bord sein.«

»Ich sehe mal nach.« Aylin stand auf und begann, die verborgenen Fächer zu durchsuchen, die alle Boote zu haben schienen.

»Kannst du uns durchführen?«, fragte Quenji.

»Ja, ich habe das schon mal gemacht«, antwortete ich.

Natürlich hatte ich es noch nie nachts getan, und ich hatte nur die Steine geworfen, nicht das Boot aufgrund dessen gelenkt, was sie fanden. Außerdem hatte ich es noch nie mit einem so großen Boot versucht. Entlang des Nordufers der Inseln gab es heftige Strömungen, und wir hatten eine Menge Rumpf, der davon erfasst und mitgerissen werden konnte, wenn wir die Tide falsch erwischten.

Wir kreuzten durch Wasser, so schwarz wie Tinte. Als Aylin die Steine fand, hatten sich meine Augen an die Düsternis angepasst, dennoch hatte ich Mühe, in der silbrigen Schwärze Einzelheiten zu erkennen. Die Jolle bildete eine dunkle Masse, ihre Passagiere glichen beweglichen Schemen. Ich beobachtete die Küste und hielt nach Orientierungspunkten Ausschau.

Alles war besser, als Tali anzusehen, die gefesselt in einer Ecke lag und ins Leere starrte.

Die Kuppel der Heilergilde zeichnete sich am deutlichsten ab und kennzeichnete die Stadtmitte. Unmittelbar dahinter leuchteten die Turmspitzen des Tempels am Leuchtturmweg, wir hatten also noch einen weiten Weg zu segeln. Wir mussten das Boot so in Stellung bringen, dass wir uns vor dem Tempel befanden. Dann würden wir es an den Docklichtern ausrichten, die auf der Kaffeeinsel schimmerten, und uns den Weg hinein bahnen.

Meine Haut begann zu jucken. Ich zupfte an dem getrockneten Blut auf meinen ruinierten Kleidern, die beim Kampf gegen die Unsterblichen und die anderen Soldaten zerschnitten und zerrissen worden waren.

»Wo ist mein Rucksack?«

»In der Kabine«, antwortete Quenji. »Ich habe alle dort hinuntergeworfen.«

Ich ging hinein und zog mich um. Viel hatte ich nicht eingepackt, und eine Garnitur hatte ich bereits verbraucht. Aylin brachte mir Seewasser zum Waschen, und meine Finger strichen über die harten Knoten neuer Narben.

»Es tut mir so leid, Tali«, flüsterte ich und sank zu Boden. Tränen traten mir in die Augen, und ich ließ ihnen freien Lauf, während ich leise in der Dunkelheit schluchzte.

Als wir den verborgenen Kanal erreichten, fühlte es sich an, als befänden wir uns bereits seit Stunden auf dem Wasser. Aylin holte das Segel ein, und Quenji ging mit Danello nach unten an die Riemen. Soek stand am Kopf der Treppe, bereit, Anweisungen hinunterzurufen.

»Lanelle, übernimm das Ruder.«

Sie tat es, und ich eilte mit Aylin zum Bug. Sie brachte die Lotungssteine mit. Ich wickelte den Faden auf und warf einen Stein nach vorn. Mit einem Platschen sank er hinab.

»Wie schmal ist der Kanal?«, fragte sie, während ich den Stein einholte.

»Vielleicht zwanzig Fuß.«

Sie runzelte die Stirn. »Das lässt keinen Raum für Fehler.«

»Überhaupt keinen.« Das alte Dockpfahlwerk befand sich immer noch unter Wasser und würde ein ordentliches Loch in unseren Rumpf reißen, wenn wir dagegen prallten.

»Wir suchen zuerst den alten Hafendamm«, sagte ich. »Dann umfahren wir ihn und loten weiter, bis wir die Kanalöffnung erreichen.«

Ich warf den Stein erneut. Er sank weit, ohne unter Wasser auf irgendetwas zu stoßen. Ich gab Soek ein Zeichen, und er rief die Anweisung, das Boot sachte vorwärtszubewegen.

Blubb – platsch.

Wir trieben weiter. Das Wasser hörte sich ruhig an. Es klatschten keine heftigen Wellen gegen die Seemauer. Also hatten wir Glück mit der Tide.

Blubb – platsch.

Eine Bö kam auf, und ein säuerlicher Geruch ließ mich die Nase rümpfen. Die Gerberei. Der Gestank war stark, also befanden wir uns eindeutig am richtigen Ort. Nicht weit von der Brücke, zwischen dem Lagerhausviertel und den Produktionsdistrikten.

Blubb – bums.

Der Stein traf etwas Hartes.

»Halt!« Ich winkte Soek zu, und die Riemen knarrten, zogen das Boot zurück.

»Ein wenig nach rechts«, sagte ich, ziemlich sicher, dass wir höher als notwendig entlang des alten Hafendamms waren.

Ich warf den Stein. Erneut ertönte ein Bums.

»Mehr nach rechts.« Das Boot schlängelte sich den versunkenen Hafendamm entlang.

Beim nächsten Mal sank der Stein tiefer. Klares Wasser. Ich warf ihn noch einige Male, lotete die Mitte der schmalen Zufahrt in den Kanal aus. Danello und Quenji manövrierten das Boot Zoll für Zoll. Als wir ausgerichtet waren, glitten wir durch die Öffnung.

Wieder fühlte es sich an, als ob mehrere Stunden verstrichen, ehe die Öffnung in der Seemauer in Sicht geriet. Wahrscheinlich waren es nur ein paar Minuten gewesen. Ich hielt mich an der Bugreling fest, als wir über den Sand an dem schmalen Strandstreifen auf Grund liefen.

Ich warf den Anker, der sich in den Sand grub. Aylin sprang hinaus und brachte das Boot durch die Gewichtsverlagerung zum Schaukeln. Ich hüpfte vom Bug und landete hart.

»Wird uns hier jemand sehen?«, fragte Aylin.

»Nur, falls jemand die Hecken umgeschnitten hat, die hinter den Pensionen verlaufen.« Früher waren das Lagerhäuser gewesen, die man über das Dock erreicht hatte, das nun unter Wasser lag. Ich konnte mich nicht erinnern, was mit den Docks passiert war, aber niemand hatte sich die Mühe gemacht, es wiederaufzubauen, und die Lagerhäuser waren in Zimmer mit niedriger Decke und wenigen Fenstern umgewandelt worden. Ich hatte nie darin gewohnt, hatte jedoch gehört, die Miete sei nicht annähernd niedrig genug für das, was man bekam.

Ich drückte den Anker tiefer in den Sand. Über dem Rand des

Wassers war ein breiterer Streifen nass geworden, als die Wellen es rechtfertigten. Die Flut zog sich zurück. Ich stellte mir vor, wie die Jolle seitwärts im Sand lag, das Wasser zehn Fuß vom Heck entfernt.

»Jemand muss hierbleiben und den Anker zurückziehen.«

»Das mache ich«, meldete sich Lanelle.

Aylin verschränkte die Arme vor der Brust. »Damit habe ich kein Problem.«

»Überrascht mich nicht«, schoss Lanelle zurück.

Ich seufzte. »Aufhören, alle beide.«

»Kommt mich holen, wenn ihr damit fertig seid, das Haus dieses Zertanik zu durchsuchen.«

Danello räusperte sich. »Was ist mit Tali?«

»Sie kommt mit uns.«

»Nya, das ist keine gute Idee«, meinte er. »Wir können sie nicht kontrollieren.«

»Ich lasse sie nicht noch einmal zurück.« Vor allem nicht bei Lanelle.

Er blickte in die Dunkelheit. Selbst zu dieser späten Stunde konnte man Menschen brüllen und das gelegentliche Klirren von Metall auf Metall hören. Jemand kämpfte nicht allzu weit entfernt. »Ein Schrei, und sie hat uns verraten.«

»Dann knebelt sie«, schlug Lanelle vor.

Aylin sog scharf die Luft ein. »Es ist schon schlimm genug, dass wir sie fesseln mussten, und jetzt willst du sie auch noch knebeln?«

»Ich *will* nicht, aber es ist die einzige Möglichkeit, damit Nya sie mitnehmen kann und sie still bleibt.«

»Sie wird ihre Schwester nicht knebeln.«

Grinsend verschränkte Lanelle die Arme vor der Brust. »Dann mach einen anderen Vorschlag.«

Das tat Aylin nicht. Sie wollte es eindeutig, bemühte sich krampfhaft, sich etwas einfallen zu lassen, aber es gab keine bessere Idee. »Aylin hat recht«, sagte ich. »Ich werde Tali nicht knebeln. Seit sie aufgewacht ist, war sie größtenteils ruhig.«

»Du könntest sie hierlassen, wo sie sicherer ist«, meinte Danello abermals.

Ich starrte ihn finster an. »Ich lasse sie nicht noch einmal zurück. Wenn das bedeutet, dass wir gefangen werden, dann werden wir zusammen gefangen.«

Ich befestigte an ihren Handgelenken ein Seil wie eine Leine und schlang es mir um die Hand. *Ich halte meine Schwester als Haustier.* Rasch verdrängte ich den Gedanken.

»Bis zum Morgengrauen sind wir zurück«, sagte ich zu Lanelle. »Bei Tageslicht können wir ablegen und uns ansehen, was auf den Inseln vor sich geht. Vielleicht gelingt es uns sogar herauszufinden, wer welche Insel beherrscht.«

»Wir sehen uns bei Sonnenaufgang.«

Ich zupfte an Talis Seil, und sie trottete neben mir einher. Dabei starrte sie zu Boden, und ihr Haar baumelte ihr ins Gesicht.

Am Fuß der Uferböschung, die nach Geveg hinaufführte, blieb Danello stehen. »Bereit, nach Hause zurückzukehren?«, fragte er mich.

»Gehen wir.«

Achtes Kapitel

Schotter rutschte unter meinen Füßen, als ich die Böschung erklomm. Ich versuchte, Tali zu stützen, aber sie heulte auf und zuckte von mir weg, wenn ich sie berührte. Danello folgte dicht hinter uns und achtete darauf, dass sie nicht fiel.

Die Hecken am Kopf der Böschung waren noch vorhanden, ordentlich zu flachen Rechtecken gestutzt. Die fensterlose Rückwand der Pension ragte zwei Geschosse hoch auf und warf auf den dunklen Boden einen noch dunkleren Schatten.

Die Straße präsentierte sich schwarz, abgesehen von einigen wenigen Lichtern, die in der Ferne wie Augen leuchteten. Ich zögerte, doch die Lichter schienen sich nicht zu bewegen. Also keine Patrouille. Vielleicht ein Wachposten? Wir hatten keine Ahnung, welcher Seite diese Insel gehörte, folglich konnte jeder hier Freund *oder* Feind sein.

Wir hielten uns am Rand der Straße, damit unsere Silhouetten durch die Gebäude verschleiert blieben. Der Geruch von Rauch vermischte sich mit dem Gestank der Gerberei, jedoch war er nicht durchdringend genug, um von einem Feuer zu stammen, das erst kürzlich gebrannt hatte. Ich ließ den Blick trotzdem über die Dächer wandern. Nirgendwo schimmerte orangene Glut, keinerlei Anzeichen für Feuer, weder neue noch alte.

Vor den Türen stapelte sich Müll, in den Ecken hatte sich Geröll angesammelt. Wir sahen genauso viele zerbrochene wie mit Brettern vernagelte Fenster. Schlimmer als damals, als wir Geveg nach den letzten Aufständen verlassen hatten.

Nein, nicht verlassen. Wir waren entführt und weggekarrt oder verhaftet worden. Wie Danello und Aylin.

Und Tali.

Mein Blick wanderte zur Kuppel der Heilergilde. Dort hätte Tali sein sollen, um zu lernen, wie man heilte. Und so wäre es auch gewesen, wenn der Herzog Gevegs Gilde und deren Lehrlinge nicht für seine kranken Experimente benutzt hätte. Er hatte alles ruiniert, was er je angefasst hatte. Sogar seine eigene Familie.

»Äh ... Nya?«, flüsterte Aylin und zupfte an meinem Ärmel. Sie deutete in eines der Gebäude, dessen Fenster zerbrochen, aber nicht mit Brettern vernagelt war. Auf einem kleinen Tisch an einer Wand flackerten Kerzen. Dazwischen stand eine Opferschale ... und zwar unter dem Steckbrief mit meinem Gesicht.

»Ist das ein *Schrein?*« Das konnte nicht sein. Nicht hier, nicht in Geveg.

»Ich vermute mal, die Heiligenjünger auf dem Bauernhof waren nicht die einzigen.«

Und sie würden nicht damit aufhören, ihren Glauben an mich zu verbreiten. Aber hier *kannten* mich die Leute. Sie wussten, dass ich von niemandem gesandt worden war, um irgendetwas zu vollbringen. Bei den Heiligen, die meisten würden mich nicht einmal *einstellen*. Wie konnten sie also ... Ich schaute zurück zu dem Schrein und schluckte. Mich *anbeten*. Das war in jeder Hinsicht falsch.

Schlimmer noch, es würde die Heiligen vielleicht erzürnen.

»Hoffen wir mal, das bedeutet, dass die Menschen hier auf unserer Seite sind«, meinte ich und bewegte mich von dem Fenster weg.

Ich verlangsamte die Schritte, als wir uns der Brücke näherten, und hielt mich hinter allem, was ich als Deckung finden konnte. Selbst wenn nicht Krieg herrschte, wurden die Brücken in der Regel bewacht, außerdem stellten sie praktische Plätze für einen Hinterhalt dar. Ich spähte durch die Dunkelheit. Nur Stein und Schatten. Aber ein guter Hinterhalt würde auch keine anderen Anzeichen erkennen lassen.

Unter der Brücke rauschte Wasser hindurch. Das Platschen und Gurgeln klang so, als hätte seit geraumer Zeit niemand mehr jemanden damit beauftragt, das Laub zu entfernen. Die Kanäle mussten verstopft sein von lauter Wasserhyazinthen. Mit einer Gondel darin zu fahren wäre wahrscheinlich unmöglich.

In der Nähe der Brücke hustete jemand. Ich hob die Hand und kauerte mich hin. Die anderen duckten sich hinter mir. Also erwartete uns *tatsächlich* ein Hinterhalt. Ich konnte mit Müh und

Not kantige Schatten ausmachen, als befände sich am Fuß der Brücke eine Art Barrikade. Zertaniks Stadthaus lag in einer Baseeri-Gegend, die vermutlich von Baseeri kontrolliert wurde. Wir würden einen anderen Weg dorthin finden müssen.

Ich gab das Zeichen zum Rückzug, und wir schlichen uns von der Brücke weg. Wir versteckten uns in den Schatten hinter einem Gebäude.

»Glaubt ihr, alle Brücken werden bewacht?«, flüsterte Aylin.

Danello nickte. »Wahrscheinlich schon. Das sind natürliche Engpässe, einfach zu verteidigen.«

»Gibt es einen anderen Weg hinein?«, fragte Quenji.

»Ja«, antwortete ich. »Aber dafür müssten wir drei Brücken überqueren und über den Gildeplatz. Ich bin sicher, die Gilde wird gut bewacht, vermutlich von Unsterblichen.«

Soek schaute auf. »Was ist mit den Dächern?«

»Das würde Tali nie schaffen. Wie wär's mit tiefer?« Ich deutete auf den Kanal. »Nicht weit von hier ist ein Gondeldock. Dort können wir ins Wasser steigen, durch den Hauptkanal schwimmen und auf der anderen Seite hinausklettern. Die Soldaten an der Brücke werden uns nicht einmal sehen.«

»Und das ist besser als klettern?«, fragte Danello.

»Zumindest kann sie nicht abstürzen und sich den Hals brechen. Sie ist immer eine gute Schwimmerin gewesen.«

»Du wirst ihre Handfesseln lösen müssen.«

Ich zögerte.

»Du könntest ihr ein Seil umbinden«, schlug Soek vor. »So kann sie schwimmen, und du kannst sie trotzdem festhalten.«

»Das könnte klappen.«

»Was ist mit Krokodilen?« Aylin legte die Stirn in Falten. »Jagen die nicht nachts?«

»Krokodile?«, meldete sich Quenji zu Wort. Soek schaute genauso besorgt drein wie er.

»Die werden in der Halbmondbucht oder bei den Bauerninseln sein, wo die Tiere sind.« Es sei denn, Wasserhyazinthen gaben gute Jagdgründe ab. Ich schaute zu den Pflanzen, die das dunkle Wasser bedeckten. Wir würden es nicht einmal *sehen*, wenn da drin ein Krokodil steckte. Jedenfalls nicht, bevor es uns im Maul hätte.

»Ich weiß nicht recht«, sagte Soek. »Vielleicht sollten wir das Boot nehmen. Es muss doch auf der Insel einen Platz geben, wo wir anlegen können.«

Ich schüttelte den Kopf. »Nicht durch diese Pflanzen. Die sind zu dicht.«

»Ich schätze, dann werden wir nass.« Aylin seufzte. »Und dabei waren das neue Sandalen.«

Wir schlichen um die Gebäude, dann die Seemauer entlang zu einem überwucherten Dock. Das Schmuckgeschäft darüber hatte vor einer ganzen Weile geschlossen, schon bevor wir Geveg verlassen hatten. Kein Geveger konnte sich Schmuck leisten, und jene Baseeri, die es konnten, würden nie im Laden eines Gevegers kaufen.

Ich band das Seil um Talis Mitte. Sie starrte nur weiter ins Leere, versuchte nicht einmal zu fliehen. Ich holte tief Luft und löste ihre Handfesseln. Ihre Arme fielen schlaff an den Seiten hinab. Ich stopfte das Seil in meine Tasche.

»Wir gehen schwimmen, Tali, in Ordnung?«

Sie sah mich an. Immer noch kein Erkennen, aber etwas blitzte in ihren Augen auf. Vielleicht erinnerte sie sich durch die Rückkehr nach Hause daran, wer sie war.

»Ich gehe als Erste.« Leise stieg ich in den Hauptkanal. Kühles Wasser durchnässte meine Kleider, aber nicht genug, um mich nach unten zu ziehen. Die Wasserhyazinthen kratzten an meinen Armen, ihre unter der Oberfläche treibenden Wurzeln kitzelten meine Haut. Meine Füße erreichten den Grund nicht.

»Jetzt bist du dran.« Ich streckte die Hand aus, wie ich es früher getan hatte, als wir klein waren und am Strand hinter unserer Villa spielten.

Tali starrte mit schief gelegtem Kopf auf das Wasser, dann sprang sie hinein. Das Platschen hallte von der Seemauer wider und wurde lauter, als Tali auftauchte und mit den Armen um sich zu schlagen begann. Ich schwamm hinter sie und schlang einen Arm um sie.

»Schon gut, ich hab dich.«

Sie wand sich, und ich lockerte den Griff, neigte sie so, dass sie auf dem Rücken treiben konnte. Das hatte sie immer geliebt. Sie beruhigte sich und starrte mit den Armen an den Seiten zu den Sternen empor. Ich zog sie weiter, und sie ließ sich mühelos bewegen.

»Alles klar.«

Danello kam als Nächster, gefolgt von Aylin und Quenji. Soek zögerte und wischte sich mit der Hand über den Mund. Dann schloss er die Augen und stieg ins Wasser. Er streckte das Kinn hoch und paddelte wie ein Hund. Ich vermutete, er war nie viel geschwommen, aber wenigstens wusste er, wie es ging.

Vor uns ragte die Seemauer auf und tauchte den Kanal in Schatten. Während ich schwamm, behielt ich eine Hand bei Tali, mit der anderen schob ich die Pflanzen beiseite. Es war dunkel genug, um sich hier unten zu verirren und im Kreis zu schwimmen, ohne je die Mauer zu finden, die sich nur knapp außer Reichweite befand. Man würde müder und müder, bis man etwas das Bein berühren spürte, und ...

Hör auf damit.

Ich verdrängte die Gedanken und schwamm schneller.

Die Strömung umspülte mich, als wir den querenden Kanal zwischen dem Lagerhausviertel und der Nordinsel erreichten. Ich löste meine Finger von der Krümmung der Mauer und schwamm so gerade, wie ich konnte, konzentrierte mich auf eine matte Spiegelung des Mondlichts auf Metall weiter vorn. Vielleicht ein Lampenpfahl. Wie bei den anderen waren die Flammen der Lampe erloschen.

Die Spiegelung verlagerte sich zur Seite, als mich die Strömung weiter in den Hauptkanal zog. Ich strampelte kräftiger und schlug die ineinander verschlungenen Hyazinthen beiseite.

Hinter mir ertönten ein Gurgeln und ein leises Platschen. Ich hielt inne und trat Wasser. Meine Nerven waren angespannt, wenngleich ich nicht zu sagen vermochte, weshalb. Tali ging es gut, sie trieb immer noch. Ein weiteres Gurgeln, als würde jemand zu schnell trinken.

*Er*trinken. Jemand ertrank. Hatte sich vielleicht mit den Beinen in den Pflanzen verheddert.

»Wer hat Schwierigkeiten?«, rief ich nach hinten.

»Was?«, fragte Danello.

»Dumme Pflanzen«, fluchte Quenji.
»Mir geht's gut«, meldete sich Soek.
Aylin sagte kein Wort.
»Sucht Aylin! Schnell!«
Ich schwamm auf die Stimmen, die dunklen Schemen im Wasser zu und zog Tali mit.
»Aylin?« Wo steckte sie? Hatte die Strömung sie hinfortgerissen? War sie wieder an der Mauer? Bilder von Aylin, kalt und reglos, wirbelten durch meinen Kopf.
»Ich kann sie nicht finden«, rief Quenji mit panischer Stimme.
Ich trat unter Wasser gegen etwas Weiches, tauchte tiefer und fand einen Arm. Ich zerrte kräftig daran, geriet dadurch selbst unter die Oberfläche, zog aber Aylin damit weiter nach oben. Ich ließ Tali los und betete, sie möge sich über Wasser halten. Ich zog weiter, trat weiter. Aylins Gesicht brach durch die Oberfläche, und sie sog Luft – und etwas Wasser – ein und begann zu husten. Sie fuchtelte herum, als wollte sie mich aus dem Wasser holen.
»Hör auf damit, sonst sinken wir beide.« Ich schlang einen Arm um ihre Brust, wie ich es zuvor bei Tali getan hatte, glitt unter sie und hielt sie über Wasser. »Ich hab dich. Ruh dich aus und atme, es ist alles gut.«
Während Aylin Wasser aushustete, griff ich nach Tali. Sie trieb noch, und ich zog sie näher zu mir.
»Nya«, meldete sich Quenji halb flüsternd, halb rufend. »Ich sehe Fackellicht in diese Richtung kommen.«
Wachen.
»Runter«, befahl ich. Köpfe tauchten unter, sogar jener Aylins.
»Tali, wir müssen unter Wasser. Du musst jetzt tief Luft holen und den Atem anhalten. Kannst du das tun?«
Sie schenkte mir keine Beachtung.
»Einatmen, sofort!«
Ich ließ uns ein wenig absinken, und Tali sog einen Atemzug ein. Ich rollte mich zusammen, machte uns schwer, und wir tauchten unter die Oberfläche. Tali strampelte, setzte sich gegen mich zur Wehr, wollte zurück nach oben. Ich ließ nicht los und hielt uns beide unter Wasser.
Tut mir leid, Tali, aber bitte halt still.

Wie lange konnte sie den Atem anhalten? Lang genug, bis die Wachen sich umgesehen hatten und wieder gegangen waren?

Tali kratzte mich blutig. Die Verletzungen an meinen Armen brannten. Ihre Finger krallten sich fester und fester in meinen Arm, während ich die Sekunden zählte. *Fünfundzwanzig, sechsundzwanzig ...*

Licht tauchte verwaschen über uns auf und flackerte über das Wasser. Die Wachen mussten über die Seemauer blicken und die Fackel vorstrecken, um in den Kanal sehen zu können. Der fahle Schimmer hing über uns.

Zweiunddreißig, dreiunddreißig ...

Tali zappelte. Ich hielt sie noch fester. Das Licht war immer noch da.

Siebenunddreißig, achtunddreißig ...

Tali rammte mir den Schädel gegen die Nase, und grelle Schmerzen erfüllten meinen Kopf. Sie brach aus meinem Griff aus und steuerte auf die Wasseroberfläche zu. Ich packte ihr Bein, ließ mein Gewicht sinken und *zog*, nur für den Fall, dass ich Ertrinken heilen konnte. Meine Brust schnürte sich etwas zusammen, doch es schien keinen Unterschied zu bewirken. Tali strebte weiter nach oben.

Das Licht verschwand. Meine Schwester brach durch die Oberfläche. Ich reckte den Kopf einen Herzschlag danach aus dem Wasser und sog leise die Luft ein. Tali keuchte, hustete aber nicht. Vielleicht hatte mein Heilungsversuch doch ein wenig geholfen. Oder vielleicht wusste ein Teil von ihr, dass sie sich still verhalten musste.

»Es tut mir leid, aber wir mussten uns verstecken«, flüsterte ich. »Die Soldaten hätten uns gefangen genommen. Das willst du bestimmt nicht noch einmal.«

Tali wich vor mir zurück, atmete zu schnell und wimmerte. Sie war immer noch am Rand einer Panik. Ich selbst war davon auch nicht allzu weit entfernt.

»Es tut mir leid, Tali, ich musste es tun.«

Danello und Soek tauchten auf. Ihre Köpfe erhoben sich wie Schildkröten neben uns aus dem Wasser. Quenji und Aylin waren bereits wieder oben und dicht an der Mauer. Aylin wirkte ebenfalls einer Panik nah.

»Wir müssen sie von hier wegbringen«, sagte Quenji.

»Da entlang, glaube ich.«

Tali wollte sich nicht von mir berühren lassen. Ich konnte das um ihre Mitte befestigte Seil nicht finden, obwohl es noch da sein musste. Es trieb wohl unter Wasser, hatte sich womöglich mit ihren Beinen verheddert. *Wir hätten das Risiko mit den Soldaten eingehen sollen*.

Ich schwamm dorthin, wo ich Licht gesehen hatte. »Hier lang zum Dock, Tali.«

Einen Moment lang starrte sie mich finster an, was mir das Herz brach, dann jedoch schwamm sie los und folgte mir. Die anderen bewegten sich um sie herum, sodass sie sich zwischen uns befand. Bald tauchte die Seemauer aus den Schatten auf.

Vor uns löste sich die Dunkelheit auf, und ich erblickte glitzernde Stufen, die nach oben führten. Meine Finger fanden die ebene Oberfläche eines Gondeldocks. Es brannten immer noch keine Lampen, aber der Stein spiegelte genug Mondlicht wider, dass wir uns orientieren konnten. Ich kletterte hinaus und half Aylin nach oben. Sie brach auf dem Dock zusammen.

»Komm raus, Tali.«

Tali starrte mich an, dann tastete sie sich um den Rand des Docks vor und zog sich hoch. Sie ließ sich zu Boden sinken und saß mit geneigtem Kopf da. Soek und Quenji krochen heraus und ließen sich neben uns fallen. Quenji schob eine Hand vor und ergriff Aylins Finger. Danello kam als Letzter heraus.

»Wenn das alles vorbei ist, übersiedle ich in einen Bergbauort«, verkündete Aylin. »Wo es weit und breit kein Wasser gibt.«

»Kann ich nachvollziehen«, sagte Quenji.

Wir verschnauften und wrangen einen Teil des Wassers aus unseren Kleidern. Ich wollte Tali helfen, doch sie zuckte jedes Mal zusammen, wenn ich nach ihr griff. Es gelang mir zwar, das Seil zu fassen zu bekommen, aber das war schon alles. Ihre Hände konnte ich nicht wieder fesseln. Aber vielleicht brauchte ich das auch nicht. Immerhin hatte sie weder geschrien, noch zu flüchten versucht.

»Bist du verletzt?«, flüsterte Soek.

Ich betrachtete meine von tiefen Kratzern übersäten Arme. »Tali hat Angst bekommen.«

»Soll ich das heilen?«

»Nein, schon gut.« Ich wollte unser Pynvium nicht für ein paar Kratzer verschwenden. Auch wenn sie brannten. Ich sog scharf die Luft ein. Das Pynvium! Ich hatte es in der Jolle gelassen, in meinem Rucksack, der sich nach wie vor in der Kabine befand. Ich sah die anderen an. Niemand hatte sein Bündel dabei.

Danello schlich zur Treppe und spähte über den oberen Rand.

»Irgendetwas zu sehen?« Dies war ein öffentliches Dock, es gab daher keine Gebäude, hinter denen wir uns verstecken konnten. Nur einen offenen Platz, gesäumt von Bänken und einigen Palmen, deren Wedel in der Brise raschelten.

»Scheint alles ruhig zu sein. Wenn diese Fackel eine Patrouille war, ist sie momentan nicht in der Nähe.«

Ich stand auf. Tali nicht. Ich zupfte an ihrem Seil. »Zeit zu gehen, Tali.«

Sie schüttelte den Kopf. Mein Herz hüpfte vor Freude. Sie hatte reagiert!

»Nur noch ein bisschen weiter, dann kannst du schlafen. Komm, du schaffst das.«

Abermals schüttelte sie den Kopf.

»Tali, steh auf.«

Sie rappelte sich auf die Beine, wobei sie sich bewegte, als hätte sie eine Woche lang nicht geschlafen. Ich hoffte, wir würden nicht rennen müssen.

Wir durchquerten das zu hohe Gras zur Straße und blieben erneut in den Schatten. Am Leuchtturmweg bogen wir nach rechts, weg vom Tempel, dem einzigen Licht auf dieser Insel, das ich bisher gesehen hatte. Naja, abgesehen von dem der Patrouille.

Zertaniks Stadthaus lag auf halbem Weg zwischen dem Tempel und seinem Schmerzhändlerladen in der Nähe der Gilde. Eine Wohngegend für Leute, die zwar Geld besaßen, aber nicht reich genug waren, um sich den Adelsdistrikt oder die Terrassen leisten zu können. Leute, die genug hatten, um darauf bedacht zu sein, es zu behalten.

Die meisten Fenster im Erdgeschoss entlang der Straße waren mit Brettern vernagelt, was gut für uns war. In diesen Gebäuden wohnten keine Verbündeten. Ein paar Tore waren mit schweren

Bohlen verbarrikadiert. Keine Kampfgeräusche, eigentlich überhaupt keine Geräusche, nur unsere leisen Schritte auf Stein. Ich ging umso schneller, je näher wir dem Stadthaus kamen.

»Da ist es.« Es war stärker überwuchert, als wir es zurückgelassen hatten. Auf dem Hof türmte sich Abfall wie bei all den anderen Gebäuden, an denen wir vorbeigekommen waren. Hinter keinem der Fenster zeichnete sich Licht ab. Keines war mit Brettern vernagelt.

Danello eilte los, aber ich hielt ihn an der Schulter zurück. »Langsam. Da drin könnte jeder sein.«

Er nickte, bewegte sich langsamer weiter und überprüfte die Schatten sowie jene Plätze, an denen sich wahrscheinlich jemand verstecken würde, falls das Gebäude bewacht wurde. Die Plätze, von denen aus *wir* beobachtet hatten, als wir uns hier versteckten.

Kein Anzeichen, dass irgendjemand da war. Die Vordertür war nicht abgesperrt, und die Diele erwies sich als so verlassen wie der Hof. Schubladen waren herausgezogen, Schranktüren standen offen, und es sah so aus, als sei alles Wertvolle verschwunden.

Wir gingen weiter hinein. Die vereinzelten knarrenden Geräusche unserer Schritte klangen laut wie Schreie. Es öffneten sich keine Türen, und ich hörte auch niemanden, der sich in den oberen Stockwerken bewegte.

»Soek und ich suchen oben«, sagte Danello. »Quenji, Aylin, ihr nehmt euch das unterste Geschoss vor. Nya kann mit Tali die Tür bewachen.«

Tali sah sich mit geweiteten Augen und leicht geöffnetem Mund um. Erkannte sie diesen Ort? Erinnerte sie sich daran? Ich setzte mich auf die Treppe und redete mit ihr, doch sie schenkte mir, wie schon die ganze Nacht, keinerlei Beachtung. Wie eine brave kleine Soldatin schien sie nur zuzuhören, wenn ich ihr einen Befehl erteilte. Ich wischte mir über die Augen.

Kurz nachdem Aylin und Quenji fertig waren, kehrten Danello und Soek zurück.

»Hier ist niemand«, verkündete Danello. »Sieht sicher aus.«

»Also fangen wir mit der Suche an?«, fragte Quenji.

Soek zuckte mit den Schultern. »Sofern es noch etwas zu finden gibt. Sieht ziemlich leergeräumt aus.«

»Nya hat gesagt, der Besitzer war ein Dieb«, meinte Quenji. »Diebe verstecken Dinge. Ich habe mal in einem Tischbein Edelsteine gefunden.«

In meinem Geist tauchte das verschwommene Bild von Bücherregalen auf, hinter denen etwas versteckt war, das meine Haut zum Jucken brachte. Was *war* es? Das Bild wurde klarer. Ein kleines versperrtes Kästchen, das ich vor einigen Monaten, als wir im Stadthaus lebten, hinter Büchern gefunden hatte. Wir hatten nach Wertgegenständen zum Verkaufen gesucht, aber das Kästchen hatte mich dermaßen beunruhigt, dass ich es nicht öffnen wollte.

»In der Bibliothek könnte etwas sein«, meldete ich mich zu Wort.

»Lasst uns nachsehen, ob es noch dort ist«, schlug Quenji vor.

Ich nickte und betete, dass dem so sein möge und dass das Kästchen einen Hinweis darauf enthielte, wie man Tali helfen konnte.

Neuntes Kapitel

Danello fand zerrissenen Stoff und wickelte ihn um ein abgebrochenes Tischbein. Quenji stöberte in der Küche einen Feuerstein auf. Es bedurfte einiger Schläge mit dem Feuerstein, um die Fackel zu entzünden, dann jedoch spendete sie uns genug Licht, um etwas erkennen zu können. Ich hoffte nur, sie wäre nicht so hell, dass man ihren Schein von draußen erkennen konnte.

Tali hatte sich auf einem Stuhl zusammengerollt und die Augen geschlossen.

»Ich bleibe hier und beobachte sie«, sagte Aylin leise. »Soek kann die Tür bewachen.«

»Hier kommt keiner rein«, versprach er und brachte ein weiteres Tischbein in Anschlag.

Ich lächelte. »Danke.« Kurz zögerte ich, dann wandte ich mich noch einmal Aylin zu. Sie wäre beinah ertrunken, und ich hatte noch nicht einmal etwas gesagt. Was für eine Freundin war ich eigentlich? »Ist alles in Ordnung?«

»Es geht mir gut. Ich bin noch etwas zittrig, meine Lungen schmerzen ein wenig, und ich will längere Zeit nicht mehr in die Nähe von Wasser, aber ich werd's überleben.«

Ich umarmte sie, dann eilte ich die Treppe hinauf. In der Bibliothek herrschte wie überall sonst im Stadthaus Chaos, allerdings hatten die Plünderer die Bücherregale völlig ignoriert. Die schweren Bände waren staubig, standen aber noch genau so, wie wir sie zurückgelassen hatten.

»Spürst du etwas?«, erkundigte sich Danello.

Ich trat näher an die Regale und streckte eine Hand aus. In einer Entfernung von wenigen Fuß begann mein Magen zu flattern, wie immer, wenn ich mich in der Nähe von Pynvium mit Geheimzeichen befand. »Hier.«

Danello reichte Quenji die Fackel. Er hob die Bücher aus dem Regal und stapelte sie auf dem Boden. Das kleine Kästchen mit dem Schloss war noch da, verborgen in der Nische. Meine Haut kribbelte. Das überwältigende Gefühl, dass etwas falsch war, überkam mich, so wie damals.

Danello ergriff das Kästchen. »Schwer. Könnte allerdings das Kästchen selbst sein. Spürst du sonst noch etwas?«

»Nicht, wenn mir dieses Ding so nahe ist.«

Er brachte es auf den Flur. »Besser?«

Das Flattern hörte auf. »Ja, danke.«

»Sieh zu, was du finden kannst«, sagte Danello, stellte das Kästchen ab und kam zurück herein. »Ich räume die restlichen Bücher aus. Wenn er dieses eine Ding dahinter versteckt hat, dann vielleicht auch andere.«

Ich ging langsam durch den Raum, fuhr mit der Hand über Regale, überprüfte Schubladen, die herausgerissen und zu Boden geworfen worden waren. Kein Flattern. Nicht einmal ein Zucken.

Peng.

Einen Herzschlag bevor das Prickeln eines feinen Sandgebläses meine Haut erfasste, schrie Danello auf.

»Danello!« Ich rannte zu ihm und kämpfte gegen den Instinkt an, seine Schmerzen in dem Moment, als meine Hände ihn berührten, aus ihm zu *ziehen*. Er war benommen, aber bei Bewusstsein.

»Es geht mir gut, nicht nötig, mich zu heilen«, sagte er stöhnend. »Die Hände brennen ein wenig, das ist alles.«

»Was hast du angefasst?«

»Die Bücher. Ich habe nach ihnen gegriffen, aber nicht richtig hingesehen.«

»Dieser Blitz ist ein gutes Zeichen«, meinte Quenji grinsend. »Man schützt Dinge nur, wenn sie viel wert sind. Danello, versuch mal, ob sonst noch etwas blitzt.«

Danello verzog das Gesicht. »Ich würde sagen, jetzt bist du damit an der Reihe.«

Ich ließ den Blick über die Bücher oberhalb der Stelle wandern, an der Danello zusammengebrochen war. Ein Buchrücken ragte einen Fingerbreit weiter heraus als die anderen. Dunkles Leder, abgegriffener Einband, der Titel so verblasst, dass ich keine Worte zu erkennen vermochte. Dünne blaue Pynviumstreifen verliefen entlang der Ränder des Buchrückens. Sie muteten wie Verzierungen an. Bis man sie berührte.

»Tritt zurück.« Ich streckte die Hand aus und fuhr mit einem Finger über den Buchrücken.

Peng.

Jähe Schmerzen spülten über mich hinweg, stärker als bei einem gewöhnlichen gedämpften Blitz. Ich zog das Buch aus dem Regal. Dieses Mal gab es keinen Blitz.

Der gesamte vordere Rand war mit einer Lederlasche bedeckt, die an der oberen und unteren Ecke mit Schlössern versehen war. »Es ist abgesperrt.«

»Pfeif auf Wertgegenstände«, sagte Danello. »Was immer da drin ist, muss wichtig sein.«

»Sehen wir mal nach.« Ich legte das Buch auf den Boden und bedeutete Quenji, herzukommen. »Mach es nicht auf, entriegle es nur. Könnte durchaus sein, dass da noch etwas blitzen wird.«

Quenji schluckte, begann aber trotzdem mit der Arbeit an den Schlössern. Er brauchte dafür länger als für jedes andere Schloss, bei dem ich ihn bisher beobachtet hatte, doch letztlich bekam er die beiden Verriegelungen auf. Er wich zurück und duckte sich um die Ecke. »Du bist dran.«

»Ich glaube, das ist eine gute Idee«, befand Danello und gesellte sich zu ihm auf den Flur. »Das vorhin hat wehgetan.«

»Ja.« Ich wappnete mich und schlug das Buch auf. Kein Blitz. Aber die Seiten waren mit Zauberzeichen, Anmerkungen und Zeichnungen gefüllt, die meine Finger zum Jucken brachten. Und mein Herz zum Rasen. »Es ist ein Zauberbuch«, rief ich über die Schulter.

»Etwas wert?«, fragte Quenji.

»Für mich alles. Es könnte uns verraten, wie man Tali heilen kann.«

»Wie?«, wollte Danello wissen.

»Keine Ahnung, aber hier drin muss etwas darüber stehen, wie das Kragstun wirkt.«

»Kannst du Zauberzeichen lesen?«

»Nein.« Meine Hoffnung sank, dann stieg sie wieder. »Aber Onderaan.«

Noch sechs Tage, bis wir uns im Analov-Park treffen sollten.

»Sucht weiter«, sagte ich. »Vielleicht ist hier noch mehr.«

»Hab's euch doch gesagt«, meinte Quenji und rieb sich die Hände. »Diebe verstecken Dinge.«

Wir öffneten jede Schublade, sahen hinter jedem Buch nach, blickten in jedes Buch *hinein*, fanden jedoch sonst nichts mehr in der Bibliothek. Ich ging ins nächste Zimmer und fuhr erneut mit der Hand über alles. Kein Flattern, kein Pynvium.

»Jetzt das Schlafzimmer«, schlug Danello vor und schob die Tür auf. Der Raum war bereits durchsucht worden, lange bevor wir hier eingetroffen waren. Schubladen standen offen, ohne Inhalt, Stühle waren umgeworfen worden, auf den Tischen befand sich nichts mehr. Sogar das Bettzeug war verschwunden.

Mein Magen krampfte sich zusammen, als ich eintrat, allerdings nicht weil ich Pynvium mit Geheimzeichen erspürte. Dies war Zertaniks Schlafzimmer gewesen. Ich hatte den Mann getötet, der früher hier geschlafen hatte.

»Bringen wir es hinter uns.« Ich bewegte mich rasch und überprüfte die Stellen, die verborgene Fächer enthalten konnten, wie Quenji sagte. Ich betrat einen Schrank, der so groß war wie mein altes Zimmer in Millies Pension.

Mein Magen flatterte. »Untersucht den Boden. Meine Zehen kribbeln.«

Danello tastete die Ränder der Sockelleisten ab. Er stieß auf ein Astloch im Holz und steckte den Finger hinein. Ein Abschnitt des Bodens hob sich.

»Ein weiteres Versteck«, verkündete er.

Zwei Beutel und ein längliches Kästchen befanden sich in einem etwa sechs Zoll tiefen und zwei mal zwei Fuß großen Fach. Das Kästchen war abgesperrt.

Danello ergriff einen Beutel. Er klimperte. Danello spähte hinein und seufzte. »Nur Juwelen«, erklärte er.

»Du sagst das so, als sei das etwas Schlechtes.« Quenji nahm ihm den Beutel weg und schüttete sich Edelsteine auf die Handfläche. »Seht euch das an! Davon könnten wir wie Adelige leben.«

Jammerschade, dass wir sie nicht gefunden hatten, als wir noch hier wohnten. Dieser eine Beutel hätte gereicht, um jeden Einzelnen von uns aus Geveg raus und an einen sicheren Ort zu bringen. Ich seufzte. Es war dumm von mir gewesen, das Stadthaus nicht bereits früher durchsucht zu haben. Ich hatte die Räume gemieden, in die ich wirklich nicht gehen wollte. Hätte ich es getan, wären wir vielleicht rechtzeitig entkommen, und Tali wäre nicht ... verändert worden.

»Nya?« Danello knetete meine Schulter. »Alles in Ordnung?«

»Es geht mir gut. Quenji, öffne das Schloss des Kästchens, und dann tretet wieder zurück, nur für alle Fälle.«

Quenji bearbeitete das Schloss, bis es klickte, dann ging er zu Danello hinaus. Ich griff nach dem länglichen Kästchen. Hob den Deckel an.

Peng.

Ich zuckte zusammen. Diesmal brannte das Sandgebläse. Zertanik hatte starke Zauber geschaffen, stärker als alle, die Papa je angefertigt hatte. Zertanik mochte ein Dieb und ein Verräter gewesen sein, aber er war zweifellos ein begabter Techniker gewesen.

»Was ist drin?«

»Pynvium mit Geheimzeichen. Lange Streifen davon, etwa zwei Zoll breit, vielleicht einen Viertelzoll dick. Sie sehen ein wenig wie Lineale aus.« Die Mitte hinab verlief eine Reihe von Zeichen.

»Sind es Waffen?«, rief Danello.

»Ich weiß es nicht. Wir müssten sie auslösen, um es herauszufinden, und vielleicht enthalten sie nur einen Blitz.« Ich zog das Kästchen vom Bücherregal herüber. Mein Magen schlug Purzelbäume. Ich holte tief Luft und öffnete es.

Peng.

Dasselbe Brennen, derselbe jähe Schmerz. Wäre ich eine Diebin gewesen, hätte ich in dem Moment die Flucht ergriffen, in dem ich eines dieser Dinger berührte.

»Alles klar«, sagte ich und fasste in das Kästchen. Etwas von der Größe und Form eines Schlachtfeldsteins war in ein Tuch eingeschlagen. Ich wickelte es aus, als sich die Jungs um mich scharten.

»Das sieht teuer aus«, meinte Quenji.

Ein Zylinder aus meeresblauem Pynvium lag in meinen Händen. Zeichen waren tief in vier lotrechte Streifen silbrig-blauen Metalls graviert.

Kragstun.

»Wofür ist das denn?«, flüsterte Danello. Etwas an dem Zylinder mahnte mich zur Vorsicht und weckte in mir den Wunsch, so schnell wie möglich zur Tür hinauszurennen und mich zu verstecken. Behutsam hielt ich das Tuch und achtete sorgfältig darauf, dass der Zylinder nicht meine Haut berührte.

»Ich habe keine Ahnung.« Aber ich war sicher, es hatte etwas mit dem Herzog und seinen Waffen zu tun.

Zertanik hatte mit dem Herzog zusammengearbeitet. Er hatte ihm geholfen, sein schmerzleitendes Gerät zu erschaffen, und vielleicht mehr als das. Die Pynviumwaffen des Herzogs hatten mehr als einmal geblitzt – und zwar heftig. Hatte Zertanik sie angefertigt? Hatte er die Pynviumrüstungen hergestellt? Die Auskleidung?

Vermutlich war Vinnot nicht der Einzige gewesen, der experimentiert hatte.

Ich legte den Zylinder zurück in das Kästchen. Kaum hatte sich der Deckel geschlossen, fühlte ich mich besser. Zertanik hatte wahrscheinlich nicht gewollt, dass irgendjemand diese Dinge fand. Vielleicht nicht einmal der Herzog. Schließlich hatte er vorgehabt, ihn zu berauben. Der Verkauf seiner Zaubergegenstände hätte zweifellos mehr Geld eingebracht, als ihm der Herzog angeboten hatte.

Ich verstaute die Kästchen in einem behelfsmäßigen, aus Vorhangresten angefertigten Sack und überlegte zum ersten Mal, ob es vielleicht doch nicht so schlecht gewesen war, dass ich Zertanik getötet hatte.

Dass wir erneut schwimmen würden, kam nicht infrage, daher würde die Rückkehr zum Boot eine heikle Angelegenheit werden.

»Gibt es eine andere Möglichkeit, die Brückenwachen zu umgehen?«, fragte Aylin. Sie hatte sich auf einem Stuhl neben Tali eingerollt. Quenji saß auf der Lehne, seine Hand lag in ihrer.

»Sie zu umgehen ist sogar noch gefährlicher. Es besteht die Möglichkeit, dass die Wachen hier auf unserer Seite sind, aber diejenigen näher bei der Gilde werden die Männer des Herzogs sein.«

»Wir könnten sie weglocken«, schlug Quenji mit einem besorgten Blick auf Aylin vor. »So hat es die Bande oft gemacht, um durch bewachte Fenster zu gelangen.«

»Eine Ablenkung?«, fragte ich.

Quenji lächelte. »Teilweise. Was nützt es, die Wachen loszuwerden, wenn sie einen erwischen? Man muss sie auch überlisten.«

»Wir könnten versuchen, mit ihnen zu reden«, meinte Soek. »Ich weiß, es hört sich verrückt an, aber was, wenn sie in Wirklichkeit auf unserer Seite sind?«

Danello nickte. »Wir wollten ohnehin mit jemandem Verbindung aufnehmen, der etwas zu sagen hat, und die Stadt vor dem Herzog warnen. Um das zu tun, müssen wir mit jemandem reden.«

Schuldgefühle überschwemmten mich. Ich hatte die Armee, die Gefahr für Geveg, völlig vergessen. »Wenn wir es mit Reden versuchen wollen, sollten wir dann bis morgen warten?«

»Dann werden mehr Leute auf den Straßen sein«, sagte Quenji. »Das könnte gut oder schlecht für uns sein.«

Der Uhrturm ertönte. Tiefe Glockentöne erklangen nacheinander. Tali sog scharf die Luft ein und erwachte jäh. Ihr Kopf wirbelte mit panischem Blick herum. Sie kreischte und stürzte sich auf Quenji, der über ihr auf der Armlehne von Aylins Stuhl saß.

»Tali, nicht!«

Sie stieß ihn zu Boden und schlug mit wilden Schwingern auf ihn ein. Ich packte einen ihrer Arme, Danello den anderen, und wir zerrten sie von Quenji runter. Der kroch mit blutender Nase weg.

»Ihr Heiligen, was ist bloß in sie gefahren?«, fragte er. Aylin hatte beide Arme um ihn geschlungen und beobachtete Tali argwöhnisch.

Wir hielten Tali fest. Sie schrie und versuchte, gegen Danello und mich zu kämpfen. Sie fuchtelte wild mit den Fäusten und Füßen.

»Pscht, Tali, es ist alles gut. Bitte sei still, sonst hört dich noch jemand.«

Ihre Schreie hallten von den kahlen Wänden wider und klangen laut genug, um jeden Menschen auf der Insel zu wecken.

»Tali, sei *still!*« Ich summte ein Wiegenlied, das Mama uns oft vorgesungen hatte; eines über Wolken und Fische, die vom Fliegen träumten. Die gesamte erste Strophe hindurch setzte sie sich ungebrochen zur Wehr, doch bei der zweiten beruhigte sie sich. Ich fing von vorne an, und schließlich wurde ihr Körper schlaff, und sie sackte auf den Boden.

Danello ließ sie los, aber seine Hände schwebten einige Sekunden lang über ihren Armen, bevor er sie zurückzog.

»Soek«, sagte er leise. »Tut sich draußen etwas?«

Soek spähte durch das Fenster. »Sieht nicht so aus.«

Ich wusste nicht recht, ob ich erleichtert oder beunruhigt sein sollte, weil die Schreie eines jungen Mädchens mitten in der Nacht überhaupt nicht beachtet wurden.

»Tut mir leid, dass sie dich geschlagen hat, Quenji«, sagte ich.

»Sie hat es ja nicht absichtlich getan. Und sieh nur ...« Er streckte die Nase in die Luft und drehte sie hin und her. »Das Bluten hat schon aufgehört.«

Tali drehte sich herum und mühte sich mit zittrigen Knien auf die Beine. Sie kroch auf ihren Stuhl und rollte sich wie zuvor ein. Ich wollte sie so gern umarmen und ihr sagen, dass alles gut werden würde.

»Glaubst du, es lag an den Glocken?«, fragte Aylin. »Oder nur daran, dass sie verängstigt aufgewacht ist?«

»Keine Ahnung.« Mein Bauchgefühl sagte mir, dass es Angst gewesen war. Ich war auch schon in Panik erwacht. Im ersten Monat, nachdem die Soldaten uns aus unserem Heim vertrieben hatten, war es mir fast jede Nacht so ergangen. Ich musste eine Möglichkeit finden, sie zurückzuholen, sie in Tali zurückzuverwandeln.

Zum ersten Mal freute ich mich wirklich darauf, Onderaan zu sehen.

Wir verließen das Stadthaus kurz nachdem die Turmglocke ein Uhr schlug. Tali zuckte zwar zusammen, als das Geläut begann, griff aber niemanden an. Ich beließ das Seil um ihre Mitte, ohne ihre Hände zu fesseln. Auf der Straße herrschte Grabesstille, trotzdem fühlte ich mich beobachtet. Sogar in den Schatten fühlte es sich an, als wäre ich völlig ungeschützt.

Niemand sprach ein Wort, während wir die Gebäude entlangschlichen und über niedrige Mauern kletterten. Aylin trug den Sack mit dem Zauberbuch, dem Pynvium und den Juwelen dicht an der Brust, damit er so wenig Lärm wie wir verursachte. In der Nähe der Brücke hielten wir hinter einigen Gardeniabüschen an, deren weiße Blüten einen widerlich süßlichen Geruch verströmten.

Ich ließ den Blick prüfend über die Straße vor uns wandern. Ich zählte vier Soldaten, die allesamt saßen. Sie hatten eine Barrikade errichtet, indem sie Kisten hoch aufgestapelt und mit Seilen zusammengebunden hatten. Weitere Kisten türmten sich auf der anderen Seite der Straße am Fuß der Brücke. Es würde nicht einfach werden, sie zu überwinden.

»Was meint ihr?«, flüsterte ich. »Sollen wir sie ablenken oder mit ihnen reden?«

Falls sie nicht reden wollten, hatte Danello sein Rapier. Quenji hatte zweifellos zumindest ein Messer dabei. Aylin und Soek hatten dicke Tischbeine aus dem Stadthaus. Die Soldaten hatten Schwerter. Wahrscheinlich keine Pynviumwaffen.

»Zu versuchen, mit ihnen zu reden, kann ja nicht schaden, oder?«, meinte Aylin. »Aber für alle Fälle nimmst besser du das hier.« Sie reichte mir einen der linealförmigen Pynviumstreifen aus dem Metallkästchen. Soek hatte sie zuvor überprüft und festgestellt, dass sie tatsächlich Schmerz enthielten.

Kaum berührte ich ihn, begann meine Haut zu jucken. »Gute Idee. Es schadet nie, gewappnet zu sein.«

»Ich gehe als Erster«, verkündete Danello und bedachte Aylin mit einem kurzen Grinsen. »Nur für alle Fälle.«

Leise setzte er sich in Bewegung und schlich um die Büsche herum. Quenji und Soek gingen als Nächste, dann war Aylin an der Reihe. Ich folgte ihr mit Tali unmittelbar hinter mir. Wir überquerten die offene Straße vor der Barrikade, fünfzig Fuß, vielleicht fünfundsiebzig.

Ein Soldat drehte sich um, schaute weg und dann jäh wieder zu uns zurück. Er schrie, und sein Gefährte drehte sich ebenfalls in unsere Richtung. Mit gezogenen Schwertern kamen die beiden näher. Im Mondlicht war es schwierig zu erkennen, aber es sah so aus, als wären sie beide hellhaarig.

»Sofort stehenbleiben!«

»Wir sind Geveger«, gab Danello mit den Händen an den Seiten zurück. »Wir müssen mit demjenigen sprechen, der bei der Rebellion das Sagen hat. Die Armee des Herzogs ist unterwegs hierher.«

»Uns ist egal, wer ihr seid, und auf dieser Insel haben *wir* das Sagen.«

»Aber der Herzog kommt!«

»Na und?« Der Mann deutete mit dem Kopf auf das Bündel in Aylins Armen. »Was hast du da, Mädchen?«

Sie drückte es fester an sich. »Nichts, das euch gehört.«

»Hier gehört *alles* uns.«

Heilige, das waren Plünderer. Sie kämpften nicht für die Freiheit, sie versuchten lediglich zu stehlen, so viel sie konnten, solange überall Chaos herrschte.

»Wir wollen keinen Ärger, wir wollen nur vorbei«, sagte Danello mit der Hand am Rapier. Quenji zog sein Messer, und Soek brachte das Tischbein in Anschlag.

Ich presste die Finger gegen den Pynviumstreifen und rückte näher. Zwar hatte ich keine Ahnung, was der Auslöser sein könnte, doch für gewöhnlich handelte es sich nur um einen Ruck des Handgelenks. Mein Bauchgefühl sagte mir, dass es, wie bei allen Waffen von Zertanik, ein starker Blitz sein würde. Allerdings befanden sich die beiden anderen Männer nach wie vor ein gutes Stück entfernt und vielleicht außer Reichweite.

»Gebt uns den Sack, dann könnt ihr passieren.«

»Nein.« Danello zog sein Rapier.

»Dann solltest du besser wissen, wie man mit diesem funkelnden Schwert umgeht.« Er griff an. Ich zuckte mit dem Handgelenk.

Peng!

Die beiden vorderen Männer schrien auf und gingen zu Boden. Andere Männer brüllten Befehle, fluchten, riefen einander zu. Weitere traten mit gezogenen Schwertern hinter den Barrikaden hervor, wo sie sich versteckt gehabt hatten. Viele Männer.

»Sie haben Pynvium!«

Talis Seil wurde mir aus der Hand gerissen. Sie stieß mich beiseite und hechtete auf eines der auf der Straße liegenden Schwerter zu. Mit einer Hand ergriff sie es und kam mit einem Überschlag wieder auf die Beine.

»Tali!«

Sie schlug einen Haken um Danello, wirbelte nach rechts herum und bohrte die Klinge in den Bauch eines der Plünderer. Anmutig wie eine Tänzerin blieb sie in Bewegung, und das Schwert flog von einem Mann zum nächsten. Danello glotzte sie an, dann taumelte er zurück und parierte einen Angriff.

Was *machte* sie da?

Aylin schwang das Tischbein gegen den Kopf eines Plünderers. Es krachte gegen seinen Schädel, und er brach zusammen. Weitere Männer tauchten aus den Schatten auf. Es musste ein Dutzend sein, vielleicht waren es mittlerweile sogar mehr.

»Zwei links von dir«, rief ich und versuchte, Tali und die Plünderer gleichzeitig zu beobachten. Sie bewegte sich furchtlos durch ihre Ränge.

Ein Plünderer stach mit seinem Schwert nach mir. Ich warf mich nach rechts, allerdings nicht schnell genug; die Spitze erwischte mich an der Seite. Ich verzog das Gesicht und rollte mich in dem Augenblick ab, als ich auf dem Boden aufschlug. Er setzte mir nach. Ich blieb, wo ich war, und hielt den Atem an, dann griff ich nach seinem Handgelenk, als er zustieß. Haut berührte Haut, und ich *drückte* die Wunde in ihn.

Die Hand an die Seite gepresst stolperte er vorwärts. »Schifterin! Es ist die Schifterin!«

Ich zuckte zusammen und rappelte mich auf die Beine. Ich musste Tali, musste sie alle holen, und dann nichts wie weg von hier.

»Über die Brücke, beeilt euch!«, brüllte Danello.

Aylin schlug einen Soldaten mit ihrem Knüppel und rannte mit dem Sack unter dem Arm auf die Kisten zu, die den Weg über die Brücke versperrten. Ein Plünderer griff sie an. Quenji sprang dazwischen und fing die Klinge mit der Schulter ab. Keuchend wankte er zur Seite.

»Geh weg von ihm!« Aylin schwang das Tischbein und hätte damit beinah Quenji geschlagen, als sie den Plünderer traf.

Ich huschte zwischen entsetzt wirkenden Soldaten hindurch, hielt Soek den Rücken frei und steuerte auf Quenji zu. Ein Plünderer schaffte es an Danello vorbei und ging auf mich los. Sein Schwert schnitt mir den Oberschenkel auf. Grelle Schmerzen schossen mir durch das Bein, aber er sprang außer Reichweite, bevor ich ihn berühren konnte. Danello wirbelte sein Rapier herum und durchbohrte ihn.

Tali glich immer noch einem verschwommenen Schemen aus Klingen und blanker Wut. Quenji wich zurück und schützte Aylin, als sie die Brücke überquerten. Ein Plünderer griff aus der Dunkelheit an und trat Danello in die Kniekehle. Er brach auf der Brücke zusammen, und der Mann trat erneut zu, traf ihn diesmal an der Schläfe.

»Danello!«

Zwei andere Männer stürmten auf mich zu, packten meine Arme und drückten mich gegen das Geländer. Ich setzte mich zur Wehr, wand mich an dem warmen Stein und versuchte, mich zu befreien.

»Lasst mich los!«

Soek kam herübergerannt und zog einem seinen Knüppel über den Schädel. Der Griff des Mannes löste sich, und ich konnte einen Arm freiwinden. Quenji tauchte auf, rannte geradewegs auf mich zu. Er sprang den Mann an, der meinen anderen Arm hielt, und die beiden stürzten über die Seite der Brücke in den Kanal. Sie zogen mich mit sich über das Geländer.

»Quenji!«, brüllte Aylin.

Ich klammerte mich irgendwie mit den Füßen am Geländer fest. Unten platschte es zweimal – der Plünderer und Quenji. Dann folgten ein drittes Platschen und ein raues Knurren, das mir das Blut in den Adern gefrieren ließ.

Ein Krokodil.

Zehntes Kapitel

Quenji brüllte und schlug wild um sich. Ich erhaschte einen flüchtigen Blick auf fuchtelnde Arme, bevor das Wasser schäumte und seine Schreie jäh verstummten. Das Krokodil drehte sich, wirbelte Quenji herum, dann ertönte ein grässliches Knacken, von dem ich hoffte, es wären Hyazinthen, das sich jedoch viel zu sehr wie brechende Knochen anhörte.

Bitte, Heilige Saea, hilf ihm.

Meine Finger umklammerten das Steingeländer, meine Armmuskeln zitterten bereits. Viel länger würde ich mich nicht festhalten können. Ein Teil von mir wollte sich fallenlassen, das Krokodil packen und herausfinden, ob Schiften auch bei Tieren wirkte.

Ein weiteres raues Knurren, weiteres Platschen. Dasselbe Krokodil, oder war ein anderes eingetroffen, um dem Plünderer den Garaus zu machen?

O Quenji.

»Halt durch!« Soek ergriff meine Handgelenke. Aylin packte meine Bluse. Beide zogen, zerrten mich über das Geländer zurück auf die Brücke.

Überall rings um mich wurde gebrüllt und gekreischt. Grauen von unten, Angst von oben. Der Plünderer im Wasser krallte sich an die Seemauer, als versuche er, sie zu erklimmen.

Ich schaute zu der Stelle, wo Quenji verschwunden war. Die dunkle Wasseroberfläche war wieder ruhig.

War dort Blut? Irgendetwas, das darauf schließen ließ, dass sich Quenji dort unten befand?

»Wir können ihn nicht einfach zurücklassen«, sagte Aylin, und erst da wurde mir klar, dass wir uns bewegten. Soek hielt uns beide an je einer Hand und zog uns über die Brücke. Danello war wieder auf den Beinen. Blut rann ihm übers Gesicht. Er hatte Talis Seil in der Hand und führte sie von den Kampfhandlungen fort.

»Er ist weg, und wir müssen verschwinden«, sagte Soek.

Aylin schlug nach seinem Arm. Ich blieb stehen. Ihre Arme waren leer. Kein Sack.

»Das Buch! Wo ist das Zauberbuch?« Ich durfte es nicht verlieren. Ich ließ Soeks Hand los.

»Nya, wir haben keine Zeit. Komm!« Soek sah aus, als wäre er bereit, sich uns beide über die Schultern zu werfen und loszurennen, aber Quenji war gestorben, um mir zu helfen, dieses Buch zu bekommen, damit ich eine Möglichkeit finden konnte, Tali zu retten. Er würde *nicht* umsonst gestorben sein.

Ich erblickte den Sack. Einige der Plünderer befanden sich auf ihrer Seite der Brücke und hievten ihren Freund aus dem Kanal. Die anderen rannten auf mich zu. Ich schnappte mir den Sack und lief zurück zu Soek und Aylin, dicht gefolgt von den Plünderern.

»Nein, bitte«, rief Aylin, während wir flüchteten. »Was, wenn er noch am Leben ist?«

Danello erreichte die andere Seite der Brücke als Erster. Dunkle Gestalten kamen hinter einer weiteren Reihe gestapelter Kisten hervor, näherten sich uns jedoch nicht. Vielleicht waren sie auf unserer Seite, oder vielleicht hatten sie den Kampf gesehen und wollten sich nicht mit uns anlegen.

»Das Boot«, stieß ich keuchend hervor. »Zurück zum Boot.«

Vor uns flackerte Fackellicht. Hinter uns ertönte Gebrüll.

Danello bog nach rechts in eine Nebenstraße, die tiefer ins Inselinnere führte. Wir tauchten wieder in die Schatten. Die dicht beieinander stehenden Gebäude sperrten den Großteil des Mondlichts aus. Ein fauliger Gestank stieg mir in die Nase, verrottendes Essen, oder vielleicht tote Tiere.

Aylin stolperte, und der Gestank wurde durchdringender. Gellend schrie sie auf und schüttelte ihren Fuß.

»Ah! Nehmt das weg, nehmt es weg!«

»Scht, was …« Danello hielt inne. Ich folgte seinem Blick.

Ein Leichnam. So aufgedunsen, wie er war, war er wohl seit mehreren Tagen tot.

»Bleibt in Bewegung«, sagte ich und versuchte, nicht nach weiteren Leichen Ausschau zu halten. War es ein Soldat oder ein armer Mensch gewesen, der nur nach Hause wollte?

Orangefarbenes Fackellicht flackerte auf der Seite eines der Gebäude.

»Sind sie immer noch hinter uns her?«

»Ich habe nicht vor hierzubleiben, um es herauszufinden.«

In dieser Straße gab es keine mit Brettern vernagelten Gebäude, nur zerbrochene Fensterscheiben und eingeschlagene Türen. Unrat und Holz übersäten den Boden und verlangsamten uns. Weitere dunkle Schemen kauerten auf Treppen und Veranden, einige stanken, andere nicht. Wir hielten uns nicht damit auf herauszufinden, was – oder wer – sie sein mochten.

Danello wählte willkürlich Straßen, lief bald hierhin, bald dorthin, um so viele Richtungswechsel wie möglich zwischen uns und die Plünderer zu bringen. Aus dem Uhrturm ertönten zwei Glockenschläge, die kläglich wie Geheul über die dunkle Stadt hallten.

»Rein hier.« Danello huschte durch eine offene Tür. Ich konnte in dem Raum nicht viel erkennen, aber er mutete wie eine Art Geschäft an. Ladentische, Regale, mittlerweile alles kahl. Keuchend kauerten wir uns hinter einen Ladentisch. Tali starrte auf die blutige Klinge in ihrer Hand, drehte sie unablässig.

»Tali, gib mir das, ja?« Ich streckte die Hand aus, bereit, sie zurückzureißen, sollte Tali auf mich losgehen.

Sie heftete den Blick auf mich, dann wieder auf das Schwert und warf es zu Boden.

Ich atmete aus und zog es langsam aus ihrer Reichweite.

Von draußen trug uns die Brise leise Schreie zu. Nicht nah, allerdings auch nicht weit genug entfernt, um es schon wagen zu können weiterzugehen.

Aylin schluchzte und vergrub das Gesicht in den Händen. Ihr gesamter Körper bebte.

»Es wird alles wieder gut«, sagte Soek mit sanfter Stimme.

Ihre Hände sanken. »Nein, wird es nicht«, herrschte sie ihn an. »Quenji ist *tot*. Er wurde *gefressen*. Wie soll das je wieder gut werden?«

»Gar nicht. Es tut mir leid.« Er wandte den Blick ab.

Niemand sprach. Ich hatte keine Ahnung, was ich sagen oder auch nur empfinden sollte. Quenji war tot. Er war mitgekommen, um uns zu helfen, und nun war er tot.

»Wie, äh, weit ist es wohl noch bis zum Boot?«, fragte Danello, ohne jemanden anzusehen.

»Acht oder neun Häuserblöcke?« Ohne Licht und angesichts der Tatsache, dass alles in mir und rings um mich in Trümmern lag, war es schwierig, sich zu orientieren. »Wo sind wir jetzt? Sind irgendwelche Schilder oder so zu sehen?«

»Nicht von hier.«

Er stand auf und schlich zur Tür. »Ich versuche mal, herauszufinden, wo wir sind.«

Aylin schluchzte weiter. Ich hielt sie fest, streichelte ihr Haar. Mir ging ein Dutzend Dinge durch den Kopf, die ich sagen konnte, aber nichts davon würde ihr helfen.

Während Aylin weinte, beobachtete ich Tali. So hart das auch war, es fiel mir immer noch leichter, als an Quenji zu denken. Sie lehnte an der Wand und wischte die blutigen Hände am Boden ab. Im Augenblick deutete nichts an ihr darauf hin, dass sie zu dem in der Lage war zu tun, was sie vor Kurzem getan hatte.

Sie hatte wie Danello gekämpft, vielleicht sogar besser als er. Tali hatte sich so anmutig wie Aylin bewegt. Sie war so zierlich, dass die Plünderer wahrscheinlich gar nicht mitbekommen hatten, wie sie mit ihrer Waffe zwischen ihnen hin- und herhuschte, bis es zu spät war.

Was hatte der Herzog mit meiner Schwester gemacht? Sie hatte, ohne auch nur einen Gedanken darüber zu verlieren, dort draußen Männer getötet. Sie war einfach in Raserei verfallen, als hätte jemand wie bei einer Pynviumwaffe einen Auslöser betätigt.

»Warum musste er sterben?«, fragte Aylin. »Das ist nicht fair!« Sie vergrub den Kopf an meiner Schulter.

»Menschen sterben leicht«, sagte Tali leise.

Sie sprach! Ihre Worte jagten mir einen eisigen Schauder über den Rücken, aber sie hatte gesprochen.

»Tali? Weißt du, wo du bist?«, fragte ich.

Sie antwortete nicht, starrte nur auf das an ihren Händen klebende Blut. »Zu leicht«, flüsterte sie.

Mich schauderte. Meine Haut fühlte sich gleichzeitig heiß und kalt an. Es war einfach zu viel. Quenji tot, Tali eine Killerin und der Herzog nahte, um alles zu zerstören, was mir am Herzen lag. Ich hätte nie nach Hause zurückkehren sollen. Wir hätten bei Jeatar bleiben und mit den anderen gehen sollen.

Aber dann hättest du Tali nie gefunden.

Ich schaute zu ihr hinüber. Hörte erneut ihre Worte – kalt, teilnahmslos. *Menschen sterben leicht.* Hatte ich sie wirklich gefunden? Oder nur das, was von ihr übrig war?

Leise Schritte von draußen. Danello huschte zu uns herein in den Laden. »Ich glaube, die Luft ist rein.«

Ich wischte mir die Augen ab. »Wo sind wir?«

»Ich bin nicht sicher, aber ich kann von hier aus die Seemauer sehen, also können wir nicht weit vom Wasser entfernt sein.«

»Er fand, das alles sei so aufregend«, sagte Aylin zu niemand Bestimmtem. »Ein Abenteuer, von dem er noch jahrelang erzählen könnte. Er hat nie daran gedacht, dass er verletzt werden könnte.« Sie sah mich an. »Hat das irgendjemand von uns getan? Ich weiß, dass wir über Gefahren gesprochen haben, aber haben wir *wirklich* daran gedacht, dass wir *sterben* könnten?«

Ich hatte die vergangenen fünf Jahre jeden Tag damit gerechnet, dass ich sterben könnte. Mir war nie in den Sinn gekommen, mich *nicht* deswegen zu sorgen. Aber waren Sorgen dasselbe, wie zu denken, es könnte geschehen?

Aylin zog die Knie ans Kinn und schlang die Arme um die Beine. »Danello, es könnte sein, dass du Halima und die Zwillinge vielleicht nie wiedersiehst. *Nie mehr.* Soek, du könntest von der nächsten Brücke fallen und sterben. Tali könnte den falschen Gegner angreifen und verlieren. Und Nya ... Wie viele Leute versuchen, *dich* umzubringen? Was glaubst du, wie lange du ihnen noch einen Schritt voraus bleiben kannst?«

»Ich weiß es nicht.«

Danello seufzte. »Das ist unser Zuhause. Was sollen wir sonst tun?«

»Verschwinden!«, gab sie zurück. »Die Jolle nehmen und eine der Ortschaften am Fluss anlaufen. Deine Familie suchen und irgendwo hingehen, wo der Herzog nicht ist.«

»Und zulassen, dass Geveg zerstört wird?«, fragte ich.

Sie schnaubte höhnisch. »Als ob wir das verhindern könnten. Das ist ein Krieg, ein echter Krieg mit echten Soldaten, echten

Schwertern und echten Menschen, die wirklich sterben. Dagegen können wir gar nichts ausrichten. Wir sind *nichts*.«

»Das ist nicht wahr.«

»Doch, ist es! Du hast Tali gefunden und hast das Zauberbuch. Lass uns gehen.«

Geveg dem Herzog überlassen? Die Stadt aufgeben? Großmamas Worte hallten mir in den Ohren wider. Eier sollten nie mit Steine kämpfen. War Geveg dem Untergang geweiht, ganz gleich, was wir tun würden?

Aylin starrte mich an. Die Falten auf ihrer Stirn vertieften sich. »Was ist bloß los mit dir? Das ist eine *Stadt*. Sie hat sich nie um dich gekümmert, warum also liegt dir so viel an ihr?«

»Es ist *meine* Stadt. Meine Familie hat dabei geholfen, sie aufzubauen.«

»Und die Baseeri haben sie vor fünf Jahren umgebracht. In einigen Wochen werden sie die Stadt endgültig begraben.« Sie stand auf. »Ich will nicht hier sein, wenn das geschieht. Du etwa?«

Ich wollte, dass es überhaupt nicht erst geschah.

»Ist es das, was du für Tali willst?«, bohrte sie weiter.

Ich schaute zu meiner Schwester, die immer noch stumm auf dem Boden saß und das Blut anstarrte. Ich wollte, dass sie in Sicherheit war. Dass sie wieder sie selbst wurde. Dass sie sich nie über Soldaten, Experimente oder Menschen sorgen musste, die ihr nur aus dem Grund wehtun wollten, weil sie es konnten.

Willst du das mehr als Freiheit für Geveg?

Meine Familie mochte Geveg aufgebaut haben, aber Tali war meine Familie. Sie musste an erster Stelle stehen. Das hatte ich schon einmal missachtet, und man konnte ja sehen, was ihr widerfahren war. Ich durfte das nie wieder zulassen, ganz gleich, was es kosten mochte.

»Gehen wir zur Jolle.« Ich ergriff den Sack und das Ende des Seils. Mein Herz schmerzte, aber ich hatte bereits so viel verloren, ich konnte es nicht riskieren, Tali noch einmal zu verlieren. Die Heiligen wussten: Sollte das geschehen, würde ich sie nie wieder zurückbekommen. Ich hatte schon zu viele Male Glück gehabt.

Wir verließen das Geschäft. Niemand sagte ein Wort, nur Aylin schniefte einige Male. Wir folgten Danello im Gänsemarsch durch den Unrat, die zerbrochenen Möbel und vorbei an vereinzelten Leichen. Ein warmer Wind blies den Gestank weg, als wir die Straße entlang der Seemauer erreichten.

Ich sah mich um, orientierte mich. Wenn dies der Rand der Lagerhausreihe war, befand sich das Boot etwa sechs Häuserblöcke zur Linken. »Hier lang.«

Wir blieben dicht bei den Häusern in den Schatten und suchten hinter allem Deckung, was wir finden konnten. Bei jedem Geräusch erstarrten wir, selbst wenn es sich nur um die Stämme von Palmen handelte, die im Wind aneinander rieben. Einige Male hörten wir Rufe und sahen weiter vorn Fackellicht. Wir hielten den Atem an, bis es wieder verschwunden war.

Hier herrschte blankes Chaos. Es wäre wirklich dumm zu bleiben, so sehr ein Teil von mir auch wünschte, wir könnten es. Wir würden gehen, einen sicheren Ort suchen und von vorn beginnen. Wahrscheinlich hatte Onderaan Veilig noch nicht verlassen. Es würde mehrere Tage dauern, um die Flüchtlinge unterzubringen und Vorräte zu beschaffen. Wenn wir bis zum Morgengrauen aufbrachen, konnten wir vermutlich bei ihm eintreffen, bevor er abreiste.

Und ihm sagen, dass du deine Heimat aufgegeben hast?

Meine Heimat war bei Tali. Und bei Danello und Aylin. Vielleicht sogar bei Onderaan. Ich schuldete es Tali, das herauszufinden.

Die Reihe der umgebauten Lagerhäuser tauchte vor uns auf, schwarze, kantige Schemen entlang des Sees. Wir überquerten die Straße und eilten die Mauer entlang zu der Öffnung in den ordentlich gestutzten Hecken. Wir rutschten den Weg zum Strand hinunter, wo die …

Das Ankerseil lag auf dem Boden, ein Ende sauber durchtrennt.

Elftes Kapitel

Danello zog sein Rapier und ließ den Blick prüfend über den Strand wandern. Ich starrte auf das durchgeschnittene Ankerseil. Mir drehte sich der Magen um.

»Sie hat uns zurückgelassen«, stieß Aylin verkniffen hervor. »Ich *wusste*, dass wir ihr nicht vertrauen können.«

Lanelle hatte die Jolle genommen? Wie? Warum? Das ergab keinen Sinn.

»Ich glaube nicht, dass sie das Boot genommen hat.« Danello hob das Seil auf und fuhr mit einem Finger am Rand entlang. »Seht nur, das Seil ist durchgeschnitten. Warum den Anker abschneiden, statt ihn einfach auf die Jolle einzuholen?«

»Weil sie es eilig hatte, uns zu verraten.« Aylin verschränkte die Arme vor der Brust. »Ich wette, sie hat nach dem Messer gegriffen, kaum dass wir außer Sicht waren.«

Danello schuttelte den Kopf. »Aber *warum?*«

»Weil es Lanelle ist. Sie würde uns für eine warme Mahlzeit verraten.«

Mein Herz glaubte Aylin, aber mein Bauchgefühl stand auf Danellos Seite. Es gab keinen Grund für Lanelle, die Jolle zu nehmen und zu fliehen. »Ich weiß nicht recht. Sie hat mich praktisch angebettelt, sie mitzunehmen. Warum hätte sie das tun und jetzt einfach abhauen sollen?«

»Weil ihr jemand ein besseres Angebot unterbreitet hat.«

»Ich stimme Aylin zu«, meldete sich Soek zu Wort. »Lanelle kümmert sich nur um sich selbst. Ich war auch im Turmzimmer, wisst ihr noch? Ihr habt nicht gesehen, wie sie Symptome aufgezeichnet und Leichen zum Sezieren vorbereitet hat. Sie wusste, was vor sich ging, aber es war ihr egal. Für den Herzog zu arbeiten war gut für sie, deshalb hat sie es getan.«

Damit hatte er recht. Sie hatte uns auch an den Erhabenen verraten, hatte ihm von mir und meinen Fähigkeiten erzählt. Vielleicht war das sogar der Grund dafür gewesen, dass der Herzog mir Greifer auf den Hals gehetzt hatte. »Ich sage ja nicht, dass ich ihr vertraue«, begann ich. »Aber sie hatte etliche bessere Gelegenheiten, uns zu verraten, und hat es nicht getan. Warum gerade jetzt?«

Danello ging zum Rand des Wassers und kniete sich neben eine keilförmige Rinne im Sand, wo sich die Jolle befunden hatte. Er griff hinab und hob etwas auf.

»Das ist ein Zahn.«

»Ein was?«

»Es ist noch Blut dran.« Er brachte ihn zu uns. »Ich glaube, der ist von Lanelle.«

Soek und Aylin sahen einander an. Unsicherheit ließ die beiden die Stirnen in Falten legen.

»Warum sollte jemand Lanelle entführen?«, fragte ich und schaute über das Wasser.

»Genau meine Rede«, sagte Aylin.

»Ich weiß nicht, warum.« Danello warf den Zahn weg. »Aber wer immer es getan hat, könnte noch in der Nähe sein. Wir sollten nach ihr suchen.«

»Was?«, stießen Aylin und Soek gleichzeitig hervor. Soek schüttelte den Kopf. »Nein, sollten wir nicht.«

»Sie steckt offensichtlich in Schwierigkeiten.«

»Na und?«

Danello starrte die beiden mit ungläubigem Blick an. »Ihr wollt sie einfach sich selbst überlassen?«

Ich legte meine Hand auf seinen Arm. »Wenn wir wüssten, wo sie ist oder wer sie entführt hat, könnten wir vielleicht versuchen, ihr zu helfen. Aber wir haben keine Ahnung, wo sie steckt, und diese Plünderer sind noch da draußen. Wir müssen an einen sicheren Ort.«

»Es gibt keine sicheren Orte mehr«, murmelte Aylin. »Wir sind hier gefangen.«

Danello sah mich mit stirnrunzelnder Miene an. »Du auch?«

»Ich setze nicht das Leben aller anderen für jemanden aufs Spiel, der dem Herzog geholfen hat, Heiler zu töten. Ich weiß. Sie dachte, sie hätte keine andere Wahl, und vielleicht war das auch so. Aber Lanelle hat es sich selbst zuzuschreiben. Wahrscheinlich blieb sie heute Nacht hier, weil sie nicht den Hals dabei riskieren wollte, uns richtig zu helfen.«

Er zögerte, als hätte er daran nicht gedacht. »Na schön. Was ist mit meiner alten Wohnung? Ich kenne dort Leute, die uns helfen würden.«

Aylin schüttelte den Kopf. »Dafür müssen wir eine weitere Brücke überqueren. Was, wenn es noch mehr von diesen Plünderern gibt?«

»Wir verwenden die Pynviumstreifen diesmal von Anfang an.« Ich deutete auf das Bündel, das Danello hielt. »Ich blitze es, und wir rennen an ihnen vorbei. Wir halten weder an um zu reden noch um zu kämpfen.«

Aylin schloss die Augen. Ihre Wimpern waren nass vor frischen Tränen. »Ich wollte doch nur nach Hause. Ich wünschte, wir wären mit Jeatar gegangen.«

»Aylin, wir müssen in Bewegung bleiben. Ich habe auch Angst und würde mich am liebsten einrollen und weinen, aber das können wir nicht. Noch nicht.«

Sie zögerte. Ihr Blick wanderte zu dem blutigen Zahn im Sand, dann nickte sie. »Also gut. Wir gehen zu Danello.«

Ich führte uns wieder die Böschung hinauf und außen an der Insel entlang, indem wir der Straße folgten, die entlang des Sees verlief. Die Wellen würden dabei helfen, Geräusche zu verschleiern, die wir vielleicht verursachten. Wenn der Wind aus der richtigen Richtung wehte, würden wir es vielleicht sogar hören, wenn die Brückenwachen miteinander redeten. Oder angesichts der späten Stunde schnarchten. Allerdings bezweifelte ich irgendwie, dass wir so viel Glück haben würden.

Wir duckten uns hinter eine Reihe von Hibiskusbüschen, als vor uns eine weitere Barrikade mit einer Art Tor in der Mitte auftauchte, bewacht von zwei Leuten. Prüfend suchte ich die Straße nach Plätzen ab, an denen sich weitere Wachen verstecken mochten, aber rings um die Brücke befand sich ein offener Bereich.

»Ich glaube, es sind nur die zwei.« Mit zweien käme ich klar. Die Streifen blitzten heftig genug, um beide mühelos auszuschalten. Und sollte mir einer entrinnen, hatte ich immer noch die Wunde an meinem Bein, die ich schiften konnte.

Danello spähte über die Büsche. »Zwei Wachen scheinen mir eine schwache Verteidigung gegen die Plünderer zu sein.«

»Es sei denn, sie arbeiten mit den Plünderern zusammen«, meinte Soek.

Na toll. Ein entwischter Wächter, ein Schrei, und wer weiß wie viele Leute würden vielleicht aufkreuzen, um uns zu berauben oder zu töten.

»Wir werden es einfach riskieren müssen«, meinte ich. »Ich gehe alleine mit dem Pynvium raus. Ihr bleibt alle zurück. Selbst, wenn mehr auftauchen, bleibt ihr ...«

»Kommt ihr jetzt raus, oder habt ihr vor, euch die ganze Nacht zu verstecken?«, rief jemand von der Brücke.

Wir sahen einander an. »Redet der mit uns?«, fragte Danello.

»Je länger ihr euch versteckt, desto unruhiger werden wir.«

Sie mussten mit uns reden. »Die klingen nicht wie Plünderer«, sagte ich. »Vielleicht sollten wir hingehen.«

»Ich gehe. Bereitet euch darauf vor wegzurennen, sobald sie irgendetwas versuchen.« Danello stand auf und ging langsam auf die Brücke zu. »Wer seid ihr?«

»Warum sagst du uns das nicht zuerst?«

Danello überlegte kurz. »Wir sind Geveger, die versuchen, nach Hause zu gelangen. Die Wohnung meiner Familie ist auf dieser Insel. Am Marktdockkanal.«

»Dein Name?«

»Danello del'Sebore.«

Einige Sekunden lang war leises Gemurmel zu vernehmen. »Was ist mit den anderen?«

Danello winkte uns zu sich. Wir verließen die Büsche und blieben dicht beisammen. Ich schob den Pynviumstreifen in meinen Ärmel hoch, sodass ich ihn einfach in meine Hand zurückfallen lassen konnte, falls wir ihn brauchten.

»Meine Freunde. Es ist eine lange Nacht gewesen. Wir wollen nur irgendwohin, wo wir sicher vor den Plünderern sind.«

Damit schienen sie zufrieden zu sein. Ein Mann trat näher. »Warum ist das Mädchen an einem Seil?«

Ich zuckte zusammen. »Sie ist meine Schwester. Sie, äh, steht ein wenig neben sich. Ich will nicht, dass sie uns abhandenkommt.«

»Da ist eine Menge Blut …« Er bewegte eine Hand zu dem Schwert an seiner Hüfte.

»Plünderer haben uns angegriffen und unseren Freund getötet«, gab Aylin zurück, die Stimme so rau und traurig, dass es mir das Herz brach. »Wir konnten mit knapper Not entkommen.«

Seine Hand entfernte sich wieder von dem Schwert. »Das tut mir leid. Die sind schon seit Wochen ein Problem, nur können wir nicht viel gegen sie unternehmen.« Er deutete hinter sich, und eine Frau kam herbei und öffnete das Tor. »Kommt durch.«

»Danke sehr.«

Die Anspannung in meiner Brust löste sich in dem Moment, als wir die Insel der Plünderer verließen. Hier waren anständige Geveger, Leute, denen wir vielleicht sogar vertrauen konnten.

»Geht besser nach Hause, so schnell ihr könnt«, riet uns die Frau. »Wir haben zwar Patrouillen auf den Straßen, aber es ist schwierig, die gesamte Insel zu beschützen. Nachts ist es wirklich nicht sicher.«

»Ist uns aufgefallen«, sagte Soek.

Wir eilten an der Blockade vorbei und folgten Danello zu dem Gebäude, in dem er früher gewohnt hatte. Auf den Straßen herrschte dieselbe Finsternis wie zuvor, aber vereinzelt schimmerten Lichtstreifen durch die Ritzen zugenagelter Fenster.

»Das da ist es«, sagte Danello und zeigte auf ein verwittertes Holzgebäude mit Ziegelunterbau. Im Gegensatz zu vielen anderen besaß es Fensterläden, und alle waren geschlossen.

Die Tür des Hauses stand offen. Die nach oben führende Treppe präsentierte sich frei, wenn auch nicht sauber. Danello rannte praktisch ins zweite Stockwerk und den Flur hinab. Er versuchte, die Tür zu seiner alten Wohnung zu öffnen.

»Abgesperrt«, teilte er uns mit. Ich war nicht sicher, ob er darüber froh war oder nicht. Seine Stimme hörte sich merkwürdig an, zittrig und zugleich hoffnungsvoll. Vielleicht dachte er, sein Vater sei hierher zurückgekommen, als er uns im Stadthaus nicht antraf.

»Dann klopf«, schlug ich mit sanfter Stimme vor. »Außer, du hast noch den Schlüssel.«

»Den habe ich schon lange verloren.« Er holte tief Luft und klopfte leise.

Keine Antwort.

Er klopfte fester. Jemand hustete, und ein Bett quietschte, doch ich vermochte nicht zu sagen, aus welcher Wohnung die Geräusche stammten.

Danello klopfte abermals, so stark, dass die Tür erzitterte. Soldaten klopften so an. Diesmal ertönten im Gang reichlich Geräusche: über den Boden gezogene Stühle, murmelnde Stimmen, leise Rufe.

»Wer ist da?« Eine barsche, verschlafene Stimme. Allerdings hörte sie sich nicht nach Danellos Vater an.

»Ich suche nach Meister del'Sebore«, sagte Danello. »Ist er da?«

»Ich kenne keinen del'Sebore.«

»Bitte, Herr, ist er da?«

Die Tür hinter uns wurde einen Spalt geöffnet. Wenn ich nicht unmittelbar daneben gestanden hätte, wäre es mir entgangen. Ich drehte mich um. Ein Auge lugte durch den Spalt heraus.

»Er sucht nach seinem Vater«, flüsterte ich.

Der Spalt weitete sich, und eine alte Frau tauchte auf, das Gesicht schmal, die Augen verängstigt. »Der ist bei den Soldaten«, flüsterte sie zurück.

Mein Herz krampfte sich zusammen, und ich griff rücklings nach Danellos Arm.

»Er wurde gefangen genommen?«

»Nein, bei *unseren* Soldaten.«

»Saama!«, stieß Danello hervor. Die Tür öffnete sich völlig, und die dürre, alte Frau streckte die Arme aus. Danello trat auf sie zu und ließ sich von ihr umarmen. »Weißt du, was aus meinem Da geworden ist?«

»Er hat lange nach dir gesucht, aber als die Dinge schlimm wurden, zog er los und schloss sich dem Widerstand an.« Sie löste sich von Danello und zog ihn hinein, dann bedeutete sie uns anderen, ihm zu folgen. »Kommt erst mal rein. Es ist nicht klug, draußen auf dem Gang zu stehen.«

Als sie uns in die Wohnung holte, zog sie angesichts des Seils um Tali neugierig eine Augenbraue hoch, fragte mich jedoch nicht danach. Die Wohnung erinnerte mich stark an die von Danello.

Warm und anheimelnd, obwohl sie bescheiden war. Ein Hauptraum mit alten Möbeln, die irgendwann einmal schön gewesen waren, ein Nebenraum mit einem kleinen Bett. Eine winzige Küche.

»Ihr seht aus, als hättet ihr eine aufregende Nacht hinter euch«, meinte die Frau leise.

Danello nickte. »Sie ist hart gewesen.«

»Sind die Kleinen in Sicherheit?«

Zittrig holte er Luft. »Ich hoffe schon. Ich habe sie bei einer Freundin gelassen, die auf sie aufpasst, bis wir zurück sind.«

Saama musterte den Rest von uns und sog scharf die Luft ein. »Ihr Heiligen, Kind, ist das Blut?«

Ich betrachtete mein Bein, wo das Schwert des Plünderers mich geschnitten hatte. Die Blutung hatte aufgehört, und ich war zu müde, um noch auf das dumpfe Pochen zu achten.

»Ich wurde schon öfter geschnitten.«

»Setz dich und lass mich das behandeln.« Sie deutete auf einen Küchenstuhl. Ich nahm Platz. »Meine Güte, Danello, hast du nicht mal daran gedacht, Hilfe für das Mädchen zu suchen?«

»Ich ... äh ...«, setzte er an, doch sie schnitt ihm das Wort ab.

»Geh und bring mir eine Schüssel und etwas Wasser aus dem Krug dort.« Saama öffnete einen Schrank und holte einen Schilfrohrkorb daraus hervor, der älter aussah, als ich es war. »Ich habe hier eine Salbe, mit der heilt die Wunde im Nu.«

Eine *Salbe?* »Nein, es geht mir gut, wirklich«, wehrte ich ab. Es gab immer den einen oder anderen Kräuterhändler, der sich in der Nähe der Gilde herumtrieb, seine hausgemachten Mittelchen verkaufte und behauptete, sie heilten wunderbar. Blanke Torheit, pflegte meine Großmutter zu sagen. Einen Haufen Blumen und Unkraut zusammenzumischen trug gar nichts dazu bei, eine Heilung zu beschleunigen. Im Sommer bekam die Gilde viele Leute mit Infektionen und Blutkrankheiten, die sie sich bei solchen »Behandlungen« zugezogen hatten.

»Das ist ein tiefer Schnitt.«

»Sobald ich den gewaschen und verbunden habe, ist alles in Ordnung.« Ich nahm die Schale von Danello, bevor sie es tun konnte, und begann, mein Bein zu waschen. Es brannte, als das

Wasser die Wunde berührte, aber ich hatte schon Schlimmeres ausgehalten. Der Schnitt war sauber und würde von selbst verheilen. Wahrscheinlich würde sogar kaum eine Narbe zurückbleiben.

Saama beobachtete mich mit einem merkwürdigen Blick. »Ich bin noch nie jemandem begegnet, der eine Heilung abgelehnt hat.«

»Das ist keine ...« Leute, die sich die Gilde nicht leisten konnten, taten, was sie konnten, und Saama zu beleidigen schien mir nicht die beste Idee zu sein. »... wirklich nicht nötig. Sieht schlimmer aus, als es ist. Und ich genese schnell.« Das stimmte sogar.

»Ist schon gut, Saama«, sagte Danello und nahm ihr den Korb ab. Er spähte hinein und holte einige lange Stoffstreifen daraus hervor. »Hier, verbinde die Wunde damit.«

Ich tat es, verknotete die Enden und steckte sie unter dem Rand.

Saama bedachte mich mit einem letzten ungläubigen Blick, zwang mir die Salbe jedoch nicht auf. »Was macht ihr alle hier? Noch dazu mitten in der Nacht.« Sie ließ sich auf einem Stuhl nieder, der größer war als sie selbst. Es war der einzige Gegenstand im Raum, der nicht zu ihr passte.

»Wir sind gekommen, um die Stadt davor zu warnen, dass die Armee des Herzogs hierher unterwegs ist«, antwortete Danello. »Er hat es auf Geveg abgesehen.«

Saamas Blick verfinsterte sich. »Ich dachte mir schon, dass es nur eine Frage der Zeit ist. Dann schaffe ich euch besser gleich beim ersten Tageslicht zu Ipstan. Ich komme zwar nicht viel raus, aber eines der Mädchen, die mir beim Einkaufen helfen, kann ihm für mich eine Botschaft überbringen.«

»Ipstan?«

»*General* Ipstan.« Sie verdrehte die Augen. »Er führt an, was vom Widerstand vorhanden ist. Hauptsächlich ein Haufen Narren, die Soldaten spielen, aber mit den Herzen am rechten Fleck. Allerdings nicht so organisiert wie die Adeligen.«

»Die Adeligen haben eine Armee?«, fragte ich.

»So würde ich es nicht gerade nennen. Sie haben Soldaten, die sie auf den Generalgouverneur angesetzt haben, und zumindest einer von denen war dafür verantwortlich, dass der Mann mit dem Gesicht nach unten in den Kanälen geendet ist.«

»Halt mal, Baseeri-*Adelige* haben den Generalgouverneur umgebracht?«

»So ist es. Der Herzog hat zu oft zu viel von ihnen verlangt, genau, wie er es vor all den Jahren mit uns gemacht hat. Letztlich haben sie genauso ›Nein‹ gesagt wie wir.«

Erstaunlich.

Danello setzte sich auf eine Stuhllehne. »Saama, was ist eigentlich los? Wir haben einige Neuigkeiten gehört, aber nicht genug.«

»Wir waren eine Weile fort«, fügte ich hinzu. Es war nicht nötig zu erklären, warum oder was wir getan hatten.

Saama nickte. »Wart ihr hier, als diese Heiler verhaftet wurden?«

»Äh, ich weiß nicht.« Meinte sie den Vorfall, als Vyand uns gefangen genommen hatte?

»Wenn ihr es gesehen hättet, dann wüsstet ihr es. Irgendeine Greiferin hat sie durch die Straßen gekarrt, als wären sie ein preisgekrönter Fang. Die Leute wurden wütend, rotteten sich zusammen und befreiten sie. Und haben diesen Greifern eine tüchtige Abreibung verpasst.«

Sie meinte tatsächlich uns. »Das haben wir gesehen. Aber danach wissen wir nichts mehr.«

»Dann seid ihr noch rausgekommen, bevor es schlimm wurde. Durch die Sache begannen die Leute erst zu reden. Dann fingen sie an, sich zu beklagen, und schließlich sprachen sie davon, etwas gegen die Gründe für ihre Klagen zu unternehmen. Anfangs war es nichts Ernstes – ein paar Orte wurden in Brand gesteckt, ein paar Leute verprügelt. Die Blauen haben dem ein Ende gesetzt, bevor es zu weit ging.«

»Die Blauen?«, hakte ich nach.

»Soldaten, die noch loyal zum Herzog standen. Nicht so viele, wie es mal waren – ein paar Tausend – trotzdem genug, um Schwierigkeiten zu bereiten.«

Danello runzelte die Stirn. »Wie kamen die Baseeri ins Spiel?«

»Die neuen Gesetze des Herzogs. Er verlangte Geld, Lebensmittel, Pynvium, Heiler. Sie beschwerten sich beim Generalgouverneur darüber, und er schenkte ihnen ebenso wenig Beachtung wie uns. Das hat ihnen gar nicht gefallen. Als sein Leichnam gefunden wurde, spielte die ganze Stadt verrückt. Die Blauen versuchten, die Kontrolle zurückzuerlangen, aber da die Hälfte von ihnen für die Adeligen arbeitete und ein großer Teil der Adeligen genauso wütend war wie wir, ging es nicht gut.«

»Also arbeiten die Adeligen mit uns zusammen?«, fragte ich.

Saama lachte gackernd. »Ihr Heiligen, nein, Kind. Ich glaube, wenn sie uns auch von den Inseln vertreiben könnten, würden sie es tun. Sie haben sich auf den Aristokrateninseln und den Terrassen abgekapselt. Wahrscheinlich haben sie sich mittlerweile auch im Anwesen des Generalgouverneurs verschanzt. Die Plünderer beherrschen die Nord- und die Südinsel, und das ist vermutlich das Einzige, was die Adeligen davon abhält, sich als Nächstes uns vorzunehmen.« Sie schniefte. »Na ja, das und die Blauen der Gilde.«

Ich sah Danello an. Das war nicht gut. Es würde schon schwierig werden, sich gegen den Herzog zu verteidigen, wenn alle kämpften. Wenn wir auf unseren Rücken genauso achten mussten wie auf unser Gesicht, hatten wir keine Chance zu gewinnen.

»Stecken die Soldaten des Herzogs in der Heilergilde?«, wollte Soek wissen.

»Der ganze Haufen hat sich dort verschanzt. Deshalb können wir nichts gegen sie unternehmen. Sie haben die Brücken und die Obere und die Untere Hauptinsel auf unserer Seite abgeriegelt, und auf der anderen Seite kontrollieren die Plünderer die Inseln.«

»Vielleicht solltest du Geveg verlassen«, meinte Danello mit nachdenklicher Miene. »In die Berge gehen und ein sicheres Versteck suchen.«

»Das würden diese alten Knochen nicht mitmachen. Dies hier ist mein Zuhause. Ich wurde hier geboren, und ich habe vor, hier zu sterben.« Sie zuckte mit den Schultern. »Hätte zwar nicht gedacht, das würde so bald geschehen, aber die Heiligen tun, was sie wollen.«

Eine Weile sagte niemand etwas. Saamas Lider wurden schwer, und auch Aylin sah aus, als stünde sie kurz davor einzuschlafen.

»Ist es in Ordnung, wenn wir bis morgen früh bleiben?«, fragte Danello.

»Aber natürlich! Kann euch ja nicht im Park schlafen lassen. Das ist heutzutage die sicherste Möglichkeit, entführt zu werden.«

Mit einem Ruck richtete sich Danello auf. »Entführt? Eine Freundin von uns hat auf einer Jolle auf uns gewartet, aber sowohl sie als auch das Boot sind verschwunden. Es sah so aus, als könnte jemand sie entführt haben.«

»Du meine Güte, das klingt, als sei sie geschnappt worden, um Lösegeld zu fordern.«

»Warum? Von wem würde man Lösegeld für sie fordern?«, fragte ich.

»Keine Ahnung, aber unmittelbar nach den Unruhen fingen die Plünderer an, reiche Leute zu entführen. Wenn die sich eure Freundin geholt haben, dann müssen sie gedacht haben, sie stamme aus einer wohlhabenden Familie.«

»Aber wie …« Wir hatten ein Boot der Gilde gestohlen. Wenn das nicht von Reichtum zeugte … »Es muss an der Jolle gelegen haben. Sie müssen geglaubt haben, Lanelle gehöre zur Gilde.« Ich sog scharf den Atem ein. Sie mochte nicht mehr zur Gilde gehören, aber sie *war* eine Heilerin. Die Gilde würde wahrscheinlich gutes Geld dafür bezahlen, sie zurückzubekommen. Lanelle würde vielleicht wieder bei den Oberen der Gilde und bei den Experimenten des Herzogs landen.

»Was passiert, wenn niemand das Lösegeld bezahlt?«, fragte Soek.

Saama zuckte mit den Schultern. »Keine Ahnung. Sie könnten sie töten oder einfach rauswerfen.«

Aylin sah mich an. Ihre blutunterlaufenen Augen sagten mir eindeutig, dass sie nichts dagegen hatte, das Wagnis einzugehen.

Ich konnte Lanelle nicht der Gilde überlassen. Vielleicht verdiente sie es, aber sie hatte den Preis schon einmal bezahlt. »Weißt du, wie sie mit den Leuten Verbindung aufnehmen, die Lösegeld zahlen sollen?« Wir hatten den Beutel mit Edelsteinen, den wir in Zertaniks Stadthaus gefunden hatten. Ein Edelstein würde bestimmt reichen.

»Ich höre nur Gerüchte. Die Brückenwachen könnten es wissen. Die haben mehr mit diesen Leuten zu tun als die meisten anderen.«

Aylin seufzte. »Soll das heißen, wir holen sie zurück?«

»Sie hat uns weder verlassen, noch verraten. Wir können ihr nicht einfach *nicht* helfen, nur weil wir sie nicht mögen.«

»Heute Nacht geht niemand mehr irgendwohin«, sagte Saama und stand auf. »Ich habe noch Kissen und Decken. Die meisten von euch werden sich auf den Boden legen müssen, aber ihr seid hier in Sicherheit. Ihr könnt eure Freundin holen, wenn die Sonne aufgeht.«

»Danke«, sagte ich.

Aylin rollte sich auf dem großen Stuhl ein und zog sich die Decke unters Kinn. Soek nahm sich ebenfalls eine Decke und suchte sich einen Platz auf dem Boden aus. Tali war bereits unter dem Küchentisch eingeschlafen. Ich legte eine Decke über sie und betete, sie möge am Morgen mehr wie sie selbst sein.

»Schlaf ein wenig.« Danello warf ein Kissen auf das Sofa und führte mich hin.

Er blies die Kerzen aus und setzte sich auf dem Boden neben mich, lehnte sich gegen die Kissen zurück. Ich schob das meine unter seinen Kopf, dann legte ich mich hin und streckte die Hand aus, bis sie auf Danellos Schulter ruhte. Er griff nach oben und schlang die Finger in meine.

»Mein Da ist bei Ipstan«, flüsterte er. Seine Worte strotzten vor Hoffnung.

Ich nickte in der Dunkelheit. »Glaubst du, er wird mit uns kommen? Dein Da, meine ich.«

»Warum nicht?«

Meine Eltern waren geblieben und hatten gekämpft. Danellos Mutter hatte gekämpft. »Ich weiß nicht. Er könnte dabei helfen wollen, die Stadt zu verteidigen.«

»Er wird mit uns wegwollen. Wir erzählen Ipstan alles, was wir wissen, dann besorgen wir uns ein anderes Boot und gehen nach Veilig.«

»In Ordnung.«

Ich starrte an die Decke. Matte Streifen silbrigen Lichts des untergehenden Mondes tanzten darüber. Ich versuchte, mir vorzustellen, wie ich mit Tali und den anderen in Veilig von vorne anfing, Geveg und den Herzog hinter mir ließ. Doch alles, was ich vor mir sehen konnte, waren Menschen, die durch Soldaten in Blau starben.

Und mich selbst, wie ich von ihnen wegging.

Zwölftes Kapitel

Ich erwachte durch den hellen Klang von Glocken. Lautes, eindringliches Geläut der Art, wie es nur erklingt, wenn etwas ganz und gar nicht stimmt. Dann ein jäher Knall, Holz, das über den Boden schabte, ein leises Wimmern.

Tali!

Ich fuhr herum. Der Tisch hatte sich bewegt. Die Kerzen darauf waren umgekippt. Tali war auf den Beinen und stand an den Küchenschränken, die Hände von sich gestreckt, und ihr Blick zuckte hin und her. Er richtete sich auf mich, und einen Herzschlag lang flackerte in ihren Augen etwas auf, als erkannte sie mich.

»Schon gut, das ist nur der Uhrturm«, sagte ich. »Leg dich wieder schlafen.« Sie sah mich an, dann aus dem Fenster, und sie beruhigte sich wieder.

»Was ist los?«, fragte Danello gähnend. Das Morgenlicht tünchte sein Gesicht in fahles Gelb.

»Das ist die Angriffsglocke«, erklärte Saama, die aus ihrem Zimmer kam. »Das bedeutet, die Blauen bereiten jemandem Ärger.«

»Lasst uns besser die anderen wecken«, meinte Danello.

Soek war bereits auf, als ich mich umdrehte, aber Aylin musste ich mehrmals schütteln.

»Hm? Was ist?«

»Soldaten kommen.«

»O nein, nicht schon wieder.«

Wir scharten uns um das Fenster. Männer und Frauen mit Waffen rannten vorbei und steuerten auf die Brücke auf der gegenüberliegenden Seite der Insel in der Nähe von Tannifs Kaffeehaus zu.

»Das ist in der vergangenen Woche oft vorgekommen«, sagte Saama. »Hat angefangen, als Ipstan offen begann, die Leute zu organisieren und Waffen und Rüstungen auszuteilen. Die Blauen schlagen schnell und hart zu, dann rennen sie zurück in Sicherheit.«

Wir beobachteten die Straßen, während die Sonne aufging. Ihr sanftes Licht spiegelte sich auf Schwertern und Rüstungsteilen, als immer mehr Leute vorbeirannten. Alles wirkte so vertraut, als würden Albträume wahr.

»Wartet mal, ich sehe etwas«, sagte Danello. »Und ich höre eindeutig Kampflärm.«

Und rennende Schritte. Jede Menge Füße klatschten auf Stein. Leute flüchteten an uns vorbei, ihre Kleider und Gesichter blutig. Sie rannten, als wäre es ihnen egal, wohin. Panik.

Zwei Soldaten marschierten die Straße hinab. Ihre Schwerter waren dunkel, ihre Rüstungen blau.

Danello rückte näher. Jeder Zoll meines Körpers wurde heiß. »Nya, nicht.«

»Es sind nur zwei. Mit zweien komme ich zurecht.«

Saama sah mich an, als hätte ich den Verstand verloren. »*Diese* Blauen kann man nicht töten. Was glaubst du wohl, warum es ihnen gelingt, dafür zu sorgen, dass wir stillhalten und unsere Wunden lecken?«

»Ich kann sie aufhalten.« Ich hatte nichts unternommen, während die Unsterblichen meine Schwester in eine Waffe verwandelt hatten. Und nur zugesehen, als sie dieses arme Mädchen in Baseer umbrachten. Ich würde nicht noch einmal nichts unternehmen.

»Sie kommen rein«, meldete Soek. »Einer hier, der andere auf der gegenüberliegenden Straßenseite.«

Holz knallte gegen Holz, eine Tür wurde aufgetreten. Menschen begannen zu schreien. Tali sog scharf die Luft ein, ließ sich zu Boden sinken und schlang die Arme um die Knie. Ich hielt es zwar gar nicht gut aus, sie verängstigt zu sehen, aber das erinnerte schon eher an Talis Reaktion auf Geschrei.

»Lasst mich gehen.« Ich drängte mich gegen Danello, doch er rührte sich nicht.

»Nein. Du weißt nicht, wie viele noch da draußen sein könnten.«

»Das spielt keine Rolle. Den, der hier drin ist, kann ich aufhalten.«

»Nya, du ...«

Ich legte die Hände auf Danellos Wangen. »Geh mir aus dem Weg. Bitte.«

Seine Augen weiteten sich ein wenig, als sei er nicht sicher, ob ich ihn bat oder ihm drohte. Ich war selbst nicht sicher.

Er trat beiseite. Ich rannte zur Tür hinaus und die Treppe hinunter. Auf die Schmerzen in meinem Bein achtete ich nicht, die würde ich schon bald loswerden.

Ich folgte dem Schluchzen und dem Flehen und fand den Unsterblichen auf dem Treppenabsatz im ersten Stock, wo er über drei auf dem Boden kauernden Männern aufragte. Väter, Brüder, Onkel. Ihre Kleider waren zerfetzt, und Blut sickerte hindurch.

Kalte Wut erfasste mich. Ich hatte gedacht, die Leute hier hätten sich zur Wehr gesetzt und gekämpft. Aber diese drei ausgewachsenen Männer hockten nur da und *versuchten* es nicht einmal. War es das, was der Herzog uns angetan hatte? Was die Unsterblichen bewirkt hatten?

»Geh weg von ihnen.«

Der Unsterbliche sah mich beiläufig an, als hätte er nichts zu befürchten. War auch seine Rüstung mit silbrigem Metall ausgekleidet? Er wirkte nicht so ausdruckslos wie Tali. Vielmehr sah er aus, als bereite es ihm Freude zu töten. So jung und schon so grausam. Dieser Bursche trug einen Helm, sein Gesicht jedoch war ungeschützt. Er grinste so, wie es ältere Jungen mit zu viel Macht zu tun pflegen. »Warte, bis du an der Reihe bist.«

»Ein schöner Heiler bist du. Bloß ein erbärmlicher Unsterblicher.«

Sein Grinsen verpuffte. »Es wäre klug, wenn du den Mund hältst.«

»Du mordender Verbrecher. Deine Mutter muss sich jeden Abend in den Schlaf weinen.«

Er kam die Treppe herauf näher. Von seinem Schwert tropfte Blut auf die Stufen. Ich wich zurück, lockte ihn weiter herauf, außer Reichweite der Männer auf dem Boden.

Auf halbem Weg hielt er inne. »Versuchst du, mich in einen Hinterhalt zu locken? Da spiele ich nicht mit.«

Ich ging einen Schritt auf ihn zu. Dann noch einen. Es gelang ihm nicht besonders gut, seine Überraschung zu verbergen.

»Du gehst auf *mich* los?«, fragte er. »Niemand tut das und überlebt.«

»Ich kann es.«

Er musterte mich, und sein überhebliches Gehabe verschwand. »Nein, du kannst es nicht sein.«

»Was kann ich nicht sein?« Ich trat näher.

»*Sie*. Ich weiß, wer du bist«, sagte er und wich zurück. »Der Kommandant hat uns vor dir gewarnt.«

»Warum rennst du dann nicht weg?«

Zwei Stufen oberhalb der Männer, die er zuvor gestellt hatte, blieb er stehen. Auch sie waren nicht geflüchtet.

»Ich renne vor keiner Scheißköpfin weg.«

Ich lächelte. »Du meinst Schifterin.«

Mit ausgestreckten Händen hechtete ich vorwärts, zielte auf seine Brustplatte oder eine Armschiene oder, so die Heiligen wollten, seine Hand. Er zuckte zurück und rutschte aus, fiel von der Stufe und stürzte auf den Treppenabsatz zu. Die Männer schrien auf und rollten sich aus dem Weg. Ich landete auf der Seite am Fuß der Treppe, aber nicht nah genug, um ihn zu packen.

Ein weiterer Unsterblicher trat auf den Absatz, ein älterer. Sein Schwert sauste in weitem Bogen auf meinen Hals zu. »Gut, dass ich weiß, wie man Schifter tötet.«

»Ja«, rief Danello. »Man zielt auf die Augen.«

Ein Messer schwirrte über mich hinweg und bohrte sich in ein Auge des Unsterblichen. Sein Schwert fiel zu Boden, der Körper folgte. Danello stand am Kopf der Treppe, die Wurfhand noch auf den Unsterblichen gerichtet.

Ich robbte vorwärts, packte die Hand des jüngeren Unsterblichen und *drückte*. Er stieß einen spitzen Schrei aus, doch ich bezweifelte, dass ihn mein aufgeschlitztes Bein besonders schmerzte. Ich legte beide Hände flach auf seinen Brustpanzer.

»Drück es in deine Rüstung«, sagte ich und rappelte mich auf die Knie. »Nur zu.«

»Töte mich nicht!«

»Wenn du tot bist, kannst du uns nicht helfen.« Er hatte die Männer verletzt. Er konnte sie heilen, auf die eine Weise oder die andere. Ich streckte den drei Männern einen Arm entgegen. »Wenn ihr verletzt seid, dann nehmt meine Hand.«

Zwei der Männer traten vor. Der Erste legte eine zittrige Hand in meine. Ich *zog* und holte eine tiefe Schulterwunde aus ihm heraus.

Ich *drückte*, und der Unsterbliche schrie diesmal lauter auf. Als ich die Verletzungen des anderen Mannes in ihn *drückte*, wimmerte er nur noch.

»Ist sonst noch jemand verletzt?«, fragte ich.

»Im Erdgeschoss«, antwortete der älteste der Männer. »Ich bin nicht sicher, wie viele.«

»Bringt sie her.«

Danello stand neben mir. Die Spitze seines Rapiers schwebte über einem Auge des Unsterblichen.

»Das war ein guter Wurf«, lobte ich.

»Ich war motiviert.«

Der Unsterbliche schluckte. Sein Blick zuckte von mir zu Danello und zurück. Ich konnte förmlich sehen, wie er hinter seinen blauen Augen Pläne schmiedete. Konnte er mich überwältigen, bevor ich seine Rüstung blitzte? Konnte er Danello ausschalten, bevor der ihm das Auge ausstach? Konnte er überleben, wenn er schnell genug in seine Rüstung drückte?

Leute kamen die Treppe herauf. Zwei humpelten, drei weitere wurden getragen. Blass, blutend, stöhnend. Willkürliche Opfer des Unsterblichen, der unter meinen Händen zitterte. Wie viele weitere Unschuldige bluteten und starben in ihren Heimen? Und wofür? Warum töteten sie wahllos Menschen? Das waren keine Soldaten. Sie versuchten nicht zu kämpfen, sondern nur, sich zu verstecken und zu überleben.

»Nya, was machst du da?«, fragte Aylin hinter mir.

»Ich helfe Menschen.« Ich streckte eine Hand nach den Verletzten aus.

»Das kannst du nicht. Jedenfalls nicht so.«

»Sicher kann ich.« Ich *zog*, und die Schmerzen wirbelten durch mich hindurch, scharf und beißend. Ich sammelte sie in dem Platz zwischen meinem Herzen und meinen Eingeweiden und *drückte* sie in den Unsterblichen. Er sog jäh den Atem ein und wimmerte abermals.

»Lass mich sie heilen«, schlug Soek vor.

»Nein. Er hat sie verletzt, also muss er sie auch heilen.«

»Das ist falsch, und du weißt es.« Aylin kam die Treppe herab und kauerte sich neben mich. »Du folterst ihn.«

»Er hat das angerichtet, also kann er es auch beheben.« Ich griff nach dem nächsten Opfer.

»Nya, hör auf!« Sie zerrte an meinem Arm.

Ich schüttelte sie ab. Sie starrte mich flehentlich an. Ich erwiderte ihren Blick. Sie würde mir das nicht ausreden.

»Heiler töten nicht. Es ist an der Zeit, dass einer von ihnen diese Lektion lernt.« Den anderen würde ich sie beibringen, sobald ich sie in die Finger bekäme.

»So ist das jetzt also? Wir sind genauso schlimm wie sie?«

»Für die Unsterblichen? Ja.«

Aylin wich zurück.

Ich heilte das nächste Opfer. Und das nächste und übernächste. Der Unsterbliche schluchzte leise und starrte mich durch seine Tränen hasserfüllt an.

»Sind das alle?«, fragte ich den alten Mann.

»Ja. Abgesehen von den Toten.«

Der Unsterbliche hatte sie völlig grundlos getötet. Nein, schlimmer noch. Es war ihm vermutlich *befohlen* worden, und das war schlimmer, als überhaupt keinen Grund zu haben. »Geht nachsehen, wer sonst noch verletzt ist. Bringt alle Verletzten her.«

Ich löste die Armschiene des Unsterblichen und nahm sie ihm ab. Keine Kragstun-Auskleidung. Also hatte er nicht einmal das als Ausrede. Dann der andere Arm. Die Schultern. Sein Helm. Er stöhnte, setzte sich aber nicht zur Wehr. Beim Brustteil brauchte ich Hilfe, doch die Männer, die er töten wollte, hielten ihn mit Freuden fest. Zuletzt löste ich die Beinschoner und nahm sie ihm ab.

Ich packte ihn am Kinn und schüttelte seinen Kopf. »He.« Er grunzte und öffnete die Augen. Ich gab ihm einen Beinschoner in die Hand und drückte seine Finger gegen das Pynvium. »Heil dich selbst.«

Er wirkte überrascht, ergriff aber das Pynvium. Farbe kehrte in sein Gesicht zurück, seine Augen wurden klarer.

Ich stand auf. Danello ließ das Rapier auf ihn gerichtet. Der Unsterbliche blieb auf dem Boden und beobachtete mich. Aylin und Soek taten es ihm gleich. Soek sah nicht so aufgebracht aus wie Aylin. Er schien kein Problem mit dem zu haben, was ich tat.

»Warum tötest du mich nicht?«, wollte der Unsterbliche wissen.

»Weil ich nicht wie du bin.« Ich wandte mich der kleinen Menge zu, die sich mittlerweile im Flur eingefunden hatte. »Hat jemand Seil?«

Einige Leute verschwanden und kehrten mit verschieden langen Stücken zurück. Ich fesselte die Hände des Unsterblichen hinter seinem Rücken und band seine Füße an das Geländer. Wir würden uns später überlegen müssen, was wir mit ihm tun sollten, vorerst jedoch genügte das. Ich kniete mich vor ihn hin.

»Warum läufst du herum und tötest Menschen?«

»Als ob ich dir das sagen würde.«

Ich zuckte mit den Schultern. »Auch gut. Dann überlasse ich dich diesen Leuten.«

Seine Augen quollen vor. »Warte!«

Ich wartete. Er fuhr nicht fort. »Hör zu«, sagte ich. »Wenn die Armee des Herzogs hier eintrifft, werden viele Menschen sterben. Unschuldige Menschen. Dir mag das egal sein, aber mir nicht. Wenn du dich wie ein richtiger Heiler verhältst und diesen Leuten jetzt hilfst, bekommst du die Gelegenheit, Wiedergutmachung zu leisten. Andernfalls gehe ich weg und kümmere mich nicht darum, was aus dir wird.«

Er überlegte. Seine Kiefer mahlten langsam. »Angst«, murmelte er schließlich.

»Was meinst du damit?«

»Wir sollen Angst verbreiten. Von Gebäude zu Gebäude gehen, Menschen töten, Wachen töten, Leute niederstrecken und allen zeigen, dass man uns nicht aufhalten kann. So sollt ihr mürbe und zu verängstigt gemacht werdet, um euch zu organisieren.«

Das musste aufhören. Der Herzog konnte uns nicht wie Vieh behandeln. Er konnte uns nicht einfach abschlachten, wenn ihm danach zumute war. »Wirken wir denn mürbe?«

Er wandte den Blick ab. »Das habt ihr getan, bis wir auf dich gestoßen sind.«

»Wie viele Unsterbliche sind hier?«

»Acht.«

Also noch sechs. Sechs Unsterbliche konnten eine Menge Leute töten, vor allem, wenn sie alle in kleine Gruppen aufgeteilt waren, wie wir es bisher gesehen hatten. Sie konnten töten und töten, bis sich ihre Rüstungen füllten. Ob organisiert oder nicht, der Widerstand würde nicht in der Lage sein, sie aufzuhalten.

Aber *ich* konnte es.

Unten öffnete sich die Tür, und Leute kamen die Treppe herauf. Zehn, fünfzehn, zwanzig – es wurde schwieriger, sie zu zählen, als immer mehr die Gänge füllten.

Ich ergriff erneut den Beinschoner und hielt ihn vor den Unsterblichen. »Ich kann dir entweder die Fesseln von den Händen abnehmen, damit du sie heilen kannst, oder ich tue es und schifte alles in dich. Deine Entscheidung.«

Er zuckte zusammen. »Ich mach's.«

Zwei Männer hatten die Schwerter der Unsterblichen aufgehoben, und einige Frauen mit Rapieren waren eingetroffen. Sie alle richteten die Waffen auf den Unsterblichen.

»Ich muss dich doch nicht eigens davor warnen wegzulaufen oder zu versuchen, diese Leute noch einmal zu verletzen, oder?«, fragte ich.

Erneut zuckte er zusammen. »Nein.«

»Tötet ihn«, rief jemand in der Menge. Einige andere pflichteten demjenigen bei. Sogar Danello schien dafür zu sein.

Ich schüttelte den Kopf. »Nein. Wir brauchen Heiler, und wir brauchen Auskünfte. Wir behalten ihn hier und bringen so viel wie möglich in Erfahrung. Und heilen vielleicht weitere Verletzte, die bisher noch keine Zeit hatten, zu uns zu gelangen.«

»Er ist der Feind!«

»Wir sind keine Mörder.« Ich sah die Anwesenden nacheinander an. Diejenigen, die meinen Blick finster erwiderten, starrte ich an, bis sie wegschauten. »Wenn weitere Soldaten kommen – und das werden sie –, dann werdet ihr ihn brauchen. Wollt ihr für Rache eure Familien aufs Spiel setzen?«

Beschämte Gesichter starrten zu Boden.

»Ihr habt ihn gehört. Der Herzog versucht, uns mürbe zu machen. Unseren Geist zu brechen. Auf dieser Insel sind mehr von uns als von ihnen, trotzdem sind wir diejenigen, die sich verstecken. Wir sind diejenigen, die gegeneinander kämpfen, unsere Heime plündern und unsere Freunde entführen.«

»Wie sollen wir denn gegen *die* kämpfen?«, fragte jemand. »Sie sterben nicht.«

Ich deutete auf den toten Unsterblichen auf dem Boden. »Der da schon.«

»Du bist die Schifterin. Das ist etwas anderes.«

Danello trat vor. »Ich habe ihn getötet, nicht sie. Unsterbliche sterben sehr schnell, wenn man sie in die Augen trifft. Dann haben sie keine Zeit, sich zu heilen.«

Beeindrucktes Gemurmel breitete sich in der Menge aus.

»Eine kleine Klinge ist alles, was man braucht. So etwas findet man in jeder Küche und Werkzeugkiste.«

»Langer, dünner Stahl tut's auch«, sagte eine Frau und schwenkte ihr Rapier.

Danello lächelte. »So ist es.«

»Wir können uns zur Wehr setzen, sogar gegen *sie*«, sagte ich. »Zeigt ihnen, dass wir keineswegs mürbe sind, und wenn sie das wollen, was uns gehört, dann müssen sie mehr als halb ausgebildete Soldaten in hübschen blauen Rüstungen schicken, um es zu bekommen. Und wenn sie es versuchen, wird es sie mehr kosten, als sie sich leisten können.«

Einige Leute jubelten. Der Rest nickte mit einem entschlossenen Funkeln in den Augen.

»Sucht alle zusammen, die gut Messer werfen können«, sagte Danello. »Und diejenigen, die schnell und zielsicher mit einem Rapier sind. Schwerter sind zu groß und wirken nicht, aber sie können dabei helfen, die anderen zu verteidigen. Bewacht die Brücken, und wenn ein Unsterblicher versucht, sie zu überqueren, könnt ihr ihn aufhalten.«

»Ja, nieder mit ihnen!«

»Lasst es uns dem Herzog zeigen!«

»Kein Verstecken mehr!«

Diejenigen, die aus den anderen Gebäuden gekommen waren, gingen wieder hinaus, die Köpfe hoch erhoben, ihr Kinn vorgestreckt. Völlig anders als die verängstigen Menschen, die kurz zuvor hereingeschlichen waren. Die anderen begaben sich zurück in ihre Wohnungen, abgesehen von dem alten Mann, den ich zuvor gerettet hatte.

»Was kann ich tun, um zu helfen«, fragte er.

»Verbreite die Kunde«, antwortete ich. »Der Herzog ist unterwegs. Wir müssen kämpfen und jene beschützen, die es nicht können. Schafft sie aus der Stadt oder in Ziegelsteingebäude, an Orte, die nicht brennen.«

Er runzelte die Stirn. »Der Herzog kommt hierher?«

»Ja.«

»Dann müssen wir wohl bereit für ihn sein. Kämpfst du mit uns gegen ihn?«

»Ich kämpfe schon mein ganzes Leben lang gegen ihn.«

Er nickte und ging, ein Lächeln in seinem immer noch blutigen Gesicht. »Das genügt.«

Ich ergriff das Seil und zerrte den Unsterblichen auf die Beine. Danello ließ sein Rapier auf ihn gerichtet. »Soek, Aylin, bitte sammelt die Pynviumrüstungen ein.«

Sie nahmen dem toten Unsterblichen die andere ab und hoben auf, was ich bereits entfernt hatte.

»Vorerst behalten wir ihn oben, aber später müssen wir ihn von Leuten bewachen lassen, die ihn nicht gleich umbringen, wenn wir ihnen den Rücken zukehren. Wir können ihn dem Widerstand übergeben, sobald wir Verbindung aufnehmen.«

»Nya, das ist verrückt«, befand Aylin. »Was hast du vor?«

»Kämpfen.« Selbst wenn wir verlören, Mama und Papa hatten auch gekämpft. Und Großmama. Nun war der Herzog zurück, und er hatte mehr als nur unsere Körper gebrochen. Er hatte unseren Geist gebrochen, und wenn wir den nicht zurückbekämen, hätten wir keine Chance.

»Ich dachte, wir wollten verschwinden.«

Ich zögerte. Das hatte ich gesagt, oder? »Tun wir auch, sobald wir uns mit Ipstan getroffen und Danellos Da gefunden haben. Oh, und Lanelle zurückgeholt haben.«

»Warum sagst du dann all diese Dinge?«

»Weil wir ebenso gut helfen können, solange wir hier sind.«

Aylin und Danello legten die Pynviumrüstungen in einen Koffer, den Saama brachte. Das Zeug war schwer. Und hübsch, solange man nicht darüber nachdachte, wofür es verwendet wurde.

Saama spannte die zwei stämmigen Söhne eines Fischers weiter unten im Gang dafür ein, den Unsterblichen zu bewachen. Sie fesselten ihn an einen Stuhl und beobachteten ihn wie Katzen die Maus. Auch Tali starrte ihn mit zu Schlitzen verengten Augen an. Mir gefiel Argwohn genauso wenig wie Angst, aber zumindest zeigte sie *irgendeine* Gefühlsregung.

»Ist das wirklich ein Unsterblicher?«, fragte Saama.

»Ja.«

Sie gab ungläubige Laute von sich. »Heilige und Sünder, das ist ja noch ein Junge.«

»Ein junger Geist ist formbarer«, meldete sich Tali zu Wort. Der Unsterbliche zuckte zusammen und sah sie an. Ich trat zwischen die beiden und versperrte ihm die Sicht.

»Er mag noch ein Junge sein«, sagte ich, »aber er ist trotzdem ein Mörder.«

»Und jetzt weiß jeder, wie man sie töten kann«, fügte Danello hinzu. »Sie werden nicht mehr in der Lage sein, Angst und Schrecken unter uns zu verbreiten. Stattdessen werden wir in der Lage sein, sie dazu zu bringen, *uns* zu fürchten.«

Der Unsterbliche begann zu lachen. »Glaubt ihr wirklich, dass ihr gegen den Herzog eine Chance habt?«

»Wir können jetzt gegen euch kämpfen. Wir können eure Armee schlagen.«

»Begreift ihr es denn nicht? Es wird keine Armee kommen. Der Herzog segelt her und brennt jedes einzelne Gebäude bis auf die Grundmauern nieder. Eure kleinen Inseln? Eure jämmerlichen Soldaten an den Brücken und Docks, die ›uns fern halten‹? Ihr werdet zusammengetrieben. Er *will* euch hier haben, wo es einfacher ist, euch zu töten.«

»Das ist eine Lüge.«

Er grinste. »Was glaubt ihr wohl, warum wir hier waren, um euch Angst einzujagen und euch in euren Häusern zu halten? Ihr seid ein Haufen Fischer ohne Rüstungen und richtige Waffen. Wir könnten euch niederstrecken, ohne ins Schwitzen zu geraten, aber warum soll man gute Soldaten für Müll aufs Spiel setzen? Während ihr alle sterbt, werden wir am Gebäude der Gilde an Bord von Schiffen gehen und diesen Haufen Stein brennend zurücklassen.«

Dreizehntes Kapitel

Ich wusste, dass durchaus die Möglichkeit bestand, dass der Herzog plante, die Stadt niederzubrennen, aber es so nüchtern ausgesprochen zu hören – so kalt –, ließ das Ungeheuerliche umso realer wirken.

»Wenn Geveg stirbt, stirbst du mit uns«, sagte ich.

Er zuckte mit den Schultern. »Nicht, wenn ich mich vorher absetze.«

Und er glaubte auch, dass er dazu in der Lage sein würde. Vorher hatte er Angst gehabt, allerdings vor mir, nicht vor den anderen. Oder vielleicht war dies ein anderer Versuch, uns Angst einzujagen, Teil eines Plans, der ihm zur Flucht verhelfen sollte. Ich hatte schon Ähnliches gemacht.

Aber es ergab auch zu viel Sinn, um eine bloße Lüge zu sein. Der Herzog verfügte über Unsterbliche und über tausende Soldaten. Und wir? Wir hatten eine Stadt, die in der Mitte geteilt war, in der Geveger auf der einen und Baseeri auf der andern Seite kämpften, während dazwischen die Plünderer ihr eigenes Süppchen kochten. Selbst, wenn wir irgendwie alle überzeugen könnten, gemeinsam zu kämpfen, und der Streitkraft des Herzogs zahlenmäßig überlegen wären, wozu war eine Armee gut, wenn sie draußen blieb und Feuer legte, uns im eigenen Saft schmorte, ohne die eigenen Leute in Gefahr zu bringen?

Ich wandte mich wieder an die anderen. »Die Stadt sollte geräumt werden, so wie der Bauernhof.«

»Ihr könnt nirgendwohin«, meldete sich der Unsterbliche zu Wort. »Der Herzog kontrolliert den Fluss, die Straßen nach Geveg und die Marschhöfe.«

Der Herzog musste mittlerweile in der Nähe von Jeatars Hof sein. Wie lange würde er brauchen, um den zu zerstören und weiterzuziehen? Einen Tag? Er hatte seine Armee dabei, also musste er vorhaben, sie irgendwo einzusetzen, wenn auch vielleicht nicht gegen uns. Beabsichtigte er, die Flussortschaften zu übernehmen? Die Marschhöfe? Vielleicht sah der Plan vor, sie zu vernichten und weiterzumarschieren. Wenn dem so war, blieb uns womöglich nur noch eine Woche, bis er Geveg erreichte.

»Bringt ihn bitte in Saamas Zimmer«, sagte ich. Wir mussten uns unterhalten, ohne dass er zuhörte und uns Lügen erzählte, um sich unsere Ängste zunutze zu machen.

Die beiden stämmigen Burschen packten seinen Stuhl und schleiften ihn über den Boden in das andere Zimmer. Sie schlossen die Tür, blieben aber bei ihm.

»Wir sollten uns sofort mit Ipstan treffen«, schlug ich vor. »Ich weiß zwar nicht, was wir tun können, aber er muss erfahren, dass all diese Angriffe Bestandteil einer Falle sind.«

Saama nickte und steuerte auf die Tür zu. »Ich hole die Mädchen. Sie finden jemanden, der euch zu ihm bringt.«

»Was ist mit Lanelle?«, fragte Danello.

Ich stöhnte. »Sie wird warten müssen.«

»Wir werden Heiler brauchen, wenn wir es mit dem Herzog aufnehmen.«

»Wir bleiben nicht«, warf Aylin rasch ein. »*Wir* nehmen es mit niemandem auf.«

»Aber *sie* ist hergekommen, um zu kämpfen.« Danello ging zu dem Sack und holte den Beutel mit den Juwelen heraus. Er nahm sich einen kleinen Edelstein und steckte ihn in eine Tasche. »Wenn wir schon abreisen, können wir zumindest Lanelle dem Widerstand überlassen.«

Was für ein Tausch. Sie für uns. »Dann lasst sie uns holen gehen.«

Eines der Mädchen, das Saama holte, rannte los, um Ipstan zu suchen. Das andere brachte uns zur Brücke zur Insel der Plünderer. Tali blieb bei Saama. Es widerstrebte mir zutiefst, sie zurückzulassen, aber drinnen war sie sicherer als draußen, wo sie vielleicht erneut jemanden angreifen würde.

Auf den Straßen herrschte keine solche Ruhe mehr. Menschen rannten hin und her. Einige trugen Körbe, andere alte Rapiere und

Rüstungsteile, die eine ordentliche Politur benötigten. Kriegsvorbereitungen.

Mittlerweile bewachten zehn Leute die Brücke, und vier davon hatten mehrere Messerscheiden an den Gürteln. Sie hatten blitzschnell gehandelt, um eine Verteidigung gegen die Unsterblichen aufzustellen. Ein gutes Zeichen.

»Diese Leute hier müssen ein Lösegeld zahlen«, sagte das Mädchen zu ihnen, als wir uns den Wachen näherten.

»Bist du das?«, fragte mich einer, das Gesicht voller Hoffnung. »Bist du diejenige, die diese Unsterblichen aufgehalten hat?«

»Er auch.« Ich zeigte auf Danello. »Ihr habt alle schon gegen sie gekämpft.«

Die Wächter der Brücke starrten mich an, aber niemand näherte sich. Es wirkte beinahe ... ehrfürchtig.

Danello räusperte sich. »Wie bekommen wir jemanden zurück, den die Plünderer entführt haben?«

»Wir verlangen einen Austausch«, antwortete einer der Männer. »Das haben wir schon ein paar Mal gemacht.«

Er ging zur Mitte der Brücke und rief etwas. Ein Mann von der anderen Seite tauchte hinter der Barrikade auf. Die beiden sprachen miteinander, dann kehrten sie zurück.

»Er holt jemanden«, verkündete der Wächter. »Ein Mann namens Optel hat dort drüben das Sagen. Manchmal kommt er selbst, manchmal schickt er einen Handlanger.«

Nach einigen Minuten schritten zwei Männer zur Mitte der Brücke. Einer war offensichtlich der Handlanger, groß und stämmig, ein schweres Schwert in den Händen. Der andere trug feine Kleider, die ihm nicht allzu gut passten. Sie gehörten ihm wahrscheinlich nicht.

»Habt ihr ein Glück, das ist der Anführer höchstpersönlich«, erklärte der Wächter. »Kommt.«

Wir folgten ihm über die Brücke. Weitere Wächter kamen hervor und stellten sich hinter Optel. Einer für jeden von uns.

»Was haben wir, das ihr wollt?«, erkundigte sich Optel mit einem Lächeln. Durch sein braunes Haar verliefen blonde Strähnen, seine Hände waren rau und schwielig. Vermutlich ein Fischer. Nicht kräftig genug für einen Bauern.

»Ein Mädchen etwa in meinem Alter«, erwiderte ich. »Braunes Haar, üble Laune.«

Optel verzog das Gesicht und rieb sich den Nacken. »Die kenne ich. Ich kann sie dir verkaufen, und zwar für ...« Er musterte uns, doch etwas in seinem Blick verriet mir, dass er nicht abschätzte, was wir uns leisten konnten. »Sagen wir für hundert Oppas.«

»Das soll wohl ein Scherz sein«, sagte unser Brückenwächter. Ich verbarg meine Erleichterung. Der Preis wäre wesentlich höher ausgefallen, wenn sie gewusst hätten, dass sie eine Heilerin war. Wenigstens war sie klug genug gewesen, darüber Stillschweigen zu bewahren.

»So viel ist sie nicht wert«, meldete sich Aylin zu Wort. Soek nickte neben ihr zustimmend.

Danello reichte mir den Edelstein. Er war mehr als hundert Oppas wert, aber wir hatten nichts Kleineres. »Bring sie uns.«

Optels Augen leuchteten, als er den Edelstein erblickte, doch er verbarg seine freudige Erregung rasch. Er murmelte einem seiner Handlanger etwas zu, und der rannte los.

Optels Wächter kehrte mit Lanelle zurück, der man die Hände vor dem Bauch gefesselt hatte. Blaue Flecken übersäten ihren Kiefer, und ein Auge war zugeschwollen. Sie schien verblüfft darüber, dass ich gekommen war, um sie zu holen. Ich fühlte mich nur ein klein wenig schuldig, weil ich überlegt hatte, es nicht zu tun.

Optel lächelte und streckte die Hand aus. »Eine letzte Kleinigkeit, und der Handel ist abgeschlossen.«

Ich reichte ihm den Edelstein. Lanelle rannte zu uns. Ich schnitt ihre Fesseln durch und überprüfte ihre Verletzungen. Etwas angeschlagen, aber nichts Ernstes.

»Danke, dass ihr Geschäfte mit ›Optels Angebot und Nachfrage‹ getätigt habt. Gebt uns Bescheid, wenn wir euch künftig zu Diensten sein können.« Lachend wandte er sich ab. Seine Wächter reihten sich hinter ihm ein.

»Ich hätte dich Pynvium mitnehmen lassen sollen«, murmelte Danello, dessen Hand fest auf dem Rapier ruhte.

»Glaub mir, ich wünschte, das hätte ich getan.« Aber so befriedigend es gewesen wäre, wir würden alle Waffen, die wir kriegen konnten, für den Herzog und seine Blauen brauchen.

Ich sah Aylin an.

Nein, *sie* würden alle Waffen brauchen, die sie bekommen konnten. Wir würden lange davor verschwunden sein.

Schrille Schreie hallten im Treppenhaus von Danellos Wohngebäude wider.

Talis Schreie.

Mit hämmerndem Herzen raste ich die Stufen hinauf. Menschen standen in den Gängen und wirkten besorgt, aber nicht so verängstigt, wie in dem Fall, wenn weitere Soldaten eingetroffen wären. Ich ergriff den Türriegel zu Saamas Wohnung, doch die Tür war abgesperrt.

»Tali!«

Die Tür flog auf. Saama winkte mich mit einer Hand hinein. Ihr Gesicht war aschfahl. »Sie ist einfach verrückt geworden!«

Ein weiterer Schrei. Tali rannte vom Fenster ins Schlafzimmer. Zwischen den Schreien schluchzte sie, schüttelte den Kopf, murmelte, wenngleich ich die Worte nicht verstehen konnte.

»Was ist passiert?«, fragte Danello.

»Sie ist einfach auf ihn losgegangen!«

Der Unsterbliche lag auf dem Boden. Ein Messergriff ragte aus seinem Auge. Er war immer noch an den Stuhl gefesselt.

»Gütige Saea, Tali, was hast du getan?« Furcht und frische Wut durchströmten mich. Sie hatten ihr das angetan. Sie so gemacht.

»Sie hat ihn *umgebracht?*«, fragte Lanelle.

»Er fing an, darüber zu reden, dass wir alle schon tot wären. Und er beschrieb es ziemlich genau.« Saama schauderte. »Er sagte andauernd, was der Herzog mit uns anstellen würde. Sie hat sich das Messer geholt und sich auf ihn gestürzt.«

Alle redeten durcheinander, die Worte überschlugen sich. Tali presste sich die Hände auf die Ohren und schloss fest die Augen.

»Ruhig jetzt, ihr alle.« Ich trat weiter in den Raum, die Hände an den Seiten. »Alles in Ordnung, Tali, du bist in Sicherheit.« Ich ließ den Blick prüfend durch die Küche wandern. Zwei weitere Messer ragten aus einem Block auf der Arbeitsfläche. Ein Steckplatz war leer. Daher hatte sie es also.

»Wehtun«, sagte sie und sah mich dabei immer noch nicht an.

»Tut dir etwas weh?«

»*Wehtun*«, wiederholte sie. Die Hände hatte sie zu Fäusten geballt. An einer prangte noch Blut.

»Willst du jemandem wehtun?« Ich betete, dass dem nicht so sein möge, aber das war es, was Unsterbliche taten. Sie trug zwar die Rüstung nicht mehr, doch vielleicht fühlte sie sich trotzdem nach wie vor wie eine Unsterbliche. Mich schauderte.

»Wehtun.« Diesmal flüsterte sie es kaum, und gleich darauf folgte ein Schluchzen. Sie presste die Fäuste gegen die Augen und sank auf den Boden.

Ich ging zu ihr, obwohl Danello, Aylin und sogar Lanelle halb flüsterten, halb riefen, ich solle es nicht tun. Ich setzte mich neben sie. Von der Seite her wäre es schwieriger für sie, mich anzugreifen.

»Ich bin hier, Tali. Du musstest es tun, das verstehe ich. Er war ein schlechter Mensch. Er hat Leute getötet.«

Sie weinte. Tränen kullerten unter ihren Fäusten hervor, doch sie sprach kein Wort. Ich rückte näher zu ihr. Schlang einen Arm um sie. Von der Tür ertönte ein leises Zischen, als sögen mehrere Menschen gleichzeitig scharf die Luft ein.

Sie lehnte sich ein klein wenig an mich. Ich schlang den anderen Arm um sie, drückte innig. Sie sackte gegen mich, und ihre Hände fielen in ihren Schoß. Keine Erwiderung der Umarmung, trotzdem war es ein Anfang. Ich kämpfte eigene Tränen zurück und streichelte ihr Haar.

»Du kommst wieder in Ordnung, Tali. Ich versprech's.«

»Will nicht wehtun.«

»Wir finden eine Möglichkeit, es zu beenden.«

»Heilige, sie ist wirklich zurück«, sagte ein Junge. Die Stimme klang vertraut.

»Kione?« Lanelle japste.

Ich war genauso verblüfft, ihn zu sehen, und mehr als ein wenig besorgt darüber, was Tali tun würde, wenn *sie* es tat. Er war ein Wächter bei der Heilergilde gewesen, hatte sogar die Tür zu dem Turmzimmer beschützt, in dem Tali und die anderen Lehrlinge festgehalten worden waren, dasselbe Zimmer, in dem Lanelle gearbeitet hatte. Widerwillig hatte er mich Pynviumsplitter hineinschmuggeln lassen, damit ich Tali retten konnte, und er hatte Lanelle lange genug beim Frühstück aufgehalten, damit ich Tali heilen konnte. Ihn hatte Lanelles Verrat noch härter getroffen. Ich vermutete, dass es für ihn ein wesentlich persönlicherer Verrat gewesen sein musste.

Kione verengte die Augen zu Schlitzen, und seine Hand wanderte zu dem Rapier an seiner Hüfte. »Was macht *sie* hier?«

»Ich bin hier, um zu helfen«, sagte Lanelle leise und mit echter Traurigkeit im Gesicht.

»Wem helfen? Dem Herzog?«

Lanelle unterdrückte einen Aufschrei. »Nein! Ich will ihn ebenso sehr tot sehen wie du. Wahrscheinlich sogar mehr.«

Daran zweifelte ich nicht.

Kione wandte sich von Lanelle ab, doch ich bemerkte ein Aufflackern von Schmerz in seinen Augen. »Wir haben Leute darüber reden gehört, dass die Schifterin hier sei und einen Unsterblichen getötet habe.« Er beugte sich weiter herein und spähte in Saamas Schlafzimmer. »Ich vermute, wohl den da, richtig?«

»Tali hat ihn getötet«, erklärte Lanelle. Ich zuckte zusammen. Ich wollte nicht, dass sich dieses Wissen verbreitete.

»Tali?«

Lanelle nickte. »Sie war …«

»Schlimm verletzt, von den Männern des Herzogs«, fiel ich ihr rasch ins Wort und schleuderte ihr einen Blick zu, der besagte, dass sie den Mund halten sollte. »Sie ist ziemlich aufgewühlt.«

Kione nickte, sah jedoch nicht so aus, als glaube er mir. Oder als kümmere ihn, dass ich ihn belog. »Ja, wie auch immer, der General will euch auf der Stelle sehen.«

»Gib mir eine Minute, um sie zu beruhigen.« Tali hatte aufgehört zu weinen, zitterte aber immer noch.

»Tut mir leid, wir haben keine Zeit. Wir werden sofort gebraucht.«

Zweifelhaft. Wenn sie wussten, dass ich bereits hier war, dann wussten sie auch, weshalb. Kaum vorstellbar, dass meine Rückkehr ein größeres Gerücht darstellte als die Armee des Herzogs, die sich auf dem Weg hierher befand.

»Tali?« Ich schob ihre Locken aus ihrem Gesicht. Sie waren immer noch rot, allerdings wuchs allmählich ihr natürliches Blond nach, genau wie bei mir. »Wir müssen losgehen, um jemanden zu treffen, ja? Kannst du aufstehen?«

»Äh, Nya«, meldete sich Danello zu Wort. »Vielleicht solltest du sie hierlassen.«

Saama schüttelte den Kopf. »O nein, bei ihrer Schwester ist sie besser aufgehoben. Das ist für alle sicherer.«

Ich half Tali auf die Beine und verkniff mir meine Verärgerung. Sie hatte nur versucht, denjenigen wehzutun, die ihr wehgetan hatten oder die uns wehtun wollten. Tali war nicht gefährlich. Nur verwirrt und verängstigt.

Bist du bereit, bei Saamas Leben darauf zu wetten?

»Wohin gehen wir?«

Kione schaute zu Lanelle. »Ich führe euch hin. Aber nicht sie.«

»Das ist nicht fair!«, begehrte Lanelle auf.

»Ich bringe eine bekannte Verbündete des Herzogs nicht in einen Raum mit dem General. Du kannst von Glück reden, dass du nicht bereits verhaftet worden bist.«

Aylin grinste. Weder Soek noch Danello verteidigten Lanelle. Ich konnte Kione aus seiner Entscheidung keinen Vorwurf machen.

»Bleib hier und ruh dich aus«, sagte ich zu ihr. »Du hast eine harte Nacht hinter dir.«

»Nya, ihr könnt mir vertrauen, wirklich.« Sie wirkte so aufrichtig, dass ich ihr beinah glaubte.

»Wir werden sehen. Vorerst wartest du hier.«

Wir folgten Kione hinaus. Wie zuvor liefen Menschen zielstrebig umher. Deckungswinkel wurden an Kreuzungen errichtet; Plätze, wo sich die Menschen verstecken und aus dem Hinterhalt etwaige Soldaten angreifen konnten, die an den Brückenwachen vorbeigelangten.

»Sie haben sich schnell organisiert«, meinte Danello.

Soek schnaubte. »Ich würde auch schnell handeln, wenn die Unsterblichen hinter mir her wären.«

Es würden vielleicht genug Leute sein, um gegen die verbliebene Garnison zu kämpfen, nicht jedoch gegen die fünfzehntausend

Soldaten, die der Herzog mitbrachte. Ich sah einfach keine Möglichkeit, sich dagegen zu verteidigen.

Wir überquerten die Brücke zum Handwerkerviertel, und ich erblickte den Rumpf einer umgedrehten Jolle, an deren Ende das Wasser schäumte, während sie den Kanal blockierte. Die Docks dahinter wurden gut bewacht.

Im Handwerkerviertel arbeiteten auch Leute, vorwiegend in wichtigen Läden wie beim Fleischer und beim Schreiner. Die Hälfte der Gebäude bestand aus Ziegelstein und war vor einem Feuerangriff sicher, aber so viele andere würden brennen. Sogar einige, die aus Ziegelsteinen erbaut waren, besaßen hölzerne Obergeschosse, in denen die Ladenbesitzer wohnten. Sie würden nicht lange bestehen.

Kione durchquerte einen zertrampelten Park, in dessen Mitte jemand ein großes Kochfeuer schürte. Die Menschen begannen bereits, sich mit Schüsseln in der Hand einzufinden, obwohl ich noch kein Essen riechen konnte. Köpfe drehten sich uns zu, dann folgten bald die verspäteten Reaktionen, die ich zu hassen gelernt hatte. Finger zeigten auf uns, Worte wurden getuschelt. *Seht nur, das ist die Schifterin!*

Verflucht sollten Vyand und ihre Steckbriefe sein! Wenn sie die nur nicht in ganz Geveg angeschlagen hätte. Jeder schien mich zu erkennen. Wie dumm zu denken, nur die Leute, die auf das Kopfgeld aus waren, würden sich an mein Gesicht erinnern.

Kione hielt beim Laden des Schmieds. Die Türen standen offen, das Klirren von Hämmern drang zusammen mit der Hitze der Esse heraus. Allerdings handelte es sich um einen gewöhnlichen Schmelzofen. Die einzige Pynviumesse auf den Inseln besaß die Gilde.

Wir gingen hinein und erklommen die Treppe. Das Obergeschoss wurde von Fenstern erhellt, die für die vormittägliche Brise geöffnet waren. Mehrere Tische waren zusammengeschoben worden, rings herum standen Stühle, die nicht dazu passten. An einer Wand waren Pläne der Stadt befestigt.

Dies also war Ipstans Befehlsstand. Jeatar hatte einen ähnlichen gehabt, wenngleich mit schöneren Möbeln.

Eine Tür in der Ecke öffnete sich, und ein Mann trat ein. Er war groß, breitschultrig und bewegte sich auf eine Weise, die deutlich vermittelte, dass er das Sagen hatte und es auch wusste. Er wirkte vertraut, doch ich konnte das Gesicht nicht einordnen. Kione richtete sich ein wenig höher auf.

Danello beugte sich zu mir. »Gehört ihm nicht die Drei-Haken-Fischerei?«

Natürlich! Ich hatte ein- oder zweimal Fische für seine Boote geschleppt. Er besaß mehrere und verkaufte nie an Baseeri. Eines der wenigen gevegischen Geschäfte, die noch Handel trieben. Und er selbst kam dem am nächsten, was wir in diesen Tagen an Adeligen hatten.

»Du bist also Nya«, sagte er. »Ich habe schon viel von dir gehört.«

Das glaubte ich gern, und das meiste davon war vermutlich schlecht gewesen. »Glaubt nicht jedes Gerücht, das Ihr hört.«

Ipstan kicherte. »Den Gerüchten schenke ich keine Beachtung, aber das, was ich von Leuten höre, denen ich vertraue, das glaube ich. Uns ist zu Ohren gekommen, was du in Baseer getan hast. Wir wissen auch, was du hier in der Gilde erreicht hast. Wir brauchen jemanden wie dich.«

Zwei Dinge, die ich nicht absichtlich getan hatte. Und zwei Dinge, die ich lieber nie wieder tun wollte.

Vierzehntes Kapitel

Wir sind hergekommen, um Euch zu warnen, dass die Armee des Herzogs unterwegs ist.« Ich zögerte mit einem mulmigen Gefühl im Magen. »Aber wir bleiben nicht. Niemand sollte bleiben. Alle sollten die Stadt verlassen, solange sie es noch können.«

»Verlassen?«, meldete sich Kione zu Wort. »Nya, wir brauchen dich. Du bist erst einen Tag zurück und hast bereits die Unsterblichen geschlagen und uns die Hoffnung gegeben, dass sie besiegt werden *können*. Unsere Späher in Dorpstaad haben uns sogar berichtet, was du dort drüben gemacht hast. Ohne dich können wir nicht gewinnen.«

Mein Bauchgefühl sagte mir, Ipstan würde nicht allzu erfreut darüber sein zu hören, dass seine Männer so über mich redeten. Selbst auf seinen Booten galt er als Mann, der es vorzog, derjenige zu sein, der das Sagen hatte und die Befehle erteilte. Immerhin war er der »General«.

»Ich ... ich muss Tali beschützen«, stammelte ich. »Sie hat bereits zu viel durchgemacht.«

»General Ipstan ist ein guter Mann«, sagte Kione. »Er weiß, was er tut. Er war es, der uns alle überzeugt hat, zu kämpfen und die Soldaten in den Distrikten loszuwerden. Du kannst ihm vertrauen.«

Aylin verschränkte die Arme vor der Brust. Kione besaß nicht unbedingt die beste Menschenkenntnis. Um der Heiligen willen, er hatte für Vinnot und den Erhabenen gearbeitet!

»Ruhig, K.« Ipstan legte Kione eine Hand auf die Schulter. »Die Familie ist wichtig, und du kannst einem Mädchen keinen Vorwurf daraus machen, dass es zu der ihren steht.« Er wandte sich mir zu. »Wir könnten damit anfangen, dass du mir erzählst, was du über den Herzog weißt.«

Ich berichtete ihm, was Jeatars Späher gesehen hatten und was der Unsterbliche darüber gesagt hatte: dass uns die Blauen zusammentrieben, dass sie uns beisammenhalten sollten, damit wir einfache Ziele für die Feuerboote des Herzogs wären.

»Also haben wir *nicht* gewonnen?« Kione wirkte geknickt darüber, dass sie nicht die schlagkräftige Streitkraft waren, für die sie sich gehalten hatten.

»Natürlich haben wir das«, gab Ipstan entrüstet zurück. »Wir haben sie vertrieben. Sie bemühen sich nur nach Kräften, an dem bisschen festzuhalten, das ihnen geblieben ist. Glaubt bloß kein Wort von dem, was dieser Blaue gesagt hat.«

Ich glotzte ihn an. »Ihr denkt, er lügt?«

»Wir haben sie geschlagen. Sie sind zu verängstigt, um zu versuchen, die Inseln zurückzuerobern, sonst hätten sie es mittlerweile gemacht. Alles, was sie getan haben, war, die wenigen Soldaten zu entsenden, die wir nicht besiegen konnten. Und das hat sich jetzt geändert.«

»Aber die Taktik ergibt Sinn«, warf Danello ein. »Die Soldaten des Herzogs haben die einheimische Bevölkerung von Geveg in einem Bereich der Stadt zusammengepfercht. Ihr müsst diese Auskunft ernst nehmen.«

Ipstan verengte die Augen zu Schlitzen. »Ich *muss* gar nichts. Du vergisst, wer hier den Befehl hat.«

»Und Ihr vergesst, dass Ihr vielleicht noch zwei Wochen habt, bis der Herzog Geveg erreicht.«

Kione runzelte die Stirn und trat näher, als wäre er drauf und dran, die Ehre seines Generals zu verteidigen. Danello spannte den Körper an.

»Zu streiten wird Geveg nicht helfen«, sagte ich ruhig und zog Danello zurück. »Wir wollen alle, was am besten für die Stadt ist.«

Kione beruhigte sich. Ipstan holte tief Luft und nickte, aber er schleuderte Danello noch einen finsteren Blick zu, bevor er wieder mich ansah.

»Die Leute behaupten, du willst Geveg so wie wir befreien«, sagte er. »Sie sagen, der Herzog versucht, dich zu töten, weil er weiß, dass du ihn zerstören kannst. Du hast dein Leben aufs Spiel gesetzt, um unsere Heiler zu retten, du hast dein Leben aufs Spiel gesetzt, um deine Schwester zu retten … Da kannst du doch bestimmt noch einmal ein Risiko eingehen und dir zumindest anhören, was ich zu sagen habe.«

Wir hatten Danellos Vater noch nicht gefunden, daher konnte ich schlecht ablehnen, zumal es sich durchaus vernünftig anhörte.

»Ich höre zu, aber der Vater meines Freundes ist beim Widerstand. Die beiden suchen einander seit Monaten. Könntet Ihr Kione losschicken, damit er ihn herbringt? Bis er zurückkommt, können wir reden.«

Danello schenkte mir ein dankbares Lächeln. Ipstan wirkte weniger erfreut.

»Natürlich.«

Danello gab Kione den Namen und die Beschreibung seines Vaters bekannt. Ipstan zog Kione beiseite und sprach kurz mit ihm, bevor Kione loseilte.

»Wo waren wir stehengeblieben?«, begann Ipstan, nahm am Tisch Platz und bedeutete uns, es ihm gleichzutun. »Geveg ist nicht nur dadurch geteilt, dass die Inseln von verschiedenen Gruppen kontrolliert werden. Nicht jeder will kämpfen. Viele beharren darauf, dass wir nur getötet werden, wenn wir kämpfen, und dass wir ohnehin keine Chance auf den Sieg haben. Bis heute Morgen. Du hast sie inspiriert, Nya. Jetzt wollen sie kämpfen. Sie glauben, dass wir gewinnen können, und all das deinetwegen.«

»Sie mussten nur wissen, dass die Unsterblichen in Wirklichkeit sehr wohl sterben können.«

Er lächelte mich an, aber es war ein berechnendes Lächeln. »Nein, es war mehr als das. Für viele bist du eine Heldin – seid ihr alle Helden. Und das verleiht ihnen Hoffnung.«

Wir alle? Aylin blickte auf ihre Hände und ihre eng ineinander verschlungenen Finger hinab. Soek schien stolz und glücklich darüber zu sein, als Held betrachtet zu werden. Danello wirkte argwöhnisch. Ich spürte, dass Ipstan mehr von mir wollte, als dass ich ihm bloß zuhörte.

»Ich weiß nicht, was Ihr von uns erwartet«, sagte ich.

»Redet mit den Leuten. Oder wisst ihr was?« Er erhob sich vom Tisch. »Warum kommt ihr nicht mit und seht euch an, was wir tun. Wie wir vorbereitet sind, wie wir planen, uns zu verteidigen. Dann werdet ihr feststellen, dass wir nicht fliehen müssen. Wir können zurückschlagen. Wir brauchen nur mehr Hände, die Waffen halten.«

»Ich bin neugierig«, gestand Danello. Das war ich auch. Sogar Soek nickte. Wir alle sahen Aylin an.

Sie seufzte. »Ich schätze, es kann nicht schaden, einen kurzen Blick darauf zu werfen. Wir sind hier doch sicher, oder?«

»Sicherer als damals, als die Baseeri die Macht hatten«, antwortete Ipstan.

»Na schön. Ich möchte auch wissen, wie eine gevegische Armee aussieht.«

Ich hielt Talis Hand fest, während wir Ipstan von Gebäude zu Gebäude, von Haus zu Haus folgten. Mein Gefühl sagte mir, er wollte, dass ich mit so vielen Leuten wie möglich redete, falls es ihm nicht gelingen würde, uns zum Bleiben zu überreden.

Je mehr ich sah, je mehr ich kennenlernte, desto mehr würde ich bleiben wollen.

Ipstan und der Widerstand waren in der Tat fleißig gewesen. Läden, die früher Kleider hergestellt hatten, fertigten nun Lederrüstungen – Brustteile und Hosen, lange, schwere Handschuhe und Scheitelkappen. Näherinnen arbeiteten an Uniformen in dunklem Violett. Der Schmied schuf regalweise Waffen – Rapiere, Schwerter, Messer. Holzarbeiter versahen Speere mit scharfen Spitzen.

»Mann, wie lange geht das schon so?«, erkundigte sich Danello, der über jedes Haus und jeden Laden staunte.

»Es begann, nachdem Nya den Erhabenen getötet und aufgedeckt hatte, was der Herzog mit unseren Heilern anstellte. Mit unseren *Kindern*. Wir durften das nicht noch einmal zulassen.« Ipstan wandte sich einer Gruppe von Leuten zu, die Stiefel anfertigten. »Geveg den Gevegern!«

»Geveg den Gevegern!«, riefen sie zurück. Die Worte breiteten sich die Straße hinab aus. Stimme um Stimme fiel in den Ruf ein.

»Das ist unsere Stadt«, sagte Ipstan. »Es ist an der Zeit, dass wir wieder selbst über unser Schicksal bestimmen.«

»Unsere Heimat ist es wert, für sie zu kämpfen«, meinte ich.

Aylin schaute weg und biss sich auf die Unterlippe.

Wir alle drei hatten diese Worte vor nicht langer Zeit gesprochen, als wir vor dem Bauernhof einer Familie gesessen hatten, die füreinander alles aufs Spiel gesetzt hatte. Zwischen jenem Versprechen und jetzt war so viel geschehen, so viel verloren worden.

Und wie viel hatten wir gefunden?

Neue Hoffnung, wie Ipstan gesagt hatte. Neue Entschlossenheit. Den Generalgouverneur gab es nicht mehr, eine Menge Baseeri waren weg. Die Dinge *hatten* sich geändert. Doch war das genug, um das Blatt zu unseren Gunsten zu wenden?

»Was für Verteidigungsmaßnahmen seht Ihr vor, um die Feuerboote fernzuhalten?« Wenn der Herzog wirklich beabsichtigte, uns zu verbrennen, würden sie das größte Problem darstellen. Mit ihren Katapulten konnten sie Feuergeschosse schleudern, ohne dass je ein Soldat oder Unsterblicher einen Fuß an Land setzen musste.

»Wir haben eigene hergestellt.«

»Ihr habt Feuergeschosse gemacht?«

»Ja.«

Beeindruckend. Feuergeschosse waren nicht einfach anzufertigen. Sie erforderten eine weiß glühende Esse und eine Mischung aus Pech und wer weiß was noch, damit sie beständig brannten. Aber schleuderte man eines auf ein Boot oder Haus, zerbarsten sie mit klebrigen Flammen, die alles in Brand setzten, was sie berührten. Zumindest alles Brennbare.

»War nicht ganz einfach, genug Katapulte für die Boote aufzutreiben, aber was wir nicht kaufen konnten, haben wir gestohlen, und was wir nicht stehlen konnten, haben wir gebaut.«

Der Herzog hatte größere Katapulte und schleuderte Feuergeschosse, die schwer genug waren, um mehrere Häuser zu erfassen. Ein paar ordentliche Treffer konnten einen gesamten Häuserblock zerstören.

Es sei denn, unsere Boote versenkten die ihren, bevor sie in Reichweite gelangten.

»Was ist mit Pynviumwaffen?«, fragte Aylin mit leiser Stimme, als zögere sie, irgendein Interesse zu bekunden. »Der Herzog wird jede Menge davon haben.«

Ipstan grinste, aber irgendetwas schwang in dem Ausdruck Geste mit. »Wir haben etwas Besonderes, um dagegen anzugehen. Ich denke, ihr werdet sehr beeindruckt sein.«

Ipstan brachte uns zu einem Lagerhaus, in dem ein Dutzend Frauen und Kinder an langen Tischen saßen und Samen mahlten. In der Mitte der Tische standen Körbe mit rot geäderten Pflanzen, deren durchdringender, erdiger Duft mir in der Nase juckte.

»Das sind unsere Gifthersteller«, erklärte er stolz. »Ich habe jeden Kräuterzüchter angeworben, den ich finden konnte.«

Mir liefen Schauder über den Rücken. Gift. Er stellte tatsächlich *Gift* her.

»Seid Ihr wahnsinnig?«, platzte Soek hervor. »Habt Ihr eine Ahnung, wie tödlich das ist?«

»Was denkst du wohl, warum wir es verwenden? Um zu überleben, müssen wir die feindlichen Soldaten so schnell wie möglich ausschalten. Mit dieser Mischung benetzte Klingen töten binnen Minuten, und ein gezielt geworfener Speer kann außerhalb der Reichweite eines Pynviumblitzes einen Treffer landen.«

Danello hob einen Finger. »Äh, ist das denn nicht gut?«

»Nicht, wenn sich versehentlich jemand schneidet«, gab Soek zurück, die Wangen zornig gerötet. »Oder wenn jemand nicht trifft und ein Speer aufgehoben und gegen *uns* eingesetzt wird.«

»Gift kann man nicht heilen«, fügte ich hinzu, als Danello immer noch verwirrt wirkte. »Das ist das einzige Gebrechen, das meiner Mutter je Angst eingejagt hat.«

Krokodile waren nicht die einzige Gefahr in den Kanälen. Wasserschlangen töteten jedes Jahr einige Fischer und Laubabzieher mit ihrem Gift. Dasselbe galt für zwei Spinnenarten, die man häufig im Getreide antraf. Sowohl Bauern als auch Fischer wussten, dass ein Spinnenbiss eine lange, schmerzliche Nacht bedeutete, wenn man Glück hatte. Oder den Tod, wenn nicht.

»Mir ist bewusst, dass es riskant ist«, sagte Ipstan. »Aber wir brauchen jeden Vorteil, den wir kriegen können.«

Genau, wie sie jede Waffe brauchen würden, die sie bekommen konnten. Wenn er bereit war, *das* zu tun, wozu wäre er sonst noch bereit, um zu gewinnen? War er außerdem hinter dem Mädchen her, das die Gilde erschüttert, den Palast zerstört, die Unsterblichen gebrochen hatte? War es das, was er *wirklich* von mir wollte?

Ich wollte nicht dieses Mädchen sein.

Oder diese Waffe.

»Wir sind ausgesprochen vorsichtig mit den Giftwaffen, keine Sorge«, sagte Ipstan und führte uns aus dem Lagerhaus. »Nur wer in ihrer Verwendung ausgebildet ist, darf sie tragen. Obendrein treffen wir zusätzliche Vorsichtsmaßnahmen. So kennzeichnen wir sie zum Beispiel mit Rot, damit erkennbar ist, welche Waffen beschichtet sind.«

Vielleicht sollten die schweren Lederhandschuhe dafür dienen; ein Schutz für Arme und Hände, wenn man einen dieser Speere trug.

Mir drehte sich der Magen um, aber es würden nur wenige Speere notwendig sein, um den Männern des Herzogs Angst davor einzujagen, sich zu nähern. Kampferfahrene Soldaten verstanden etwas von Schmerzen und fürchteten sich kaum davor, da sie wussten, dass es in der Nähe Heiler gab, sollten sie verletzt werden. Gift jedoch würde sogar einen Kommandanten in die Flucht schlagen.

»Lasst mich euch das andere Lagerhaus zeigen.« Ipstan marschierte zu einer Reihe von Gebäuden mit mehreren Wachen an jedem Eingang und weiteren an den dorthin führenden Straßenecken.

»Was ist da drin?«, fragte Aylin.

»Werdet ihr gleich sehen.«

Er brachte uns an den Wachen vorbei und führte uns hinein. Hohe, mit verschiedenen Farben gekennzeichnete Regale säumten den Raum, es waren etliche Reihen. Kisten mit Trockenwaren, Körbe mit Obst, Säcke voll Getreide und Mehl. Genug Lebensmittel für mehrere Monate. Entlang der Wände befanden sich Waffengestelle. Blau für Schwerter, grün für Rapiere, rot für Messer. Daneben standen Fässer mit Speeren. Am gegenüberliegenden Ende des Raums in der Nähe der Treppe erkannte ich zehn Schränke, wahrscheinlich für Uniformen oder Rüstungen.

»Woher habt Ihr das alles?« Ich hatte noch nie in meinem

Leben so viele Nahrungsmittel an einem Ort gesehen. Ich hatte nicht einmal gewusst, dass es in Geveg so viel davon *gab*.

»Wir haben einige Baseeri-Vorratslager geplündert und den Rest gekauft oder eingetauscht. Sobald wir wieder die Kontrolle über die Bauernhöfe hatten, fingen wir mit der Bevorratung an. Ich habe ja gesagt, dass wir vorbereitet sind.«

Sogar Aylin starrte die überwältigende Menge an Vorräten mit geweiteten Augen an. »Verteilt Ihr die Lebensmittel an alle, die sie brauchen?«

»Sie sind für die Armee. Wer kämpft, wird versorgt.« Ipstan ging am letzten Waffengestell vorbei und führte uns die Treppe hinauf. »Wir lassen niemanden verhungern, auch diejenigen nicht, die nicht kämpfen wollen. Aber Lebensmittel sind nicht alles, was wir haben.«

Im zweiten Geschoss des Lagerhauses befanden sich genauso viele Regale und Gestelle.

»Diese Regale sind voller Samen«, erklärte er. »Da drüben sind Knollen, und dort an den Fenstern haben wir Setzlinge. Während der Kampfhandlungen werden wir wahrscheinlich viele Ernten auf den Bauerninseln verlieren, wir werden also neu pflanzen müssen.«

Danello stieß einen leisen Pfiff aus. »Das nenne ich Voraussicht.«

»Mein Ziel besteht darin, dafür zu sorgen, dass Geveg wieder eigenständig wird. Wir müssen bereit sein, das zu ersetzen, was wir im Krieg verlieren.« Er schlenderte durch die Regalreihen und deutete im Vorbeigehen mit einer Hand auf Gegenstände. »Fischernetze, Fallen, Ersatzsegel. Joche und Pflüge, Nägel, Werkzeug. Sogar einige Töpfe, Pfannen und einfache Schüsseln.«

Ipstan hatte viel getan, um Geveg zum Überleben vorzubereiten. Saama hatte sich geirrt. Der Widerstand bestand keineswegs nur aus einem Haufen Männer, die Soldaten spielten. Sie waren vorbereitet, nicht nur für den Kampf, sondern auch für den Wiederaufbau danach.

»Das Einzige, wovon wir nicht viel haben, ist Pynvium.« Er ging wieder die Treppe hinunter. »Wir hatten von vornherein nie viel, und da die Blauen die Gilde kontrollieren und die Baseeri die Inseln der Aristokraten, waren uns alle Plätze verschlossen, wo wir mehr hätten auftreiben können. Diese Pynviumrüstung, die du uns heute Morgen beschafft hast, war ein Segen von den Heiligen, aber sie wird nicht für den gesamten Krieg reichen.«

Ich hatte nie gesagt, dass die Rüstung für den Widerstand sei, und mich störte, dass er einfach davon ausging, er könne sie haben. Andererseits: Wofür brauchte ich sie schon? Jeatar hatte all das Roherz, das ich dem Herzog gestohlen hatte, und letztlich würde er eine Pynviumesse finden, um es zu schmelzen. Oder Onderaan würde eine bauen.

Hier könnte man dieses Erz wirklich gebrauchen.

Nicht, dass wir Zeit gehabt hätten, es für den Widerstand herzuholen.

»Was ist mit Heilern?«, fragte Soek. »Gibt es davon genug?« Mich überraschte, dass er Bereitschaft erkennen ließ, zu bleiben und zu kämpfen. Seine Heimat war Verlatta, und er war hierhergekommen, um vor dem Herzog zu fliehen, als Verlatta belagert wurde. Ich hatte immer angenommen, er würde zurückgehen, sobald er könnte.

»Im Krieg gibt es davon nie genug, aber ein paar haben wir.« Er schaute auf und kicherte. »Und da sind auch schon zwei von ihnen.«

Zwei etwa zwanzig Jahre alte Jungen standen an einem der Schränke. Die Tür war offen. In mehreren Fächern befanden sich Rüstungsteile. Ein Junge lachte, als der andere sich mit ausgestreckter Hand und gespreizten Fingern in Pose warf, als wolle er angreifen. Ich brauchte einen Moment, um die Armschienen und den Brustpanzer zu erkennen.

Die Rüstung des Unsterblichen.

Talis Hand löste sich aus meiner, und sie setzte sich blitzschnell in Bewegung. Sie schnappte sich vom nächstbesten Regal ein Messer und stürzte auf den Jungen in der Rüstung zu.

»Tali!«

Danello preschte einen Atemzug danach los. Er war näher an den Heilern als wir und stellte sich Tali in den Weg, bevor sie die beiden erreichte. Er versuchte, ihr das Messer abzunehmen. Sie warf sich vorwärts, sprang Danello förmlich an. Die Klinge des Messers sank tief in seine Schulter.

Er schrie auf, ließ sie jedoch nicht los. Die beiden fielen zu Boden. Soek und Ipstan packten Tali und zerrten sie von ihm fort. Sie trat und schlug weiter nach dem völlig verstörten Heiler, der an die Wand zurückgewichen war.

Ich sprang zwischen ihn und Tali, ergriff ihr Gesicht und zwang sie, mich anzusehen. »Hör auf! Beruhig dich. Hörst du mich? Beruhig dich!«

Tali wimmerte und starrte mich mit Angst in den Augen an. Sie wand sich zwar noch, hatte aber aufgehört, sich zu wehren.

»Zieh diese Rüstung aus«, sagte ich, ohne den Blick von Tali abzuwenden. »Leg sie in den Schrank, wo sie das Ding nicht sehen kann.«

Hinter mir ertönten ein Schlurfen und ein dumpfes Poltern. Nervöses Gemurmel.

»Was in Moeds Namen soll das?« Ipstan starrte mich finster an. Soek hatte Tali losgelassen und war zu Danello gegangen. Ipstan hielt beide Arme meiner Schwester fest.

»Sie weiß nicht, was sie tut.«

»Nya«, rief Soek. »Hier stimmt etwas nicht!«

»Was ist?«

»Schau.«

Ich blickte hinüber. Soek hielt das Messer in seiner Handfläche hoch.

Rot. Der Griff war rot bemalt.

Ihr Heiligen, nein! Habt Erbarmen.

Tali hatte sich eine vergiftete Klinge genommen.

Fünfzehntes Kapitel

Ich ließ Tali zurück und sank neben Danello. Er war bewusstlos, sein Gesicht blass und verschwitzt. Sein Atem ging schnell und flach. Soek hatte zwar die Schulterwunde geheilt, doch das Gift arbeitete sich immer noch durch Danellos Körper vor und verzehrte ihn bei lebendigem Leib.

»Stirb nicht, bitte stirb nicht.« Ich presste meine Handfläche gegen seine Stirn und ergriff seine Hand, fühlte mich in ihn vor. Überall schillerten grelle Punkte, Schäden, die ich nie zuvor gesehen hatte. Ich *zog*, was ich konnte, heilte, was ich konnte.

Tali begann wieder zu wimmern. Ipstan schrie auf, dann fiel Tali neben mir auf den Boden und starrte Danello an, als wüsste sie, dass er in Schwierigkeiten steckte.

»Sie hat mich gebissen!«, rief Ipstan. »Das kleine Balg hat mich gebissen.«

Ich schenkte ihm keine Beachtung. Stattdessen betete ich, Tali möge sich ruhig verhalten und mich Danello vor etwas retten lassen, von dem jeder Heiler behauptete, es könne nicht geheilt werden.

Sie beobachtete, wie ich einen weiteren Schwall des Schadens in mich *zog*, den das Gift verursacht hatte, diesmal aus seinen Lungen. Es fraß sich durch meine Brust, und ich keuchte.

»Nya, du kannst ihm nicht helfen«, flüsterte Soek. »Ich weiß, du willst es, aber das kannst du nicht.«

»Doch, kann ich.« Weitere Schmerzen, weitere Schäden, die sein Blut zersetzten, seine Muskeln in Stücke rissen. Ich schob alles in die Höhlung zwischen meinem Herzen und meinen Eingeweiden. So hohl war die Stelle gar nicht mehr, aber es war noch Platz.

»Was ist hier los?«, brüllte Ipstan und trat in mein Blickfeld. Er klang eher verängstigt als wütend. »Warum hat sie meine Heiler angegriffen?«

Ich erwiderte nichts, sondern biss die Zähne gegen die Schmerzen zusammen.

Aylin räusperte sich. »Sie, äh, wurde von einer Greiferin entführt und zum Herzog gebracht. Er hat sie in eine Unsterbliche verwandelt und zum Kämpfen gezwungen. Zum Töten. Nya fand sie und nahm ihr die Rüstung ab, aber die hat irgendetwas mit ihrem Verstand gemacht. Seither ist sie ... *so.*«

»Ihr habt eine *Unsterbliche* hierhergebracht?«

»Ich habe meine Schwester nach Hause gebracht.« Ich heilte weiter, *zog* weiter. »Sie braucht Hilfe.«

Ipstan wischte sich mit einer Hand über den Mund. Die Zuversicht, die er zuvor gezeigt hatte, geriet ins Wanken, als wöge er ab, ob meine Unterstützung es wert sei, meine verrückte, mordlüsterne Schwester in Kauf zu nehmen.

»Du wirst Pynvium brauchen, wenn du darauf bestehst, ihn zu heilen«, sagte Soek. »Und wir haben keines.«

»Ipstan hat welches.«

Ipstan schüttelte den Kopf. »Wir haben nicht genug, um es für jemanden zu erübrigen, der im Sterben liegt.«

»Bring mir die Rüstung.«

Soek ging einen Schritt auf den Schrank zu, aber Ipstan packte ihn am Arm. »Das ist unsere Rüstung.«

»Nein, ist sie nicht«, herrschte ich ihn an. »Wir haben den Unsterblichen getötet, also gehört sie uns. Ich habe nie gesagt, dass Ihr sie haben könnt. Ihr habt sie von Saama mitgenommen, ohne uns zu fragen.«

»Ich brauche sie für den Widerstand. Du brauchst sie ja nicht ...«

»Ich brauche sie *sofort!*«

Soek riss seinen Arm frei und ging zum Schrank. Die zwei Heiler standen noch dort, wichen aber zurück.

»Er ist bereits tot«, sagte Ipstan, wenngleich nicht unfreundlich. »Du verschwendest das Pynvium, wenn du versuchst, ihm zu helfen.«

Danellos Lungen versagten erneut. Ich heilte sie, folgte dem Gift, das durch seinen Körper tobte. »Ich leere es, wenn ich fertig bin.«

»Das ist nicht möglich.«

»Für sie schon«, widersprach Aylin.

Soek kam mit einer Pynviumarmschiene in den Händen zurück.

»Nein.« Ipstan versperrte ihm mit ausgestreckten Händen den Weg. »Tut mir leid, ich kann nicht zulassen, dass du es vergeudest, obwohl wir in einigen Tagen Soldaten haben werden, die es dringender brauchen und die gerettet werden *können.*«

»Geht aus dem Weg«, sagte Aylin. »Ihr wart es, der diese schrecklichen Waffen hat anfertigen lassen! Wenn Ihr ihn sterben lasst, erzähle ich jedem in Geveg, dass Ihr *sie* auch sterben lassen werdet, wenn sie zu schwer verwundet werden. Dass euch nur Pynvium am Herzen liegt, genau wie dem Herzog und dem Erhabenen.«

»Das ist eine Lüge! Mir liegt sehr wohl am Herzen, was aus den Gevegern wird.«

»Beweist es. Helft, einen zu retten.«

Ipstan zögerte. Er wirkte mit jedem Atemzug weniger wie ein Anführer. »Bete, dass es dir auch gelingt, die Rüstung später zu entleeren.« Er trat zurück. Soek kam mit der Armschiene näher. Tali kreischte und hechtete darauf zu, schlug sie weg. Das Pynvium flog quer durch den Raum und schlitterte über den Boden.

»Tali!« Ich kämpfte Tränen zurück. *Bitte, Heilige Saea, lass nicht zu, dass ich beide verliere.*

Tali starrte erst Danello an, dann mich. Sie legte mir eine Hand auf den Arm. Die Haut unter ihren Fingern kribbelte, als sie *zog*. Die Schmerzen in meinen Eingeweiden legten sich.

»Tut weh«, flüsterte sie.

»Richtig, tut es«, sagte ich, und Hoffnung drängte sich an den Schmerzen in meiner Brust vorbei. »Du musst es loswerden. Kannst du es für mich in das Pynvium leiten? Soek, bring es her, gib es Tali.«

Er brachte ihr die Armschiene, doch sie hob die Hand und zuckte zusammen. Soek wich zurück.

»Tali, bitte, benutze das Pynvium.«

Soek kauerte sich hin und schob die Armschiene über den Boden. Sie kam neben meinem Knie zum Liegen. Ich löste die Hand von Danellos Stirn und presste sie gegen das Pynvium. »Es tut nicht weh, siehst du?«

Sie rückte näher und legte ihre Hand auf die meine. Ich zog

meine weg und führte sie zurück zu Danello. Mittlerweile war er totenblass, kalt und klamm. Der Schaden war überall, breitete sich schneller aus, als ich heilen konnte.

Ich schloss die Augen und drang tiefer vor, hetzte dem Gift hinterher, versuchte, es zu überholen. Tali legte die Hand wieder auf meinen Arm, und das Kribbeln kehrte zurück.

Sie umklammerte meinen Arm fester. »Zu viel«, flüsterte sie.

Kleider raschelten, und jemand setzte sich auf meiner anderen Seite neben mich. Warme Hände legten sich um meine Stirn. Soek.

»Aylin, wir brauchen die andere Armschiene«, sagte er.

»Ich hole sie.«

Ich rechnete damit, dass Ipstan abermals Einwände erheben würde, doch er sagte kein Wort. Die Heiler in der Ecke murmelten untereinander, dann wurden ihre Stimmen lauter, als kämen sie näher, um uns zuzusehen.

Ich *zog*, so schnell ich konnte, stemmte mich gegen den steten Strom der Schmerzen. Soek und Tali leiteten sie genauso schnell ins Metall ab. Ich betete ebenso inbrünstig, wie ich heilte. Alles, was Mama und Großmama je über Gift gesagt hatten, hallte mir durch den Kopf. Es kann nicht geheilt werden. Ein Vergifteter kann nicht gerettet werden. Es ist unmöglich.

Allerdings hatte ich das Unmögliche schon einmal möglich gemacht.

So Saea wollte, konnte ich es noch einmal tun.

Wir heilten stundenlang. Die Sonne war untergegangen, und Aylin brachte Lampen und eine Mahlzeit, wenngleich ich nicht essen konnte. Sie setzte mir einen Becher an die Lippen, und ich trank Fruchtsaft, als mein Mund zu trocken wurde, um zu schlucken. Neben uns türmten sich drei Teile der Pynviumrüstung – zwei Armschienen und ein Beinschoner. Bald würden wir ein viertes Teil brauchen.

Kione war mit Danellos Vater eingetroffen. Er saß mit angespannter Kieferpartie und besorgten Augen in unserer Nähe und beobachtete den Überlebenskampf seines Sohnes. Ipstan war noch da, und andere hatten sich zu ihm gesellt, sich wie Bussarde um einen Sterbenden geschart.

»Wie lange kann sie noch so weitermachen?«

»Glaubst du, sie kann ihn retten?«

»Was geschieht, wenn ihnen das Pynvium ausgeht?«

Daran wollte ich nicht denken. Soek und Tali konnten versuchen, die Heilung aufrechtzuerhalten, während ich die Rüstung blitzte, aber wir mussten alle zusammenarbeiten, um nicht von den Schäden überrollt zu werden. Wenn ich aussetzte, würde das Gift Danello bestimmt töten, bevor ich wieder mitmachen konnte.

»Weißt du, du könntest ruhig helfen«, hatte Aylin irgendwann nach Mitternacht zu dem verbliebenen Heiler gesagt. Er hatte nichts erwidert, sondern war rasch gegangen, verfolgt von den missbilligenden, finsteren Blicken der anderen.

Weiteres Pynvium türmte sich neben uns, eine gesamte Rüstung. Tali zitterte, doch ich vermochte nicht zu sagen, ob die Rüstung sie störte, oder ob es bloß an Erschöpfung lag.

Ipstan ging. Andere kamen. Jemand brachte Kerzen und sang Gebetslieder. Saama saß eine Weile bei uns. Dieselben beiden Mädchen, die zuvor Botengänge für sie erledigt hatten, halfen ihr herein. Der Strom der Menschen war so stet wie jener der Schmerzen.

Es war wie bei der Waffe des Herzogs. Meine Haut brutzelte von innen, meine Kehle war rau. In den Händen hatte ich kein anderes Gefühl mehr als das Kribbeln, das mich immer und immer wieder durchlief.

Danellos stöhnte; für ihn gestaltete sich die Heilung genauso schmerzhaft. Wahrscheinlich sogar noch schmerzhafter, zumal wiederholt dieselben Organe zerstört und geheilt wurden.

Die Glocken des Uhrturms läuteten dreimal, als wollten sie sagen: *Lass. Ihn. Sterben.*

»Vielleicht sollten wir ... Ich meine, er hat solche Schmerzen«, sagte sein Vater und hatte Mühe, die Worte herauszubekommen. »Vielleicht ist es an der Zeit aufzuhören.«

»Nein.« Ich weigerte mich, ihn sterben zu lassen. Weigerte mich, einen weiteren Freund zu verlieren.

»Nya, er leidet. Wir können ihm das nicht länger antun.«

Heiße Tränen rollten mir über die Wangen. »Ich gebe ihn nicht auf.«

Danello, bleib bei mir. Du hast versprochen, dass du bei mir bleibst.

Der Sonnenaufgang erhellte das Lagerhaus, gelbe Lichtstrahlen fielen durch die Fenster ein wie Speere. Ich kniff die Augen zusammen und wandte das Gesicht ab. Mittlerweile lagen fast zwei gesamte Pynviumrüstungen neben uns, und Tali und Soek hielten die letzten Teile in den Händen.

Meine Kleider und wahrscheinlich auch die der anderen waren feucht vor Schweiß. Danello lag in einer Lache davon. Ich hatte bei jedem Atemzug Schmerzen. Zitterte bei jedem Ausatmen. Ich folgte dem Gift, weiter und weiter und ...

Die Lungen, die ich die ganze Nacht lang geheilt hatte, waren immer noch geheilt. Ich tastete weiter. Dasselbe galt für das Herz und für Muskeln, die zerfetzt und wiederhergestellt worden waren. Die Wirkung des Gifts verblasste.

»Es ... geht ihm ... besser«, brachte ich keuchend hervor, konnte kaum sprechen.

Gegen Mitte des Vormittags befand sich das gesamte Gift in seiner Leber und kämpfte darum, zu bleiben und ihn weiter zu verletzen, doch endlich war Danellos Körper im Begriff, zu gewinnen. Ich *zog* die letzten Schäden heraus. Stumpfer wirkten die mittlerweile, wo sie vorher grell geschillert hatten. Sie glitten durch mich hindurch und brannten kaum mehr, als hätten sie sich mit ihrer Niederlage abgefunden.

Ich ließ die Hände auf Danello und suchte, vergewisserte mich, dass alles weg, alles geheilt war.

»Wir haben alles erwischt.« Er würde wieder gesund werden.

Danello schlug die Augen auf und holte stockend Luft. Er war noch zu schwach zum Reden, aber er lebte. Er lebte!

Ich umarmte ihn, so innig es meine zitternden Arme gestatteten. Tali sackte mit einem tiefen Seufzer auf den Boden und schloss die Augen. Soek sah aus, als würde er gleich ebenfalls zusammenklappen. Aylin schrie auf und klatschte in die Hände, während der Rest der Beobachtermenge in Jubel ausbrach.

»Danke, Nya«, sagte Danellos Vater und nahm meine Hand in beide Hände. »Ich weiß nicht, wie ... Ich kann dir nicht vergelten, was du ... Wenn du je irgendetwas brauchst, dann sagst du es mir. Egal was.«

Ich nickte, aber ich hatte, was ich brauchte. Ich hatte Danello nicht verloren.

»Können wir ihn gefahrlos verlagern?« Sein Vater fuhr sich mit der Hand durchs Haar und ähnelte seinem Sohn dabei stark. »Ich habe in der Nähe ein Zimmer, wo er sich ausruhen kann.«

»Ja. Ich glaube zwar, dass er noch eine Weile nicht laufen können wird, aber ...«

»Kein Problem.« Er hob ihn so mühelos hoch, als handelte es sich um Jovan oder Bahari. Danellos Vater war um einiges stärker, als er aussah.

»Du könntest selbst ein wenig Erholung brauchen«, meinte Aylin. »Das gilt für euch alle. Ich suche uns Zimmer.« Sie folgte Danellos Vater zur Tür.

Köpfe drehten sich und beobachteten, wie sie gingen, dann schwenkten sie zurück zu mir. Die meisten Kerzen waren zu Stummeln geschmolzen, aber sie flackerten noch.

»Sie hat ihn gerettet, habt ihr das gesehen?«

»Es ist, als hätte sie ihn von den Toten zurückgeholt.«

»Wenn sie mit uns kämpft, können wir unmöglich verlieren.«

Ich seufzte. Das stimmte nicht. Nichts, was ich tun konnte, würde verhindern, dass die Feuergeschosse des Herzogs auf uns einprasselten. Aber wie Großmama zu sagen pflegte: Wenn man vor Schwierigkeiten wegläuft, ist man nur zu müde, um mit ihnen fertigzuwerden, wenn sie einen letztlich einholen. Vielleicht gab es doch etwas, das ich tun konnte, um zu helfen ...

»Nya!« Aylin drängte sich durch die Menge, doch sie wirkte nicht verängstigt, nur verwirrt. »Das solltest du dir besser ansehen.«

Ich blickte zu Tali, die auf dem Boden schlief.

»Ich passe auf sie auf«, sagte Soek. »Bin ohnehin zu müde, um mich zu bewegen.«

»Danke.«

Aylin half mir auf, und wir bahnten uns den Weg zur Tür, ich mit zittrigen Beinen. Die Menge teilte sich, Menschen lächelten mich an und nickten.

Aylin öffnete die Tür. Vor dem Lagerhaus standen weitere Menschen. Sie säumten die Straßen auf allen Seiten. Hunderte. Auch ihre Kerzen brannten noch, und der Duft von Geißblatt erfüllte die Luft. Kränze davon waren wie Opfergaben für eine Heilige auf den Boden vor dem Gebäude geworfen worden.

Ich trat hinaus in den Sonnenschein. Die Menge jubelte und klatschte.

»Sieh sie dir nur alle an«, sagte Aylin.

»Was wollen sie?« Sicher, es war angenehm, dass mich die Menschen mal *nicht* mit Schimpfwörtern bedachten oder zu töten versuchten, doch auch diese Art von Aufmerksamkeit hatte ihren Preis. Ich hatte lange genug auf der Straße gelebt, um das zu wissen.

Glocken ertönten, genauso schnell und durchdringend wie am Morgen des Vortags.

Angriffsglocken.

»Weitere Unsterbliche?«, fragte Aylin, als sich die Menge umdrehte und untereinander zu murmeln begann, jedoch nicht weglief.

»Würden sie weitere schicken, wenn zwei nicht zurückgekommen sind?«

Jemand am Rand der Menge brüllte. Das Gemurmel schwoll zu beunruhigtem Geplapper an, und die Leute am Rand ergriffen die Flucht.

»Das kann nichts Gutes verheißen.«

Das Gebrüll wurde lauter. Kione rannte durch die Menge. »Wir werden angegriffen!«, rief er, als er schließlich nah genug war, dass wir seine Worte verstehen konnten. »Die Blauen greifen mit voller Kraft an!«

Aylin packte meinen Arm.

»Nya!« Kione hielt geradewegs auf mich zu. »Mehrere hundert Soldaten haben gerade die Brücke zum Handwerkerviertel überquert. General Ipstan bringt eine Verteidigung in Stellung, aber wir hatten nicht mit so vielen gerechnet – dafür sind wir nicht bereit!«

Ihr Heiligen! All diese Menschen.

»Aber was ist mit der Falle?«, fragte Aylin mit blassem Gesicht. »Ich dachte, der Herzog wollte uns zusammengepfercht lassen und verbrennen.«

Kione zuckte mit den Schultern. »Das war, bevor Nya eintraf. Vielleicht hat er es sich nun, da sie hier ist, anders überlegt.« Er wandte sich mir zu. »Was wirst du tun?«

»Ich? Wie soll ich eine ganze Armee aufhalten?«

»Pynvium«, sagte Aylin mit strahlenden – und etwas verängstigten – Augen. »Du hast zwei gesamte Rüstungen voll Schmerz, die entleert werden müssen, oder?«

Mir drehte sich der Magen um. Die Rüstung eines Unsterblichen tragen? Andererseits enthielten diese Rüstungen *tatsächlich* jede Menge Schmerz, den ich blitzen konnte. Vielleicht sogar genug, um diese Soldaten aufzuhalten, bevor sie jeden auf der Insel abschlachteten. »Richtig.«

Wir rannten zurück hinein. Die Leute im Lagerhaus waren verschwunden, dafür waren nun andere da, die sich Waffen von den Gestellen und Rüstungen aus den Schränken holten. Soek hatte Tali in eine Ecke gezogen, und die beiden beobachteten den Ansturm der Menschen mit verwirrten Mienen. Hatte sie ihm etwa zugehört? Ich entsandte ein rasches Dankgebet, für mehr hatte ich keine Zeit.

»Was ist los?«

»Wir werden angegriffen«, antwortete Kione und erzählte ihnen von den Soldaten, die auf uns zumarschierten.

Ich suchte den Boden nach den Pynviumrüstungen ab. Sie waren noch dort, wo wir sie zurückgelassen hatten. »Aylin, kannst du Tali nach oben bringen?« Ich nickte mit dem Kopf in Richtung der Rüstungen. Ich hatte keine Ahnung, wie sie sich verhalten würde, wenn sie mich in einer davon sähe.

»Alles klar.« Sie lächelte Tali an und streckte ihr eine Hand entgegen. »Komm mit, Tali, ja?«

Wortlos ergriff sie Aylins Hand, und wieder erfüllte Freude mein Herz. Vielleicht würde sie sich doch erholen. *Wenn du sie davon abhalten kannst, Menschen anzugreifen.*

Sobald sie außer Sicht gerieten, ging ich zu den Rüstungen. Ich ergriff den kleineren der beiden Brustpanzer, und Soek und Kione halfen mir, ihn anzulegen. Er grub sich in meine Schultern, war schwerer, als ich erwartet hatte. Wie hatte Tali nur eines dieser Dinger tragen können?

»Äh … ich glaube nicht, dass die passt«, meinte Soek. Die Rüstung hing an mir. Beide Unsterbliche waren deutlich größer als ich gewesen. »Kannst du damit überhaupt laufen?«

Ich versuchte es. Der Brustpanzer verrutschte auf meinen Schultern und zerrte mich seitwärts. »Nicht besonders gut.«

»Alleine kannst du das nicht tun«, sagte Soek. »Nicht ohne Rüstung.«

»Was habe ich schon für eine Wahl?«

»Lass mich mitkommen. Ich trage sie.«

»Soek, das ist zu …«

»Mir wird diese Rüstung passen. Du brauchst da draußen Schutz, und ich kann uns heilen, wenn …« – er schluckte – »*falls* wir verletzt werden. So kann ich dir Zeit verschaffen, tief genug in die Ränge der Soldaten zu gelangen, um sie alle mit einem Blitz zu erwischen.«

Er wollte das eindeutig genauso wenig tun wie ich, aber er hatte recht. Was nützten all die Schmerzen, wenn ich nicht nah genug in ihre Ränge gelangen könnte, um alle Soldaten zu erreichen?

»Also zusammen.« Ich ging zu den Schränken, in denen die Lederrüstungen verwahrt wurden. Eine Lederrüstung würde nicht jede Klinge aufhalten, war jedoch besser als gar nichts. »Kione«, sagte ich, während bereits Schweiß meine Haut befeuchtete. »Ob du sie magst oder nicht, du solltest besser Lanelle holen. Wenn wir das überleben wollen, brauchen wir an Heilern, was wir bekommen können.«

»Dort oben klingt es übel«, sagte Soek auf dem Weg zum Handwerkerviertel. Eine Schnur verband unsere Hände, die im Einklang zitterten. Wir konnten es nicht riskieren, voneinander getrennt zu werden.

Vor uns Geschrei. Metall klirrte gegen Metall, Körper fielen auf Stein. Ich konnte nicht viel erkennen, aber es klang, als hätte Ipstan einen Teil seiner Armee zusammengetrommelt und sei in der Nähe der Brücke mit den Blauen zusammengeprallt. Weiteres Gebrüll, Warnungen, Alarmrufe. Ein Horn wurde geblasen, eine einzige, klare Note in der Morgenluft.

Angst hatte einen Teil meiner Erschöpfung vertrieben, doch das würde nicht von Dauer sein. Niemand von uns hatte die Kraft, lange zu kämpfen. Wenn wir stolperten oder fielen und nicht wieder auf die Beine kämen …

Ich hatte gar keine Gelegenheit gehabt, mich von Danello zu verabschieden.

Vor uns tauchten unsere Soldaten auf, zahlenmäßig unterlegen, aber vorläufig hielten sie die Stellung. Die Kampfhandlungen teilten sich, und es entstand ein schmaler Tunnel zwischen den Soldaten, groß genug für Soek und mich.

»Lauf!« Ich preschte mit Soek los, zusammen schwangen wir die Arme und Beine. Wir rannten auf die schmale Öffnung zu. Die beste Hoffnung, die wir hatten, war, die äußeren Ränder zu überwinden und tiefer hinein in die angreifende Streitkraft zu gelangen.

Wir wichen unseren eigenen Leuten aus und umrundeten eine Gruppe von deren. Der erste Soldat bemerkte uns; seine Klinge schnellte geradewegs auf mich zu. Ich duckte mich nach links, und sie prallte von Soeks Rüstung ab. Eine zweite Klinge durchbohrte meine Schulter, durchdrang das Leder, grub sich in mein Fleisch. Meine Hand kribbelte, und die Schmerzen verflogen, durch meine Finger in die von Soek gezogen.

Weitere Soldaten griffen uns an. Ich schwenkte Soek heftig herum, rammte ihn in zwei Frauen zu unserer Rechten. Er zog die Schultern an und prallte mit dem schweren Rückenteil seines Brustpanzers gegen sie. Die Soldatinnen flogen durch die Luft.

Wir rannten weiter.

Männer mit Schwertern näherten sich rasch. Klingen kamen aus jeder Richtung, stachen, schlitzten, schnitten. Schmerzen flossen so schnell von mir in Soek, dass meine Hand brannte, als wäre ich geblitzt worden. Meine Lungen schmerzten, noch wund davon, dass ich die ganze Nacht hindurch Danello geheilt hatte.

Wir werden es nicht schaffen.

Ein Soldat rammte Soek. Er ging zu Boden und zog mich mit. Mein Arm wurde verdreht und brach; frische Schmerzen schossen durch mich. Ich fuhr mit der anderen Hand über den Rücken des Soldaten, packte sein Haar und presste die Finger gegen seine Kopfhaut. Ich *drückte*, und er zuckte schreiend weg, hielt sich den Arm. Rasch rappelte ich mich auf die Beine und zog Soek hoch.

Wir rannten weiter, bluteten weiter, heilten weiter. Schritt für Schritt. Soldat für Soldat.

Ein Mann brüllte mit tiefer und merkwürdig schöner Stimme Befehle. Einen entrückten Moment lang fragte ich mich, ob er sang.

Dann schwenkte eine regelrechte Mauer von Soldaten in unsere Richtung, einer davon in Kettenrüstung und mit Kommandantenstreifen am Kragen. Hinter ihm folgten weitere Soldaten, so dicht, dass ich nur noch schattiges Blau und Stahl sehen konnte.

Ich wirbelte herum und legte die Hand flach auf Soeks Rüstung. Er spannte den Körper an und presste die Augen zu.

PENG! Peng! PENG! Peng! PENG!

Fünf grelle Blitze hintereinander – der Brustpanzer und all die anderen Teile, die ich nicht einmal berührt hatte. Ein zehn Ränge tiefer Kreis von Soldaten rings um uns schrie auf und brach zusammen. Diejenigen dahinter stolperten und fielen über ihre Körper. Wütendes Gebrüll wandelte sich zu verwirrtem Geschrei. Ich sank auf die Straße, als Soek fiel, bewusstlos durch meine Blitze, seine Gesichtshaut gerötet. Unter den Schreien nahm ich leisere Geräusche wahr, fühlte sie mehr, als dass ich sie hörte …

Peng – peng, peng, peng …

Weitere Blitze, aber sie zielten nicht auf mich. Abermals brüllten Leute, und darunter ertönte eine Abfolge von dumpfen Aufschlägen. Noch mehr Blitze. Woher?

Wen kümmert's! Setz dich in Bewegung!

Ich *zog* Soeks Schmerzen in mich. Die Anspannung floss aus seinen verkniffenen Zügen ab, seine Augen öffneten sich. Ich ließ ihm einen Moment Zeit, sich zu orientieren, dann zerrte ich ihn auf die Beine.

Immer noch zuckten Blitze wie Ringwellen in einem See von mir weg, sprangen von Soldat zu Soldat.

Dann kehrte Stille ein.

Sechzehntes Kapitel

Soek und ich klammerten uns aneinander, schwankend vor Schmerzen und Überraschung.

»Heilige Saea, was hast du gemacht?«, fragte er und starrte auf die rings um uns bewusstlos auf der Straße liegenden Soldaten. Es waren Hunderte. Gespenstische Stille hatte Einzug gehalten.

»Ich habe keine Ahnung.«

»Aber irgendetwas hast du gemacht.«

Das Pynvium hatte einfach … keine Ahnung … in einer Abfolge geblitzt? Hatte jeder Blitz das nächste Pynviumstück ausgelöst, das er berührte?

Aber das war unmöglich.

Soek wischte sich Schweiß von den Lippen. »Was machen wir jetzt?«

»Ich …« Auch darauf hatte ich keine Antwort. Unsere Leute waren ebenfalls bewusstlos und lagen neben den Soldaten auf der Straße.

Wir mussten uns in Bewegung setzen, handeln, mussten *irgendetwas* tun. Doch ich konnte einfach nicht aufhören, auf all die liegenden Menschen zu starren.

»Ist dir klar, dass du ganz allein eine Armee ausgeschaltet hast?«, fragte Soek ehrfürchtig. »Eigentlich zwei, wenn man unsere mitzählt.«

Nicht die gesamte Armee. Unsere Leute begannen, sich vorzuwagen, zeichneten sich als verschwommene Schemen am Rand des Blitzbereichs ab. Aber Soek hatte trotzdem recht. Ich hätte nicht in der Lage sein dürfen, so viele in einem so großen Umkreis zu blitzen. Pynvium hatte bestimmte Auslöser, die es zum Blitzen brachten; es *konnte* nicht getan haben, was gerade geschehen war.

Und doch hatte es das.

Ich ging zum Kommandanten, kniete mich hin und durchwühlte seine Taschen. Ich zog eine walnussgroße Pynviumkugel heraus.

»Die hatten Pynvium dabei.« Persönliche Heilkugeln. Wie viele Soldaten hatten welche? Vermutlich nur die Offiziere, aber es waren genug Kugeln, um einander von der einen zur nächsten auszulösen. Sie konnten nicht alle zum Heilen gedacht gewesen sein, sonst wären sie leer gewesen. Trugen einige Waffen bei sich?

»Nya, du bist erstaunlich.«

Ich wollte nicht erstaunlich sein. Wer würde mich dafür noch tot sehen wollen? Wer würde mich benutzen wollen? Ich fühlte mich mehr wie die Ausgeburt, die in den Augen des Herzogs alle ungewöhnlichen Schmerzlöser waren. Schlimmer als alles, was er und Vinnot zu erschaffen versucht hatten ...

Er hat sie mit Schmerz vollgestopft, um zu sehen, ob sie ungewöhnliche Fähigkeiten entwickeln würden ...

Moment mal, war es so geschehen? War es *damals* geschehen? Vinnots kranke Experimente hatten bewiesen, dass Schmerz ungewöhnliche Fähigkeiten zum Vorschein brachte. Er hatte *mich* mit Schmerzen vollgestopft, als er mich an jenes entsetzliche Pynviumgerät voller Geheimzeichen anschloss und stundenlang die Schmerzen Dutzender und Aberdutzender Menschen durch mich fließen ließ.

»Wir müssen unsere Leute aufwecken«, sagte ich und spürte Galle in der Kehle. »Der Hauptblitz war so stark, dass die Soldaten in der Mitte wahrscheinlich eine Weile bewusstlos bleiben, aber die an den Rändern werden wohl nicht lange außer Gefecht sein.«

Soek hielt unsere immer noch aneinander gebundenen Hände hoch. »Das ist mit zwei Händen einfacher.«

Ich ergriff mein Messer und durchschnitt die Schnur. Kaum waren unsere Hände frei, rannten wir von Kämpfer zu Kämpfer. Kione lag ausgestreckt über einem Baseeri-Soldaten, die Arme zerschnitten und blutig. Ich kniete mich hin und ergriff seine Hand, *zog* die geblitzten Schmerzen aus ihm und heilte die Wunden, die er erlitten hatte.

»Was ...« Er rollte sich ein, und seine Hand fuchtelte umher, tastete wahrscheinlich nach seinem Schwert.

»Ein Blitz hat dich niedergestreckt.«

»Was für ein Blitz?« Er rappelte sich auf die Beine und ließ den Blick über die Körper wandern, als versuche er, sich zusammenzureimen, was geschehen war.

Ich fand Ipstan in dem Haufen von Leibern, und Soek heilte ihn. Er brauchte etwas länger, um zur Besinnung zu kommen, dann starrte er auf die Soldaten rings um uns.

»Was ist passiert?«

»Ich habe Soeks Rüstung geblitzt.« Ich hätte das lieber nicht zugegeben, aber der Versuch, es zu verschleiern, wäre töricht gewesen. Es rannten bereits Leute auf uns zu, und einige waren nah genug gewesen, um gesehen zu haben, was ich getan hatte.

»*Du* hast das gemacht?«

»Es hat stärker geblitzt, als ich dachte.«

Mit Tatendrang im Gesicht stand Ipstan auf. »Bringt unsere Leute in Bewegung. Diese Gelegenheit dürfen wir nicht vergeuden.«

Ich zuckte zusammen. Ich war keine Gelegenheit.

Soek und ich rannten von einem zum anderen, *zogen* Verletzungen und geblitzte Schmerzen aus den Bewusstlosen, so schnell wir konnten. Nach jedem Dutzend hielt er inne, griff nach meiner Hand, heilte mich und *drückte* alles in seine Rüstung.

Langsam erhob sich der Widerstand. Ipstan brüllte Befehle und schickte Leute in die Menge der bewusstlosen Soldaten. Ich ließ den Blick auf jene gerichtet, die noch geheilt werden mussten, und versuchte, nicht auf die unverkennbaren Geräusche von Schwertern, die in Fleisch drangen, zu achten, die hinter mir ertönten.

Es herrscht Krieg. Im Krieg muss man töten.

Widerstandskämpfer sammelten das Pynvium der auf dem Boden liegenden Blauen ein. Die beiden anderen Heiler halfen, unsere Leute wieder auf die Beine zu bekommen. Nicht jeder erwachte. Nicht jeder konnte geheilt werden.

Einige der Gesichter waren gerötet, wie es bei Soek der Fall gewesen war – und bei denjenigen im Palast des Herzogs, die mit der Waffe geblitzt worden waren. Aber diese Menschen hier waren mehrere Häuserblöcke vom Hauptblitz entfernt gewesen. Sie hätten überhaupt nicht beeinträchtigt sein sollen, geschweige denn, dass es sie so schwer traf.

Nun, da Ipstan wusste, was ich getan hatte – was ich tun *konnte* –, würde er jede Schlacht mit mir anführen wollen. Mich in Soldaten, Klingen und Schmerzen stürzen. Er würde nicht mehr wollen, dass ich ginge.

Die anderen Heiler *drückten* ihre Schmerzen in Soeks Rüstung. Mehr für mich zum Blitzen, wenn die Blauen sich neu formierten und uns wieder angriffen. Soek ging mit ihnen, um die letzten Verwundeten zu heilen.

Ich ließ mich auf den Eingangsstufen einer aufgegebenen Bäckerei nieder, zu erschöpft, um einen weiteren Schritt zu tun. Schade, dass der Laden nicht geöffnet hatte. Etwas zu essen wäre fein gewesen. Fast so gut wie Schlaf. Männer und Frauen strömten an mir vorbei, riefen mir ihren Dank zu. Sie jubelten, hielten an, um mir die Hand zu schütteln oder um mir auf die Schulter zu klopfen.

Aylin fand mich. Sie hatte Tali dabei.

»Geht es dir gut?« Sie fuhr mit einer Hand über meine Rüstung, aber ein Großteil des Blutes war durch den Schmerzblitz weggesprengt worden. Nur ein spärlicher Rest, der sich in den Einschnitten im Leder verfangen hatte, war geblieben.

»Müde.« Es fiel mir schwer zu sprechen, als wäre meine Zunge zu groß für meinen Mund. »Wie geht es Tali?«

»Gut. Naja, für ihre Begriffe.« Aylin legte den Kopf schief und musterte mich. »Du siehst nicht so gut aus. Du hast doch keine Verletzungen, die du zu heilen vergessen hast, oder?«

»Nein, ich …«

»Nya!« Ipstan kam auf mich zugerannt, schwenkte die Arme und erteilte jenen Befehle, die er passierte. »Das war unglaublich! Hast du eine Ahnung, was das bedeutet? Wir können sie besiegen, *wirklich* besiegen!«

»Ein paar Soldaten vielleicht«, erwiderte ich, doch meine Worte hörten sich falsch an. »Die sind nicht das Problem. Wir müssen uns auf den Herzog vorbereiten.«

»Ich …« Ipstan verzog das Gesicht und wandte sich Aylin zu. »Was ist mit ihr? Soll ich einen Heiler rufen?«

Aylin sank vor mir auf ein Knie und nahm mein Gesicht in die Hände. »Wir müssen sie …«

Ihre Stimme verblasste mit dem Rest der Straße.

Ich erwachte durch Gesänge.

Zuerst dachte ich, ich wäre gestorben und würde im Leben nach dem Tod begrüßt, doch der Geruch von Speck vertrieb diesen Gedanken. Ich bezweifelte, dass es im Leben nach dem Tod Speck gab. Oder Zimtbrötchen, obwohl man die wirklich zulassen sollte.

Ich setzte mich auf. Typische Herbergswände umgaben mich. Außerdem waren da ein Fenster vernünftiger Größe – das offen stand – und ein Bett, das sich meinem Befinden nach ziemlich gemütlich anfühlte. Von draußen drangen Stimmen herein, weitere Gebetslieder zur Verabschiedung jener, die gestorben waren.

»Fühlst du dich besser?« Aylin saß auf einem der kleinen Stühle an einem noch kleineren Tisch. Von ihren Fingern baumelte eine Scheibe Speck. Ein Teller davon stand vor ihr.

»Ich glaube schon.« Ich streckte mich und zuckte zusammen. Als ich das letzte Mal so ausgelaugt gewesen war, hatte ich davor drei Tage damit verbracht, Krabbenfallen aus dem See zu schleppen. Trotzdem war es besser, als ich mich vergangene Nacht gefühlt hatte.

Vergangene Nacht. Gift, Soldaten und zu viele Freunde in Schwierigkeiten.

»Wo ist Danello? Geht es ihm gut?«

»Ja. Eigentlich ziemlich ähnlich wie dir.«

Ich blies erleichtert den Atem aus. Ich würde nicht aufhören können, mir Sorgen zu machen, bis ich es mit eigenen Augen gesehen hätte. Aber das Frühstück würde nun etwas leichter hinuntergehen.

»Hungrig?«

»Am Verhungern.« Ich schwang die Beine über die Bettkante, und meine Zehen stießen gegen etwas Warmes. Tali quiekte und sprang vom Boden auf wie ein verrücktes Spielzeug.

»Tali! O ihr Heiligen, tut mir leid.«

Sie rieb sich die Schulter und sah mich finster an. Sie wirkte etwas mehr wie ihr altes Selbst. Doch der Moment verflog sofort wieder. Sie drehte sich um und schaute zu Aylin. »Hungrig«, sagte sie.

Ich lächelte. Dass sie nach etwas fragte, musste ein gutes Zeichen sein. Es mochte kein Lachen und kein richtiges Reden sein, aber es war ein Anfang.

»Hier drüben gibt es reichlich zu essen.« Aylin legte ein Brötchen vor einen Stuhl. »Kommt her und bedient euch, alle beide.«

Tali nahm sich das Brötchen, setzte sich aber nicht auf den Stuhl. Stattdessen ließ sie sich unter dem Fenster nieder, wo ihr der Sonnenschein den Nacken wärmte. Mir stieg ein Kloß in den Hals. Ich sah sie vor mir, wie sie vor nicht allzu langer Zeit auf ihrer Bettkante gesessen hatte, gekleidet in ihre Uniform eines Heilerlehrlings. Auch damals hatte ein Sonnenstrahl sie erfasst.

»Wo ist das Zauberbuch?«, fragte ich mit rasendem Herzen. Wenn wir es verloren hatten ...

Aylin klopfte auf etwas vor ihren Füßen. »Ich habe es hier, zusammen mit den Juwelen und den Pynviumstreifen. Und diesem unheimlichen Zylinder.« Sie schauderte. »Ich lasse nichts davon aus den Augen.«

»Danke.« Ich nahm am Tisch Platz und griff mir eine Hand voll Speck. »Irgendwelche Neuigkeiten über den Angriff?«

Sie schüttelte den Kopf. »Kaum. Niemand sonst hat versucht, die Brücken zu überqueren. Ipstans Leute kümmern sich seit gestern um die Leichen.«

»Gestern?«, murmelte ich an einem Mundvoll Speck vorbei. »Wie lange habe ich denn geschlafen?«

»Etwa zweiundzwanzig Stunden. Soek auch, obwohl ich glaube, dass er bei Sonnenaufgang aufgewacht ist.«

Ich schaute zum Fenster. Vormittagslicht, genau wie gestern, als die Angriffsglocken geläutet hatten. Ich hatte einen ganzen Tag verloren.

Eine Bö kam auf, und die Gesänge wurden für einen Moment lauter.

»Können wir Ipstan fragen, ob er uns ein Boot zum Festland auftreiben kann?«, wollte Aylin wissen. »Wenn wir vor Mittag abreisen, können wir es bestimmt nach Veilig schaffen, bevor Onderaan von dort aufbricht. Wir können es uns jetzt leisten, eine Kutsche zu mieten.«

Ich kaute bedächtig. Die Schwester in mir wollte gehen und Tali in Sicherheit bringen, wie ich es versprochen hatte. Aber die Tochter jener Eltern, die gekämpft hatten, um Geveg zu verteidigen ... sie wollte bleiben. Was immer ich gestern getan hatte, es hatte gewirkt. Ich hatte immer noch keine Ahnung, wie ich es angestellt hatte, aber es war eine bessere Verteidigung als vergiftete Speere.

»Onderaan ist vielleicht schon aufgebrochen. Wie lange ist es her, seit wir den Bauernhof verlassen haben – fünf Tage? Veilig liegt nur wenige Tage von dort entfernt. Vielleicht ist es besser, wenn wir vorerst hierbleiben.«

Aber du hast versprochen zu gehen.

Sie schüttelte den Kopf. »Ich bin sicher, dass er noch nicht unterwegs ist. Es muss eine Weile gedauert haben, alle unterzubringen, und danach galt es zudem, Vorräte zu beschaffen.«

»Klingt sinnvoll.«

»Ipstan hat uns von jemandem saubere Kleider bringen lassen. Das war nett von ihm, findest du nicht?«

»Ja.«

Aylin ging zu einem Korb an der Tür und warf mir eine verblasste Hose und eine helle Bluse zu. Sie zog zwei weitere Garnituren heraus, die genauso aussahen.

»Hübsch«, sagte Tali. »So viele Blumen.«

Aylin und ich drehten uns dem Fenster zu. Tali lehnte am Sims, stützte das Kinn auf die Hand und starrte auf die Straße.

»Was für Blumen?« Ich eilte hinüber, wollte unbedingt sehen, was sie einen weiteren Schritt aus ihrer Abkapselung geholt hatte.

Aylin drängte sich neben mich. »Was ist?«

Wieder säumten Menschen die Straße, genau wie während Danellos Heilung. Einige trugen Kränze aus weißen Veilchen – ein Symbol der Heiligen Moed, das für Mut und Schutz stand. Andere hielten Kerzen, die in einem leichten Schauer flackerten. Der feine Niesel funkelte in der Sonne.

»Du hast doch gesagt, Danello geht es besser.«

»Tut es auch. Sie können nicht seinetwegen hier sein, er ist nicht in diesem Gebäude«, gab Aylin zurück. »Er ist bei seinem Da drüben auf der Mangroveninsel. Vielleicht machen sie sich deinetwegen Sorgen. Immerhin bist du vor einer Menge Leuten zusammengebrochen.«

»Dann sollten wir ihnen sagen, dass ich am Leben bin und es mir gutgeht.« Nicht, dass ich hinausgehen wollte. Das wäre schlimmer als bei den Menschen in der vergangenen Nacht. Denjenigen, die beobachtet hatten, wie ich Danello heilte. »*Wir können nicht verlieren, wenn sie bei uns ist.*«

Was mussten sie jetzt denken?

Und was werden sie denken, wenn du abreist?

Damit konnte ich mich noch nicht auseinandersetzen. »Gleich, nachdem wir gefrühstückt haben.«

Die Tür der Herberge klemmte. Ich musste zweimal kräftig schieben, um sie aufzubekommen. Dann trat ich hinaus auf die Straße, und die Menschen ... jubelten? Um ein Haar wäre ich über den Haufen von Kränzen gestolpert.

»Die Heldin des Handwerkerviertels.«

Abermals jubelten sie, und einige bewarfen mich mit Blumen. Mit weißen Veilchen.

»Wir sind bereit zurückzuschlagen. Sag einfach, wann es losgeht.«

»Mögen die Heiligen dich segnen und beschützen!«

»Wir sind bei dir, Nya!«

So viele lächelnde Gesichter, so viele Menschen, die mir die Arme entgegenstreckten. Leichte Berührungen auf meinen Armen und meinem Rücken, als wir uns durch die Menge bewegten. Sie teilte sich vor mir, schloss sich hinter mir. Ich fühlte mich wie eine Insel in einem See von Verehrung.

Ich hielt Talis Hand fester, doch sie schien eher neugierig als argwöhnisch zu sein; wahrscheinlich besänftigten sie die Blumen. Tali liebte Veilchen aller Art. Genau wie Mama.

»Was hast du jetzt vor?«, fragte ein Mann.

»Äh, ich gehe einen Freund besuchen.« Ich wollte nach Danello sehen und mich vergewissern, dass es ihm gutging.

»Glaubst du, wir können den Herzog besiegen?«

Sie fragten *mich* das? »Ja, wenn wir alle zusammenarbeiten.«

»Wie willst du ihn besiegen?«

Es war eine ernst gemeinte Frage, die nicht von jemandem kam, der kläglich andeuten wollte, der Herzog sei zu stark und mächtig, um geschlagen werden zu können. Die Leute wollten wissen, was ich tun würde. Als hätte ich die Antworten.

»Ich arbeite daran, genau wie Ipstan. Wir werden uns etwas einfallen lassen.«

»Wir stehen hinter euch, gebt einfach Bescheid.«

»Danke, euch allen, wirklich. Aber jetzt müssen wir gehen.« Ich winkte der Menge zu, und die Menschen jubelten erneut. Es fühlte sich sonderbar an, dass sich all diese Leute hilfesuchend an mich wandten. Keine Beleidigungen, keine Drohungen. Was hatte ihre Meinung geändert? Die Heilung, die Soldaten oder beides?

Die Menge folgte uns durch den Nieselregen, rief uns weiter ihre Unterstützung zu, fragte, was ich als Nächstes plante. Als wir bei Danellos Haus ankamen, waren meine Nerven zum Zerreißen gespannt.

»Also gut, hört zu«, sagte ich und drehte mich den Leuten zu. »Ich weiß eure Unterstützung zu schätzen, ehrlich, aber der Herzog ist unterwegs, und wir müssen uns auf seinen Angriff vorbereiten. Ihr solltet alle tun, was immer dafür nötig ist, statt hinter mir herzulaufen.«

Sie nickten, gingen aber nicht.

»Geht und fragt Ipstan, was er von euch braucht«, forderte ich sie auf.

»Wirst du dort sein?«, rief jemand.

»Nachdem ich nachgesehen habe, wie es meinem Freund geht.«

In viele Gesichter trat ein Lächeln, Köpfe wackelten, und Geflüster wanderte durch die Menge. Eine Frau im vorderen Bereich drehte sich um und klatschte mehrmals in die Hände. »Alle zur Plaza. Wartet dort auf Nyas Anweisungen.«

»Was? Nein, das …«

Aylin legte mir eine Hand auf den Arm. »Lass sie gehen.«

»Aber sie haben mich falsch verstanden.«

»Und sie werden es herausfinden, wenn Ipstan ihnen sagt, was als Nächstes zu tun ist.« Sie warf sich die krausen Strähnen aus dem Gesicht. »Es sei denn, du willst nicht, dass sie gehen.«

Ich zuckte. »Nein, dass sie gehen, ist gut. Viel besser als wenn sie blieben.«

Wir betraten die Pension und eilten die Treppe hinauf. Ich versuchte, nicht auf die alten Blutflecken auf dem Absatz zu achten. Oder auf die Dellen in der Wand, die noch niemand ausgebessert hatte. Aylin ging zu einer Tür auf halbem Weg den Flur hinab und klopfte an. Danellos Vater antwortete.

»Oh, gut, er wollte gerade los, um euch zu suchen.« Er trat beiseite und ließ uns hinein. »Ich habe ihm gesagt, dass ihr euch beide ausruhen müsst, aber er war bei Sonnenaufgang wach.«

Auf dem Tisch standen weitere Blumen, allerdings keine weißen Veilchen. Hibiskusblüten, Geißblatt, ein paar Hyazinthen. Den Platz zwischen den Blumen füllten Körbe voller Essen aus.

Danello nahm meine Wangen in die Hände und zog mich zu einem Kuss heran. Er endete allzu bald. »Geht es dir gut?«

»Dasselbe wollte ich dich fragen.«

»Mit mir ist alles in Ordnung – dank dir.« Er grinste. »Wie oft hast du mir jetzt schon das Leben gerettet? Zweimal?«

Ich errötete. »Ich zähle nicht mit.«

»Tja, ich schon.« Er stupste mit einem Finger meine Nase.

Danellos Vater räusperte sich, und mir stieg erneut Hitze in die Wangen. »Danello hat mir gesagt, dass ihr alle abreist.«

Aylin seufzte. »Wollten wir auch, bis Nya zur Schutzheiligen von Geveg wurde. Jetzt bin ich mir nicht mehr so sicher.«

»Ich bin nicht …« Ich holte tief Luft. »Draußen war eine Menschenmenge, die auf uns gewartet hat.«

»Auf *dich*«, berichtigte mich Aylin.

»Gut, ja, auf mich. Es ist bloß ein Missverständnis, und Ipstan wird es klären, aber sie scheinen zu denken, ich könnte etwas gegen den Herzog unternehmen, und sie erwarten von mir, dass ich ihnen sage, was das ist.«

Danello zuckte mit den Schultern. »Dann sag's ihnen.«

»Aber ich habe keinen Plan.«

»Du hast immer einen Plan.« Er schaute zu seinem Vater, der besorgt wirkte. »Nya, seit gestern kommen Leute vorbei, bringen

Geschenke und erzählen mir, was du getan hast – sowohl für mich als auch für Geveg. Du kannst sie jetzt nicht verlassen.«

»Aber *du* kannst«, meldete sich sein Vater zu Wort. »Deine Brüder und deine Schwester brauchen dich.«

»Nein, wir gehen alle zusammen«, sagte Aylin. »*Das* war der Plan.«

»Das war er, bevor Nya uns die Hoffnung gab, dass wir gewinnen können. Wenn sie jetzt abreist, geht diese Hoffnung mit ihr.«

»Dann lass sie bleiben, und du gehst«, versuchte es sein Vater erneut. »Wir dürfen nicht beide unser Leben aufs Spiel setzen.«

»Da, ich kann nicht. Du hast nie an diesen Kampf geglaubt. Ma schon, und ich tue es mittlerweile auch. Du solltest zu Halima und den Zwillingen gehen. Nimm Aylin mit, aber ich bleibe hier.« Er lächelte mich an. »Ich habe jemandem ein Versprechen gegeben.«

Mir wurde bis zu den Zehen hinab warm. Aber auch ich hatte ein Versprechen geleistet. Dass ich Tali beschützen und in Sicherheit bringen würde, und das konnte ich hier nicht. Andererseits konnte ich auch nicht gehen, wenn die Leute so nah dran waren, endlich für sich selbst einzutreten. Sie wollten kämpfen, sie suchten nur nach jemandem, der sie anführte. Nein, den hatten sie bereits. Es war, wie Ipstan gesagt hatte – sie brauchten jemanden, der sie inspirierte.

Solange der Herzog herrschte, würden wir nie sicher sein. Um Tali und all die anderen Familien zu retten, musste ich dabei helfen, ihn aufzuhalten. Ich wusste nicht, was ich war – Scheißköpfin oder von den Heiligen gesegnet – aber ich hatte eine Waffe, die wir brauchten, um gewinnen zu können.

Hoffnung.

Jeatar hatte mal gesagt, Glaube sei Stahl nicht gewachsen, aber vielleicht war es *Hoffnung*.

»Onderaan trifft sich morgen bei Sonnenuntergang im Analov-Park mit mir«, sagte ich und ergriff Danellos Hand. »Meister del'Sebore, Aylin – ihr könnt beide mit ihm und Tali nach Veilig gehen. Jeatar wird euch helfen.«

Beide lehnten sofort ab und redeten durcheinander.

»Ich kann euch nicht hier zurücklassen.«

»Wir sollten zusammenbleiben.«

»Das ist unsere letzte Chance«, sagte ich. »Wenn wir den Herzog schlagen, gewinnen wir die gesamten Drei Territorien zurück, nicht nur Geveg. Sogar Baseer wird wieder frei sein.«

Danellos Vater schüttelte den Kopf. »Und was, wenn wir verlieren?«

»Dann zerstört der Herzog Geveg und beansprucht unsere Pynviumminen für sich. Er wird so viel Pynvium haben, dass er eine Armee von Unsterblichen aufbauen kann. So kann er dafür sorgen, dass in den Territorien niemand übrig bleibt, der sich je wieder gegen ihn stellen könnte.«

Aylin wandte den Blick ab. Danellos Vater nicht.

»Ist es unsere Leben wert, ihn aufzuhalten?«, fragte er.

»Es ist meines wert. Ob es eure wert ist, müsst ihr selbst entscheiden.«

Er zögerte. »Dann sollte ich besser bis morgen Abend eine Entscheidung fällen.«

Siebzehntes Kapitel

Ich schätze, sie haben Ipstan gefunden.« Die Menge draußen hatte sich vor der Schmiede eingefunden, umringte Ipstan und gab seine Worte an jene weiter, die zu weit hinten standen, um ihn zu hören.

»Das sind aber eine Menge Leute«, stellte Danello fest.

Es waren vielleicht tausend. Sie füllten jede Straße, die zur Plaza und dem Brunnen führte, auf dem Ipstan stand. Es nieselte immer noch, aber mittlerweile war die Sonne hinter Wolken gerutscht.

»Wir haben den Blauen einen Schlag versetzt«, rief ein Mädchen nach hinten, und andere wiederholten ihre Worte durch die Menge. »Jetzt haben wir die Chance, sie aufzuhalten«, sagte sie als Nächstes.

»Er will angreifen?«, fragte Aylin. »Weiß er denn, wie viele es sind?«

»Ich habe keine Ahnung, was er weiß.«

»Rüstungen und Waffen für diejenigen, die bereit sind zu kämpfen«, verkündete das Mädchen. Dann sog sie scharf die Luft ein, als sich ihr Blick auf mich heftete. »Das ist Nya!«

Die Weitersager begannen, die Meldung zu verteilen, bis die Menschen rings um mich jubelten. Verzückte Gesichter wandten sich von Ipstan ab und drehten sich mir zu.

»Führst du den Angriff an?«

»Brauchst du uns, oder nimmst du es allein mit allen auf?« Die Menschen lachten, aber nicht über mich. Sie lachten, als könnte ich es *wirklich* allein mit den Blauen aufnehmen.

»Verursachst du einen weiteren Großen Blitz?«

O nein, nicht noch ein Heiligenjünger. Wahrscheinlich dachten sie, was ich gestern getan hatte, sei auch ein großer Blitz gewesen. Als könnte ich einfach dem Himmel gebieten, sich zu öffnen und Schmerz herabregnen zu lassen.

»Ipstan hat das Kommando, nicht ich«, erklärte ich, doch sie stellten so viele Fragen, dass meine Stimme nicht weit vordrang. »Ich muss zu Ipstan!«

»Bringt sie zum General!«, hallte es durch die Menge. Hände streckten sich, und ich geriet in Bewegung, wurde von den Menschen halb gezogen, halb getragen. Talis Hand glitt aus meinen Fingern. Meine Brust verkrampfte sich. *Wenn sie denkt, ich sei in Gefahr …*

Aylin fing sie ab, schlang einen Arm um sie und eilte hinter mir her, während die Menge mich vorwärtsbeförderte. Tali beobachtete das Geschehen. Ihre Miene wechselte zwischen Verzücken und Besorgnis hin und her. Ich lächelte und betete, es möge so aussehen, als hätte ich Spaß und schwebe in keinerlei Gefahr.

Ich erreichte den Brunnen und wurde mit einem Stoß neben Ipstan auf den Stein gehievt. Ipstan stützte mich, bevor ich über den Rand und in den Brunnen kippen konnte.

Der Jubel setzte wieder ein, wahrscheinlich laut genug, um bis zur Gilde gehört zu werden. Einen Moment lang beunruhigte mich das, doch nachdem die Blauen den Angriff gestern verloren hatten, würde es vielleicht *ihnen* Sorgen bereiten, uns nun jubeln zu hören.

»Was tun wir, Nya?«, rief ein Mann.

»Wann greifen wir an?«

»Wir stehen hinter dir, Schifterin!«

Ipstan sah mich mit der gleichen Mischung aus Freude und Besorgnis an, die Tali zur Schau trug. Er ließ den Blick über die Menge wandern, die sich nun, da ich höher stand und weiter sehen konnte, als größer entpuppte, als ich zuerst gedacht hatte. Es mussten weit über tausend Menschen sein, und alle erwarteten, dass ich etwas unternehmen würde.

Tja, ich hatte getan, was Ipstan gehofft hatte. Ich hatte sie hergeholt. Nun lag es an ihm, ihnen zu sagen, was zu tun war. »Und? Was machen wir als Nächstes?«

»Holt euch Ausrüstung«, brüllte er mit einem weiteren unsicheren Blick in meine Richtung. »Noch in dieser Stunde wird entschieden, welcher Truppe ihr zugeteilt werdet.«

»Führt Nya den Angriff an?«

Sein Lächeln geriet ins Wanken. »Sie arbeitet mit mir und meinen Offizieren an der Strategie. Keine Sorge, sie wird entscheidend an unserem Angriff und unserem Sieg mitwirken!« Er ergriff meine Hand und hob sie in die Luft. »Zusammen werden wir diese Blauen aufhalten und wieder für Sicherheit in Geveg sorgen!«

Die Menge geriet außer Rand und Band, stampfte mit den Füßen, schwenkte die Arme, jubelte. Ipstan hielt meine Hand weiter fest, zog mich vom Brunnen und führte mich zur Schmiede. Männer und Frauen in Kettenrüstungen säumten den Weg zur Tür. Seine Offiziere? Jedenfalls bestimmt nicht seine Wachen.

»Ich bin froh, dass du dich entschlossen hast, uns zu helfen«, sagte Ipstan, als wir uns im Inneren befanden.

»Meine Freunde und meine Schwester waren hinter mir. Ich kann nicht …«

»Sie werden hereingebracht, keine Sorge.« Er deutete auf einen der Männer in Kettenrüstung. »Die Leute sprechen wirklich auf dich an.«

»Sie waren schon da, als ich aufgewacht bin. Ich hatte nichts damit zu tun.«

»Du hast sie inspiriert.« Er öffnete eine weitere Tür, und wir gingen nach oben. »Ich habe es zwar versucht, aber ich konnte sie nicht so einen, wie du es getan hast. Jetzt haben wir eine Chance, eine gute sogar.«

»Wie sieht der Plan aus?«

»Wir erobern die Gilde zurück. Wenn wir heute Nacht handeln, kann es uns gelingen.« Ipstan stellte sich an den Kopf des Tischs. Seine Offiziere nahmen rings um ihn mit leuchtenden Augen ihre Plätze ein. »Es braut sich ein übles Unwetter zusammen, das wir als Deckung benutzen können. So gelangen wir bis vor die Tür der Gilde, bevor man überhaupt bemerkt, dass wir da sind.«

»Was ist mit den Brückenwachen?«, fragte sein Kommandant. Seinen Namen kannte ich nicht, aber ich war mir ziemlich sicher, dass er auf einem von Ipstans Fischerbooten gearbeitet hatte. »Sie schützen sowohl die Obere als auch die Untere Hauptinsel, und wir können nicht zur Gilde gelangen, ohne den Weg über eine davon einzuschlagen.«

»Um die kann sich Nya kümmern.«

»Damit werden sie rechnen«, sagte ich und versuchte, mir nicht die neuen Narben oder die Schmerzen auszumalen. Musste ich wirklich als Erste gehen? Wo steckte Danello? Er verstand viel mehr von militärischen Strategien als ich, und dieser Plan hörte sich alles andere als sicher an. »Sie werden mich nicht noch einmal so nah an sich heranlassen.«

Ipstan schüttelte den Kopf. »Den Angriff gestern hat niemand überlebt. Sie wissen nicht, was du getan hast. Wenn wir *richtig* Glück haben, werden sie dich in dem Regen und mit der Unsterblichenrüstung für eine von ihnen halten.«

Das schien mir etwas viel Glück, um sich darauf zu verlassen. Aber hatte ich nicht schon auf weniger vertraut?

»Was haben wir über ihre Pynviumwaffen in Erfahrung gebracht?«, meldete sich eine Frau mit stachelig abstehenden, blonden Haaren zu Wort.

»Ich glaube, sie haben keine mehr übrig. Nya ist die Einzige, die in den vergangenen Wochen Schmerz geblitzt hat.«

»Wie viele sind es?«

»Vernachlässigbar auf der Brücke – weniger als ein Dutzend. Ein paar Hundert auf der Insel selbst, der Rest befindet sich in der Gilde und deren Umfeld. Unsere besten Schätzungen der verbleibenden Garnison belaufen sich auf fünfhundert Mann insgesamt.«

Das war alles? Früher war die Garnison des Generalgouverneurs zehn Mal so zahlreich gewesen. »Was ist mit dem Rest seiner ...«

Danello und die anderen betraten den Raum. Ipstan rieb sich die Hände. »Wunderbar, es sind alle hier. Also, wir machen Folgendes ...«

Regen prasselte gegen die Fenster. Es hörte sich an, als trippelten winzige Füßchen über das Glas. Ich rückte meine Rüstung zurecht – Leder, wie es die meisten Mitglieder des Widerstands trugen. Ipstan bot mir eine der wenigen Kettenrüstungen an, aber darin fiel mir das Gehen zu schwer. Ich konnte nicht kämpfen, wenn ich nicht richtig stehen konnte. Deshalb bat ich ihn, sie stattdessen Danello zu geben.

Ipstan hatte bereits vor Stunden seine Truppenführer organisiert und alle in Gruppen eingeteilt. Bei Sonnenuntergang waren

Waffen und Rüstungen ausgegeben und eine Befehlskette eingerichtet worden. Nicht alle kannten jede Einzelheit seines Plans, aber seine Offiziere und Truppführer wussten, wann sie wo zu sein hatten.

Der Sturm hatte sich wie erhofft eingestellt. Heftiger Wind und Regen herrschten, aber es gab keine Blitze, die uns mit ihrer plötzlichen Helligkeit verraten konnten. Graues Licht spiegelte sich in grauem Regen wider und verwusch alles im Zwielicht.

Ich wandte mich Soek zu, der wieder eine Pynviumrüstung trug. Die zweite passte ihm nicht annähernd so gut, aber er hatte Polsterungen hinzugefügt, um die Lücken zu füllen. »Wir sind verrückt, das zu versuchen, oder?«, fragte ich.

Er nickte. »Verrückter als zehn nackte Hühner.«

»Dachte ich auch.«

Danello drückte meine Hand, doch er wirkte besorgt. Das Unwetter würde uns tarnen, allerdings gestaltete es der Regen auch für *uns* schwierig, etwas zu sehen. Was, wenn er sich irrte, was die Zahlen anging? Was, wenn die Verteidigung stärker war? Was, wenn … was, wenn … was, wenn … Die Fragen prasselten mir durch den Kopf wie der Regen auf die Fensterscheiben.

Wir warteten im Rüstbereich, einem breiten Streifen von Lagerhäusern hinter einer Reihe von Werkstätten. Ipstan hatte beschlossen, die Untere Hauptinsel anzugreifen, da er meinte, die Obere Insel würde schwerer bewacht sein, zumal der gestrige Angriff auf uns von dort ausgegangen war. Er hatte dort zusätzliche Wachen und Soldaten postiert, um die Blauen abzulenken und zu dem Glauben zu verleiten, wir hätten vor, diese Gegend zu verteidigen. Nach all dem Lärm an diesem Nachmittag mussten sie vermuten, dass etwas im Busch war.

Die Tür öffnete sich, und Kione trat ein. Wasser peitschte hinter ihm herein.

»Kleine Planänderung«, verkündete er mit verkniffener Miene. »Wir konnten einen besseren Blick auf den Bereich hinter den Barrikaden werfen. Sieht so aus, als befände sich ein Kommandozelt wenige Häuserblöcke hinter der Brücke auf dem Platz, wo sich die Hauptstraßen kreuzen. Wenn ihr das erreicht, könnte es gelingen, ihre Führungsriege auszuschalten.«

Ich kannte den Platz, den er meinte. Verkäufer stellten dort im Sommer ihre Karren auf, und Straßengaukler tanzten und sangen für Münzen.

»Der General will dir und Soek den Weg ebnen.«

»Ipstan führt den Angriff an?«

»Er hat darauf bestanden.« Kione sah sich um und beugte sich näher. »Er sagte, er will neben dir kämpfen. Es sei gut für die Moral der Truppen, euch beide zusammen zu sehen.«

Und gut für seinen Ruf.

Danello zog eine Augenbraue hoch. »Wirklich?«

»Ja. Alle sind ziemlich aus dem Häuschen darüber.«

Wir hatten eimerweise Hoffnung und Glauben. Mittlerweile auch Stahl. Ipstan schien zuversichtlich zu sein, ich jedoch war nicht so überzeugt. Man drückte nicht einfach jemandem ein Schwert in die Hand und konnte erwarten, dass er wusste, wie man damit umging.

»Sobald ihr durchbrecht«, fuhr Kione fort, »überquert der Rest von uns die Brücke, sichert den Bereich und wartet, bis ihr den Platz eingenommen habt, dann kommen wir nach. Von dort arbeiten wir uns nach außen vor, erobern die Brücke zum Gildeplatz und bereiten uns für den letzten Angriff auf die Gilde vor.«

»In Ordnung.«

»Geht zum Sammelpunkt, wenn ihr die Viertelstundenglocke läuten hört.« Kione wünschte uns Glück und verschwand wieder nach draußen.

»Du kannst das«, sagte Danello leise. Er und sein Da waren einer der hinteren Gruppen zugeteilt worden. Danello hatte lieber in Ipstans Truppe kämpfen wollen, aber Ipstan musste mir versprechen, Danello weiter hinten einzusetzen. Er hatte das Recht, genauso zu kämpfen wie der Rest von uns; ich wollte ihn dabei nur nicht ausgerechnet an vorderster Front haben. Nicht, wenn ich nicht dort sein konnte, um ihm Rückendeckung zu geben. Und Deckung von vorn. Heilige, Deckung von allen Seiten.

»Ich habe Angst«, gestand ich. Es wartete so viel Schmerz auf uns – auf mich.

»Hinter dir stehen sechshundert Leute. Darunter ich.«

Alle in Gebäude gestopft und in Gassen zwischen hier und der

Brücke zur Unteren Hauptinsel versteckt. Sie wollten dasselbe wie wir und waren bereit, dafür zu sterben. Wenn sie ihr Leben riskieren konnten, dann konnte ich einige Narben riskieren.

Die Turmglocke erscholl, und wir gingen auf die Straße, die im rechten Winkel zur Brücke verlief. Menschen traten beiseite, um uns vorbeizulassen, die Gesichter verängstigt, hoffnungsvoll, viel zu einsatzfreudig.

Ipstan stand mit seinem Befehlsstab im Regen. Alle trugen ein weißes Veilchenabzeichen auf der Rüstung, das zuvor nicht vorhanden gewesen war. Er nickte zur Begrüßung.

»Das Wetter hilft uns. Unsere Leute sind gewappnet und bereit«, sagte er, dann wandte er sich Soek und mir zu. »Jetzt liegt es an euch beiden.« Er holte eine Seidenschnur hervor.

Soek streckte die Hand aus, und ich ergriff sie, schlang meine Finger durch seine. Ipstan band die Schnur um unsere Handgelenke, fest genug, um zu verhindern, dass sie sich von alleine lösen konnte, aber nicht so fest, dass es schmerzte.

»Drei Häuserblöcke«, sagte Ipstan. Seine Miene verriet keine Regung, doch aus seinen Augen sprach ungeachtet seiner selbstsicheren Ansprachen Furcht. »Tut, was immer ihr tun müsst, um es bis zu jenem Befehlsstand zu schaffen. Wir werden dicht hinter euch sein.«

Drei Häuserblöcke. Durch Soldaten, Barrikaden und eine entsetzliche Menge von Schmerzen.

Danello ergriff meine Hand und fuhr mit dem Daumen über meine Knöchel. »Stirb nicht«, sagte er mit Bedauern in den Augen.

»Werd ich nicht, wenn du es nicht tust.«

»Abgemacht.«

Ipstan und die weiße Veilchentruppe setzten sich in Richtung der Brücke in Bewegung. Soek ging neben mir. Seine Pynviumrüstung zeichnete sich im Regenguss so grau wie alles andere ab. Wir überquerten die Brücke, wobei der Regen unsere Schritte und das Klirren unserer Rüstungen verschleierte.

Wenngleich wir die Blauen noch nicht sehen konnten, hatten uns Späher aufgezeichnet, wo sie sich hinter den Barrikaden auf der anderen Seite verschanzten. Zwölf insgesamt.

Ipstan erteilte den Befehl, und seine Truppe griff an. Eine Wand aus Stahl und Wut rollte über die Brücke. Soek und ich folgten und warteten auf eine Lücke in den Kampfhandlungen, durch die wir schlüpfen konnten. Wir erreichten die höchste Stelle der Brücke, als Ipstan und die anderen gegen die Barrikaden prallten.

Peng! Peng! Peng!

Blitze wischten über mich hinweg. Einer nach dem anderen brachte meine Haut zum Kribbeln. Ipstan hatte sich geirrt! Die Blauen verfügten sehr wohl noch über Pynviumwaffen! Soek taumelte und fiel gegen mich, fand jedoch das Gleichgewicht wieder und blieb aufrecht. Ipstan und die anderen schrien auf und brachen auf der Steinbrücke zusammen. Ich zog Soek schneller voran. Wir mussten in Reichweite gelangen, bevor die Soldaten bei unseren hilflos auf der Brücke liegenden Leuten eintrafen. Es war nicht das Kommandozelt, aber vielleicht hatten sie noch mehr Pynvium, und der Blitz würde es trotzdem bis hin zum Zelt auslösen.

Wir erreichten Ipstan und die anderen. Ich drehte mich herum und legte die Hand auf Soeks Brustpanzer. Stellte mir vor, wie Löwenzahn im Wind wehte.

PENG! Peng! PENG! Peng! PENG!

Die Brückensoldaten schrien auf und brachen zusammen, allerdings blitzte in der Ferne kein weiteres Pynvium. Sie mochten ein paar Waffen bei sich haben, aber sonst nichts.

Ich *zog* Soeks Schmerzen aus ihm, und er schlug die Augen auf. Wortlos rappelte er sich auf die Beine. Zusammen knieten wir uns hin, und jeder von uns griff sich einen der bewusstlosen Offiziere. Wir *zogen*, und sie erwachten jäh.

Ein Horn ertönte, ein anderes antwortete.

»Verwenden wir Hörner?«, fragte Soek.

»Nein.« Mir drehte sich der Magen um. »Heil schneller.«

Stiefelgetrampel erschütterte die Brücke hinter uns. Unsere Leute, die vorpreschten, da sie davon ausgingen, wir hätten die Brücke gesichert und den Platz erobert. Im Regen konnten sie nicht sehen, dass dem nicht so war. Schatten bewegten sich vor uns und wurden zu sich nähernden Soldaten.

Vielen Soldaten.

Ipstan brüllte Befehle, und seine Truppe griff an. »Nya, blitze!«

Ich hatte nichts zum Blitzen übrig. Ich hatte nichts, was ich verwenden konnte, außer meinen Händen und dem, was mir die Blauen an Schmerzen gaben. Ich zog Soek in die nahende Armee. Furcht durchströmte mich. »Mach dich bereit zum Heilen.«

Zwei Soldaten griffen an. Ich wappnete mich und trat ihnen entgegen. Ihre Klingen bohrten sich in meine Schulter und meine Seite. Qualen brachen in mir aus, als meine Haut durchdrungen wurde. Meine Hand kribbelte, und die Schmerzen waren verschwunden.

Ich täuschte vor zu taumeln, und die Soldaten griffen mich erneut an. Schmerzen rannen aus ihren Schwertern, und Soek zog sie weg. Ich wirbelte herum, legte eine Hand auf das Pynvium.

Peng!

Keine Abfolge von Blitzen, aber genug, um fünf oder sechs Soldaten aufschreien und zusammenbrechen zu lassen. Unsere Leute nutzten den Vorteil der Ablenkung.

Mehr, ich brauche mehr.

Körper prallten gegen mich, Klingen durchdrangen meine Haut. Soek füllte seinen Brustpanzer mit Schmerzen, und ich blitzte sie, schaltete so viele Gegner wie möglich aus, bevor sie an unsere Leute herankonnten.

»Ipstan steckt in Schwierigkeiten«, rief Soek.

Ipstan kämpfte zwanzig Fuß entfernt, wehrte zwei Männer ab, die ihn zu verhöhnen schienen, indem sie ihn mit den Spitzen ihrer Rapiers wie Katzen mit ihren Klauen kratzten. Die dünnen Klingen drangen zwischen die Glieder seiner Kettenrüstung. Ich steuerte auf sie zu, schwankte, als wäre ich verwundet, lenkte Angriffe auf mich.

Ich hatte Ipstan beinah erreicht. Soeks Rüstung war voll mit frischen Schmerzen. Ipstan stieß auf eine kleine Öffnung in dem Kreis zu. Ein Soldat bewegte sich schneller, stach ihn einmal – zweimal – dreimal, bevor er auch nur fallen konnte.

Soek sprang vorwärts in den Kreis und schleifte mich mit. Meine Hand berührte seine Rüstung, bevor meine Füße auf der Straße auftrafen.

Peng.

Ein kleiner Blitz, geringer, als er hätte sein sollen. Körner rieselten durch meine Finger, als der Brustpanzer aus Pynvium zu feinem Sand zerfiel.

Saea, nein, ich habe ihn zu viel geblitzt.

»Nya?« Entsetzt glotzte Soek mich an.

»Lauf!«

Die Soldaten näherten sich uns, zückten die Rapiere. Ich versuchte, an Treffern abzufangen, was ich konnte, doch es waren zu viele. Soek duckte sich und schrie. Er taumelte seitwärts. Blut befleckte seine Lippen.

»Soek!«

Der Soldat riss das Rapier aus seiner Brust, und Soek brach zusammen, zog mich mit sich zu Boden. Ich zappelte, lag flach auf dem Bauch. Mein Arm war unter Soeks Körper eingeklemmt. Ich legte die Finger auf seinen Kopf und fühlte mich hinein. *Bitte, Heilige Saea, lass ihn noch am Leben sein.*

Nichts. Er war weg.

Sein Herz. Die Klinge hat sein Herz durchbohrt.

Tränen blendeten mich. Ich blinzelte heftig, wischte mir mit der freien Hand die Augen ab. *Wein später, jetzt solltest du dich besser in Bewegung setzen!* Ich rollte mich nach rechts und zog den Arm unter Soek hervor. Rasch stand ich auf und wurde zurück auf die Knie gerissen. Unsere Hände waren noch zusammengebunden. Mein Messer. Ich brauchte mein Messer.

Ein Schatten fiel über mich. Der Soldat, der Soek getötet hatte, grinste höhnisch. Seine Freunde reihten sich hinter ihm ein. Ich suchte seinen Körper nach nackter Haut ab, doch er war überall gepanzert, außer im Gesicht.

Neben mir bewegte sich etwas, hechtete an mir vorbei. Eine Rüstung klirrte, Stahl prallte auf Stahl, und der Soldat taumelte zurück.

Danello!

Weitere unserer Leute tauchten auf, sprangen über mich hinweg und liefen um jene herum, die gefallen waren. Sie krachten gegen die Angriffswelle der Blauen. Schwerter schnellten umher, Menschen starben.

Danello packte mich an den Schultern. »Nya, komm«, rief er über das Gebrüll und den Kampflärm.

»Soek!«

»Lebt er noch?«

Ich schüttelte den Kopf und versuchte, die Seidenschnur zu durchtrennen, aber es ging nicht.

Danello nahm mir das Messer ab und zerschnitt die Schnur mit einem jähen Ruck. Dann hievte er mich auf die Beine und zog mich von Soek weg, der so reglos und blass auf der Brücke lag. Danello schleifte mich in die Sicherheit unserer Leute auf der anderen Seite.

Ich stolperte, prallte unterwegs gegen andere Körper. Danello hatte den Arm fest um meine Mitte geschlungen. Ich klammerte mich zitternd an ihm fest, hatte Schmerzen. Mein Herz flatterte wie ein Vogel in meiner Brust. Meine Hände waren kalt, mein Gesicht fühlte sich heiß an.

Ein weiterer Freund tot. Zu viele Opfer.

Wir mussten schneller rennen. Ich bekam nicht genug Luft. Keuchend kippte ich seitwärts gegen Danello.

»Atme«, sagte er und legte mir eine Hand auf den Rücken. »Hol Luft, genau – nein, langsam, tief durchatmen.«

Soek war tot. Quenji war tot. Mama, Papa, Großmama, sie alle – tot.

Hörner ertönten, bliesen zwei kurze Noten. Der Befehl zum Rückzug.

Der Regen fiel weiter, verwandelte Dreck in Schlamm und Straßen in Flüsse. Ich saß auf dem Boden eines Herbergszimmers, nicht weit von Aylins altem Gebäude entfernt. Danello und Aylin waren bei mir, sonst jedoch hatte sich niemand zu uns gesellt. In der Ecke stand eine Lampe mit gedämpfter Flamme. Danello hielt mich fest, während ich weinte.

»Du musst aus dieser Rüstung raus«, sagte Aylin sanft, als ich zu erschöpft war, um weiter zu weinen.

Ich schüttelte den Kopf. Ich wollte nicht sehen, was sich darunter befand.

»Nya?«

Ich starrte weiter ins Leere. Wenn ich die Augen schloss, sah ich

Soek, wenn ich die anderen anschaute, sah ich Angst. Weder den einen noch den anderen Anblick konnte ich ertragen.

»Danello, hilf mir mal, ja?« Aylin zog und hob, und zusammen hievten sie die Rüstung über meinen Kopf und legten sie auf den Boden.

Aylin sog scharf die Luft ein und drückte die Finger an die Lippen. »O Nya!«

Ich blickte nicht hinab. Hatte keinen Sinn.

»Ist das ein Ausschlag?« Sie streckte die Hand nach meinem Arm aus, dann hielt sie inne. »Du hast überall kleine Beulen.«

»Narben«, sagte ich. »Es sind Narben.« Jede Schwertspitze, jeder Schnitt, so schnell geheilt, dass keine Zeit gewesen war, sie zu vermeiden. Sie alle hatten ihr Mal hinterlassen. Und es war umsonst gewesen.

Die Tür öffnete sich, und Kione trat ein. Er schloss die Tür hinter sich und stand triefend da.

»Ipstan ist tot.«

Ich schloss die Augen. Sah Soeks Gesicht. Öffnete sie wieder.

»Die meisten seiner Offiziere auch. Wir haben uns zurückgezogen, aber da draußen herrscht blankes Chaos. Bei all dem Regen kann man nichts sehen, was ein Glück für uns ist. Heute Nacht werden sie nicht mehr angreifen. Aber morgen? Wer weiß.« Er seufzte. »Nya, was ist passiert? Warum hast du nicht ...«

»Sie kann nichts dafür«, fiel Danello ihm ins Wort.

»Das behaupte ich ja gar nicht, aber sie sollte mit der Rüstung die Soldaten blitzen.«

»Sie haben uns erwartet«, sagte ich mit zugeschnürter Kehle. »Sie wussten, dass wir kommen würden – dass *ich* kommen würde, und sie waren darauf vorbereitet.« Anders ließen sich die leicht bewachte Brücke, die Pynviumwaffen und der plötzliche Hinterhalt der Soldaten nicht erklären. Es war eine Falle gewesen. Und wir waren hineingetappt.

»Wie viele haben wir verloren?«, fragte Aylin leise.

»Ein Drittel, vielleicht ein wenig mehr. Wäre doppelt so viel geworden, wenn die Brücke nicht so mit Leichen verstopft gewesen wäre. Weder die noch unsere Leute konnten sie noch überqueren, um mitzukämpfen.«

Ich zuckte zusammen. All diese Leben, ausgelöscht.

»Die Menschen reden davon zu fliehen. Niemand weiß, was wir tun sollen. Ich hatte gehofft, Nya hätte eine Idee.«

Alle sahen mich an. Ich schüttelte den Kopf. Flucht klang gut für mich.

»Vielleicht später«, meinte Danello. »Jetzt muss sie sich mal ausruhen.«

»Ja, klar, das verstehe ich.« Die Tür öffnete sich, und ein frischer Stoß heißer, nasser Luft wehte mir ins Gesicht. »Ruh dich aus.«

Wie sollte ich mich ausruhen, wenn ich nicht mal die Augen schließen konnte?

Achtzehntes Kapitel

Fahles Licht fiel durch das Fenster und beraubte den ohnehin abgewetzten Teppich seiner Farben. Irgendwann war ich eingeschlafen, aber Albträume hatten mich lange vor Sonnenaufgang geweckt. Ich stand seit Stunden am Fenster.

Triefnasse Männer und Frauen gingen draußen vorbei, die Schultern angespannt, die Kieferpartie verkrampft. Dieselben Gesichter hatte ich vor Jahren gesehen, als Tali und ich uns weinend unter Büschen versteckten. Menschen, die genau wie wir aus ihren Heimen vertrieben worden waren. Finstere Mienen, die stumme Rache gegen den Mann schworen, der ihre Angehörigen getötet und sie in Bettler verwandelt hatte.

Ich hatte keine Rache geschworen. Damals war ich zu jung gewesen, um zu wissen, was das war. Dafür hatte ich später mit Aylin und Danello ein anderes Versprechen abgegeben, als wir auf einem Bauernhof standen und gelobten, dass wir für unser Zuhause kämpfen würden.

»Gut. Ich bin dabei. Der Herzog kann schließlich immer nur eine begrenzte Anzahl von Soldaten auf einmal schicken, nicht wahr?«

»Die Insel ist klein«, sagte Aylin, und Danello kicherte.

»Ja, aber es ist unsere *Insel.«*

»Nein. Es ist unser Zuhause*.«*

Und was war nun aus unserem Zuhause geworden? Alles wirkte trist und grau, und unsere Hoffnung floss mit dem Schlamm in die Kanäle. Aber um die Ränder der restlichen Sturmwolken, die den Sonnenaufgang verhüllten, zeigten sich bereits Teile des blauen Himmels. Es würde nicht mehr lange dauern, bis die Sonne folgte.

Und wenn sie unterging, würden wir uns mit Onderaan treffen und …

Was? Weglaufen?

Vielleicht sollten wir das tun. Eier sollten nie gegen Steine kämpfen. Hoffnung und Glauben waren Stahl nicht gewachsen. Soek war meinetwegen tot. Er war gestorben, weil ich gedacht hatte, wir könnten gewinnen – weil ich all diesen hoffnungsvollen Gesichtern geglaubt und gedacht hatte, ich könnte etwas *tun* und mehr *sein*, als ich in Wirklichkeit war.

Eine Schifterin.

Geschifteter Schmerz, geschiftete Schuld. Ich konnte niemandem helfen. Die Soldaten würden dieses Mal genau wie vor fünf Jahren kommen, uns aus unseren Heimen zerren und uns wie Abfall auf die Straßen werfen.

Ipstan hätte die Brücke nie angegriffen, wenn ich nicht hier gewesen wäre. Soek hätte die Rüstung des Unsterblichen nicht angezogen und wäre nicht in Schmerzen und den Tod hineingelaufen. All diese Menschen hätten sich nicht bereiterklärt, aufgrund ihres Glaubens an mich zu kämpfen.

Ich hatte sie alle getötet.

Schlimmer noch: Geveg würde ohne mich gar nicht in Schwierigkeiten stecken. *Ich* hatte den Erhabenen getötet. *Ich* hatte die Experimente aufgedeckt, die zu den ersten Unruhen geführt hatten. Es war *meine* Schuld, dass der Herzog immer mehr Pynvium forderte, um das Erz zu ersetzen, das ich in Baseer zerstört hatte. Meine Schuld, dass die Baseeri in Geveg rebelliert und dabei den Generalgouverneur getötet hatten.

Hätte ich mich nicht auf die Suche nach Tali gemacht, wäre nichts von alledem geschehen.

»Du bist früh auf«, stellte Danello leise fest.

»Konnte nicht schlafen.«

Er nickte und blickte aus dem Fenster. »Der Regen hat aufgehört.«

»Schon vor einer Weile.«

Wir beobachteten, wie die Leute vorbeizogen, einige mit vollgestopften Bündeln und Reisekörben. Die Menschen gingen, traten die Flucht an.

»Wir hätten nie zurückkommen sollen«, sagte ich. »Wieso dachte ich nur, ich könnte etwas ändern?«

»Weil du das schon früher getan hast.«

Ich schüttelte den Kopf. »Ich habe die Dinge nur verschlimmert. Den Tod von Menschen verursacht.«

»Soek hast du nicht getötet«, widersprach Danello.

»Ich habe seinen Tod *verursacht.*« Und den von Quenji auch.

»Er hat freiwillig gekämpft.«

Quenji nicht. »Ich habe die Rüstung zu oft geblitzt. Ich habe nicht mitgezählt, wie viele Male.«

»Es war eine Schlacht. In einer Schlacht vergessen sogar geschulte Soldaten Dinge.«

»Ich bin in Panik geraten«, flüsterte ich und schloss die Augen. Wieder sah ich Soek vor mir, seine Angst, seine Schmerzen. Seinen Tod.

»Das ist verständlich.«

»Nein. Als sich diese Rüstung aufgelöst hat, da hätte ich ihn beschützen, die Angriffe auf ihn abfangen und schiften müssen, aber ich geriet in *Panik*. Ich wollte nur noch weg von dort, und das hat seinen Tod verursacht.«

»Nya, du kannst dir nicht die Schuld daran geben.«

»Wem kann ich sie dann geben?«

Er antwortete nicht. Jedenfalls nicht sofort. Dann holte er tief Luft und drehte sich mir wieder zu. »Dem Herzog.«

»Hab ich versucht, aber das klappt nicht mehr.« Es waren meine Entscheidungen, meine Fehler. Somit war auch ich dafür verantwortlich.

»Und was machen wir jetzt?«

Zu bleiben wäre töricht. Wir konnten nur sterben, und Geveg würde dennoch brennen. Zu gehen hieße, dass Quenji und Soek umsonst gestorben waren.

So wie Mama und Papa? Und Großmama?

Wären sie geflüchtet, wenn sie die Möglichkeit gehabt hätten?

»Warten wir bis Sonnenuntergang. Dann treffen wir eine Entscheidung.«

Die Mittagssonne schien hell und trocknete die Pfützen und den Schlamm, sodass Dampf die Luft erfüllte. Es befanden sich mehr Leute auf den Straßen, wenngleich nur wenige so aussahen, als wollten sie gehen.

»Glaubst du, die Blauen werden wieder angreifen?«, fragte Aylin.

Sie hatte kaum gesprochen, seit sie aufgewacht war, hatte nur mit dem Rest von uns aus dem Fenster gestarrt.

Danello zuckte mit den Schultern. »Vielleicht. Kommt darauf an, ob sie wissen, dass Ipstan tot ist.«

»Würde das die Wahrscheinlichkeit eines Angriffs erhöhen oder verringern?«

»Wahrscheinlich verringern. Kein Anführer, kein Widerstand.«

Und kein Grund zu kämpfen.

Am Nachmittag kamen noch mehr Leute an uns vorbei, und alle gingen in dieselbe Richtung. Hoffentlich räumten sie die Stadt, gingen an Bord jedes Bootes auf der Insel und reisten so weit wie möglich fort.

»Kione kommt.« Aylin stand auf und ging zur Tür.

Er und drei andere stapften die Eingangsstufen der Herberge herauf. Aylin öffnete die Tür, bevor er sie erreichte, und die vier kamen herein und sahen sich um. Kiones Blick verharrte auf mir.

»Wir brauchen dich auf der Plaza. Alle versammeln sich dort und wollen wissen, was wir tun werden.« Er deutete auf die drei Leute hinter ihm – einen Mann und zwei Frauen. »Wir waren alle Adjutanten der Befehlshaber, aber wir können den Widerstand nicht anführen.«

Ich glotzte ihn an. »Und ihr denkt, *ich* kann es?«

»Nein«, ergriff der Mann das Wort. »Aber die Leute hören auf dich, und das könnte alle zusammenhalten, bis wir jemanden finden, der es kann.«

»Ich bin nicht sicher, ob sie noch auf mich hören werden.«

»Ja, das habe ich auch gesagt«, murmelte eine der Frauen.

Ich runzelte die Stirn. »Warum fragt ihr mich dann überhaupt?«

»Weil wir nicht wissen, was wir sonst tun sollen, klar?«, herrschte sie mich an. »General Ipstan dachte, du könntest uns retten. Er glaubte, du wärst diese unaufhaltsame Kraft. Aber er hat sich geirrt, und es hat ihn das Leben gekostet.«

»Sein Hochmut hat ihn das Leben gekostet«, widersprach Danello. »Sein Plan war fehlerhaft, trotzdem hat er ihn umgesetzt. Einen Hinterhalt hatte er nicht berücksichtigt. Er hatte nie mit eingeplant, dass Pynviumwaffen verwendet werden könnten. Und er hat nicht einen Moment lang bedacht, dass jemand den Angriff im Handwerkerviertel gesehen oder überlebt und gemeldet haben könnte.«

»Und er hat zu viel Vertrauen in *sie* gesetzt.« Die Frau zeigte auf mich.

»Ja, das hat er«, gab Danello ihr recht. »Das haben wir *alle*, und es war falsch.«

Meine Kehle fühlte sich wie zugeschnürt an. All das stimmte, aber zu hören, wie Danello es zugab?

»Weil sie nur ein *einzelner* Mensch ist«, fuhr er fort. »Bei einer Armee geht es nicht um Einzelne, sondern um Viele, die zusammenarbeiten. Was im Handwerkerviertel geschehen ist, war Glück, und es war dumm von Ipstan, seine gesamte Offensive darauf aufzubauen. Nya weiß nicht mal, wie sie es gemacht hat, wie also sollte sie es je auf Befehl wiederholen können?«

»Dann hätte sie sich nicht freiwillig dafür melden sollen.«

Aylin schnaubte verächtlich. »Das hat sie *nicht*. Ihr alle habt sie dazu gezwungen, mit euren Blumen, euren Liedern und eurem Gebaren, als wäre sie Gevegs Schutzheilige. Wie sollte sie zu all dem ›Nein‹ sagen?«

Niemand erwiderte etwas.

Aylin verschränkte die Arme vor der Brust. »Genau. Ladet bloß nicht alles auf ihre Schultern. Wenn man jemandem in einen See folgt, kann man demjenigen nicht die Schuld daran geben, wenn man nass wird.«

»Kommst du mit?«, fragte Kione. Es fühlte sich merkwürdig an, dass er nun mich um Hilfe bat, während ich ihn vor all den Monaten praktisch anflehen musste, mir zu helfen, Tali zu retten.

»Ich wüsste nicht, was ich …«

»Sie wird da sein«, sagte Aylin. Was hatte sie vor? Niemand würde auf mich hören – nicht, nachdem ich den Tod so vieler Menschen verursacht hatte. »Sobald sie sich hergerichtet hat.«

»Danke.« Kione und seine Freunde gingen und schlossen sich der wachsenden Menge an, die, wie ich vermutete, zur Plaza strömte.

»Du *willst*, dass ich zu ihnen spreche?«

»Ich denke, du musst es tun, sonst ist der Widerstand dem Untergang geweiht.«

»Das ist er bereits. Ich habe versagt.«

Sie schnaubte. »Na und? Das bedeutet noch lange nicht, dass du aufgibst. Du gibst *nie* auf.«

Ich glotzte sie an. »Aylin, du willst doch gar nicht kämpfen.«

»Nicht mal ein bisschen, trotzdem stehe ich hinter dir.«

»Warum?«

Sie holte tief Luft und deutete auf Tali. »Ihretwegen. Ich habe in den letzten Tagen viel Zeit mit ihr verbracht, und sie hat gesungen. Erst dachte ich, es sind bloß Wiegen- und Kinderlieder, aber es sind Geschichten über dich.«

»Über mich?«

»Einige davon neu, aber die meisten alt, aus der Zeit, als ihr noch klein wart. Nya hat Frühstück für mich gestohlen, Nya hat Bettzeug für uns gestohlen. Nya hat die Soldaten überlistet, und jetzt gehen wir nicht tot. Lauter Dinge, die du vollbracht hast, um sie zu beschützen.«

Mir traten Tränen in die Augen, und ich blinzelte. »Auch dabei habe ich versagt.«

»Aber nein, verstehst du das denn nicht? Du hast dein ganzes Leben lang gekämpft. Talis Lieder haben mich erkennen lassen, wie sehr, und du bist nicht die Einzige, die kämpfen musste. Jeder in Geveg musste das. Wenn du gehst, geben alle auf, und alle sterben. Du musst kämpfen, denn wenn *du* versagen und trotzdem weiterkämpfen kannst, dann können *sie* es auch.«

»... mehr als das weiß ich nicht«, sagte Kione gerade, als wir uns den Weg durch die Menge auf der Plaza bahnten. Seine Freunde standen hinter ihm. Niemand ließ Zuversicht erkennen. An diesem Tag gab es keinen Jubel, niemand sagte Dinge weiter. Es hatten sich weniger Leute um den Brunnen versammelt, dafür standen sie dichter beisammen, als klammerten sie sich Trost suchend aneinander.

»Nya ist hier«, sagte jemand, als ich mich vorbeidrängte. »Weißt du, was wir tun sollen?«

Ich wusste nicht mal, was *ich* tun sollte.

Die Leute rückten näher. Der Ausdruck in einigen Gesichtern gefiel mir nicht. In die zornigen Mienen zu blicken fiel mir leichter als in die hoffnungsvollen.

»Lasst ihr ein wenig Platz«, forderte Danello und schob die Menge zurück. Er blieb nah bei mir und behielt Tali zwischen sich und mir. Ich hatte gewollt, dass sie mit Aylin in der Herberge wartete, doch Aylin hatte sich geweigert, zurückzubleiben.

»Nya hat ein paar Worte zu sagen«, verkündete Kione, der erleichtert wirkte.

Ich stieg auf den Rand des Brunnens. Die Menschen redeten untereinander und warteten darauf, dass ich das Wort ergriff, wenngleich ich keine Ahnung hatte, was ich sagen sollte. Ich starrte die Leute an, die mich musterten. Auch sie wollten jemandem die Schuld geben.

Und immer noch fehlten mir die Worte.

Die Leute wurden unruhig. Freudige Erwartung schlug in Verärgerung um. Verwunderung in Besorgnis.

»Du hast sie nicht aufgehalten!«, rief ein Mann.

»Was ist passiert?«

»Du hättest uns beschützen sollen!«

Ich lachte. Ich konnte nicht anders. Es lag keine Belustigung darin, nur dieselbe Verbitterung, dieselbe Wut, die sie empfanden.

»Ich soll *euch* beschützen? Wo wart ihr alle vor fünf Jahren, als *ich* Schutz brauchte?« Ich wusste nicht, woher die Worte kamen. Sie waren einfach da, wie die Erinnerungen, die mir seit vergangener Nacht im Kopf herumspukten. »Der Herzog marschierte drei Tage vor meinem zehnten Geburtstag ein. Wie viele von euch haben *damals* gegen ihn gekämpft, als ihr ihn hättet aufhalten können?«

Bestürzte Gesichter, vereinzelt Scham. Ich kannte Leute in der Menge. Ich hatte für sie gearbeitet, Essen mit ihnen geteilt, war von einigen von ihrem Eigentum verjagt worden.

»Ich war *zehn*, und der Herzog nahm mir meine Familie. Er schickte Männer zum Anwesen des Gouverneurs, und er tötete meinen Großvater. Papa kämpfte in unserer Armee und starb in der Heilergilde. Mama verließ uns, als sie gezwungen war, den letzten Schlachtfeldstein zur Front zu bringen, um zu heilen, so viele sie konnte. Wir haben nie erfahren, wo oder wie sie gestorben ist. Der Herzog schickte Großmama ihre Leiche in einer Kiste.«

Ich hielt die Hände einen Fuß voneinander entfernt und holte zittrig Luft.

»Einer Kiste, die *so* groß war.«

Ausrufe der Bestürzung und mitfühlendes Gemurmel breiteten sich in der Menge aus.

Ich wischte mir über die Augen. »Ihr könnt euch nicht vor dem Herzog verstecken oder erwarten, dass euch jemand anders rettet. Wenn ihr Schutz wollt, dann steht euren Freunden und Angehörigen bei und beschützt euch gegenseitig. Meine Großmama hat immer gesagt, dass man mit einem Freund und einem Stock mehr verrichten kann als nur mit einem Stock. Wenn ihr mich braucht, um euch daran zu erinnern, dann tue ich das gern. Wenn ihr mich braucht, um euch beizustehen, tue ich auch das. Aber ich werde diesen Stock nicht alleine schwingen. Das kann ich nicht, und wer denkt, ich könnte eine gesamte Armee ganz allein aufhalten, ist schlichtweg ein Narr.«

»Aber du hast den Großen Blitz verursacht!«

»Na und?« Ich hatte es so satt, das zu hören. Hatte es satt, die Schuld oder, schlimmer noch, das Lob dafür zugeschoben zu bekommen. »Was nützt ein Blitz, wenn er niemanden erfasst? Denkt ihr, die Soldaten des Herzogs werden sich in Reih und Glied aufstellen und darauf warten, dass ich ihnen wehtue?«

»Wie sollen wir den Herzog dann aufhalten?«

»Was tun wir?«

»Was wird passieren?«

Ich seufzte. Sie hörten mir nicht zu. »Ich kann euch nicht sagen, was passieren wird, wenn der Herzog hier eintrifft. Ich habe keinen großartigen Plan, um die Lage zu retten. Selbst wenn ich einen hätte, könnte ich euch trotzdem nicht sagen, wie viele sterben werden oder ob wir gewinnen können.«

»Was weißt du dann überhaupt?« Die zornigen Worte hallten über die Plaza.

»Dass es den sicheren Tod bedeutet, einfach aufzugeben. Dass wir zusammenhalten und weiterkämpfen müssen, um zu überleben.

Wir müssen Geveg und die Bewohner der Stadt verteidigen. Wir müssen uns auf Feuer und Rauch vorbereiten. Wir brauchen einen Anführer, der all das in die Tat umsetzen kann. Aber was wir wirklich brauchen, ist …« Ein Mann in der Menge trat vor. Aus seinen grau-blauen Augen sprach Traurigkeit. »Jeatar?«

Er stand in der Menge, gesäumt von Onderaan und Ellis. Rings um ihn erblickte ich einige weitere vertraute Gesichter, Mitglieder von Jeatars Garde. Was machte er hier? Was machten *sie* hier? Die Sonne ging noch nicht unter, und dies war nicht der Analov-Park.

»Wer ist Jeatar?«

»Nimmt er Ipstans Platz ein?«

Die Menge redete weiter, mutmaßte weiter. Ich starrte Jeatar weiter an.

Kione stupste mich. »Sag etwas.«

»Wir brauchen einen Anführer, sonst geht unsere Stadt unter.« Ich sprach mit Jeatar. Dem Einzigen, den ich kannte, der mir helfen konnte, das Chaos zu beseitigen, das ich angerichtet hatte. Der mir zeigen konnte, wie man Geveg und die Bewohner der Stadt verteidigte. »Wir brauchen jemanden, der die Taktiken des Herzogs kennt, der weiß, wie er denkt und kämpft, der weiß, wozu er fähig ist, und der Vorbereitungen für seine Tricks treffen kann.«

Ein paar Leute jubelten und schauten verlegen drein, als niemand mit einstimmte.

»Wir brauchen deine Hilfe«, sagte ich und legte all meine Hoffnung, all meinen Glauben, all meinen Stahl in die Worte. »Denn ich kann das nicht alleine.«

Mittlerweile schauten alle hin, tuschelten und fragten sich, wer derjenige war, den ich mir herausgepickt hatte. Jeatar sah mich an, so unergründlich wie eh und je.

Dann lächelte er, und das Band, das mir die Brust zuschnürte, löste sich.

»Was ist los?«, flüsterte Kione.

»Ich habe einen neuen Anführer für uns gefunden.«

»Der da? Den kenne ich nicht mal.«

»Ich schon.«

Jeatar bewegte sich durch die Menge zum Brunnen. »Du bist fleißig gewesen«, meinte er und stieg neben mich herauf.

»Woher wusstest du, wo ich war?«

»Nya, jeder redet über dich. Kaum waren wir in Geveg eingetroffen, da wussten wir schon, wo du warst.« Mit einem leichten Stirnrunzeln im Gesicht sah er sich um. »Musstest du so viel Aufmerksamkeit erregen?«

»Das war ein Unfall.«

Er kicherte. »Das ist es bei dir immer.«

Ich schenkte der Bemerkung keine Beachtung und wandte mich der Menge zu. »Das ist Jeatar, und er wird euch sagen, was wir als Nächstes tun müssen.«

Er musterte mich mit hochgezogener Augenbraue. Sicher, es war keine besonders tolle Vorstellung, aber wir hatten nicht viel Zeit.

»Wer hier besitzt militärische Befehlserfahrung?«, rief er.

Keine Hände hoben sich.

»Wer hat schon mal eine Mannschaft von zehn oder mehr Leuten befehligt?«

Ein paar Hände hoben sich.

»Wer war schon mal Vorarbeiter eines Handwerks oder Berufsstands?«

Viel mehr Hände.

»Wer die Hand gehoben hat, reiht sich dort drüben auf.« Er zeigte nach links. »Ihr seid meine Truppenführer. Der Rest von euch – wir finden heraus, was eure Stärken sind, was ihr tun könnt, um zu helfen, und setzen euch dort ein, wo ihr am wirkungsvollsten seid.«

»Was, wenn wir nicht kämpfen wollen?«

»Dann geht auf der Stelle. Denn Nya hat recht. Wir können nur gewinnen, wenn wir alle zusammenarbeiten.«

»Was ist mit den Baseeri?«

»Ja, und mit diesen Plünderern?«

Fragend wandte sich Jeatar mir zu.

»Die mittleren Inseln werden von Plünderern beherrscht. Baseeri haben die Inseln der Aristokraten. Die Männer des Herzogs haben die Gilde und die Obere sowie die Untere Hauptinsel.«

Er drehte sich wieder der Menge zu. »Bis wir angreifen, werden wir ihre Unterstützung haben. Kommandantin Ellis und die Unteroffiziere kümmern sich gleich um euch. Bis zum Sonnenaufgang will ich die Truppeneinteilungen erledigt haben.«

Jeatar sah erst mich an, dann Kione und die anderen. »Habt ihr vier Befehlserfahrung?«

Kione zögerte, die anderen wirkten verunsichert. »Wir waren Offiziersadjutanten, Herr.«

»Jetzt nicht mehr. Redet mit allen Leuten auf der Plaza und stellt mir eine Armee zusammen.«

Kione blinzelte. »Herr?«

»Stellt Truppen mit ähnlichen Fertigkeiten zusammen. Schwertkämpfer, Fischer, Seilmacher, was immer die Leute gut können. Und sortiert diejenigen aus, die bereit sind, zur Waffe zu greifen. Ihre Ausbildung beginnt morgen früh.«

»Jawohl.«

»Wo ist mein Befehlsstand?«

»Äh, ich zeig's euch, Herr.«

Jeatar winkte ab. »Sag es mir einfach, Nya kann mich hinführen. Ihr müsst für mich in die Menge und die Leute befragen.«

»Über der Schmiede.«

»Danke.« Er sprang vom Brunnen und steuerte auf die Schmiede zu. Ich warf Danello und Aylin einen Blick zu, der besagte, dass sie mir folgen sollten, und eilte hinter Jeatar her.

»Also«, sagte er, als wir uns außer Hörweite der anderen befanden. »Erzähl mir alles, damit wir unsere Verteidigung planen können.«

Der Widerstand hatte jetzt einen echten Anführer. Vielleicht hatten wir somit auch eine echte Chance.

Neunzehntes Kapitel

»Also, wenn das nicht das Mädchen ist, über das alle reden«, sagte Optel, der sich an die Seite der Brücke lehnte, die das Lagerhausviertel mit der Nordinsel verband. Die Sonne war gerade erst aufgegangen. Mich überraschte, dass Optel überhaupt wach war, um sich mit uns zu treffen. Aber da vor der Ankunft des Herzogs nur noch so wenig Zeit zur Verfügung stand, hielt es Jeatar für das Beste, so bald wie möglich Verbindung mit den Plünderern und den Baseeri aufzunehmen. Wenn sie uns nicht helfen würden, mussten wir das sofort wissen. »Die Gerüchte besagen, du hättest jemanden von den Toten auferstehen lassen.«

»Die Gerüchte sind falsch.«

»Oh, ich würde eher sagen ungenau. *Irgendetwas* musst du getan haben, um solches Gerede heraufzubeschwören.« Er deutete mit einer Hand auf Danello, Jeatar und drei der Wächter vom Bauernhaus, die hinter mir standen und ziemlich einschüchternd aussahen. »Und du hast Freunde mitgebracht.«

»Ich bin heute nicht in der Stimmung für eine Entführung.«

Er kicherte. »Was kann ich dann für dich tun, Nya vom Großen Blitz?«

Ich zuckte zusammen und versuchte, meine Überraschung zu verbergen. Sogar die *Plünderer* wussten davon? »Wo hast du das gehört?«

»Von den Blauen natürlich. Wir betreiben ein Alehaus, das sie besuchen.« Er grinste genauso nervtötend wie bei unserer letzten Begegnung. »Niemand sonst bietet Entspannung an, und ich habe einen Überschuss an Ale und anderen Dingen. Den verkaufe ich an jeden – zu einem angemessenen Preis.«

Verräter. Schlimm genug, dass er von Gevegern stahl und sie aus Raffgier entführte, aber Handel mit den Soldaten treiben, die uns angriffen? Er war schlimmer, als ich gedacht hatte.

Jeatar trat vor und schob mich einen Schritt zurück. »Du

stehst in Verbindung mit der Garnison, die in der Gilde stationiert ist?«

»Wir haben von Zeit zu Zeit geschäftlich miteinander zu tun.«

»Davon würde ich sehr gern erfahren – zu einem angemessenen Preis natürlich.«

Optels gierige Augen funkelten, und er sah sich um. »Ich bin sicher, dazu fällt uns etwas ein. Kommst du mit mir nach drinnen?«

»Sicher.«

Mir gefiel die Vorstellung nicht, mit Optel irgendwohin zu gehen, aber Jeatar hatte uns gesagt, dass damit zu rechnen sei. Kein Verbrecher mit etwas Selbstachtung würde in aller Öffentlichkeit Geschäfte tätigen. Es mochte zu unseren Gunsten sein, dennoch gefiel es mir nicht.

Danello blieb dicht bei mir, die Hand in der Nähe seines Rapiers. Ich betastete den Pynviumstreifen mit den Geheimzeichen in meiner Tasche. Ich hatte ihn für den Fall mitgenommen, dass Jeatars Plan nicht ganz wie vorgesehen verlief.

Die Barrikaden befanden sich noch am Fuß der Brücke. Obendrauf hatte man Palmwedel gesteckt, als wolle man die behelfsmäßigen Befestigungen als Bäume tarnen. Damit täuschten sie niemanden. Optels Wachen musterten uns argwöhnisch. Hatte einer dieser Männer in der Nacht Dienst gehabt, als Quenji starb? Vielleicht war der Große mit der Narbe derjenige gewesen, der meine Arme gepackt hatte. Wussten sie überhaupt, dass wir das in jener Nacht gewesen waren?

Natürlich wussten sie es. Ich hatte in mindestens einen von ihnen Schmerz geschiftet. Allerdings war derjenige nicht hier. Niemand sah so aus, als trüge er geschifteten Schmerz in sich. Vielleicht war er mittlerweile tot.

Gut.

Ich holte tief Luft. Wir brauchten diese Leute, so abscheulich sie sein mochten. Und wenn sie Wissen über die Gilde besaßen, brauchten wir sie sogar noch mehr.

Was machte es schon, wenn mir selbst ein wenig Zusammenarbeit mit ihnen eine Gänsehaut bereitete?

Optel führte uns zu einem Stadthaus, das im Schatten von Pampelmusenbäumen lag. Einige gelbe Früchte zogen die Äste nahe den Wipfeln der Bäume herab, der Rest des Geästs jedoch war leer.

»Willkommen.« Optel breitete die Arme aus und bedeutete uns, einzutreten. »Macht es euch gemütlich, wenngleich eure Freunde draußen warten müssen.«

Jeatar gab den Wachen ein Zeichen, woraufhin sie entlang des Zugangs Stellung bezogen. »Nach dir«, sagte er.

Optel trat als Erster ein und zeigte sich nur leicht beleidigt darüber, dass wir ihn dazu aufgefordert hatten.

Andere Heime mochten sie geplündert haben, dieses Stadthaus jedoch hatte niemand angerührt. Dicke Teppiche bedeckten die Böden, Kunst ziert die Wände, und jemand hatte sogar die geschnitzten Möbel auf Hochglanz poliert. Das Haus gehörte nicht ihm, aber wenigstens kümmerte er sich darum.

»Also«, begann Optel, der auf dem am weichsten aussehenden Sessel im Raum Platz nahm. »Du interessiert dich für die Gäste meines Alehauses?«

»Warum hilfst du ihnen?«, fragte ich. »Sie sind der Feind!«

»Sie kommt immer gleich zur Sache, nicht wahr?«, meinte Optel zu Jeatar.

»Und ob.« Er warf mir einen Blick zu. »Allerdings ist das nicht der richtige Zeitpunkt dafür.«

Ich steckte die Hände in die Taschen und ließ mich auf meinem Sessel zurückfallen.

»Was erzählen sich die Soldaten über sie?«, wollte Jeatar wissen.

»Dass sie eine noch tödlichere Waffe als die Unsterblichen ist. Sie haben eine Heidenangst vor ihr. Zumindest war es bis zu diesem Chaos gestern so. Da hat Ipstan einen gewaltigen Schlamassel angerichtet, nicht wahr?«

Ich legte die Hände in den Schoß und umklammerte den Pynviumstreifen. *Sei einfach still und lass ihn reden.*

Jeatar zuckte mit den Schultern. »Ich war nicht dabei, als es passiert ist.«

»Die Blauen haben den ganzen Tag gefeiert. Sie hätten die Schifterin zum Narren gehalten. Und wie schlau sie das angestellt hätten. War gut fürs Geschäft. Also, wenn ihr wieder mal eine Schlacht verlieren wollt, stehe ich voll und ganz hinter euch.«

»Ist ja auch sooo viel besser, als sich uns anzuschließen«, warf ich ein.

»Warum sich der Verliererseite anschließen?«

»Und was, wenn sie das nicht ist?«, fragte Jeatar, immer noch so ruhig wie der klare Morgenhimmel.

»Bist du der neue Ipstan?«

»Ich bin eingesprungen, um zu helfen.«

Optel lehnte sich zurück und überlegte. Oder tat zumindest so. Ich konnte ihn immer weniger leiden. »Ich bin nicht sicher, ob ihr genug Leute oder die richtige Ausbildung habt, um sie zu besiegen.«

Jeatar richtete die Aufschläge seines Hemds. Er trug wieder Seide, grün, wie an dem Tag, als ich ihm zum ersten Mal begegnet war. »Ich bin nicht alleine gekommen. Ich habe gute Leute mit noch besserer Ausbildung dabei. Und ich bin bereit zu teilen, wenn du dich uns anschließt.«

»Ich weiß nicht recht. Im Umfeld der Gilde sind acht- oder neunhundert Blaue. Ich kann mich nicht erinnern, in den letzten Tagen Schiffe anlegen gesehen zu haben, die groß genug gewesen wären, eine Armee nach Geveg zu bringen.«

»Ich kann sehr verstohlen sein.«

Optel lachte. »Du gefällst mir. Du solltest dich *mir* anschließen. Zusammen könnten wir eine Menge Geschäfte machen.«

Jeatar holte einen der Edelsteine hervor, die wir gefunden hatten, und hielt ihn ins Licht. Der Smaragd funkelte. »Warum fängst du nicht damit an, mir zu erzählen, was du über diese Blauen weißt. Danach sehen wir weiter.«

Optel leckte sich die Lippen. Er zögerte, doch ich konnte mir nicht vorstellen, dass er sich die Gelegenheit entgehen lassen würde, Geld zu verdienen *und* damit anzugeben, wie viel er wusste und wir nicht. Er schien sich gern selbst reden zu hören.

»Solvaat hat jetzt das Kommando, aber die Männer mögen ihn nicht. Die Frauen können ihn noch weniger leiden. Hat etwas mit seinem Atem zu tun. Er lässt alle Brücken gut bewachen. In deren Nähe gibt es Wachhäuser für schnelle Verstärkung, sollte sie erforderlich sein. Es wird euch nicht gelingen, an ihnen vorbeizukommen, nicht einmal mit den besonderen Fähigkeiten der lieblichen Nya.«

Jeatar grinste. »Ich bin ziemlich gut darin, Wachposten zu überwinden.«

»Mag sein, aber diese Wachen können mit einem einzigen Hornton hundert weitere herbeirufen.« Er sah mich an. »Sie kann das bestätigen.«

»Du weißt aber schon, dass der Herzog unterwegs hierher ist, oder?«, fragte ich. »Ihm wird egal sein, wem du Getränke verkauft hast. Er wird dich genauso zu töten versuchen wie uns.«

»Nein, wird er nicht.« Optel seufzte zufrieden. »Weil wir mit der Garnison abreisen werden.«

Ich starrte ihn verdutzt an. »Du würdest dich mit dem Herzog zusammentun?«

»O bitte. Hierzubleiben kommt einem Selbstmord gleich, aber der Widerstand und die Adeligen haben alle Boote in ihren Händen. Was könnten wir sonst tun?«

»Hast du es je damit versucht, deine Mitbewohner in Geveg *nicht* zu verraten?«, fragte Danello.

»Eigentlich nicht, nein.«

»Wie kommst du darauf, dass der Herzog seinen Teil der Abmachung einhalten wird?«, gab ich zu bedenken. »Er könnte euch hierlassen. Wird es wahrscheinlich tun.«

Wieder grinste Optel. »Nicht, wenn ich als Gegenleistung fürs Mitfahren etwas zu bieten habe.« Er klopfte an die Wand hinter sich, und sechs Männer mit Schwertern kamen durch die Tür.

Ich sah Jeatar an. »Hab's dir ja gesagt.«

»Du hattest recht.« Jeatar holte eine Münze aus der Tasche und warf sie mir zu. »Er ist tatsächlich gierig genug, um so dumm zu sein.«

Optels Grinsen verpuffte. »Du warst so dumm, die Schifterin geradewegs zu mir zu bringen. Hast du eine Ahnung, wie viel Solvaat für sie bezahlen wird?«

»Nicht annähernd so viel, wie sie wert ist«, sagte Danello. Mir stieg ein klein wenig Wärme in die Wangen.

»Tötet sie alle.«

»Nicht so voreilig.« Ich hob den Pynviumstreifen. Die Wachen erstarrten. »Du weißt, was ich damit machen kann.«

»Blitz ihn ruhig, wenn du willst«, sagte er, hoffte aber eindeutig, ich würde es nicht tun. »Trotzdem kommst du hier nicht raus.«

Jeatar erhob sich so unbekümmert, als wolle er sich etwas zu trinken holen. »Mittlerweile haben meine Leute dieses Stadthaus umzingelt, die Brücken gesichert und treiben *deine* Leute zusammen.«

»Du lügst«, gab Optel zurück, schien sich dessen jedoch keineswegs sicher zu sein.

»Wir sind vergangene Nacht herübergekommen. Direkt an deinen Wachposten vorbei.« Jeatar lächelte mich an. »Nya kann ebenfalls bezeugen, wie wenig ihr auf die Kanäle achtet.«

Ich hätte zu gerne gesehen, wie Kione die Truppen durch die Kanäle führte oder wie Ellis weitere die Seeküste entlang hineingebracht hatte. Das Überqueren der schmalen Landungsstege, die sie sich ausgedacht hatte, um die Leute von den Booten ans Ufer zu befördern, wo es keine Docks gab, konnte in der Dunkelheit kein Spaß gewesen sein, aber Fischer waren im Wasser recht trittsicher.

Optel sprang auf die Beine und gab seinen Männern Zeichen. »Du, sieh draußen nach.«

Der Handlanger nickte und eilte zur Tür. Fast sofort kam er zurückgerannt. »Sie haben draußen Truppen!«

Optel erbleichte und fuhr sich mit der Hand über den Mund. »Hör mal, wir finden bestimmt eine Einigung.«

»Das habe ich versucht. Jetzt machen wir es auf meine Weise.« Jeatar schaute zu Danello, der nickte und ging.

»Unklug.« Optels Blick wanderte gehetzt durch den Raum. »Ihr wart schon zuvor in der Unterzahl, aber jetzt steht es zwei gegen sieben.«

Jeatar kicherte, was sogar *mich* zum Schaudern brachte. »Es steht Nya gegen euch. Sie gewinnt.«

Optels Männer ließen die Schwerter fallen.

»Ihr hattet recht mit den überwältigenden Zahlen«, sagte Kione. »Die Brückenwachen haben sich kaum gewehrt, einige gar nicht.«

»Verbrecher leben von Einschüchterung.« Jeatar verstummte, als eine weitere Gruppe der Plünderer vorbeigezerrt wurde. Ellis trieb sie zusammen und verfrachtete sie auf eine Fähre. Jeatar hatte noch nicht entschieden, ob er sie im Dorsta-Gefängnis abliefern oder einfach auf dem Festland absetzen wollte. Ich war eher dafür, sie in den See zu werfen. »Sie bevorzugen den Vorteil und ergreifen die Flucht, wenn sie ihn nicht haben.«

»Was ist mit Optel?«, erkundigte sich Danello.

»Den behalte ich hier. Er könnte sich noch als nützlich erweisen.«

Kione nickte. »Damit habt Ihr die Leute beeindruckt, General Jeatar.«

»Ich bin kein General. Und das?« Er schwenkte die Hand und deutete auf die etwa hundert Plünderer, die wir gefangen genommen hatten. »Das ist gar nichts. Das waren opportunistische Männer, die sich eine aufgegebene Gegend zunutze gemacht haben. Wären die Baseeri und ihre Wachen noch hier gewesen, hätten sie sich nicht halten, geschweige denn die Kontrolle übernehmen können. Wenn wir die Gilde anpacken, wird es nicht so einfach werden.«

»Aber Ihr habt eine Strategie?«

»Ich habe ein paar Ideen.« Jeatar drehte sich mir zu und lächelte. »Was ist mit dir?«

Ich sah Optel an. »Oh, ich habe einen Plan. Aber wir brauchen die Baseeri, damit er klappt.«

Bis wir die Nordinsel gesichert hatten, war es Mitte des Nachmittags. Damit blieb noch die Südinsel, aber wenngleich Optel zuvor damit geprahlt hatte, musste er zugeben, dass er dort über keinerlei Einfluss verfügte. Schön zu hören, dass wir uns nicht mit weiteren Plünderern herumschlagen mussten, andererseits bedeutete das auch, dass wir keine Ahnung hatten, was uns erwartete.

»Es gibt nur eine einzige Brücke zu den Inseln der Aristokraten?«, fragte Jeatar ungläubig.

»Nur die Verbindung zur Südinsel.«

Ellis schnaubte. »Kein Wunder, dass sie sich diese Seite zum Verteidigen ausgesucht haben.«

»Wir können mit Booten fahren«, schlug ich vor. »Auf der Seeseite werden nicht so viele Hyazinthen sein, die sie verstopften.«

Nur die Blockade.

Ellis hatte uns davon erzählt. Die Ostseite der Stadt war von Booten umgeben, genau wie unsere Seite. Allerdings hatte sie keinen Rauch gesehen, der darauf hätte schließen lassen, dass diese Boote über Feuergeschosse verfügten. Wir mussten entweder an den Booten vorbei oder unser Glück bei den unbekannten Truppen auf der Südinsel versuchen.

Jeatar klopfte sich mit einem Finger gegen die Lippen. »Fahren wir per Boot. Baseeri-Jolle, Baseeri-Flagge, Baseeri-Besatzung – dann sollten wir kein Problem damit haben, durchzukommen. Die eigentliche Herausforderung wird darin bestehen, sie davon zu überzeugen, uns zu helfen.«

»Ich bereite die Jolle vor«, sagte Ellis.

Jeatar schüttelte den Kopf. »Ich brauche dich im Handwerkerviertel. Kione war mir ein wenig zu erfreut über den ›Sieg‹ hier, und ich möchte nicht, dass er oder die anderen denken, sie könnten sich einfach an den Brücken vorbeischleichen und es mit der Gilde aufnehmen.«

»Jawohl.«

»Oh, und schick jemanden rüber, um mit den Bauern zu reden.«

»Den Bauern?«, fragte ich. Ellis schaute nur verwirrt drein.

»Unmittelbar unterhalb der Gilde und der Unteren Hauptinsel liegen einige große Bauerninseln«. sagte er. »Findest du nicht, jemand sollte mit ihnen reden, um herauszufinden, auf wessen Seite sie sind? Wenn wir dort Truppen hinschaffen, können wir aus jeder Richtung angreifen.«

»Und die *Lebensmittel* aufs Spiel setzen?«, gab ich zurück.

Einen Herzschlag lang sah er aus, als würde er lachen, doch dann überlegte er es sich anders. »Diese Lebensmittel werden nicht gebraucht, wenn es keine Geveger mehr zum Versorgen gibt.«

»Ich setze gleich eine Mannschaft darauf an«, sagte Ellis. »Sonst noch etwas?«

»Wenn es uns gelingt, mit den Baseeri eine Einigung zu erzielen, müssen wir schnell handeln, sorg also dafür, dass alle bereit sind, zur Tat zu schreiten, wenn ich sie brauche.«

»Wird gemacht.«

»So, und jetzt suchen wir uns ein Boot.«

Es bereitete keine Schwierigkeiten, eines zu finden, zumal sich die Jolle, mit der die anderen hergekommen waren, noch dort befand, wo sie von Ellis zurückgelassen worden war, nachdem sie die Gruppe der Fischer hergebracht hatte. Jeatar hisste eine Baseeri-Flagge, setzte die Segel, und wir steuerten die Obere Insel der Aristokraten an.

Kurz nachdem wir die Landspitze von Geveg umrundet hatten, sichteten wir die Blockade. Danello begann zu zählen.

»Siebenundzwanzig Boote, die ich erkennen kann, und dahinter müssen noch mehr sein.«

»Wähl das nächste aus.«

»Das da.«

Ich passte mit dem Ruder den Kurs an, und wir hielten auf eine Jolle zu, die etwas kleiner war als unsere. Im Gegensatz zu jenen, die den See patrouillierten, lag diese vor Anker.

»Sie haben uns gesehen«, sagte ich. Auf dem Deck bewegten sich Gestalten. Auf ihren Schwertern spiegelte sich das Sonnenlicht. »Und es sieht so aus, als sei eines der Patrouillenboote ebenfalls hierher unterwegs.«

»Gut.« Jeatar klopfte mir auf die Schulter. »Langsam, Nya, wir wollen, dass sie zu uns kommen. Sie werden uns zu jemandem bringen, der etwas zu sagen hat.«

Sofern sie uns nicht vorher angriffen.

Auf ein Patrouillenboot zu warten fühlte sich falsch an, auf eines zuzusteuern sogar lächerlich, allerdings waren dies keine üblichen Baseeri. Sie widersetzten sich dem Herzog, hatten Gevegs Rebellion ausgelöst. Sie sehnten sich ebenso sehr nach der Freiheit wie wir.

Wenn sie sich nur daran erinnerten, dass es auch *unsere* Freiheit war, nicht nur ihre.

»Wartet hier.« Der Baseeri deutete auf Steinbänke am Rand eines Docks, von dem ich nicht einmal etwas gewusst hatte. Acht der zehn Liegeplätze waren von Booten besetzt.

»Ich wusste gar nicht, dass es hier drüben ein solches Dock gibt«, flüsterte Danello.

»Ich auch nicht.« Es war nicht annähernd so groß wie Gevegs Hauptdocks, aber einen größeren Hafen brauchten die Inseln der Aristokraten nicht. Schließlich kamen und gingen hier auch nicht jeden Tag die Menschen.

Jeatar blieb stehen, und seine Wachen bezogen rings um uns Stellung. Die Dockwachen der Baseeri wirkten ein wenig beunruhigt darüber. Seltsamerweise trugen sie alle kein Blau. Nur eine schlichte Lederrüstung mit roten Abzeichen an den Schultern.

»Du weißt nicht zufällig, wer das Kommando haben könnte?«, fragte mich Jeatar.

»Bei den Baseeri? Nein.«

»Ich hatte angenommen, sie würden alle auf den Generalgouverneur hören«, fügte Danello hinzu.

Ich steckte die Hände in die Taschen. Der Pynviumstreifen war noch da. Ohne die Armee als Rückendeckung empfand ich ihn als nicht ganz so tröstlich, aber sollte sich Ärger abzeichnen, würde er reichen. Ich war schon mit weniger entkommen.

Schließlich kam der Mann mit zwei anderen zurück. Einer trug eine Uniform – rot, genau wie die Abzeichen der Wächter. Der andere sah wie ein typischer Baseeri-Adeliger aus. Gut gekleidet, wohlgenährt und daran gewöhnt, die Leute von oben herab die Nase entlang anzustarren. Was in Anbetracht der Größe seiner Nase nicht einfach sein konnte.

»Ihr habt fünf Minuten«, sagte er.

Mich überraschte die Unverblümtheit, doch Jeatar schien nicht einmal zu zögern. »Ich vertrete die gevegische Seite des Widerstands. Wenn ihr so organisiert seid, wie ich gehört habe, dann wisst ihr, dass die Armee des Herzogs mobilisiert wurde und unterwegs hierher ist. Unsere beste Chance, Geveg zu verteidigen, besteht darin, zusammenzuarbeiten und unsere Angriffe aufeinander abzustimmen.«

»Zusammenarbeiten?«

»Unsere Mittel und Streitkräfte zusammenlegen. Eine solide Grundlage zur Verteidigung der Stadt schaffen.«

»Du meinst wohl, deinen Haufen von Schmarotzern beschützen.«

Ich stand auf. »Wie bitte?«

Der Nasenbär verschränkte die Arme vor der Brust. »Glaubst du, es stimmt uns mitfühlender, wenn du ein Rudel Waisen aufmarschieren lässt?«

»Wenn man bedenkt, dass uns deine Leute in Waisen verwandelt haben, wohl kaum«, erwiderte ich. »Wir sind hergekommen, um zu helfen, *euch* zu retten.«

Er lachte. »Wir brauchen nicht gerettet zu werden. Wir haben alles im Griff.«

Jeatar erfasste meine Bluse direkt an meinem Kreuz und zupfte daran, um mich zum Schweigen zu bringen. »Wir haben zwei legitime und getrennte Streitkräfte und einen gewaltigen Feind. Ganz gleich, was du denkst, den habt ihr *nicht* im Griff.«

Der Nasenbär setzte eine finstere Miene auf. »Ihr habt keine Ressourcen, ihr habt keine Soldaten – nichts, was es wert wäre, ein Bündnis mit euch einzugehen.«

»Wir haben *mich*«, warf ich ein. Jeatar verstärkte den Griff an meiner Bluse. Seine Nägel kratzten über meine Haut. Sein Gesichtsausdruck blieb unverändert, dennoch war klar, dass ich das nicht hätte sagen sollen.

»Und warum sollte das etwas zählen?«

»Weil, Neuss«, ergriff eine Frau das Wort, die hinter ihm auf das Dock herabkam. Das glänzende schwarze Haar trug sie zu einem tadellosen Knoten im Nacken gebunden. »Wenn jemand den Herzog besiegen kann, dann sie.«

Danello sog scharf die Luft ein. »Ihr Heiligen, Nya, ist das …«

»Vyand«, flüsterte ich. »Das ist Vyand.«

Zwanzigstes Kapitel

Was machst *du* denn hier?« Als ich sie zuletzt gesehen hatte, versuchten wir alle, aus Baseer zu entkommen. Sie war bereits dafür bezahlt worden, dass sie mich zum Herzog gebracht hatte, und es hatte sie nicht gekümmert, dass ich ihm entwischt war. Solange niemand sie dafür bezahle, mich wieder zu fangen, hätte sie kein Interesse an mir, hatte sie damals behauptet. Sie hatte uns sogar geholfen, durch die Tore und die Panik zum Kai zu gelangen.

War sie erneut damit beauftragt worden, mich zu finden?

Oder mich zu töten?

Nein, Vyand war eine Greiferin, keine gedungene Mörderin. Wenn sie hier war, dann musste sie jemand dafür bezahlen. Geld war das Einzige, woran ihr etwas lag.

»Ich wollte dich gerade dasselbe fragen«, gab sie zurück.

»Wie hast du mich gefunden?«

»Ich habe nicht nach dir gesucht. Ich wusste nicht einmal, dass du in Geveg bist. Ich hatte hier geschäftlich zu tun und wollte demnächst aufbrechen.«

»Du arbeitest für den Herzog«, sagte ich.

»Ich habe einige Aufträge für ihn erledigt, das stimmt. Aber ich arbeite ausschließlich für mich selbst.«

»Warum bist du nach Geveg gekommen?«

Sie lächelte ihr Katzengrinsen. »Das ist meine Angelegenheit. Allerdings bin ich neugierig, weshalb *du* hier bist.«

»Vielleicht ist das ja *meine* Angelegenheit.«

Sie kicherte. »Wäre es nicht interessant, wenn das zufällig *dieselbe* Angelegenheit wäre?«

Wir suchten einen Verbündeten gegen den Herzog. Aber Vyand kümmerte nicht, was aus irgendjemandem außer ihr selbst wurde, und sie würde nie und nimmer Kopf und Kragen für einen Haufen Leute riskieren, die sie nicht einmal kannte. Sie war aus einem anderen Grund hier. Und wie ich Vyand kannte, konnte es sich dabei um nichts Gutes handeln.

»Du hast wieder diesen Blick aufgesetzt«, stellte sie fest »Du führst etwas im Schilde. Ich liebe deine kleinen Pläne.«

»Du kennst dieses Kind?«, fragte Neuss.

»Mich überrascht, dass du sie nicht kennst. Was verlangt sie von dir?«

»Schutz für die ganze ...«

»Ich will nicht deinen Schutz, ich will einen Verbündeten«, schnitt ich ihm das Wort ab.

»Eine vereinte Armee gegen den Herzog«, ergänzte Danello. Jeatar blieb stumm, verengte allerdings die Augen, als er Vyand anstarrte.

Vyand lächelte, schenkte Danello keine Beachtung und musterte stattdessen Jeatar von Kopf bis Fuß. »Also, wenn du mal nicht faszinierend bist. Der starke, stille Typ?«

Jeatar wandte sich wieder an Neuss. »Es wäre in eurem eigenen Interesse, meine Botschaft die Befehlskette hinauf weiterzugeben. Ich würde nur ungern mit ansehen, dass die Inseln der Aristokraten fallen, weil du zu kurzsichtig warst, um deine Vorgesetzten einzuweihen.«

Neuss schnaubte, wirbelte auf dem Absatz herum und murmelte etwas über wertlose Geveger, als er ging. Sein Wächter folgte ihm. Vyand blieb.

»Das hättest du geschickter handhaben können«, meinte sie.

»Er hatte keinerlei Absicht, uns zu helfen.«

»Und keinerlei Befugnis. Ihr müsst mit Balju reden. Er hat hier das Kommando.«

Jeatar überlegte und musterte sie erneut. »Könntest du uns ihm vorstellen?«

»Was? Nein!« Ich trat zwischen die zwei, streckte in beide Richtungen eine Hand aus. Danello bewegte sich gleichzeitig mit mir, behielt den Blick auf Vyand und die Hand an seinem Rapier. »Wir können ihr nicht trauen«, warnte ich. »Wahrscheinlich liefert sie uns an ... Ach, ich weiß nicht, einen Spitzel des Herzogs aus.«

»Nein, werde ich nicht.«

»Warum bist du dann hier?«

Sie strich ihr Haar glatt und sah Danello an. »Was hast du ihr ins Ohr geflüstert? Glaubt sie wirklich, alles dreht sich um sie?«

»Für gewöhnlich ist es auch so.«

Sie lachte. »Diesmal nicht, Nya. Ich bin hier, um Geschäfte zu tätigen, aus keinem anderen Grund. Ich hatte Waffen, Balju brauchte Waffen. Ich habe noch mehr, falls du oder dein gutaussehender Freund hier welche kaufen wollt.«

Jeatar sah tatsächlich so aus, als dächte er darüber nach. »Was willst du ...«

»Nein. Das ist *Vyand.*«

»Entschuldige uns kurz.« Er zog mich zur Seite. »Du musst dich beruhigen.«

»Und du musst dich daran erinnern, dass mich diese Frau entführt, Tali an die Unsterblichen verkauft und Danello und Aylin an einen Kerkermeister der Baseeri zur Hinrichtung ausgeliefert hat. Ich werde *nicht* mit ihr zusammenarbeiten.«

»Das verlange ich gar nicht von dir. Aber wenn sie uns in einen Raum mit Balju bringen kann, wäre es dumm von uns, ihre Hilfe abzulehnen.«

»Sie wird uns irgendwie übers Ohr hauen.«

»Das bezweifle ich. Für sie springt nichts dabei heraus.«

Vyand vertrauen. Nein, ihr nur glauben. Sie bei ihrem herzlosen Wort nehmen. Ich schaute zu ihr hinüber. Sie wartete, tadellos herausgeputzt wie immer. Nur die Heiligen wussten, wie es ihr gelang, immer so ordentlich zu wirken. Vielleicht wollte nicht einmal Schmutz etwas mit ihr zu tun haben.

»Ich schätze, Danello kann sie erstechen, wenn es sein muss.«

Danello nickte. »Ich bin bereit, es zu tun, auch wenn es nicht sein muss.«

Jeatar bedachte uns beide mit einem strengen Blick. »Willst du auf der Jolle warten, Nya?«

»Nein.«

»Dann verhalte dich ruhig. Sag niemandem, wer du bist, und überlass mir das Reden.«

Ich verschränkte die Arme vor der Brust. »Wenn ich nichts sagen darf, wozu bin ich dann hier?«

»Du wolltest nicht, dass ich dich zurücklasse.«

Richtig.

»Du kennst die Gegend, ich kenne sie nicht«, fuhr er fort. »Ich dachte, falls etwas schiefgeht, könntest du uns von hier weglotsen.«

»Ich bin dein Schutz?«

Er grinste. »Eher so etwas wie eine Gewähr.«

»Beeilung, bitte«, rief Vyand. »Ich habe nicht den ganzen Tag Zeit.«

Ich hob die Hände und gab mich geschlagen. »Na schön, ich halte die Klappe und bin einfach nur gefährlich.«

»Danke.« Wir gingen zurück zu Vyand. »Wir nehmen dein Angebot an.«

»Welches?«

»Dass du uns Balju vorstellst«, sagte ich. Jeatar sah mich finster an.

»Ich glaube zwar nicht, dass ich das wirklich angeboten habe, aber warum nicht? Euch beide zusammenzubringen dürfte lustig werden.«

»Wo wohnt er?« Ich achtete nicht auf Jeatars tadelnden Blick.

»Die Terrassen.«

Mein Magen kribbelte. Dort war ich nicht mehr gewesen, seit uns die Baseeri-Soldaten hinausgeworfen hatten.

Wir folgten Vyand zur Straße. Bedienstete eilten vorbei, die meisten trugen Körbe und Kisten. Die Kanäle mochten verstopft sein, doch die Straßen waren sauber gefegt, die Hecken gestutzt, die Bäume hübsch geformt. Schmiedeeiserne Zäune umgaben die Villen, und blühende Ranken verschiedener Arten sorgten für etwas Abgeschiedenheit.

»Mann«, stieß Danello leise hervor. »Hier ist es genauso schön wie dort, wo die Villa des Untergrunds war.«

Wir passierten die Abzweigung zu den Gärten und steuerten auf die Brücke zu. Auf beiden Seiten hielten Soldaten Wache. Ihre roten Uniformen leuchteten in der untergehenden Sonne. Sogar ihre Schwerter funkelten.

»Hier lang«, sagte Vyand und bog in eine der längeren Alleen, die die Insel teilten. »Es ist da unten, am Ende der Straße.«

Diese Villen wiesen keine Zäune auf. Stattdessen waren sie von hohen Steinmauern in verschiedenen Tönen von Weiß, Rosa und Gold umgeben. An den soliden schmiedeeisernen Toren prangten Familienwappen. Einige erkannte ich, wenngleich die Familien seit fünf Jahren nicht mehr hier lebten. Wussten die Baseeri überhaupt, was die Wappen bedeuteten? Vermutlich hielten sie sie für Zierwerk.

Ich war nicht sicher, was mich wütender machen würde – wenn sie es nicht wüssten oder wenn es ihnen einerlei wäre.

Gelbe Blütenblätter trieben im Wind und rieselten von den blühenden Bäumen auf den Gehweg. Sie sammelten sich im Gras wie helle, süß duftende Teppiche. Kinder lachten, Wasser platschte. So ganz anders als die Geräusche auf der anderen Seite von Geveg. Zumindest heute.

»Mädchen!« Mama rannte über das Gras zum Brunnen. »Kommt rein.«

Tali kicherte und trat mehr Wasser in meine Richtung. Ich spritzte nicht zurück. Mein Blick war an Mama vorbei zu den Soldaten gewandert, die auf die Brücke zurannten.

»Tali, kommt sofort aus dem Brunnen raus.«

Jemand schrie. Dann noch jemand. Durchdringendes Klirren ertönte, und Mama keuchte. Sie packte Tali und zog sie aus dem Wasser.

»Nya, beeil dich!«

Das war der erste Angriff gewesen. Nicht die Invasion, die wenige Tage später folgte, sondern jener, der uns alle überraschte. Eine kleine Streitkraft, die geschickt worden war, um den Gouverneur zu töten und uns der Fähigkeit zu berauben, uns zu organisieren und uns zu wehren. Eigentlich die gleiche Taktik, die sie nun mit Hilfe der Unsterblichen anwendeten.

»Hier ist es wunderschön«, wiederholte Danello. »Solchen Stein habe ich noch nie zuvor gesehen. Und Email an den Toren? Das muss ein Vermögen kosten.«

Meine Schritte wurden langsamer, mein Herz raste. Die Straße endete vor uns in einer eleganten Sackgasse mit geschwungenen Hecken. Am Ende stand eine zweigeschossige Villa aus cremefarbenem Stein. Dunkle Rosenholzläden in der Form von Schmetterlingsflügeln hingen vor den vorderen Fenstern im oberen Stockwerk. Talis Zimmer.

Mich schauderte. Mir wurde von Kopf bis Fuß kalt. Zu Hause. Ich war zu Hause.

»Nya?« Danello sah mich besorgt an. »Was ist?«

Hingen noch immer die Schmetterlinge aus Buntglas von der Decke? Fingen sie immer noch das Morgenlicht ein und zauberten Regenbogen über das Bett?«

»Schnüffelchen«, sagte ich leise.

»Was?«

»Talis Katze. Ihr Name war Schnüffelchen. Sie hat immer das Licht durch das ganze Zimmer gejagt und versucht, das Funkeln auf den Mobiles zu fangen. Dabei stieß sie alles um, und Tali lachte so heftig, dass sie aus dem Bett fiel.«

Danello legte mir eine Hand auf die Schulter. »Hier hast du gewohnt? *Hier?*«

Ich nickte. Tränen traten mir in die Augen. »Unter dem vorderen Fenster waren Blumen. Ein ganzer Garten voll von Seeveilchen. Mamas Lieblingsblumen. Soldaten haben sie zertrampelt.«

Ein lautes Hämmern an der Tür. Tali und ich kauerten zusammen mit unserem Hausmädchen Lenna am Fuß der Treppe. Ihr Mann Wen ging an die Tür. Wir waren als Einzige übrig.

Soldaten. Immer Soldaten.

»Auf Befehl von Herzog Verraad von Baseer habt ihr das Grundstück umgehend zu verlassen.«

Wen zuckte mit keiner Wimper. »Dies ist die Villa meines Herrn, und ihr werdet keinen Fuß über die Schwelle setzen. Ich bin kein Untertan eures Herzogs.«

Ein Soldat bewegte sich – ein flinker Schwertstreich. Wen krümmte sich, keuchte und grunzte. Der Soldat riss das Schwert heraus, und Wen fiel zu Boden.

Lenna schrie auf, rannte los und sank neben ihm auf die Knie. Ein anderer Soldat packte sie am Haar und schleifte sie hinaus. Sie brüllte weiter . . . dann zischte Metall, und sie verstummte.

»Lenna!« Ich lief hinter ihr her. Ein Soldat fing mich ab und schleuderte mich zurück hinein. »Sonst noch jemand im Haus?«, fragte er.

»Raus hier!«, schrie ich ihn an.

»Sonst noch jemand im Haus?«

Tali sauste herbei und schlang die Arme um meine Mitte. »Nya, ich hab Angst.«

»Wo sind eure Eltern?«

»Tot. Eure Freunde haben sie umgebracht, und ich hoffe, Papas Freunde bringen euch um.«

Der Soldat rief den anderen zu, und sie packten uns wie Kaffeesäcke, trugen uns hinaus. Lenna lag in den Veilchen. Ihr blondes Haar bedeckte die violetten Blüten wie Spinnweben. Ihre Augen starrten blicklos ins Leere.

Die Soldaten warfen uns auf die Straße hinaus und schlugen hinter uns das Tor zu.

Die Wut, die Angst – beides fühlte sich genauso wirklich an wie damals. »Nachdem die Soldaten uns hinausgeworfen hatten, weinten Tali und ich und hämmerten ans Tor. Wir flehten sie an, uns wieder hineinzulassen. Ich hörte vor ihr damit auf. Es wurde allmählich dunkel, und ich wollte nach Einbruch der Nacht nicht im Freien sein. Das war nicht sicher. Ich ging zur Villa eines Nachbarn, aber dessen Tor war versperrt. So wie das aller anderen.«

»Das ist schrecklich. Es tut mir so leid, Nya.«

»Wir schliefen im Garten unter einigen Büschen. Ich wusste nicht, wo ich sonst hingehen sollte. Ich war erst zehn. Wie konnten sie uns das antun?«

Danello umarmte mich, und ich klammerte mich an ihm fest, konnte kaum atmen.

»Wir holen uns dein Zuhause zurück, ich versprech's«, sagte er.

Würden wir das wirklich? Selbst wenn wir den Herzog besiegten, die Baseeri hatten diese Inseln, diese Villen für sich in Beschlag genommen. Vielleicht galt Neuss' Meinung nicht stellvertretend für alle, doch mein Bauchgefühl sagte mir, dass einige diese Häuser mittlerweile als *ihr* Zuhause betrachteten.

Jeatar drehte sich um und kam zurück zu der Stelle, an der ich stehengeblieben war. »Ist alles in Ordnung?«

Nein, aber ich hatte nicht vor, Vyand das wissen zu lassen.

»Stein in der Sandale«, erwiderte ich und schüttelte meinen Fuß. Ich nahm nicht an, dass Jeatar mir glaubte, aber er blickte zu Danello und nickte.

»Vyand sagt, Balju ist in dem Haus da.«

»Gut.«

Das Tor öffnete sich mühelos. Ein Steinweg führte zur Vordertür. Keine Blumen, keine Bänke, keinerlei Verzierungen. Büsche und Gras waren zu ordentlichen Linien gestutzt. Ein Soldatenhof. Vermutlich hatte sie uns zum richtigen Ort geführt. Ich zwang meine Füße, in Bewegung zu bleiben.

Der offene Hof präsentierte sich in sattem Grün. Die Bäume standen in einigem Abstand zueinander, so boten sie eine gute Sicht innerhalb wie außerhalb der Villa, aber keine Deckungsmöglichkeiten. Eine niedrige Reihe von Gardeniabüschen verlief an einer Seite des Gebäudes entlang, doch es gab zu viele Fenster, die diesen Teil des Grundstücks überblickten, um sich darin verstecken zu können. Jeder im Inneren konnte uns kommen sehen.

»Wo sind die Wachen?«, fragte ich.

»Außen, am Ufer. Es ist nicht nötig, sie im Inselinneren zu postieren.«

Vyand klopfte an die Tür, und ein Mann in roter Uniform öffnete. Außen mochte es keine Wachen geben, aber von innen wurde das Haus sehr wohl bewacht.

»Hast du etwas vergessen?« Der Mann musterte den Rest von uns mit weniger Argwohn, als ich erwartet hatte.

»Nein, aber ich muss zu Kommandant Balju, falls er abkömmlich ist.«

»Ich sehe nach, ob er kurz Zeit hat.« Er ließ uns hinein und forderte uns auf, in der Eingangshalle zu warten. Danello bewunderte mit großen Augen die Wandbehänge. Baseeri-Machwerk, was mich überraschte. Ich hatte nicht gedacht, dass irgendetwas hier ihnen gehörte.

»War dein Haus auch so schön?«, flüsterte Danello.

»Ich erinnere mich nicht richtig«, log ich. Von hier aus konnte ich nicht viel von der Villa erkennen, doch was ich sah, wirkte in meinen Augen eher kriegsvorbereitend als künstlerisch. Kein Kristall, kein mundgeblasenes Glas, keine Kunstwerke an den Wänden. Unsere Villa war von Licht, Farben und Gelächter erfüllt gewesen.

Der Wächter kehrte zurück und winkte uns hinein. Vyand ging voraus und lächelte einen großen Mann an, der eine Pose einnahm, die ich in letzter Zeit häufig gesehen hatte. Er stand an einem mit Plänen übersäten Tisch, um den sich weitere Männer versammelt hatten.

»Danke, dass Ihr mich empfangt, Kommandant.«

»Ist mir immer ein Vergnügen.«

Ich sah Danello an. Ernsthaft?

»Ich möchte Euch jemanden vorstellen.« Sie wich beiseite, und Jeatar trat vor.

»Ihr Heiligen, erbarmt euch, du lebst!«, rief ein Mann rechts von Balju. Er fuhr sich mit beiden Händen durch die dunklen Haare, dann eilte er zu Jeatar und umarmte ihn. »Wir haben das Schlimmste befürchtet, als wir in Baseer deine Spur verloren.«

»Riendin, ich freue mich auch, dich zu sehen.«

Vyand zog eine Augenbraue hoch. »Ich schätze, eine Vorstellung erübrigt sich damit.«

Jeatar wirkte glücklich, zugleich jedoch besorgt.

Riendin ließ Jeatar los und hielt ihn auf Armeslänge. »Du hast ja keine Ahnung, wie froh ich bin, dich zu sehen, vor allem jetzt.«

»Vielleicht solltest du uns alle aufklären, warum das so gut ist«, schlug Balju vor, ein großer, breitschultriger und gutaussehender Mann.

»Das ist der Mann, von dem ich Euch erzählt habe. Er ist Bespaars Sohn!«

Jeatar spannte die Schultern an. Der Rest der Männer im Raum starrte ihn verblüfft an. In Vyands Miene trat ein seltsamer Ausdruck. »Na so was, na so was«, murmelte sie.

Danello beugte sich zu mir. »Wer ist Bespaar?«

»Der Bruder des Herzogs.«

Danello hustete. »*Dieses* Herzogs?«

»Ja. Irgendwie ist Jeatar der rechtmäßige Thronerbe.«

»Von *Baseer?*«

Ich nickte.

»Warum hast du mir das nicht *gesagt?*«

»Und warum hast du *mir* nicht gesagt, dass du es wusstest?«, wollte Jeatar wissen und schenkte mir mehr Beachtung als den Männern, die sich hinter ihm förmlich überschlugen. »Wie hast du es herausgefunden?«

»Ich hab's mir zusammengereimt.«

Er starrte mich mit Verblüffung und ein wenig Stolz im Gesicht an.

Balju schlug mit der Faust auf den Tisch, und es kehrte Stille ein. »Bespaars Sohn ist hier.« Er schüttelte den Kopf, als könne er es nicht glauben. »Wir haben lange nach Euch gesucht.«

»Der Herzog auch. Ich hielt es für das Beste, eine Weile zu verschwinden, bis wir bereit waren.«

»Riendin sagte, der Untergrund sei nicht tot. Er meinte, selbst wenn Ihr gefallen wärt, bestünde immer noch Hoffnung.«

»Es ist nicht viel vom Untergrund übrig, aber der Widerstand in Geveg ist stark. Deshalb bin ich hier – um ein Bündnis zwischen beiden Seiten zu schmieden.«

Balju zeigte sich verwirrt. »Ihr arbeitet mit den Gevegern zusammen?«

»So ist es.«

»Warum?«

Ich öffnete den Mund. Danello legte mir rasch eine Hand darauf. »Klappe halten und gefährlich sein, schon vergessen?«, flüsterte er mir ins Ohr. Ich nickte und schluckte meine Worte hinunter.

»Weil das ihre Heimat ist«, antwortete Jeatar für mich. »Und sie verdienen es, sie zurückzubekommen.«

Das schien den Männern um Balju egal zu sein. Sie wechselten stirnrunzelnde, argwöhnische Blicke untereinander.

»Wollt Ihr damit sagen, wir sollen einfach gehen und die Stadt *ihnen* überlassen?«

Mir gefiel nicht, wie er »ihnen« aussprach.

»Ich denke, wir sollten sie zuerst retten und danach beschließen, wie wir das Chaos beseitigen, das der Herzog angerichtet hat.«

Balju überlegte und schlug mit den Knöcheln leise auf den Tisch. »Ich habe Euren Vater unterstützt«, sagte er schließlich. »Ich habe gegen Verraad gekämpft, als er versuchte, den Thron zu stehlen, und ihm Vergeltung geschworen, nachdem er es getan hatte. *Ihr* solltet auf dem Thron sitzen, nicht er.«

»Dann lasst uns das ändern.«

Balju schürzte die Lippen. »Wer ist das Mädchen? Sie ist zu alt, um von Euch zu sein.«

»Sie ist eine Analov.«

Baljus Augen weiteten sich. »Wirklich?«

Alle Blicke im Raum hefteten sich auf mich. Ich griff nach Danellos Hand und drückte sie. Er sah mich fragend an. Durfte ich jetzt sprechen? Jeatar sagte weder etwas, noch schaute er in meine Richtung, also wahrscheinlich nicht.

»Regeers Urenkelin.«

Weiteres Getuschel im Raum und seltsame Mienen in den Gesichtern der älteren Männer.

»Ist Onderaan bei Euch?«

Ihn kannten sie auch? Ich sah Danello an, der genauso überrascht wirkte wie ich. Woher kannten diese Leute meine Familie? Wer waren sie?

»Ja. Er kämpft ebenso für Geveg wie ich. Und sie.« Jeatar stand aufrecht da und verschränkte die Arme vor der Brust. »Wir haben lange auf diese Gelegenheit gewartet. Wenn Ihr Euch uns anschließt, können wir eine Menge alter Fehler wiedergutmachen. Tut Ihr es nicht, erobere ich Geveg mit den Analovs zurück und sehe dabei zu, wie der Herzog Euch mit seinen Feuergeschossen bombardiert.«

Riendin sog scharf den Atem ein. Balju beugte sich mit zu Schlitzen verengten Augen vor, doch in seinem Gesichtsausdruck lag auch Respekt. »Die Analovs und die Bespaars, wieder vereint.«

Jeatar streckte ihm die Hand entgegen. »Also haben wir ein Bündnis?«

Balju überlegte kurz, dann ergriff er Jeatars Hand. »Ja. Nehmt Platz, wir wollten eben unsere Taktiken besprechen.« Er schaute zu Danello und mir. »Vyand, wärst du so nett, Fräulein Analov und ihren Wächter ins Nebenzimmer zu begleiten?«

»Gewiss, Kommandant.«

»Aber …«

Jeatar schüttelte den Kopf. »Diesmal nicht, Nya. Tut mir leid.«

Es tat ihm leid? Er ließ mich rauswerfen, und es tat ihm *leid?* Ich hatte Fragen, so viele Fragen.

Vyand scheuchte uns hinaus und schloss hinter sich die Tür. In der Eingangshalle wartete derselbe Wächter und unterhielt sich mit einem Mädchen in Haushälterinnenkluft.

»Wie konnte er mich rauswerfen?«

»Das musste er«, erklärte Vyand. »Balju würde mit einem Kind im Zimmer nicht über Gefechtsstrategien sprechen, ganz gleich, welcher Familie du angehörst.«

»Ich bin wohl kaum ein Kind. Und ich bin eine *de'* Analov. Das wird immer verwechselt.«

Vyand schwenkte eine Hand in meine Richtung. »Tu nicht so blauäugig. Wenn dein Mann da drin in Schwierigkeiten wäre, würdest du es mit der ganzen Gruppe aufnehmen und gewinnen, aber darum geht es nicht. Balju kennt dich nicht.«

»Ihren Namen schien er aber sehr wohl zu kennen«, warf Danello ein.

»Das sollte er auch. Ihre Familie hat Geveg gegründet.«

Danello verstummte kurz. »Du hast das unlängst ernst gemeint? Als du gesagt hast, deine Familie hätte geholfen, die Stadt zu errichten, da dachte ich, du meintest, sie wären Maurer gewesen.«

Vyand lachte, und Danello errötete. Ich hätte am liebsten beide erwürgt.

»Weißt du, es ist sogar ein Park nach ihr benannt«, sagte sie.

»Nach meinem Urgroßvater, nicht nach mir.«

Danello sank auf ein Sofa. »Mann. Ich wusste, dass du mal eine Adelige warst, aber das ... Mann, die ganze Stadt?«

Vyand kicherte abermals. »Ich muss einfach fragen. Wo hast du deinen Mann kennengelernt, Bespaars Sohn? Du verkehrst ja mit sehr interessanten – und mächtigen – Leuten.«

»Wir sind einander bei der Gilde über den Weg gelaufen.«

»Muss ja eine bemerkenswerte Begegnung gewesen sein.« Sie starrte mich an. In ihren blauen Augen spielte sich wer weiß was ab, als wolle sie eigentlich weitere Fragen stellen, aber nicht den Eindruck erwecken, als wisse sie irgendetwas nicht. »Tja«, meinte sie schließlich. »Es war entzückend, aber jetzt muss ich gehen.«

»Natürlich«, sagte ich, frustriert und verwirrt. Ich wusste nicht, wen ich zuerst anschreien sollte. Oder ob ich es überhaupt tun sollte. »Du kannst ja *unmöglich* bleiben und für etwas kämpfen, das es wert ist, verteidigt zu werden.«

»Hältst du mich wirklich für so gefühllos?«

Ich schnaubte. »Ich glaube, wenn ich dir die zwei bohnengroßen Saphire in meiner Tasche anböte, könnte ich dich als Leibwächterin anwerben.«

Sie grinste und streckte mir die Hand mit der Handfläche nach oben entgegen. »Abgemacht.«

»Was?«

»Ich nehme dein Angebot an. Dir steht meine gesamte Mannschaft zur Verfügung.«

Das konnte nicht ihr Ernst sein. Es war ein Witz, eine Beleidigung, eine List, um mir die zwei Edelsteine abzuknöpfen. »Das war sarkastisch gemeint.«

»Ich meine es ernst. Ich beschütze dich, und ich beschütze deinen Mann.«

»Würdest du wohl aufhören, ihn so zu nennen?«

»Fein.« Sie trat näher, und die gespielte Boshaftigkeit verschwand. Ihre Augen waren klar, ausdrucksstark und – die Heiligen mochten mir vergeben – *aufrichtig*. »Bespaars Erbe hat sich mit dir zusammengetan. *Das* ist ein Mann, der es wert ist, beschützt zu werden, und die einzige Möglichkeit, dass er es zulässt, ist, wenn er denkt, ich beschütze dich.«

»Warum in Saeas Namen solltest *du* ihn beschützen wollen?«

Sie wich zurück, und das Funkeln trat wieder in ihre Augen. »Du bist nicht die Einzige, die miterleben will, dass der Herzog für seine Verbrechen bezahlt.«

Einundzwanzigstes Kapitel

Was soll das heißen, du hast Vyand als Leibwächterin angeworben?« Aylin starrte mich an, als hätte ich den Verstand verloren. Vielleicht hatte ich das ja auch.

»Ich hab es nicht absichtlich gemacht.«

Danello nickte. »Vyand hat sich auf die Gelegenheit gestürzt. Sie muss etwas im Schilde führen.«

Etwas, bei dem es um Jeatar und den Herzog ging – und ich wollte nicht, dass Vyand die beiden auch nur in Gedanken miteinander in Verbindung brachte.

»Ich habe noch nie erlebt, dass jemand vom Kopfgeldopfer zur Herrin wurde. Hältst du das wirklich für eine gute Idee?«

Ich seufzte. »Wir reden hier von Vyand, also kann es keine gute Idee sein. Vielleicht kreuzt sie ja gar nicht auf.« Vyand hatte noch weitere »Geschäfte« zu erledigen und gemeint, sie würde später zu uns stoßen. Wo, hatte sie nicht gesagt, und ich hatte ihr nicht anvertraut, wo wir sein würden.

»Weiß es Jeatar?«

»Ich sag's ihm, wenn sie hier eintrifft.«

»Er hat doch vor zurückzukommen, oder?«

»Hat er jedenfalls gesagt.« Jeatar war nach einer halben Stunde aus seiner Besprechung mit Balju gekommen und hatte seinen Wachen aufgetragen, uns zurückzubringen. Ein Teil von mir fragte sich, ob er uns nur aus dem Haus haben wollte. »Er wollte mit den Baseeri alles unter Dach und Fach haben, bevor er mit unseren Leuten redet.«

Jemand klopfte an die Tür.

»Das ist Onderaan mit Neuigkeiten über Tali«, sagte ich und erhob mich. »Er wollte noch mal vorbeikommen, um Tali zu sehen.« Er hatte den ganzen Tag mit ihr verbracht, während wir unterwegs waren. Aylin hatte mir erzählt, dass sie ihn fortwährend angestarrt hatte, als wüsste sie nicht recht, woher sie ihn kannte.

Ich öffnete die Tür, und Onderaan trat ein. Tali schaute auf und begann erneut, ihn anzustarren. »Guten Abend«, sagte er und nahm Platz. »Wie ich höre, hattet ihr heute einen aufregenden Tag.«

»Mein Leben ist in letzter Zeit nur noch aufregend. Hast du in Zertaniks Buch etwas gefunden, um ihr zu helfen?« Ich hatte so viele Fragen an ihn, aber Tali war am wichtigsten. Warum der Anführer des Baseeri-Widerstands wusste, wer er war – und wer *wir* waren –, konnte ich ihn später fragen.

»Unter Umständen. Er hat umfangreiche Notizen über das Kragstun angefertigt. Aber er hat nichts darüber geschrieben, wie man die Auswirkungen des Metalls umkehrt.«

»Das klingt nicht besonders hilfreich«, fand Danello.

»O doch. Ich habe herausgefunden, dass sich das Kragstun auf das Nervensystem und das Gehirn auswirkt. Ich weiß zwar noch nicht, wie, aber wenn es etwas ist, das den Körper angreift, muss es eine Möglichkeit geben, es zu heilen. Du hast gesagt, es ging Tali besser, nachdem ihr Danello geheilt hattet.«

Ich nickte. »Sie hat aufgehört, Leuten wehtun zu wollen.«

»Womöglich hat sie unabsichtlich einen Teil des Schadens geheilt.«

»Kann sie auch den Rest heilen?«

Er schüttelte den Kopf. »Das bezweifle ich. Ich glaube, sie braucht jemanden, der für Verletzungen des Gehirns oder der Nerven ausgebildet ist, um den Rest des Schadens zu beheben.«

»Ein Grund mehr, die Gilde zurückzuerobern.« Als ob wir sonst noch einen Grund bräuchten. Ich hatte keine Ahnung, ob Meisterheiler Ginkev noch dort war, aber wenn jemand wusste, wie man ein Gehirn heilte, dann er.

»Papa?«, sagte Tali. Mit ausgestreckten Händen kam sie herüber.

Mir stockte der Atem. »Nein, Tali, das ist Onderaan, Papas Bruder.«

Sie fuhr mit den Fingern über seine Stirn. Reglos harrte er aus, während sie sein Gesicht betastete. »Wo ist Papa?«

»Er ist gestorben.«

»Soldaten kommen, Soldaten bleiben, kannst du sie denn nicht vertreiben?«, sang sie leise.

»Das versuchen wir gerade.«

Tali nickte und ging davon, strich mit den Fingern ein letztes Mal über Onderaans Wange. Sie suchte sich das Fenster aus und rollte sich davor ein, stützte das Kinn auf das Sims.

Ich holte tief Luft und hielt meine Tränen zurück. Danello schlang von hinten die Arme um mich.

»Wir finden eine Möglichkeit, ihr zu helfen.«

Ich nickte nur, hatte einen zu großen Kloß im Hals, um zu sprechen.

Onderaan erhob sich mit traurigem Blick. »Ich forsche weiter.«

»Warte noch, bevor du gehst«, bat ich ihn. »Balju, der Anführer der Baseeri, hat sich nach dir erkundigt. Er wusste, wer wir sind. Er kannte unsere Familie. Jeder dort schien über uns Bescheid zu wissen.«

»Wir waren enge Verbündete von Jeatars Familie. Vater und Bespaar waren gute Freunde.«

»Hatten sie geplant, den Herzog gemeinsam zu stürzen?« Ich vermutete es, aber die Wissensbrocken, die ich errungen hatte, genügten nicht, um es zu bestätigen.

Onderaan nickte. »Ja, nachdem Verraad die Macht übernommen hatte. Dein Großvater half Jeatar, aus Sorille zu entkommen, als die Stadt niedergebrannt wurde. Er schmuggelte ihn in einem Getreidekarren hinaus und opferte dafür sein eigenes Leben. Peleven half ihm, sich eine Zeitlang in Geveg zu verstecken, dann gelang es uns, ihn auf den Bauernhof zu schaffen. Er gehörte früher seiner Großtante, aber er war von der Familie vergessen worden und bedurfte einer Menge Instandsetzungsarbeiten.«

»Kam der Herzog deshalb nach Geveg?«, fragte ich und fürchtete mich vor der Antwort. Aber ich hatte die Anschuldigungen schon in Baseer, in der Villa des Untergrunds gehört – dass der Herzog wegen meiner Familie über Sorille hergefallen sei. »Weil Papa ihn dort versteckte?«

Onderaan kam näher und legte die Hände auf meine Schultern. »Nya, nein. Der Herzog hatte bereits geplant, in Geveg und Verlatta einzufallen. Er hatte keine Ahnung, dass sich Jeatar dort befand, sonst hätte er die Stadt ebenfalls zerstört, statt sie zu besetzen. Er glaubte, Jeatar sei tot.«

»Aber jetzt glaubt er das nicht mehr«, meinte Danello. »Inzwischen weiß er es wahrscheinlich, oder? Immerhin wollte er zum Bauernhof.«

»Vielleicht erinnert er sich nicht mehr an den Bauernhof. Wir haben keine Verbindungsleute mehr in seinem Umfeld, deshalb wissen wir es nicht mit Sicherheit.«

Mein Bauchgefühl sagte mir, dass er es wusste, wenngleich vielleicht erst seit Kurzem. Jeatar hatte sich zu erkennen gegeben und vor einem Raum voll Baseeri verkündet, wer er war. Vielleicht hatte er es ursprünglich nicht vorgehabt, aber wenn sein Freund gewusst hatte, dass er noch lebte, dann wussten es wahrscheinlich auch andere. Zu erklären, dass der rechtmäßige Erbe noch lebte und kampfbereit war, stellte eine gute Möglichkeit dar, Unterstützung für die eigene Seite zu erlangen.

»Was ist, wenn er es weiß?«, fragte Aylin.

»Dann wird er mit allem angreifen, was er hat.«

Schließlich kehrte Jeatar zurück und berief ein spätes Treffen ein. Lampen erhellten den Kartenraum über der Schmiede. Die Schatten dutzender Leute flackerten an den Wänden. Ellis stand zu Jeatars Rechter, sein Freund Riendin als Vertreter der Baseeri zu seiner Linken. Auch Kione und die neu ernannten Unteroffiziere waren anwesend, außerdem einige Gesichter, die ich nicht kannte. Ihre finsteren Mienen legten nahe, dass sie zu Baljus Gruppe gehörten. Unsere Leute erwiderten die finsteren Blicke.

»Wir haben ein Bündnis mit dem Baseeri-Widerstand«, begann Jeatar, doch niemand jubelte. »Wir haben Verbindung mit den Bauern und Viehzüchtern aufgenommen, und auch sie sind bereit, mit uns zu kämpfen. Heute Morgen haben wir die Kontrolle über die Nordinsel übernommen und unsere Leute am Brückenwachposten aufgestellt. Ellis ist es gelungen, Optel zu überzeugen, uns zu helfen, und wir konnten uns ins Alehaus einschleichen. Dort haben wir Kenntnisse über ihre Truppenstärke und -bewegungen erlangt, und wir haben einen Angriffsplan.«

Er ergriff zwei rote Steine von der Karte. »Die Baseeri gehen über die Nord- und Südinsel rein. Die Südinsel ist überwiegend verlassen, und große Teile davon liegen in Schutt und Asche.« Er legte die Steine an den Brücken zum Gildeplatz ab. »Sie werden bereit sein, wenn wir sie brauchen.«

Jeatar nahm zwei weitere Steine, diesmal violette, und legte sie auf die Brücken zur Oberen Hauptinsel. »Die Geveger übernehmen die Obere Hauptinsel. Kione kommt von hier« – er zeigte auf die Stelle – »und Ellis von hier.«

Ellis bekam die untere Brücke zugeteilt – dieselbe, die zu erobern uns mit Ipstan nicht gelungen war. Laut den Spähern handelte es sich um die schwieriger zu überquerende und zu erobernde Brücke, da es sowohl auf der Oberen als auch auf der Unteren Hauptinsel mehr Reservetruppen für den Fall eines Angriffs gab.

»Die Bauern und ausgewählte Truppen von beiden Seiten kommen hier und hier herein.« Er ließ gelbe Steine auf die Brücken zur Unteren Hauptinsel fallen.

»Zeitplan?«, fragte Ellis.

»Bei den Hauptinseln schlagen wir bei Sonnenaufgang zu. Die Baseeri stürmen die Brücken von der Nordinsel zur Gilde. Sobald wir die Hauptinseln gesichert haben, unternehmen wir einen vollen Angriff auf den Gildeplatz. Bis dahin werden wir die Kontrolle über jede Insel und Brücke erlangt haben, die den Platz umgibt.«

Danello hob zaghaft eine Hand. Jeatar grinste. »Ja?«

»Wenn wir so viele Brücken gleichzeitig angreifen, werden die dann nicht merken, dass etwas im Busch ist?«

»Die Gefahr besteht, aber ich habe Leute im Alehaus, die den Soldaten erzählen, ein weiterer Angriff stünde unmittelbar bevor. Ellis wird dafür sorgen, dass einige ihrer Truppen dabei gesehen werden, wie sie sich an jener Brücke scharen. Ich hoffe, dass die Streitkräfte der Blauen durch diese Gerüchte und die Baseeri-Angriffe auf die Brücken so verteilt sein werden, dass wir sie von hinten überfallen können. Wenn wir Glück haben, bringen sie den Großteil ihrer Männer bereits zum Einsatz, bevor ihnen klar wird, dass alle Brücken auf einmal angegriffen werden.«

»Der Köder könnte nicht verlockend genug sein«, meinte Riendin. »Im Moment fühlen sie sich überlegen. Sie bräuchten schon einen guten Grund, um sich übermäßig ins Zeug zu legen.«

Beklommenheit ließ meine Eingeweide verkrampfen. »Wie zum Beispiel mich.«

Er nickte. »Oder jemanden, der sich als sie ausgibt. Wenn wir jemanden ihrer Größe in eine Pynviumrüstung stecken, kann sie das lange genug zum Narren halten.«

»Würden sie nicht ihre gesamte Armee aufbieten, denjenigen zu töten?«, gab Kione entsetzt zu bedenken.

»Wir könnten nach einem Freiwilligen fragen.«

Einer der Unteroffiziere schnaubte. »Du erwartest, dass wir einfach dort reinstürmen und zur Ablenkung sterben?«

»Sind die Geveger nicht tapfer genug, um das Opfer zu bringen?«, meldete sich ein Baseeri zu Wort.

Gebrüll brach aus. Jeatar schlug mit der Faust auf den Tisch. »Der Kampf findet da draußen statt, nicht hier.«

»Ich muss das selbst tun«, sagte ich und wünschte, jemand anders könnte es übernehmen.

Aylin ergriff meine Hand. »Nya, nein.«

»Wir bräuchten einen Heiler, der lang genug überleben kann, um etwas auszurichten, und wir brauchen jeden Heiler *außerhalb* der Schlacht, um zu heilen. Außerdem kann ich den Feind blitzen und so die Ränge lichten, um unseren Leuten einen noch größeren Vorteil zu verschaffen.«

Jeatar runzelte zwar die Stirn, doch er wusste, dass ich recht hatte. »Sie werden dich erwarten.«

»Ich weiß.«

»Du wirst Schutz brauchen.«

Ich lächelte. Vyand würde sich ihre Bezahlung wohl doch verdienen müssen. »Darum habe ich mich bereits gekümmert.«

Die Falten auf Jeatars Stirn wurden tiefer. »Du wirst mehr als Danello brauchen.«

»Mir steht eine ganze Mannschaft zur Verfügung.« Eine, die aufs Spiel zu setzen mich nicht im Geringsten störte.

Die Pynviumrüstung passte mir immer noch nicht. Der Brustpanzer hing schwer und hinderlich auf meinen Schultern und stieß gegen meine Rippen, wenn ich mich bewegte. Selbst dass ich ihn mit zusätzlichen Hemden auspolsterte, half wenig, auch wenn es zumindest verhinderte, dass sich das Metall in mein Fleisch bohrte. Die Armschienen ragten an den Gelenken über meine Hände, hielten aber wenigstens. Die Beinschoner waren in Ordnung.

»Hier.« Jeatar hob einen Helm an, der verdächtig nach einem umgestalteten Topf aussah, und stülpte ihn mir über den Kopf. Über die obere Hälfte meines Gesichts zog er ein Visier, das meine Augen bedeckte. Durch einen dünnen Streifen konnte ich sehen, allerdings nicht gut.

»Mit diesem Ding werde ich über meine eigenen Füße stolpern.«

»Es schützt deine Augen.«

Ein Glückstreffer konnte diesen Kampf schnell beenden. Das musste ich hinauszögern und die Blauen so verängstigen, dass sie jeden herbeiriefen, den sie hatten, um mich aufzuhalten.

Wir standen unter Erfolgszwang. Eroberten wir die Gilde, hätten wir eine Chance, den Herzog zu schlagen. Und Tali zu heilen. Versagten wir, würde er uns alle zu Asche verbrennen.

Dutzende Leute umgaben mich, Hunderte mehr befanden sich hinter mir. Die Zahl unserer Armee ging mittlerweile in die Tausende, dennoch reichte sie nicht annähernd an das heran, was der Herzog befehligte. Trotz all dieser Menschen ringsherum fühlte ich mich allein. Danello war bei seinem Vater und nahm am Angriff der Bauern teil. Er war alles andere als glücklich darüber gewesen, und wenn mich mein Bauchgefühl nicht täuschte, vermutete er, dass ich ihn schon wieder aus dem Gefahrenbereich verbannte.

»Nya, bist du dir bei dieser Sache völlig sicher?«, fragte Jeatar. Ich wusste nicht genau, wo er kämpfen würde, aber Riendin war entschieden dafür eingetreten, dass er sich von der Front fernhielte. Einige Mitglieder des Widerstands hatten darüber die Stirn gerunzelt, doch andere hatten sie daran erinnert, was Ipstan widerfahren war. Die Leute, die wussten, was sie taten, mussten dort bleiben, wo sie es auch tun konnten. »Wir können immer noch einen Lockvogel einsetzen.«

»Ich bin mir sicher. Ich will niemand anderen diesem Risiko aussetzen.«

»Abgesehen von mir und meiner Mannschaft«, warf Vyand ein.

Sie war mit dem hünenhaften und schweigsamen Stewwig sowie einem Dutzend Männern und Frauen eingetroffen, die aussahen, als könnten sie es allein mit den Blauen aufnehmen. Jeatar war nicht erfreut, als er von ihr erfuhr, aber er hatte mir beigepflichtet, dass es in gewisser Weise nur gerecht sei, wenn sie nun versuchen würde, mich am Leben zu halten. Mir wäre nur lieber gewesen, er hätte nicht den Begriff »versuchen« benutzt.

»Ihr seid gut gerüstet und ausgebildet. Ihr kommt schon klar«, gab Jeatar zurück und blickte kaum in ihre Richtung. Sie und die anderen trugen alle Kettenpanzer. Ihre Gesichter waren bereits verschwitzt, obwohl die Sonne noch nicht aufgegangen war.

»Das hatte ich eigentlich nicht im Sinn, als ich dein Angebot angenommen habe.«

»Du kannst es dir immer noch anders überlegen.«

Sie warf einen verstohlenen Blick auf Jeatar. »Nein, ich bin der Herausforderung gewachsen.«

Ellis winkte mich zu sich. Sie und ihre Truppen waren bereit zum Aufbruch.

»Viel Glück«, sagte Jeatar.

»Dir auch.« Ich wandte mich Vyand und ihrer Mannschaft zu. »Versucht, mir nicht zu nahe zu kommen, wenn ihr nicht von einem Blitz erwischt werden wollt.«

»So ist es aber schwierig, dich zu beschützen.«

»Es ist noch schwieriger, wenn ihr bewusstlos seid.«

»Auch wieder wahr.«

Ich setzte mich über die Brücke hinweg in Bewegung; gehend, nicht laufend. Wenn ich rannte, würde ich das Gleichgewicht verlieren. Vyand folgte mir. Die Blauen beobachteten, wie wir uns näherten. Ihre Schwerter funkelten in der Sonne, die letztlich über den Horizont lugte. Ein Mädchen gegen eine Armee.

Wenn sie klug wären, würden sie auf meine Arme zielen. Mich dann zu Boden drücken und davon abhalten, den Brustpanzer aus Pynvium zu berühren. Sie würden nicht schnell genug sein, aber sie konnten mich erreichen, bevor ich in ihrer Mitte war, und mich zwingen zu blitzen, bevor der Großteil der Soldaten in Reichweite geriet.

Eine Truppe versuchte es. Die Männer verließen den Schutz der

Brückenbarrikade und stapften mit gezogenen Schwertern und entschlossenen Blicken auf mich zu. Ein kleiner Blitz würde sie ausschalten, aber ich konnte keinen kleinen Blitz auslösen. Der Rest würde unweigerlich folgen und die Schmerzen in der Rüstung für vier Gegner verschwenden, obwohl ich vierhundert außer Gefecht setzen musste.

Nur noch wenige Schritte, und sie kamen immer näher. Kettenpanzer an den Körpern, Entschlossenheit in den Gesichtern.

Fast in Reichweite.

Schatten sausten über den Stein der Brücke, als flögen Vögel über mich hinweg. Mehrere unserer Speere schnellten an mir vorbei und bohrten sich in die Brustkörbe der Blauen. Weitere folgten, trafen zwei andere und bewogen den Letzten, zurück zur anderen Seite der Brücke zu flüchten.

Geschrei schallte von den Blauen herüber; einige brüllten vor Schmerz, als sich das Gift in ihren Körpern ausbreitete, andere vor Angst, als ihnen klar wurde, was geschehen war.

Ich war an diesem Tag nicht das Einzige, was es zu fürchten gab.

Die Blauen zappelten, als wollten sie unbedingt losrennen und mich angreifen, doch die Bedrohung durch die vergifteten Speere hielt sie zurück. Ob ich nun wackelig auf den Beinen war oder nicht, es war an der Zeit zu laufen. Ich musste die Entfernung überwinden und sie alle blitzen. Ihnen Angst einjagen, sie zwingen, alle Verstärkungen herbeizurufen, damit die anderen Brücken leichter zu erobern wären.

Ich schlang die Arme um mich, hielt den Brustpanzer fest und drückte die Hände gegen das Pynvium.

»Jetzt!«

Mit gestrafften Schultern und geducktem Kopf stürzte ich mich ins Gefecht. Schwerter prallten von meiner Rüstung ab, durchdrangen sie aber nicht. Körper rammten mich, brachten mich aus dem Gleichgewicht, doch Hände stützten mich. Jemand sprang wie eine Wand zwischen mich und die Blauen.

Stewwig.

Mit schwingendem Schwert bewegte er sich vorwärts, stumm wie immer. Er hieb durch die Soldaten, als ernte er Getreide, und ebnete einen Pfad tief in die Verteidigung der Blauen. Ich folgte seiner Spur. Es juckte meine Hände, die Rüstung zu blitzen und es hinter mich zu bringen.

Etwas Schweres schlug gegen meinen Helm, und in mir drehte sich alles. Ich hielt mich an Stewwigs Rücken fest, um mich abzustützen, und sah mich nach der Bedrohung um. Doch durch den schmalen Schlitz des Visiers konnte ich unmöglich genug sehen. Soldaten in Blau kämpften gegen Soldaten in braunem Leder. Auf dem Boden zuckten Blaue, Opfer des Gifts. Vyands Mannschaft kämpfte rings um mich und hielt die Woge der Schmerzen zurück.

Sie waren gut. Sie waren sogar *sehr* gut.

Ich war tief genug vorgedrungen. »Geht zurück!«

»Tu es«, rief Vyand.

»Ihr seid zu nah.«

»Tu es trotzdem!«

Ich stellte mir Löwenzahn vor.

PENG! Peng! PENG! Peng! Peng!

Schmerz blitzte gegen meine Haut. Soldaten brüllten, Vyand und Stewwig gingen zu Boden. Mehrere Atemzüge lang kehrte Stille auf der Straße ein, eine trügerische Ruhe inmitten des Sturms. Dann ertönten Hörner, und Männer schrien, allerdings weiter entfernt. Der Ruf nach Verstärkung.

Genau das hatten wir gewollt, trotzdem zitterte ich.

Ich kniete mich hin und ergriff Vyands Wange, eine der wenigen Stellen ungeschützter Haut. Und *zog*.

»Es hat geklappt«, sagte ich, als sie mit einem Schnauben erwachte. »Sie haben Hilfe gerufen.«

»Gut. Nya, lauf weg!«

Sie stieß mich, aber etwas traf mich und zerrte mich zu Boden. Kein Körper – ein Netz! Ich stürzte auf die Straße, quetschte mir zwischen Stein und Pynvium die Finger. Vyand packte das Netz, doch ein Mann in Blau griff sie an und schlug sie beiseite.

Ich versuchte, mich aufzurappeln, aber das Netz verhedderte sich in der Rüstung, verfing sich an den Riemen und Schnallen. Allein das Gewicht der Rüstung gestaltete es schwierig, sich zu bewegen, gefangen im Netz wurde es noch schwieriger.

Abermals blies ein Horn, und die Erde erbebte.

Ich rollte mich ein und wappnete mich gegen die Schläge und

Streiche, die nicht lange auf sich warten lassen konnten. Die Verstärkung nahte. Niemand sah mich auf der Straße liegen oder kümmerte sich um mich, und Soldaten trampelten über mich hinweg. Die Riemen der Rüstung rissen, und mein Schutz schlitterte von mir fort, weggetreten von rennenden Füßen. Meine Knochen brachen. Schmerzen flammten auf, und immer noch kamen Soldaten.

Genau, wie wir es geplant hatten.

Beschütze mich, Heilige Saea, bitte.

Etwas anderes konnte ich nicht tun.

Zweiundzwanzigstes Kapitel

Schließlich versiegte der Strom der Füße. Ich hätte ja vor Erleichterung geseufzt, aber meine Rippen schmerzten zu stark, als dass ich mehr als flach atmen konnte. Ich trug immer noch den Helm und den Brustpanzer, doch die Beinschoner und Armschienen waren verschwunden. Das Netz bauschte sich um mein Visier. Alles, was ich sehen konnte, waren Körper und Blut auf den warmen Pflastersteinen.

»Nya!«

Danello, aber er hörte sich so weit entfernt an. Und verängstigt.

»Hier!«, krächzte ich, doch es konnte nicht laut genug gewesen sein, um ihn zu erreichen. Ich rollte mich herum. Frische Schmerzen durchzuckten mich. Ich schrie auf, lauter als bei meinem Hilferuf.

»Sie ist es!«

Niemand, der verängstigt war oder freundlich klang. Mein Verstand brüllte mir zu, ich solle mich in Bewegung setzen, aber mein Körper konnte nicht. Füße stürmten herbei, dann ertönte Metall auf Metall.

Ich presste die Augen zu, wappnete mich für weitere Schmerzen. Es kamen keine. Über mir, in meiner Nähe wurde gekämpft. Die schnellen Streiche von Rapieren zischten durch die Luft.

Jemand zog an meinen Händen, meinen Beinen. Ich wimmerte vor Schreck. Hatte ich das Bewusstsein verloren? Ich konnte mich nicht konzentrieren, konnte nicht wach bleiben.

»Halt durch, Nya«, sagte Danello. »Hilfe ist unterwegs.«

»Nya braucht hier drüben einen Heiler«, brüllte Ellis. »Beweg sie nicht. Tu gar nichts, bis der Heiler hier ist.«

Die Welt verschwamm vor mir. Farben bewegten sich, Menschen redeten. Ein älterer Mann blieb stehen und kniete sich neben mich. Der Helm wurde mir vom Kopf gezogen. Er legte die

Hände auf meine Stirn. Die Schmerzen in meiner Brust ließen nach, wenngleich meine Glieder immer noch wehtaten.

»Damit sollte sie durchhalten, bis ihr sie zurück zum Stützpunkt schafft.«

»Danke«, sagte Danello.

»Ich muss weiter. Sie haben die Frontlinien der Gilde durchbrochen. Sollte nicht mehr lange dauern.«

»Viel Glück!«

Auskunftsbrocken flogen mir zu, während mich Danello und jemand, den ich nicht sehen konnte, durch die Straßen zur kleinen Krankenstube des Widerstands trugen. Die Soldaten waren auf die List hereingefallen. Die Schlacht tobte zwar noch, aber nicht hier. Unsere Leute hatten die Obere und die Untere Hauptinsel eingenommen und rückten gegen die Gilde vor.

Jeatar hat es geschafft.

Der Sonnenschein verschwand von meinem Gesicht. Eine Tür fiel geräuschvoll zu, und meine Trage wurde zu Boden gesenkt. Ich biss die Zähne zusammen, während Danello und der Unbekannte mich auf eine Pritsche hoben.

»Ihr Heiligen, was ist mit ihr passiert?« Lanelle hörte sich besorgt an.

»Sie wurde niedergetrampelt. Hilf mir, ihr den Brustpanzer abzunehmen.«

»Nein, lass ihn, bis ich diese Knochen geheilt habe. Sonst hat sie zu große Schmerzen.«

Lanelle zog sich einen Stuhl herbei und setzte sich neben mich. Ich versuchte, nicht an das letzte Mal zu denken, als sie über mir gestanden hatte, während ich Qualen litt. Damals hatte sie mich aufgefordert, zu schlafen, und nichts unternommen, um mein Leid zu lindern, genau wie bei den anderen.

Diesmal ist sie hier, um zu helfen, also gib ihr eine Chance.

Kribbelndes Feuer breitete sich durch meine Knochen aus, teils von der Heilung, teils von den Schmerzen, als Lanelle meine gebrochenen Arme und Beine richtete. Ich brüllte mir die Kehle wund, und sie heilte auch das. Die Hitze und die Qualen legten sich, und ich sank auf die Pritsche zurück, schwach wie ein neugeborenes Küken.

Ich schlug die Augen auf.

Danello und Aylin standen neben dem Bett, schmutzig und von Erschöpfung gezeichnet, aber lebendig. An der Wand hinter ihnen hingen gerahmte Gemälde. Wo ich auch sein mochte, es war nicht die Krankenstube. Ein hübsches Zimmer, wenngleich ohne Fenster. Elegante Glaslampen strahlten Licht aus. Eine weiche Matratze. Dicke Kissen. Sogar vertraut.

»Haben wir gewonnen?«

»Wir haben gewonnen«, bestätigte Danello leise. Gelbliche Blutergüsse bedeckten die Hälfte seines Gesichts. »Du bist in der Gilde und in Sicherheit. Die Ablenkung hat noch besser geklappt, als wir gehofft hatten. Wir haben die Brücken überwunden und die Gilde selbst mit geringstem Widerstand eingenommen. Vereinzelt wird noch gekämpft, aber die Gilde ist gesichert.«

»Den Heiligen sei Dank.« Ich holte vorsichtig Luft, aber die Schmerzen waren verschwunden. Lanelle wusste wirklich, was sie tat. »Du siehst fürchterlich aus.«

Er kicherte. »Du wunderschön.«

»Lügner.«

»Du lebst. Das reicht mir.«

»Wo ist Tali?«

Aylin trat beiseite. Tali saß auf einem Stuhl und spielte mit den geflochtenen Silberlitzen, die einen Lehrling der Gilde kennzeichneten. Die letzte Anspannung in meiner Brust löste sich.

»Ellis hat Ginkev und einige andere Heiler oben gefunden«, erklärte Danello und ergriff meine Hand. »Sie hatten sich in einem der Klassenzimmer versteckt. Hatten die Tür verbarrikadiert.«

»Sie hat zwanzig Minuten gebraucht, um sie davon zu überzeugen, sie reinzulassen.« Aylin kicherte. »Sie wollte die Tür schon einschlagen.«

Ich schwang die Beine über die Bettkante. »Wo ist er? Weiß er über Tali Bescheid? Hat schon jemand mit ihm gesprochen?«

»Er ist im Behandlungstrakt, und du rührst dich nicht vom Fleck.« Danello legte mir die Hände auf die Schultern und drückte mich zurück. »Soll ich nachschauen gehen, ob er gerade Zeit hat?«

»Würdest du das tun? Aber nur, wenn niemand sonst eine Heilung braucht.«

»Natürlich.« Er beugte sich herab und küsste mich auf die Stirn, bevor er ging. An der Tür eilten Leute vorbei, die meisten davon immer noch in Rüstung.

»Weißt du«, begann Aylin, »er ist überall herumgerannt und hat nach dir gesucht. Es gab Meldungen, dass du verletzt worden seist, aber unter all den Körpern konnte man dich nicht finden. Er hat vier Soldaten zurückgeschlagen, um dich zu beschützen.«

»Tatsächlich?«

Sie verdrehte die Augen. »Aber ja.«

»Aber er hätte verletzt oder getötet werden können.«

»Lass ihn doch hin und wieder auch der Held sein, in Ordnung? Ist nicht so einfach, dir gerecht zu werden.«

Ich grinste. Nach dieser Geschichte würde er sich von mir nicht mehr in die hinteren Ränge verbannen lassen. Aber vielleicht würde er in der Nähe der Gilde bleiben. Wir brauchten zweifellos eine Menge Soldaten, um sie zu schützen.

Ein leises Klopfen an der Tür. Aylin stand auf und ging hin. Sie trat beiseite, und Jeatar kam herein, nach wie vor in seiner Rüstung. Dreck und Blut verschmierten sein Gesicht, und ich sah mehrere Schnittwunden, die er wirklich heilen lassen sollte.

»Wie ich höre, haben wir gewonnen.«

»So ist es, aber es hat uns viel gekostet.«

Ich scheute mich davor zu fragen, wie viel. »Geht es Ellis gut? Und Kione?«

»Ja. Du hast keine weiteren Freunde verloren. Nicht einmal Vyand, obwohl es bei ihr knapp war. Gut möglich, dass sie die Vereinbarung mit dir aufheben möchte.«

»Dann kannst du sie haben.« Sie wollte ohnehin lieber ihn beschützen.

»Ich habe genug Leute, die mir den Rücken freihalten.« Jeatar fuhr sich mit der Hand durchs Haar und kratzte sich am Hinterkopf. »Wir haben schlechte Neuigkeiten erhalten. Einer der Späher, die ich flussaufwärts zurückgelassen habe, hat die Botschaft geschickt, dass der Herzog nur noch zwei Tage entfernt ist.«

Die Anspannung kehrte in meine Brust zurück. »Zwei Tage? Lässt uns das genug Zeit, uns vorzubereiten?«

»Wir tun, was wir können. Onderaan hat bereits die Esse angeworfen. Wir werden auf jeden Fall Heilsteine und Pynviumwaffen brauchen.«

»Hat er in der Esse irgendetwas Wertvolles gefunden?« Zweifelhaft, aber es könnte etwas zurückgelassen worden sein.

»Nur Fässer mit blauem Sand. Wir hatten Glück, dass sie nicht daran gedacht haben, die Esse zu zerlegen.«

»Können wir trotzdem noch gewinnen?«, fragte Aylin.

»Weiß ich noch nicht. Wir haben viel dabei verloren, so weit zu kommen, aber die Moral ist gut. Ich habe in einer Stunde eine Strategiesitzung einberufen, und du bist herzlich dazu eingeladen. Falls du dich ausruhen musst, verstehe ich das natürlich.«

»Nein, ich werde da sein. Wo findet sie statt?«

»Danello weiß es.« Er verstummte, und sein Blick wanderte über die Narben an meinen Armen. Einen Moment lang glaubte ich, er würde noch etwas sagen, dann jedoch verschwand sein nachdenklicher Ausdruck, und er nickte. »Wir sehen uns in einer Stunde.«

Nicht lange, nachdem Jeatar gegangen war, traf Ginkev ein. Er war Meisterheiler und dafür verantwortlich gewesen, Tali und die Lehrlinge der Gilde zu unterrichten. Der Mann war noch genauso klein und kahl wie an dem Tag, als er mir beigebracht hatte, wie man Blutungen aufspürt. Damals hatte er keine Ahnung gehabt, dass ich kein echter Lehrling war oder dass ich mich bei der Gilde aufhielt, um mich nach oben zu schleichen und Tali zu retten. Er war streng, aber nett gewesen. Er hatte sogar versucht, mich aus dem Turmzimmer und von Vinnots Experimenten fernzuhalten.

»Könnt Ihr Tali helfen?«, fragte ich, nachdem ich ihm alles geschildert hatte, was Tali angetan worden war. Ich hatte zu erklären versucht, was Onderaan über den Schaden am Gehirn gesagt hatte, war jedoch nicht sicher, ob ich es richtig wiedergegeben hatte.

»Das weiß ich erst, wenn ich nachgesehen habe.« Mit einem Lächeln im Gesicht ging er zu Tali. Sie spannte den Körper an, aber ihr Blick zeugte von Erkennen. Mein Herz flatterte vor Freude.

Ginkev streckte eine Hand aus. Sie zuckte zurück.

»Es ist in Ordnung, Tali«, sagte ich und ging zu ihr. Ich ergriff seine Hand und legte sie mir auf die Stirn. »Siehst du? Es tut nicht weh.«

Er streckte erneut den Arm aus, und diesmal hielt sie still. »Saea, erbarm dich, wer hat ihr das angetan?«

»Der Herzog. Vinnot. Zertanik. Vielleicht alle zusammen.«

Betroffen schüttelte er den Kopf.

»Könnt Ihr sie heilen?«

»Ich weiß es nicht. Ich habe eine solche Grausamkeit noch nie gesehen, jedenfalls nicht bei einem Gehirn. Knochen, Muskeln – die habe ich schon oft völlig verheert erlebt. Aber so etwas?« Abermals schüttelte er den Kopf. »Einfach verbrecherisch.«

»Ich frage mich, ob sie die Einzige ist«, sagte Aylin leise. »Es muss doch noch mehr geben, oder? Nicht jeder wollte ein Unsterblicher werden.«

Daran hatte ich noch nicht gedacht, aber wahrscheinlich gab es tatsächlich mehr. Gefangen in der Rüstung und ihrem eigenen Geist. Dazu gezwungen, etwas so Schreckliches zu werden, dass sie den Rest der Welt aussperrten.

»Ich weiß, dass sie noch da drin ist, Meister Ginkev«, sagte ich. »Bitte findet sie und holt sie zurück.«

Ginkev seufzte und legte erneut die Hand auf ihre Stirn. »Ich werde tun, was ich kann.«

Eine Stunde später ließ ich Tali bei Ginkev und begab mich zu Jeatars Treffen. Danello führte uns zu einem der Klassenzimmer im ersten Stock. Dieselbe Gruppe von Offizieren wie zuvor saß um einen Tisch mit Karten, doch diesmal war auch Balju dabei.

»Der Herzog wird in zwei Tagen hier sein«, sagte Jeatar, nachdem wir Platz genommen hatten. Laute der Bestürzung breiteten sich um den Tisch aus. Vermutlich hatte er sonst noch niemandem davon erzählt. »Er marschiert mit seinen Truppen den Fluss entlang, aber wenn er das Delta erreicht, muss er alle auf die Transportschiffe verfrachten. Die Feuerboote werden uns wahrscheinlich als Erste erreichen, und wir müssen davon ausgehen, dass die Transportschiffe kurz danach beginnen, Truppen zu bringen.«

»Wie viele sind es?«

Jeatar schaute verkniffen drein. »Fünfzehntausend Mann. Fünf Transportschiffe, dazu kleinere Jollen, Späher und natürlich Feuerboote. Wie weit sind wir mit den Löschmannschaften?«

»Sie sind bereit, dorthin zu gehen, wo sie gebraucht werden«, antwortete eine Frau, die ich nicht kannte. »Wir haben sieben Wasserpumpen gefunden, die wir bis Mittag über die Stadt verteilt haben werden. Dann fangen wir an, die Gebäude zu bewässern, damit sie ordentlich nass sind. Das schützt sie zwar nicht, wenn sie direkt getroffen werden, aber es sollte dazu beitragen, die Flammen einzudämmen, bis die Löschmannschaften eintreffen.«

Sieben Wasserpumpen würden nicht alle Inseln abdecken können. Hoffentlich würden unsere Boote die Feuerboote aufhalten können, bevor sie zu viele Angriffe unternehmen konnten.

»Wir müssen dafür sorgen, dass die Feuerboote außer Reichweite bleiben«, sagte Ellis.

»Alles, was wir in Reichweite bringen können, um sie zu treffen, wird sich auch in Reichweite ihrer Boote befinden.«

»Was ist mit größeren Katapulten?«, fragte Kione.

»Kein Material und keine Zeit, welches zu beschaffen.«

»Ipstan hat die Kanäle blockiert, indem er Boote versenkte«, warf Danello ein. »Können wir Geveg blockieren, indem wir größere Boote versenken?«

»Wir würden nie so große Boote finden«, entgegnete Ellis.

»Der Herzog bringt aber doch welche, oder?«, fragte Aylin. »Wir versenken die zuerst, und sie versperren dem Rest den Weg.«

Jeatar rieb sich den Nacken. »Das ist eigentlich gar keine schlechte Idee.«

»Abgesehen davon, dass wir keine Möglichkeit haben, ein Schiff dieser Größe zu versenken«, sagte Ellis. »Was soll Nya tun? Schmerz in das Gefährt schiften?«

»Was ist mit Pynvium?«, meldete sich ein Unteroffizier zu Wort. »Etwas, das blitzt und sie davor scheuen lässt, näher zu kommen.«

»Ein paar Schmerzen werden kein ganzes Schiff aufhalten«, erwiderte ich. Außer ... Ich betrachtete die Wände rings um mich. Steine, genau wie jene, die durch *eine Menge* Schmerz bröcklig wurden. Wenn Schmerz Stein auflöste, konnte er auch Holz auflösen.

»Ich muss mit Onderaan reden.« Damit sprang ich vom Stuhl auf und steuerte auf die Tür zu. Sowohl Danello als auch Aylin eilten hinter mir her.

»Nya?«, rief Jeatar. »Was hast du vor?«

»Das sage ich dir, wenn ich weiß, ob es möglich ist.«

Und ob wir genug Zeit hatten, es zu tun.

Onderaan befand sich in der Gießerei der Gilde. Sie unterschied sich nicht wesentlich von jener, die ich in Baseer ausgeraubt – und zerstört – hatte. Doppeltüren öffneten sich zum See hin und sorgten dafür, dass der Luftzug die Hitze der Schmelzöfen hinaustreiben konnte. Doch der metallische Geruch des Pynviums war zurückgeblieben. Zwei Essen loderten, eine auf jeder Seite des Raums. Die in die Steine gravierten Zeichen schillerten blau. Die Feuer im Inneren brannten mit einem dunkleren Farbton. Die blauen Flammen schwollen im Einklang mit dem Atem der Blasebälge an und ab.

Ein halbes Dutzend Fässer wie jene, die ich in der Gießerei des Herzogs gefunden hatte, säumten die vordere Wand. Pynviumsand. Das einzige verbliebene Pynvium.

Onderaan arbeitete an einer Esse. Dickes Leder bedeckte seinen Kopf, seine Hände und seinen Rumpf. Er goss bläulich-heißes, flüssiges Pynvium in eine etwa einen Quadratfuß große Form. Ein anderer Mann arbeitete an der zweiten Esse. Als er uns erblickte, ging er zu Onderaan und klopfte ihm auf die Schulter. Onderaan drehte sich um, dann kam er herüber und zog sich im Gehen die längliche Mütze vom Kopf.

»Du siehst besser aus.«

»Ich fühle mich auch besser. Haben wir genug Pynvium, um große Kugeln anzufertigen? Etwas, das *eine Menge* Schmerz aufnehmen kann?«

»Zum Heilen?«

»Waffen.«

»Zum Beispiel?«

»Wenn man genug Schmerz blitzt, löst er Dinge auf, beispielsweise Holz.« Auch Fleisch, aber daran wollte ich nicht denken.

»Wenn der Auslöser so gestaltet wird, dass der Blitz bei einem heftigen Stoß erfolgt, können wir Pynviumkugeln rings um die Inseln verteilen. Wir können Bojen von den Fischerbooten verwenden, damit sie dicht unter der Oberfläche bleiben. Wenn wir es richtig anstellen, gelingt es uns vielleicht sogar, ihnen genug Gewicht zu verleihen, dass sie auch die Bojen unter Wasser ziehen.«

Danello stieß einen leisen Pfiff aus. »Mit so etwas würden sie nie und nimmer rechnen.«

»Nein, würden sie nicht«, pflichtete Onderaan ihm bei. »Wir können solche Kugeln herstellen, aber sie zu befüllen wird ein Problem. Wir haben nicht genug Schmerz.«

Aylin schnaubte. »Wir haben Heiler, Soldaten und Messer. Wir können Schmerz *schaffen.*«

Onderaan sog scharf die Luft ein und starrte sie an, als sei er nicht sicher, ob das entsetzlich oder genial war. In meinen Augen sah es nach einer Mischung aus beidem aus.

»Kannst du sie anfertigen?«, fragte ich noch einmal.

»Ja.« Onderaan eilte zu einer schweren Metallkassette auf einem Arbeitstisch und öffnete den Deckel. Er holte den silbrigblauen Zylinder daraus hervor, den ich in Zertaniks Haus gefunden hatte. Mein Magen flatterte und zappelte wie ein gestrandeter Fisch. »Ich bin fast sicher, dass die Zeichen auf diesem Ding einen Blitz verstärken. Ich arbeite immer noch daran herauszufinden, was diese anderen Zeichen sind. Sie sehen einem herkömmlichen Auslöser sehr ähnlich, allerdings habe ich noch nicht durchschaut, um was für eine *Art* von Auslöser es sich handelt.«

»Und das bedeutet?«, hakte Aylin stirnrunzelnd nach.

»Oh, tut mir leid.« Onderaan grinste. »Zertanik war ein gefährlicher Mann, aber seine Arbeit war erstaunlich. Mit seinen Zeichen kann ich Nyas Kugeln mit einem Zauber versehen, sodass sie die doppelte Menge Schmerz blitzen, wenn nicht sogar mehr.«

»Genug, um ein Loch in den Rumpf eines Schiffs zu schlagen?«

»Ich glaube schon, ja.«

Danello wirkte unsicher. »Ist es falsch, sich darüber zu freuen?«

»Keine Ahnung, aber ich wette, Jeatar wird völlig aus dem Häuschen sein.«

Wenn das klappte, konnten wir Chancengleichheit herstellen.

Bei den Heiligen, wir würden vielleicht sogar einen Vorteil erlangen. Es wäre eine angenehme Abwechslung, wenn wir mal ausnahmsweise nicht etwas Unmögliches vollbringen müssten, um zu überleben.

Dreiundzwanzigstes Kapitel

Dunkelheit schwebte über dem silbrigen Rand zwischen Nacht und Tag. Noch erhellten keine grauen Schlieren der Morgendämmerung den Himmel, doch der orangene Schein von Feuerkisten auf den Blockadebooten ließ die aufgehende Sonne vorausahnen. Bei vollem Sonnenaufgang würden die Männer des Herzogs eintreffen.

»Ich halte dieses Warten nicht mehr aus«, sagte Aylin, die mit dem Rest von uns auf dem Balkon des höchsten Turms der Gilde stand. Jeatar hatte alle in Alarmbereitschaft versetzt. Das Pynvium war vorbereitet, die Schlafsäle und Klassenzimmer waren voller Geveger, die unseren Schutz brauchten. Kinder, alte Männer und Frauen; all jene, die nicht kämpfen konnten. Seit zwei Tagen kamen sie herbei, die Reste ihrer Habseligkeiten in Tragekörbe gestopft.

»Die kommen früh genug.« Danello trug die Uniform eines Gildewächters. Er war zusammen mit seinem Vater dem Schutz der Gilde zugeteilt worden.

Ich zupfte am Kragen meiner eigenen Uniform. Ich im Grün der Heilergilde. Wenn das nicht von Verzweiflung zeugte, dann wusste ich nicht, was sonst.

»Seht ihr das?«, fragte Aylin und deutete über das Wasser. »Ich dachte, ich hätte etwas gesehen.«

»Es ist noch zu dunkel«, gab ich zurück. »Wir werden sie sehen, bevor sie an Land gehen, keine Sorge.«

Aylin schauderte. »Ich tue nichts anderes, als mir Sorgen zu machen.«

Ich blickte in die Schwärze. Über dem Horizont zeichnete sich fahles Licht ab. Lange würde es nicht mehr dauern.

»Was glaubt ihr, wie viele Schiffe sie haben?«, fragte Lanelle, die ebenfalls wieder das Grün der Gilde trug.

»Nicht mehr, als wir aufhalten können«, gab Danello zurück. Es klang besser als die Wahrheit. Jeatar hatte die Zahlen, über die der Herzog verfügte, nicht bekanntgegeben, obwohl sie zwangsläufig ans Licht kommen würden, sobald der Feind eintraf. Es war schwierig, die Wahrheit zu verbergen, wenn sie geradewegs auf einen zusegelte.

Jeatar hatte an strategischen Punkten in der gesamten Stadt Truppen über die Insel verteilt. Er ging zwar nicht davon aus, dass der Herzog eine regelrechte Invasion wagen würde, solange die Feuerboote nicht versagten, trotzdem wollte er darauf vorbereitet sein. Vyand war diesmal mit ihm gegangen und hatte hartnäckig behauptet, es sei meine Idee gewesen, zumal ich in der Gilde in Sicherheit sei. Nachdem ich gesehen hatte, wie sie und ihre Mannschaft kämpften, begrüßte ich ihre Entscheidung voll und ganz.

Jeatar hatte zwar die Stirn gerunzelt, aber keine Einwände erhoben.

Da wir so viel Fläche abzudecken hatten, waren wir an Leuten knapp bemessen. Jedes Boot befand sich auf dem See und war bereit, Feuergeschosse und Speere abzufeuern. Die Pynviumkugeln oder Versenker, wie Ellis sie getauft hatte, trieben knapp außerhalb der Katapultreichweite unter der Wasseroberfläche. Der Großteil unserer Fußsoldaten hielt sich auf den Inseln der Aristokraten auf – wo der Herzog für Jeatars Empfinden mit größter Wahrscheinlichkeit seinen Bodenangriff starten würde. Die Gilde verfügte über eine Garde brauchbarer Größe, doch wir brauchten unsere Leute dringender auf den äußeren Inseln zur Bemannung der Wasserpumpen, um zu verhindern, dass sich die Feuer ausbreiteten. Zum Ausgleich platzierten wir zusätzliche Versenker in der Halbmondbucht. Ohne dorthindurch zu fahren, konnten die Schiffe des Herzogs die Gilde nicht erreichen.

Wir waren in Anbetracht der geringen Zeit, die zur Verfügung gestanden hatte, so bereit, wie wir es nur sein konnten.

Der Himmel wurde heller, Schwarz wandelte sich in Grau. Schatten entschwanden, aber eine wandernde Dunkelheit blieb.

»Da sind sie«, verkündete Aylin. Diesmal schwang in ihrer Stimme kein Hauch von Zögern mit.

Schwarze Schemen auf dem See. Schiffe jeder Größe mit gesetzten Segeln. Die Transportschiffe führten die Armada an, riesig und gnadenlos. Dahinter folgten kleinere Schiffe.

»Seht sie euch an«, sagte Lanelle. »O ihr Heiligen, sie sind wirklich da. Es beginnt.«

»Als Erstes werden wir Brandwunden hereinbekommen«, erklärte ich und ging alles durch, was Mama je über deren Behandlung gesagt hatte. »Wir müssen die Tücher nass machen.«

»Wir wissen, was zu tun ist, Nya. Wir wurden dafür ausgebildet, du nicht.«

Ich knirschte mit den Zähnen. »Es wird nicht dasselbe sein.« Worte in einem Klassenzimmer konnten nicht auf das vorbereiten, was uns bevorstand. Natürlich konnten das auch Geschichten nicht, ganz gleich, wie schrecklich sie gewesen sein mochten. Höchstens Erinnerungen.

»Rings um die Inseln müssen vierzig Schiffe sein«, sagte Papa zu der Gruppe von Männern und Frauen um unseren Tisch. »Dutzende Feuerboote.«

Entsetzte Laute von jenen, die bisher stark gewesen waren.

»Er will uns verbrennen? Wie in Sorille?«

»Sieht ganz so aus, als drohe er damit.«

Ein Knall – Fäuste auf einem Tisch. »Wir kämpfen gegen ihn. Wir haben eigene Boote. Wir können auch Pech und Feuer schleudern. Verbrennen wir diese Boote, bevor sie uns verbrennen können.«

Ihnen war es damals nicht gelungen, aber vielleicht hatten wir heute eine Chance.

»Heiler, es ist Zeit zu gehen«, sagte Ginkev, und ich zuckte zusammen. Ich hatte nicht einmal bemerkt, dass er da war. Die am schwersten Verwundeten würden zur Gilde gebracht werden, der Rest jedoch würde auf dem Schlachtfeld geheilt werden müssen. Die Hälfte unserer Heiler war bei der Armee. Jeder von ihnen hatte mehrere Pynviumsteine mitgenommen.

»Ich bin im Umkreis, falls ihr mich braucht«, sagte Danello, bevor er davoneilte. Er musste zu seinem eigenen Posten. Als er sich zehn Schritte entfernt befand, wurde mir klar, dass ich keinen Abschiedskuss bekommen hatte. Ich wollte hinter ihm her und mich anständig von ihm verabschieden, für den Fall, dass einer von uns heute sterben sollte.

»Nya, mach schon!«, rief Lanelle.

Ich folgte den anderen und fragte mich, ob Mama und Großmama sich an dem Tag, als der Herzog angriff, auch so gefühlt hatten.

Ich fragte mich, ob sie auch solche Angst gehabt hatten.

Der Glockenturm der Stadt ließ einen Doppelschlag vernehmen – eine weitere Feuerwarnung. Freiwillige eilten im Behandlungstrakt umher, bereiteten Betten vor, stapelten Tücher und Schüsseln, füllten Wassertanks.

Heiler warteten auf den Ansturm der Verwundeten. Ein paar Dutzend, wo es früher über hundert gegeben hatte. Aber es hätten zwei mehr sein sollen. Soek hätte hier sein sollen. Und Tali hätte in der Lage sein sollen, das zu tun, worin sie so gut war, doch niemand wusste, was sie in all den Wirren anstellen würde. Ginkev erzielte zwar Fortschritte bei ihr, aber sie war noch nicht bereit, unter Schlachtfeldbedingungen zu heilen.

Bald würden Brandopfer eintrudeln, doch vorerst war der Behandlungstrakt leer. Ich hatte Zeit zu beobachten, was vor sich ging, wie schlimm die Kämpfe waren. Wie nah sich die Schiffe des Herzogs befanden. Ich rannte zur Treppe und zum Kuppelsaal im dritten Geschoss. Die unteren Fenster waren mit Brettern vernagelt worden, die in den oberen Stockwerken hingegen ungeschützt.

Mehrere Feuerboote des Herzogs hatten das Dock erreicht, einige brannten bereits durch unsere Angriffe. Auf beiden Seiten kräuselte sich Rauch von den Feuerkisten in die Luft empor. Über die Decks wölbten sich die gekrümmten Gestänge der Katapulte. Flammenbälle flogen in Richtung der Docks. Einige mehr in Richtung der nahenden Feuerboote. Rauch wallte über den Gebäuden, allerdings nicht so dicht, wie ich befürchtet hatte. Wahrscheinlich befanden sich die Löschmannschaften dort und dämmten die Feuer ein.

Ich ließ den Blick über den Rest der Stadt wandern. Die Nachmittagssonne beseitigte jegliche Schatten, die meine Sicht hätten einschränken können. Ein halbes Dutzend weiterer Feuerboote trieb abseits des Produktionsdistrikts. Dort stieg dichterer Rauch über den Gebäuden auf – hatten die Löschmannschaften versagt? Ich sah keines unserer Boote.

Hohe Masten ragten über die Obere Insel der Aristokraten auf, Transportschiffe, die es an den Versenkern vorbeigeschafft hatten. Wir hatten zwar Berichte erhalten, dass sich Truppen in der Stadt befanden, bislang jedoch hatten wir noch keine Kampfverletzungen gesehen. Das würde sich bald ändern.

PENG!

Wasser spritzte auf. Holz verschwand. Ein jähes Krachen peitschte durch die Luft, als der Blitz eines Versenkers den Rumpf eines der Transportschiffe vor der Nordinsel beschädigte. Große Risse breiteten sich spinnwebartig von dem klaffenden Loch aus. Das Schiff krängte zur Seite, und gepanzerte Soldaten kullerten auf das Wasser zu. Gleich darauf setzte Geschrei ein, dann war lautes Platschen zu vernehmen.

PENG!

Ein weiterer Blitz, diesmal ein Feuerboot. Das Gebrüll ertönte schneller, da der Blitz nah genug gewesen war, um die Mannschaft des kleineren Bootes zu erwischen. Dampf zischte, als Wasser die Feuerkisten flutete.

Jubel übertönte das Gebrüll, das Zischen und das Platschen.

Mir drehte sich der Magen um.

Ich wandte mich ab. Dies war mein Werk. Ich hatte mir die Versenker ausgedacht, hatte diese Möglichkeit ersonnen, all diese Menschen zu töten. Ich versuchte, es mir nicht vorzustellen, aber die Bilder fluteten unablässig durch meinen Kopf. Die Fallenden. Die Sinkenden. Die Sterbenden.

Ich verließ den Balkon. Menschen füllten die Flure. Soldaten, die zurückgeblieben waren, um die Gilde zu bewachen. Bürger, die sonst nirgendwo hinkonnten. Leute, die Botschaften überbrachten. Ich erreichte das Hauptbehandlungsstockwerk. Lanelle brüllte Anweisungen, während Heiler von einem Bett zum nächsten hetzten.

»Es kommen Verwundete rein«, rief sie, und Glocken begannen zu läuten. Kleinere Glocken als jene draußen – Rufe nach Heilern.

Der nächste Schwall der Verletzten des Tages. Aber nicht der Letzte.

»Nya«, rief Lanelle und winkte mich näher. »Stabilisiere die Patienten und geh weiter. Lass die anderen die Heilungen abschließen. Heute Morgen hat das zu lange gedauert.«

Ich verkniff mir eine Erwiderung und nickte, ging zum ersten Bett. Eine Frau mit Stichwunden, was bestätigte, dass der Herzog mittlerweile Soldaten in der Stadt hatte. Ich legte eine Hand auf ihre Stirn und die andere auf ihr Herz, dann fühlte ich mich hinein. Durchbohrte Lunge, auf dem Feld mangelhaft von jemandem geheilt, der nicht wusste, wie man eine solche Wunde schloss. Wahrscheinlich würden wir davon heute noch mehr zu sehen bekommen. Ich *zog* den Schmerz weg, versiegelte den Stich und linderte ihren Schock. Ich hätte so viel mehr tun können, aber sie würde überleben, bis jemand der anderen sie ordentlich heilte. Das war deren Aufgabe, dies war meine.

Ich ging zum nächsten Bett – ein Mann, der so stark blutete, dass er gar nicht erst hätte transportiert werden sollen. Ich *zog* auch seine Schmerzen aus ihm und verschloss die Arterie. Von Bett zu Bett, von Patient zu Patient, wobei ich jene ausließ, die nicht am Rand des Todes standen. Als ich die Reihe beendete, pochte mein Magen, meine Lungen brannten, im Kopf drehte sich mir alles. Ich taumelte in den hinteren Bereich des Behandlungstrakts und durch die Vorhänge.

Das Lehrlingsmädchen, das damit beauftragt worden war, mir zu helfen, sprang auf die Beine. Sie war zwölf Jahre alt und gerade ausreichend ausgebildet, um meine Schmerzen zu nehmen und in das Pynvium zu leiten. »Bist du voll?«

Ich nickte.

Sie schloss die Augen. Ich wollte schiften und den Schmerz schneller loswerden, doch für sie war es einfacher, wenn sie ihn von sich aus nahm.

Meine Hände kribbelten, und der Schmerz floss ab. Meine Finger pulsierten, als er von mir auf sie überging. Sie biss die Zähne zusammen. Die Knöchel ihrer Hände traten weiß hervor.

Dann waren die Schmerzen verschwunden.

»Hab alles.« Sie wandte sich ab und ging zu unserem kargen

Block, einem Pynviumwürfel der Größe eines Schemels, und *drückte* die Schmerzen hinein.

Meine Augen tränten. Tali hatte mir einst angeboten, Schmerz für mich abzuleiten. Sie hatte törichterweise gedacht, ich könnte der Gilde beitreten und heilen, indem sie mir meine Schmerzen abnahm und in das Pynvium drückte. Damals war das unmöglich, denn der Erhabene hätte mich ins Gefängnis geworfen – oder Schlimmeres mit mir angestellt, wie ich mittlerweile wusste. Nun jedoch tat ich es.

Ohne sie.

In der Gilde ertönten erneut Glocken. Weitere Verwundete waren unterwegs.

Ich holte tief Luft und rannte zurück zum Behandlungstrakt.

Am Ende des Tages trieben Leichen und Holz rings um die Stadt und schufen eine wirksame Barrikade gegen die Schiffe des Herzogs. Zwei Transportkähne in der Nähe der Inseln der Aristokraten ragten noch etwas aus dem Wasser, so stark zur Seite gekrängt, dass die Masten eine Villa am Rand der Insel beschädigt hatten. Der Herzog versuchte mit aller Macht, uns zu erreichen, doch wir hatten ihn ferngehalten.

Ein weiteres Schiff trieb auf der Seite im Wasser am Rand der Halbmondbucht und versperrte den Weg zur Gilde besser als alles, was wir hätten errichten können. Die kleineren Boote, die wir versenkt hatten, waren verschwunden, wenngleich auch sie das Befahren des Wassers tückisch gestalteten. Zwei Feuerboote hatten versucht, um sie herumzusteuern, und waren auf die Wracks aufgelaufen, die ihre Rümpfe aufgerissen und sie versenkt hatten.

Der Herzog hatte mehr Soldaten zur Nordinsel geschickt. Immer noch ergossen sich aus jenen Transportschiffen, die wir nicht versenken konnten, blaue und silbrige Ströme auf die Straßen. Vorerst hatten wir den Feind auf die nördliche Insel und die Inseln der Aristokraten beschränkt, dennoch waren wir zahlenmäßig unterlegen.

»Ich dachte mir, dass ich dich hier finde«, sagte Aylin, die erschöpft in den Kuppelsaal kam. Ihre Bluse wies Blutflecken auf, auch am Haaransatz prangte ein verkrusteter Streifen davon. Sie hatte den ganzen Vormittag Patienten und Heilern geholfen. »Die beste Aussicht der Stadt.«

»Heute nicht.«

»Naja.« Sie seufzte. »Das wird besser werden.«

»Glaubst du wirklich?«, gab ich zurück.

»Ja. Und du solltest das auch. Niemand hätte gedacht, dass wir das so lange durchstehen, und wir halten sie uns immer noch vom Leib.«

Ich versuchte zu lächeln, doch es gelang mir nicht. Konnte ich wenigstens hoffen? Ich schaute zu den Schiffen, die wir versenkten, zu den Soldaten, die wir aufhielten. Zu den Feuern, die wir löschten.

Wir würden womöglich nicht gewinnen, aber vielleicht, nur vielleicht würden wir überleben.

Vierundzwanzigstes Kapitel

Zwei volle Tage, und immer noch hielten wir stand. Die Verwundeten strömten unablässig in die Gilde, und wir schickten sie immer wieder hinaus. Löschmannschaften wankten herein, andere taumelten hinaus, um sie abzulösen. Wir konnten nicht ewig so weitermachen und müde, ausgelaugte Soldaten gegen die frischen Truppen des Herzogs zusammenflicken.

Die Docks standen in Flammen, aber die Feuer waren eingedämmt worden, bevor sie sich zur Nachbarinsel ausbreiten konnten. Ein Großteil des Handwerkerviertels war betroffen und einige Flammenherde brannten noch. Doch die meisten waren gelöscht worden. Eine der Inseln der Aristokraten bestand nur noch aus Schutt und Asche.

»Kein Verlust«, meinte einer der Soldaten, der sich von seiner Heilung erholte. »Dort haben ohnehin nur Baseeri gelebt. Wir bauen die Insel für die Geveger wieder auf.«

Ich verkniff mir eine Erwiderung und heilte weiter. Geveger hatten diese Villen ursprünglich errichtet. Dort brannte nichts von den Baseeri – nur der Besitz einer Familie, die schon lange ausgelöscht worden war.

Eine weitere Nacht hielt Einzug. Der Lärm von klirrendem Metall wurde leiser, und im östlichen Teil von Geveg brannten Lagerfeuer – auf jenen Inseln, die fest in der Hand des Herzogs waren. Weitere Feuer brannten im westlichen Teil, doch um diese saßen keine Leute herum. Bei ihnen handelte es sich um die letzten Dockgebäude, die schließlich in sich zusammenfielen.

»Noch eine in Bett sechs«, sagte Lanelle, als wir uns begegneten. »Ich lade meinen Schmerz ab und hole mir etwas zu essen.«

»Ich kümmere mich darum.«

Die Soldatin in Bett sechs lächelte. Ellis.

Ich ergriff ihre Hände. »Schön dich zu sehen, auch wenn es hier ist.«

»Besser hier als gar nicht.«

»Stimmt.« Jemand hatte im Hauptvorzimmer mit einer Liste der Toten begonnen, aber ich hatte noch nicht nachgesehen, wer darauf stand. Ich hatte keine Zeit zum Trauern. Ich legte eine Hand auf Ellis' Stirn und fühlte mich hinein, spürte dieselben Schnittwunden, Stiche und blauen Flecken, die ich seit Tagen heilte. Ich *zog* sie alle heraus.

Ellis seufzte. »Danke.«

»Wie läuft es draußen?«

»Es ist schwierig, aber wir lassen sie nicht durch. Jeatar ist erstaunlich. Er lässt nicht zu, dass wir die Hoffnung verlieren. Er sorgt dafür, dass wir konzentriert bleiben und weiterkämpfen und lacht sogar gelegentlich. Diese Versenker haben einiges bewirkt.«

Ich zuckte zusammen.

Sie tätschelte meine Hand. »Wir wären mittlerweile tot, wenn du diese Dinger nicht vorgeschlagen hättest. Sie haben die Streitkräfte des Herzogs geteilt und uns Zeit verschafft, um Feuer zu löschen. Sie haben ihn gezwungen, dort anzulegen, wo wir am besten vorbereitet darauf waren. Jetzt, da er sich auf festem Boden befindet, geht er vorsichtig vor, statt durch uns hindurchzupflügen. Wenn wir gewinnen, dann nur deshalb.«

Wenn wir gewinnen. Wie Aylin glaubte sie, dass wir eine Chance hatten.

»Geht es Jeatar gut?«

Ellis nickte. »Er wurde ein paar Mal verletzt, hat aber nichts erlitten, womit ein Schlachtfeldheiler nicht zurechtkäme.«

»Kümmert sich Vyand gut um ihn?«

»Ausgesprochen gut. Ich will sie gar nicht mehr aufspießen.«

Ich lächelte. »Ich schätze mal, das ist gut. Richte ihm und den anderen viel Glück von mir aus.«

»Mach ich.«

Ich umarmte sie und ging, trug ihre Schmerzen zum Pynviumblock. Ich streckte meine Hände dem Lehrlingsmädchen entgegen. Schniefend drängte sie Tränen zurück. Ich hatte aufgehört zu zählen, wie viele Male sie meine Schmerzen entgegengenommen hatte. Oder wie viele Leute ich öfter als einmal geheilt hatte.

»Das ist wahrscheinlich das letzte Mal für heute Nacht«, sagte ich und war darüber genauso froh wie vermutlich sie. »Du solltest etwas essen und dann zu schlafen versuchen.«

»Werden sie heute Nacht nicht angreifen?«

»Sieht nicht danach aus. Wahrscheinlich sind sie müde.« Andererseits hatten sie mehr Soldaten, sie konnten also vorgeben, die Angriffe einzustellen, und dann warten, bis wir vor Müdigkeit unachtsam wurden. Anschließend konnten sie weitere Truppen schicken, die durch einen Tag Erholung ausgeruht waren.

»In Ordnung«, sagte sie und ergriff meine Hand.

Meine Finger kribbelten und schmerzten auf eine Weise, wie ich es nie zuvor gefühlt hatte. Hatte Tali das je gespürt? War das normal, nachdem man einen ganzen Tag lang geheilt hatte? Falls ja, war sie härter gewesen, als ich geglaubt hatte.

Ist härter – sie ist nicht weg. Es besteht noch Hoffnung für sie.

»Im Speisesaal gibt es etwas zu essen«, sagte ich mit kippender Stimme. Ich räusperte mich. »Hol dir etwas und schlaf dann.«

Sie nickte und ging ohne ein weiteres Wort. Ihre Füße schlurften über den Boden.

Zwölf war zu jung, um in den Krieg zu ziehen.

Ich folgte ihr in den Speisesaal und füllte eine Schüssel mit Fischfrikadellen. Aylin und Danello saßen an einem der langen Tische. Tische, an denen früher Tali gegessen hatte. An denen sie gelacht hatte. Sie hatte hier gelebt. Genau wie Mama und Großmama. Ich wandte mich ab. Hier konnte ich nicht essen, nicht in dieser Nacht. Vielleicht nie wieder. Ich rannte weg.

Schritte auf dem Gang hinter mir, als ich mich der Treppe näherte.

»Nya, warte!«, rief Danello. Ich blieb stehen. Er und Aylin schlossen zu mir auf. »Alles in Ordnung?«

»Nein«, antwortete ich. »Ich … ich muss einfach woanders hin.«

Die beiden sahen einander mit verständnisvollen Blicken an, dann wandte sich Danello wieder an mich. »Kuppelsaal. Jetzt wird dort oben niemand sein. Lass mich unsere Schüsseln holen.«

Ich nickte und umklammerte meine eigene Schüssel.

Feuchte Luft und Dunkelheit begrüßten uns, als wir den Kuppelsaal betraten. Jemand hatte die Balkontüren offen gelassen, sodass eine Brise hereinwehte. Die Lampen waren gelöscht. Wir ließen sie aus.

Wir setzten uns auf weiche Sofas und aßen schweigend. Noch lange, nachdem wir unseren Fisch aufgegessen und unsere Schüsseln beiseite gestellt hatten, blieben wir sitzen.

Draußen herrschte in Geveg ähnliche Dunkelheit – abgesehen von den Feuern und den Lichtern der Armee des Herzogs. Diese Unverfrorenheit ärgerte mich. Als hätte er keine Angst vor uns und könne seinen Standort bedenkenlos preisgeben. Wir hingegen mussten uns in der Finsternis verstecken und unsere Gegenwart verschleiern.

»Ich will ihn tot sehen.«

Aylin schaute auf. »Den Herzog?«

»Ja. Vorher wollte ich nur, dass er verschwindet, aber jetzt will ich, dass er stirbt.«

Danello nickte. »Ich auch.«

Aylin zögerte kurz, dann seufzte sie. »Ich ebenfalls.«

Holz knarrte, dann knallte etwas – Holz auf Stein. Geräusche, die wir seit zwei Tagen hörten, aber diesmal ertönten sie näher. Viel näher.

PENG!

Wasser platschte, ein Mann schrie. Nur einer.

»Das hat sich nicht richtig angehört«, sagte Danello. Er stand auf, ging auf den Balkon hinaus und spähte in die Dunkelheit, die über der Halbmondbucht lag.

PENG!

Wieder brüllte nur eine einzelne, verängstigte Stimme.

»Wie viele Versenker sind in der Bucht?«, wollte Danello wissen.

»Sechs«, antwortete ich. »Drei vorne und drei in der Nähe der Gilde.«

PENG!

»Dann war das der dritte vordere.« Danello legte die Stirn in Falten. »Er schickt keine Feuerboote, sonst würden wir die Flammen sehen.«

Meine Eingeweide krampften sich zusammen. »Ein Boot – ein Kapitän. Er sucht nach Versenkern und löst sie aus.«

Der Mond glitt hinter den Wolken hervor. Am Rand der Halbmondbucht zeichneten sich Schemen ab, die schwärzer als die Finsternis waren. Ein Transportschiff. Davor kleinere Boote. Sechs davon sanken bereits.

»Ihr Heiligen, er räumt einen Weg frei«, stieß Danello hervor und umklammerte das Balkongeländer.

»Nein, er *hat* einen geräumt.« Ich deutete auf die Schiffe, die sich der Gilde am nächsten befanden. »Wir haben die drei *letzten* Versenker blitzen gehört, nicht die drei ersten.«

Der Herzog opferte all diese Leben um unserer endlich habhaft zu werden.

»Ich benachrichtige den Hauptmann«, sagte Danello und preschte auf die Treppe zu. »Wir werden Verstärkung brauchen.«

»Wie viele Soldaten befördert ein Transportschiff?«, fragte Aylin.

»Vielleicht fünf- oder sechshundert.«

»Wir dürfen sie nicht zur Gilde vorlassen«, sagte sie. »Wie viele Mann hat die Garde der Wächter? Halb so viele?«

»Ja.«

Wir mussten sie verlangsamen, sie von uns fernhalten. Der Verstärkung Zeit verschaffen, um herzugelangen. Der Herzog konnte nicht sicher sein, dass er alle Versenker ausgelöst hatte, also würde er vorsichtig sein. Das räumte uns etwas Zeit ein, allerdings nicht viel.

»Vielleicht hat Onderaan Pynviumwaffen, die noch nicht rausgegangen sind«, meinte Aylin.

Wir rannten zur Esse. Die Feuer brannten zwar noch, aber ich sah kein Pynvium in den Erzbehältern.

»Onderaan!«, brüllte ich über das Tosen der Flammen.

»Was ist?«

»Wir werden angegriffen. Der Herzog hat einen Weg durch die Versenker in der Bucht geräumt und ist im Begriff, mit einem Transportschiff an den Docks der Gilde anzulegen. Haben wir noch Versenker übrig? Oder sonst etwas, das wir gegen sie einsetzen können?«

Er schüttelte den Kopf. »Nur dich.«

Ich stöhnte und ließ den Blick durch die Gießerei wandern. »Es muss etwas geben. Splitter, die ich werfen kann, oder …«

Die Fässer mit Pynviumsand. Sechs davon an der Wand.

»Ist da Schmerz drin?«

»Keine Ahnung. Haben wir nie überprüft. Der Sand ist nur ein Nebenprodukt des Schmelzvorgangs.«

Ich wandte mich an Aylin. »Hol einen Heiler, schnell.«

»Wird gemacht.« Aylin rannte los.

Die einzelnen Körner mochten klein sein, aber zusammen ergaben sie *eine Menge* Pynvium. Würde es reichen? Als Aylin mit Lanelle zurückkehrte, hatte ich die Einzelheiten geplant.

»Der Sand in diesen Fässern.« Ich deutete hin. »Sag mir, ob da Schmerz drin ist.«

Sie ging hinüber und steckte die Hand in jedes Fass. »Was ich fühlen kann, enthält Schmerz, allerdings besteht keine Möglichkeit zu sagen, ob in allen einzelnen Körnern welcher ist.«

Gut genug.

»Ich brauche Säcke. Und Leute, die sie tragen. Und eine Möglichkeit, diese Fässer auf den Hinterhof zu schaffen.«

Onderaan starrte mich mit großen Augen an, dann trat Begreifen in seinen Blick.

»Das ist …«

»Ich weiß, aber etwas anderes haben wir nicht.«

»Du wirst einen Auslöser brauchen«, sagte Onderaan. »Etwas, das groß genug ist, die Blitzabfolge zu beginnen.«

»Aber es ist kein Pynvium übrig«, sagte Lanelle.

»Wartet!«, rief Onderaan. »Der Zylinder.« Er eilte zu dem Metallkästchen und holte ihn heraus. Wieder begann mein Magen zu flattern. »Würde das klappen? Er ist aus Pynvium gefertigt.«

»*Und* aus Kragstun«, fügte ich hinzu. »Wir haben keine Ahnung, ob er überhaupt Schmerz aufnehmen kann. Oder was er tun wird, wenn wir versuchen, ihn zu füllen, geschweige denn, ihn zu blitzen.«

»Haben wir denn eine Wahl?«, fragte Aylin. »Wir haben sonst nichts, was wir verwenden könnten, um den Blitz auszulösen.«

Und auch keine Zeit, etwas anderes zu finden.

Onderaan reichte Lanelle den Zylinder. »Was spürst du?«

Sie schüttelte den Kopf. »Nichts. Er ist leer. Und im Augenblick liegt niemand im Behandlungstrakt, wir haben also keine Schmerzen.«

Aylin schnaubte, zog ihre Bluse hoch und legte ihren Bauch frei. »Nya, stich mich.«

»Nein!«

»Sei nicht dumm. Wir brauchen Schmerz. Zusammen bringen wir genug auf, um den Zylinder zu füllen. Lanelle kann uns ja sofort heilen.«

Niemand rührte sich. Lanelle lächelte. Wahrscheinlich hatte sie sich schon mindestens einmal ausgemalt, Aylin zu durchbohren.

»Zwingt mich nicht, es selbst zu tun«, sagte Aylin. »Ihr wisst, dass ich fürchterlich schlecht ziele.«

Ich schüttelte den Kopf. »Es muss eine andere Möglichkeit geben.«

»*Stich* mich«, wiederholte Aylin und klopfte sich auf den Bauch.

»Lasst es mich tun.« Onderaan zog seine Schmelzjacke aus Leder aus. »Es gibt nichts mehr zu schmieden, daher wird es keine Rolle spielen, wenn ich mich ein paar Stunden lang schwach fühle. Aylin werdet ihr noch brauchen, und du benötigst sowieso deine volle Kraft.«

»Onderaan, ich kann nicht einfach …«

»Doch, Nya, kannst du.« Er lächelte. »Es wurde bereits Analov-Blut vergossen, um diese Stadt zu schützen. Was macht da ein wenig mehr schon aus?«

Unterschied sich das wirklich davon, wie die Leute draußen kämpften? Wir bekämpften den Herzog bereits mit unserem Blut, unseren Schmerzen.

»Bist du sicher?«, fragte ich.

Er nickte. »Es ist die einzige Möglichkeit.«

Ich zog mein Messer. Wenn wir schon das Blut meiner Familie verwendeten, dann sollte es auch eine Angehörige sein, die es vergoss.

Die Wächtergarde der Gilde scharte sich auf dem Hof, als wir die ersten Fässer hinausrollten. Zwei Dutzend Leute, die in der Gilde Zuflucht gesucht hatten, boten sich als freiwillige Helfer an. Weitere wollten sogar kämpfen, wenn es sein musste: Großmütter und Großväter mit Eisen im Herzen und starkem Willen, auch wenn ihre Körper schwach sein mochten.

Kinder rannten hin und her, füllten Säcke mit Sand und brachten sie zu jenen, die ihn auf dem Hof verteilten.

»Was kann ich tun?«, fragte Danello atemlos. Er hatte Boten sowohl zu Jeatar als auch zu Balju geschickt, aber wer wusste, ob sie rechtzeitig eintreffen würden? Oder ob die beiden überhaupt Truppen für uns erübrigen konnten. Wenn sich der Herzog an die Gilde anpirschte, konnte er auch Soldaten zur Ablenkung unserer Hauptstreitkräfte geschickt haben.

Immerhin hatten wir umgekehrt dasselbe getan.

»Sorgt dafür, dass niemand auf dem Hof mit Schmerz gefülltes Pynvium hat. Wir können nicht riskieren, dass irgendjemand von unerwarteten Blitzen erfasst wird.«

Die Wachen hielten Abstand zur Seemauer, unserer zweiten Verteidigungslinie für den Fall, dass der Sand nicht wirkte. Ich spannte den Körper an, obwohl uns das Schiff noch nicht erreicht hatte. Es kam näher. Ein Knarren und das leise Platschen von Riemen im Wasser gingen von dem schwarzen Schemen aus. Sie manövrierten ohne Segel, leise wie ein Seufzen.

Wir verhielten uns genauso still. Wolken verhüllten den Halbmond. Auf dem Hof herrschte Finsternis. Er lag weit genug von den Docks entfernt, und entlang der Seeseite wuchsen Hibiskushecken. Es bestand durchaus die Möglichkeit, dass man vom Schiff aus nicht sehen konnte, wie wir uns bewegten und den Sand verstreuten.

Schulter an Schulter standen wir über den Hof verteilt und warfen eine Hand voll Sand nach der anderen aus. Der Boden knirschte unter unseren Füßen. Als uns der Sand ausging, hielten wir inne und starrten in die Finsternis.

»Wird das reichen?«, fragte Lanelle.

»Ich hoffe es.«

Aylin seufzte. »Wo willst du uns haben?«

Ich zog ein kleines Horn hervor. »Ich brauche jemanden am gegenüberliegenden Ende des Hofs, der ein Zeichen bläst, wenn alle Soldaten auf dem Sand sind.«

»Das übernehme ich.« Aylin schnappte sich das Horn, als Danello gerade danach griff. »Du wirst gebraucht, falls wir kämpfen müssen«, erklärte sie.

»Du wirst vom Blitz erfasst werden«, warnte ich.

Sie nickte. »Weiß ich. Komm einfach und hol mich, wenn es vorbei ist.«

Ich umarmte sie. »Mach ich. Sei vorsichtig und bleib in Deckung.«

»Das habe ich vor.« Damit rannte sie los und verschwand in der Dunkelheit.

»Ich schätze, jetzt gilt es«, sagte ich mit verkrampftem Magen.

»Ja.«

Ich sah Danello an. Seine Züge bestanden nur aus Schatten. »Du solltest zurück zu den Wächtern.«

»Ich verlasse dich nicht.« Schatten bewegten sich, und warme Lippen berührten meine. Ich zog ihn näher, wollte ihn nicht mehr loslassen. Er löste sich von mir. »Wir kämpfen zusammen.«

»Zusammen.«

Wir versteckten uns hinter einer hastig errichteten Barrikade fünfzehn Fuß vom Rand der Sandfläche entfernt. Ich hätte Stein bevorzugt. Tische und Stühle aus Holz würden Danello nicht schützen, wenn der Blitz zu uns zurückschnellte. Die Wächter der Gilde hinter uns duckten sich ebenfalls tief, einige legten sich sogar auf den Bauch, um bis zum letztmöglichen Augenblick unbemerkt zu bleiben.

Das Transportschiff erreichte die Seemauer. Ich konnte keine Einzelheiten erkennen, aber seine schiere Größe nahm mein gesamtes Blickfeld ein. Metall rasselte, schneller und schneller, bis ein Platschen ertönte. Der Anker? Holz knallte auf Stein, dann erfolgte dasselbe Geräusch ein zweites und drittes Mal. Anschließend ertönten Schritte. Eine Menge Schritte, die auf Holz pochten.

»Landungsstege«, flüsterte Danello. »Sie gehen gerade von Bord.«

Ich umklammerte den Zylinder fester. Mein Magen flatterte, meine Haut juckte.

Schritte, Bewegung, Atmen. Das knirschende Schlurfen von Soldaten, die durch Pynviumsand gingen. Sie mussten nah sein. Ich spähte durch die Löcher in der Barrikade. Dunkle Gestalten gerieten in Sicht, geordnete Reihen von Soldaten, so dicht, dass man nicht zu sagen vermochte, wo einer aufhörte und der andere anfing. Hunderte füllten den Hof und den Dockbereich hinter der Gilde.

Ein Horn wurde geblasen. Aylin.

Erschrockene Rufe gingen durch die Ränge der Soldaten. Ich stellte mir Löwenzahn vor, der im Wind verblasen wurde, pustete so kräftig und so schnell, wie ich konnte, und warf den Zylinder über die Barrikade.

Lös jedes letzte Sandkörnchen aus, du dummer Blitz.

PENG!

Schmerz spülte über mich hinweg, jäh und kribbelnd. *Zu nah!* Danello grunzte und brach neben mir zusammen.

Peng, peng-peng! Peng . . .

Funken blitzten wie blaue Glühwürmchen, die in der Nacht tanzten. Sie trieben im Wind, leuchteten und warfen einen blauen Schimmer auf das Wasser. Licht wurde von Rüstungen und Fenstern widergespiegelt, von Glasscherben auf dem Boden. Pynviumsand glitzerte, als er fiel, gleißte blau.

So wunderschön.

Soldaten brachen nacheinander zusammen. Ganze Reihen fielen gleichzeitig. Leises Stöhnen schwoll zu Rufen und dann zu weiter entferntem Geschrei an, als Soldaten zu flüchten begannen.

Peng, peng-peng! Peng . . .

Sie konnten nicht schnell genug rennen. Die Pynvium-Glühwürmchen jagten sie und explodierten rings um sie her. Sie bissen sie mit unseren Zähnen, stachen sie mit unserem Blut.

Ein Chor von kindsartigem Geschrei erhob sich über das restliche Gebrüll.

PENG!

Blau-weißes Licht erhellte den Himmel. Ein dunklerer Schein pulsierte blau, dann verblasste er, wurde wieder etwas heller, dann trüber, ehe er abermals pulsierte, immer und immer wieder, greller und greller.

Blaue Geheimzeichen.

Panik ereilte mich einen Atemzug, bevor es der lebensaussaugende Pulsschlag tat.

Die Waffe des Herzogs. Sie war hier!

Fünfundzwanzigstes Kapitel

Saea rette uns.

Schreie der Bestürzung und Angst hinter mir – die Wächter der Gilde.

Im Geist hörte ich wieder das Geräusch. Das Knirschen von Stein auf Stein, die Veränderung, die sich in der riesigen Scheibe aus Pynvium mit den Geheimzeichen und dem silbrigen Kragstun vollzog – und in mir. Der Herzog musste die Waffe wieder zum Funktionieren gebracht haben. Er musste jemanden anderes gefunden haben, der sie auslösen konnte, ohne zu sterben. Oder ihm war einerlei, ob sie starben. Mich schauderte, als ich mir die Boote vorstellte, die geschickt worden waren, um die Versenker auszulösen.

Ich musste es aufhalten. Das Pulsieren würde sich mit jedem Mal weiter ausbreiten und allem das Leben, das es berührte. Ziegelstein und Holz würden ihm eine Weile standhalten und jene im Inneren schützen, doch bald würde sogar Stein rissig werden und zu bröckeln beginnen, genau wie beim Palast des Herzogs.

Ich ergriff Danellos Hand und *zog*. Stöhnend schlug er die Augen auf. »Was ist passiert? Ich fühle mich komisch?«

»Die Waffe des Herzogs ist hier.«

»O Heilige, nein!«

»Mein Blitz hat sie ausgelöst, wie in Baseer.«

Er zuckte zusammen. »Kannst du sie aufhalten?«

»Ich weiß es nicht.«

Er erhob sich, und ein weiterer Pulsschlag erfasste uns, sog uns das Leben aus. Die Wächter der Gilde ergriffen die Flucht. Wie lange würde es dauern, bis das Pulsieren die Mauern der Gilde erreichte? Wie lange, bis es sich über ganz Geveg ausbreitete? Vielleicht war das von Anfang an der Plan des Herzogs gewesen. Die Gilde kontrollieren und die Waffe auslösen, um die Stadt leer zu saugen.

»Was, wenn wir sie in die Bucht stoßen?«, fragte Danello. »Würde das Wasser sie aufhalten?«

»Keine Ahnung. Aber sie ist ohnehin zu groß, als dass wir sie allein bewegen könnten.«

»Aylin ist noch dorthinten, vielleicht kann sie helfen.«

Das letzte Mal konnte ich die Waffe nicht aufhalten, ich hatte ihre Wirkung nur verschlimmert. Ich hatte genug Schmerzen geblitzt, um den Palast des Herzogs und mehrere Häuserblöcke im Umkreis zu zerschmettern. Ich war nicht sicher, ob es überhaupt irgendetwas gab, das ich tun konnte.

Außer, Aylin zu finden. Sie von hier fortzuschaffen. So viele Menschen wie möglich zu den Stadträndern zu bringen.

Danellos Griff um meine Hand verstärkte sich. »Wir finden sie zusammen.«

Wir rannten los. Ich stolperte am Rand des Pynviumsands, unmittelbar vor den herumliegenden Körpern der Angreifer. Danello streckte sich nach meinem Arm, doch ich stürzte auf die Straße und trieb mir Pynviumsand in die Handflächen.

»Nya? Alles in Ordnung?«

»Es geht mir gut.«

Etwas Schweres rollte an mir vorbei. Ein silbriges Blau funkelte im Mondlicht, während es sich drehte.

Der Zylinder.

»Warte.«

Silbriges Blau. Genau wie das Metall der Waffe.

Ich stellte sie mir im Palast des Herzogs vor, eine unförmige Scheibe aus Pynvium und Kragstun, jenes selbe, silbrig-blaue Metall. In der Mitte hatte sie eine Spitze, und in der Mitte der Spitze prangte ein Loch.

Ich sah den Zylinder an. Ein Loch *dieser* Größe und Form.

Vinnots Stimme ertönte in meinem Geist: *Dann hörte ich über die Fähigkeit der Schifterin zu blitzen und über ihre erstaunliche Immunität.*

Zertanik. Er musste an einer Steuervorrichtung gearbeitet haben, für den Fall, dass man mich nicht gefunden hätte. War es dieser Zylinder?

Onderaan hatte gesagt, die Zeichen seien merkwürdig. Sie

würden einen Blitz erzwingen, ihn nicht nur verstärken. Ich hatte noch nie zuvor etwas aus demselben Metall gesehen, und die Größe und Form konnten kein Zufall sein. Der Zylinder musste die Waffe steuern, und wenn er sie steuern konnte, dann konnte er sie vielleicht auch abschalten.

Ich ergriff den Zylinder. Meine Hand juckte da, wo ich ihn berührte. Mein Magen schlug Purzelbäume, während mein Herz raste.

»Such Aylin und schaff sie weg von hier.«

»Nya, was hast du vor?«

»Herausfinden, ob das hier in die Waffe passt.«

Wir rannten auf das Licht zu. Danello löste sich von mir und steuerte dorthin, wo Aylin verschwunden war. Ich setzte den Weg in Richtung der Waffe fort. Meine Schritte gerieten ins Stocken, als ich mich näherte und das Pulsieren stärker wurde, mich mehr und mehr aussaugte. Aus Laufen wurde Gehen, dann Taumeln und schließlich Kriechen. Ich schleppte mich voran und den Zylinder mit mir.

Fast da.

Ich kroch weiter. Über die bewusstlosen Körper der Soldaten des Herzogs.

Die Waffe ragte vor mir auf, ein schillerndes blaues Leuchtfeuer, an das bewusstlose Löser gekettet waren. Eingravierte Zeichen gleißten in der Dunkelheit, das blaue und silbrige Metall schimmerte um sie herum. In offenem Gelände wirkte die Waffe kleiner. Das Podest ruhte diesmal auf einem Karren. Der Fahrer lag auf der Bank. Sogar das Pferd war bewusstlos und hatte unter seiner Masse einen Soldaten eingekeilt. Das Zaumzeug war gerissen und baumelte lose herab.

Die Waffe pulsierte erneut, wurde heller und sog Leben auf. Ich brüllte und ließ den Zylinder fallen, dann schluckte ich die Schmerzen hinunter und ergriff ihn wieder. Bewegte mich weiter.

Die Schmerzlöser in den Kanälen um die Scheibe wimmerten.

Ich wappnete mich für den nächsten Pulsschlag und kroch über das gefallene Pferd und die bewusstlosen Soldaten.

Ein Mädchen lag dort, wo der Herzog einst mich angekettet hatte, in der Auslöserposition. Ich legte die Hand auf ihre. Fühlte mich hinein. Leichter Schmerz durchströmte sie, ihr Herz schlug kaum noch. Ich musste sie von hier wegschaffen. Musste alle von hier wegschaffen.

»Halt durch. Kämpfe dagegen an.«

Die Waffe pulsierte abermals, und ich kreischte, krümmte mich angesichts der Schmerzen. So anders als Klingen oder Tritte. Tiefer, stärker. *Beweg dich, du darfst jetzt nicht aufgeben.* Ich sammelte den abfließenden Schmerz zwischen meinem Herzen und meinen Eingeweiden. Ich zwang ihn zurück, hielt den Schmerz gefangen. Hand über Hand kletterte ich auf die Scheibe. Mein Magen flatterte so heftig, dass ich mich kaum rühren konnte. Meine Haut juckte, wo mich die Scheibe berührte, aber ich packte die Spitze, zog mich daran hoch und schob den Zylinder in das Loch in der Mitte.

Bitte funktioniere.

Licht explodierte aus der Waffe. Ich fiel auf die Scheibe zurück und presste die Augen zu. Das Licht strahlte taghell durch meine Lider. Wind zerrte an mir, zog mich auf das Gerät zu. Meine Haut dehnte sich, wurde rissig ...

Stille.

Der Wind verebbte. Das Pulsieren hörte auf. Blaues Licht erlosch zu Schwärze. Ich zitterte. Jeder Muskel fühlte sich wund an, und meine Haut brannte, als hätte ich alles Pynvium in den Drei Territorien geblitzt. War es vorbei? Hatte es aufgehört?

Kein Pulsieren. Kein Licht mehr.

Ich öffnete die Augen. Einen Herzschlag lang sah ich ein weißes Nachschimmern vor mir, dann verblasste es. Die Löser hingen reglos und mit entspannten Zügen da. Sie hatten keine Schmerzen mehr. Lebten sie überhaupt noch?

Schwach und zittrig kroch ich zum Rand der Scheibe, rollte mich darüber und fiel auf die Straße. Ich landete auf dem Rücken auf einem Soldaten, doch das war noch besser, als auf jenem Pynvium zu liegen. Mein Magen flatterte immer noch, aber ich hatte keine Kraft, mich weiter wegzubewegen.

»Nya!«, rief Danello.

Ich starrte zu den Sternen empor. Sie funkelten blau. Mir fielen die Lider zu.

Leder schabte über Stein. Fluchen, Grunzen. Taumelnde Schritte, die sich näherten, lauter wurden. »Nya!« Danello hob mich in seine Arme. »Kannst du mich hören?«

»Hilf ihnen«, brachte ich hervor. Ich zitterte, aber mir war nicht kalt.

»Bist du verletzt? Kann ich dir Schmerzen abnehmen?«

Mir tat der Körper weh, doch nicht so, wie es der Fall war, wenn ich Schmerz in mir trug. Ich war eher schwach als wund. Ich berührte seinen Arm, der sich heiß unter meinen bebenden Fingern anfühlte. Und *drückte*.

»Nichts zum Schiften.« Jedes Wort kostete mich Anstrengung. So viel Anstrengung.

Hände auf meinen Wangen. Warme Hände. »Nya, halt durch«, sagte Danello. »Aylin ist hier, aber sie ist bewusstlos. Weck sie auf, damit sie Hilfe holen kann.« Er legte meine Hand auf ihren Arm.

Ich *zog*, nur ein wenig. Mich schauderte.

Aylin erwachte. Sog scharf die Luft ein. »Was ist mit ihr passiert?«

»Hol Lanelle. Sofort!«

Weitere rennende Füße. Danello blieb bei mir, streichelte mein Haar. Ich versuchte, den Kopf zu heben, aber mein Hals fühlte sich an, als bestünde er aus Seetang.

So viele Geräusche trieben in der Luft: Gebrüll, rennende Füße, klirrende Rüstungen. Krieg. Ein Krieg wütete. Und Danello schrie. Er schrie Lanelle an, sich schneller zu bewegen.

Tali. Ich musste mich verabschieden.

»Ich brauche Tali.«

Hände drückten auf meine Haut. Ein Kribbeln. »Da ist keine Verletzung – sie fühlt ...«

»Was fühlt sie?«, fragte Danello. »Lanelle, ist sie *in Ordnung?*«

»Ich weiß es nicht! Als ich zuletzt so etwas gespürt habe, lag der Patient im Sterben. Ich weiß nicht, was ich tun kann, um ihr zu helfen.«

Niemand sprach. Ich versuchte, mich in meinen eigenen Körper vorzutasten. Starb ich wirklich? Es fühlte sich eher an, als schliefe ich ein.

»Danello«, flüsterte ich. »Hol Tali.«

»Ich verlasse dich nicht«, sagte er. Und hörte sich wütend dabei an.

»Vielleicht solltest du sie suchen«, flüsterte Lanelle. »Nya wird womöglich nicht …« Sie verstummte kurz. »Sie hat nicht mehr lange Zeit.«

»Das war kein Teil des Plans«, schrie Aylin und packte mich an der Bluse. »Du sollst ihn besiegen. Du sollst gewinnen.«

»Ich glaube, das ist *mein* Plan«, sagte ein Mann. Ich kannte die Stimme.

Peng!

Dumpfe Aufschläge, als fielen Körper, und Schmerz brannte auf meiner Haut. Ich zwang mich, die Augen einen Spalt zu öffnen. Mein Herz hämmerte in der Brust. Ein Mann trat aus den Schatten, dann ein weiterer und noch einer. Noch mehr folgten. Soldaten.

»Haltet sie fest.«

Zwei Soldaten drückten meine Arme auf die Straße. Ein dritter Mann kniete sich über mich und fixierte meine Beine.

Der Herzog von Baseer.

Sechsundzwanzigstes Kapitel

Woher in Moeds Namen hast du den Steuerstab?«, fragte der Herzog und zog ein Messer aus einer Scheide an seinem Gürtel. »Zertanik hat geschworen, er könne die Scheibe nicht zum Funktionieren bringen, die verlogene Ratte.«

Ich wollte mich wehren, war jedoch hilflos wie ein Vogel in einem Krokodilmaul. Meine Finger streckten sich, tasteten nach Haut, aber ich hatte keine richtigen Schmerzen zu schiften, selbst wenn ich jemanden hätte berühren können.

»Ich werde dich zum Schreien bringen.«

»Aber, aber, Verraad«, meldete sich ein anderer Mann zu Wort. Auch diese Stimme kannte ich. Er war beim Herzog gewesen, als ich in die Waffe gebracht worden war. Erben, Eker ... nein, Erken. »Wir haben keine Zeit für Spielchen.«

»Ein bisschen Zeit schon.«

»Nein, sie ist zu gefährlich, um sie auch nur zum Foltern am Leben zu lassen.«

»Du ... wirst nicht gewinnen«, presste ich hervor. Dadurch, dass sie mich zu Boden drückten, fiel es mir so schwer zu sprechen.

Das Messer näherte sich. »Doch, werde ich.«

Ich krallte die Hände in den Boden, konnte jedoch nicht mehr rühren als meine Finger. Ich streifte Danellos Hosenbein. Fand am Knie einen Riss.

»Der beste Weg, eine Heilerin zu töten, ist geradewegs durchs Herz«, erklärte Erken.

Der Herzog hob das Messer an. »Mal sehen, ob das auch bei Schifterinnen klappt.«

Ich streckte meinen Finger und berührte Danellos Haut. *Zog* mit aller Kraft, die ich noch besaß. Mit einem Prusten erwachte er. Seine Schmerzen durchströmten mich, vermischten sich mit jenen Aylins.

Das Messer schoss herab.

Danello sprang den Soldaten zu meiner Rechten an und schlug ihn zu Boden. Mein Arm war befreit, und ich rollte mich nach rechts. Das Messer des Herzogs sank bis zum Griff in meine Brust, verfehlte aber das Herz. Ich keuchte, bekam nicht genug Luft, um zu schreien. Danello rammte den zweiten Soldaten, und der zuckte zurück. Mein anderer Arm war frei.

Der Herzog. Schnapp dir den Herzog.

Ich schlug kraftlos nach ihm. Verfehlte ihn. Meine Hand fiel herab und landete auf der des zweiten Soldaten. Meine Finger schlangen sich um seine, und ich *drückte* die Messerwunde in ihn. Er schrie auf und fiel zurück.

Halt ihn auf. Halt den Herzog auf, dann *kannst du sterben.*

»Ergreift sie!«, brüllte Erken. Der Herzog stürzte vorwärts. Er packte meine Kehle mit beiden Händen und drückte zu.

Meine Sicht verschwamm. Ich legte die Hände auf seine Wangen und *drückte.*

Er sog scharf die Luft ein, ließ aber nicht los. »Du kannst schiften, so viel du willst, ich bin stärker als du.«

Soldaten umzingelten uns mit gezogenen Schwertern und schauten verwirrt drein. Wenn sie mich durchbohrten, konnte ich die Schmerzen in den Herzog schiften. Aber vielleicht wussten sie das.

»Rührt sie nicht an!« Der Herzog drückte fester zu. Aus seinen Zügen sprach viel zu viel Vergnügen.

Ich *drückte* härter. Die geschifteten Schmerzen prallten gegen eine Mauer, als sperre er mich aus. Es war etwas Starkes.

Licht funkelte am Rand meines Sichtfelds. Meine Lungen fühlten sich an, als könnten sie jeden Moment bersten. Ich brauchte Luft. Brauchte … Kraft …

Ich *zog*, hämmerte gegen jene Wand und versuchte, sie einzureißen, sie zu überwinden und ihn dazu zu bringen, mich loszulassen. Meine Sicht wurde klarer. Ich bohrte tiefer, *zog* härter, streckte mich über Blut, Knochen und Muskeln hinaus. Er grunzte, drückte jedoch weiter zu. Meine Finger schmerzten, trotzdem ließ ich nicht locker. Ich musste durch diese Wand, sonst war ich tot.

Die Hände des Herzogs verstärkten ihren Griff, und in mir drehte sich alles. Ich *zog* weiter. Feuer raste in mich hinein, brannte meine

Arme entlang und füllte meine Lungen. Die Wand bekam Risse, und sein Griff lockerte sich. Meiner blieb fest. Ich *zog* noch angestrengter. Mein Herz schlug in Einklang mit seinem. Mein Blut sang mit seinem Blut. Die Stärke jener Mauer floss in mich. Er versuchte, sich von mir zu lösen, aber nun hielt ich ihn fest, *zog* mehr und mehr, brachte die Wand zum Einsturz.

»Seht euch das an«, stieß Erken hervor. Jetzt würden sie mich wegziehen, mich zum Aufhören zwingen. Mich töten.

»Sie *ist* von den Heiligen gesegnet!«, rief ein Soldat.

Ich hielt durch. Ein letztes *Ziehen*, ein letzter Herzschlag.

Und dann war es weg.

Nein, *er* war weg.

Ich stieß den Herzog von mir. Sein Körper fiel zu einem Haufen zusammen und lag still, die verkrümmten Hände an die Brust gepresst wie ein gebrechlicher Greis. Seine Haut wirkte schuppig, seine Wangen waren eingefallen. Sein schwarzes Haar war heller, sogar in der Dunkelheit.

Was hatte ich getan?

Mein Herz pochte kräftig. Meine Schmerzen waren verschwunden. Ich fühlte mich … *mächtig*.

»Ihr Heiligen, was hast du mit ihm gemacht? Was *bist* du?«

Ich schaute auf. Rings um mich standen Erken und die Soldaten, immer noch mit gezogenen Schwertern. Sie glotzen mich an; auf ihren harten Gesichtern zeichneten sich Angst und Verwirrung ab. Aus Erkens Miene sprach zudem Erstaunen.

»Ich mache dasselbe mit euch, wenn ihr meine Stadt nicht verlasst«, drohte ich.

Die Soldaten drehten sich um und ergriffen die Flucht. Soldaten, die vor *mir* flüchteten.

Die Heiligen mochten mir vergeben, aber irgendwie gefiel mir das.

Erken rührte sich nicht von der Stelle und beobachtete mich. »Er ist das falsch angegangen«, meinte er. »Gewalt war der falsche Weg. Er hätte dich bitten sollen, ihm zu helfen.«

»Ich hätte abgelehnt.«

»Das glaube ich dir gern. Vielleicht können *wir* ja einen Handel abschließen?«

Ich stürzte mit ausgestreckten Händen auf ihn zu. Er schrie auf und taumelte rücklings, dann floh er in die Nacht zu dem Transportschiff, das immer noch an den Docks in der Bucht lag.

Ein Grunzen erregte meine Aufmerksamkeit. Danello rang auf dem Boden mit den beiden Soldaten, trat den einen, während er nach dem anderen schlug.

»Lasst ihn zufrieden«, befahl ich und ging auf sie zu.

Keiner der beiden Soldaten hörte auf mich. Ich trat dem Ersten in die Brust. Er fiel mit einem Keuchen zurück.

»Sofort!«

Die beiden rollten sich weg und rappelten sich auf die Beine. Danello stand einen Herzschlag danach auf. Er blutete, lebte aber noch und war kampfbereit. Die Soldaten drehten sich um, als wollten sie mich angreifen, dann schrien sie auf und wichen entsetzt zurück. Sie preschten hinter den anderen her.

»Nya?«, sagte Danello leise und starrte mich an. »Bist du … Was hast du …?«

»Bitte. Ich … ich brauche eine Minute.«

»In Ordnung.«

Nichts ergab einen Sinn. Ich starrte auf den Herzog hinab. Kaum mehr als in Haut gehüllte Knochen. Was hatte ich getan? Was war diese Wand gewesen, die ich so angestrengt einzureißen versucht hatte? Sein Leben? Ich hatte ihn ausgesaugt, sein Leben in mich fließen lassen. Vor all den Monaten hatte der Herzog mich in seine Waffe gesteckt.

Hatte er mich gleichzeitig in sie *verwandelt?*

»Nya?«

»Ich wollte das nicht, aber ich bedauere nicht, dass ich es getan habe. Er hätte uns getötet, wenn ich ihn am Leben gelassen hätte.« Meine Augen wurden wässrig. Ich wischte die Tränen weg.

Wir hatten Krieg. Im Krieg tötete man. Man musste töten. Sie *wussten* das. Sie konnten mich nicht dafür hassen, dass ich getan hatte, was getan werden musste. Ich wirbelte herum. »Du glaubst mir doch, oder?«

Danello wich einen Schritt zurück, was mir beinah das Herz brach. »Natürlich glaube ich dir.«

»Warum benimmst du dich dann, als hättest du Angst vor mir?«

»Deine Augen.« Er kam mit ausgestreckter Hand auf mich zu, strich über die Haut um meine Augen. »Sie sind ... ich weiß nicht, irgendwie blau.«

»Sie haben die Farbe gewechselt?«

»Nein«, erwiderte Danello. »Sie *leuchten* blau.«

Ich presste die Finger gegen mein Gesicht. Spüren konnte ich nichts. Zumindest nicht äußerlich. Innerlich fühlte ich mich stark. Ich fühlte mich *neu*. Ich fühlte mich ... verängstigt.

»Was ist mit mir passiert?«

»Ich habe keine Ahnung.«

Immer noch lagen rings um uns bewusstlose Soldaten. Auch Lanelle und Aylin. Ich kniete mich hin und weckte beide auf, *zog* ihre Schmerzen aus ihnen.

Jäh entfernten sie sich von mir, dann krochen sie näher. Aus ihren Gesichtern sprach dieselbe schreckliche Mischung aus Angst und Verwunderung.

»Ich weiß – sie leuchten, und ich habe keine Ahnung, weshalb.«

Lanelle japste erneut und deutete auf die Leiche des Herzogs. »Ist das der Herzog?«

»Ja.«

Sie trat ihn. Zweimal. Dann spuckte sie auf ihn. »Er hat Schlimmeres verdient, was immer du mit ihm gemacht hast.«

Ich war nicht sicher, ob irgendjemand das verdiente, was ich getan hatte.

»Wir müssen diese Löser aus der Waffe holen«, sagte ich. »Und herausfinden, wohin die Wächter der Gilde geflüchtet sind. Der Herzog mag tot sein, aber seine Männer leben noch. Wir müssen uns um sie kümmern.«

»Was ist mit der Waffe selbst?«, fragte Danello. »Du kannst sie nicht einfach hierlassen.«

Ich wollte sie nicht berührten. Mir fiel schon schwer, sie anzusehen. »Vielleicht können wir sie in die Gilde schaffen.«

»Vielleicht können wir sie benutzen und den Rest der Blauen zurück nach Baseer blitzen«, schlug Lanelle vor und steuerte auf die Schmerzlöser zu. »Hast du eine Ahnung, wie mächtig dieses Ding ist?«

»Ich werde es gegen niemanden einsetzen. Ich bin nicht mal sicher, ob ich das könnte.«

Aylin verschränkte die Arme vor der Brust. »Und vergessen wir mal nicht, dass *Löser* notwendig sind, damit sie funktioniert.«

»Jetzt nicht mehr«, sagte Lanelle. »Sie sind tot. Alle.«

»Was?« Nein, das konnte nicht sein. Es war nicht fair, ich hatte die Waffe abgeschaltet – das hätte sie retten müssen. *Es hat dich auch nicht gerettet. Du musstest den Herzog aussaugen, um zu überleben.*

Er hatte sie getötet, genau wie die Bootskapitäne und so viele andere. Warum hatte er seine Waffe hergebracht? Warum musste er mich dazu bringen, sie auszulösen; mich dazu bringen, so viele Menschen zu töten, nur um ihn aufzuhalten.

»Hört mal, der Herzog musste Löser verwenden«, gab Lanelle kurz darauf zu bedenken. »Vielleicht muss Nya das nicht. Sie hat die Waffe schon in Baseer ohne Löser zum Funktionieren gebracht.«

»Spielt es überhaupt eine Rolle?« Sie waren meinetwegen tot.

Lanelle schnaubte. »Natürlich spielt es eine Rolle! Lass ihn nicht gewinnen. Du hast sie doch schon mal zum Funktionieren gebracht, oder?«

»Ja.« Sie *hatte* schon einmal pulsiert, ohne dass jemand daran angeschlossen war. Ich wusste nicht, weshalb, aber sie musste nicht voller Schmerz sein, um Leben auszusaugen.

»Dann bring sie jetzt zum Laufen. Lass diese Blauen für das bezahlen, was sie getan haben.«

»Äh ... ich gehe und holte die Wächter«, meldete sich Danello zu Wort. »Und ich warne sie wegen deiner Augen vor.«

»Gut.« Ich starrte die Waffe und die toten Schmerzlöser an. »Wir müssen sie da rausholen.«

Behutsam lösten wir ihre Fesseln und zogen sie aus der Waffe, dann trugen wir sie zum weichen Gras. Sie verdienten Heldenbeerdigungen, sie alle. Ich holte tief Luft und ging zurück zur Waffe, starrte sie hasserfüllt an.

»Bitte sag, dass du nicht wirklich daran denkst, dieses Ding anzufassen«, sagte Aylin.

»Mich juckt es am ganzen Körper, nur weil ich ihm so nah bin.«

»Warum hast du dann trotzdem diesen *Ausdruck* im Gesicht?«

Ich seufzte. »Wenn ich herausfinde, wie ich die Waffe zum Laufen bringe, können wir den Krieg vielleicht *wirklich* beenden.«

»Indem du mit anderen machst, was du mit dem Herzog angestellt hast?«

Mich schauderte. »Nein. Aber im Augenblick nehmen sogar Elitesoldaten Reißaus vor mir, und wenn ich die Waffe dabeihabe, kann ich vielleicht allen solche Angst einjagen, dass sie uns ein für alle Mal in Ruhe lassen.« Und dann müsste niemand mehr sterben.

Ich stieg hinauf und legte die Hände auf die Scheibe. Sie summte unter meinen Handflächen. Mein Magen fühlte sich an, als fräße mich etwas von innen her auf.

»Und?«, fragte sie.

Ich schloss die Augen, fühlte mich hinein, drängte mich an dem Flattern, dem Drehen, dem Summen vorbei.

Ist hier drin etwas?

Ich hatte keine Antwort erwartet, doch ein leichtes *Klicken* erfüllte meinen Geist. Ich folgte ihm. Fühlte es. Wie ein riesiger Raum, der sich unter dem Pynvium und dem silbrig-blauen Metall verbarg. Ich tastete in dem leeren Raum umher, suchte nach der Tür oder dem Schlüssel, nach irgendetwas, das die Waffe einschalten würde.

Blaues Feuer flackerte am Rand meines Sichtfelds, wenn ich nicht direkt hinschaute. Ich blies auf das Feuer, ganz sanft, wie eine leichte Brise.

Die Zeichen in der Waffe leuchteten auf.

»Nya, bitte komm von dem Ding runter«, forderte mich Aylin mit zittriger Stimme auf.

»Warte, ich glaube, ich hab's.«

Ich stellte mir eine Lampe mit der blauen Flamme im Inneren vor und schloss die Klappen, sperrte das Licht ein.

Das Leuchten der Zeichen wurde matter.

Ich stellte mir vor, dass ich die Klappen öffnete.

Die Zeichen gleißten heller, das Summen wurde lauter.

Ich besaß die Kontrolle. Ich konnte es tun. Ich konnte dieses Ding *benutzen*.

Du könntest damit töten.

Aber ich konnte damit auch Leben retten. Geveger *und* Baseeri.

»Sobald Danello zurückkommt, bringen wir dieses Ding an die Front.«

Gevegs Armee füllte die Straßen aus. Wir hatten die ganze Nacht über gekämpft, hatten uns einem Häuserblock nach dem anderen gewidmet, manche verloren, andere erobert. Die Streitkräfte des Herzogs versuchten immer noch, auf der Nordinsel Fuß zu fassen. Auf der Insel des Generalgouverneurs war ihnen das sogar gelungen. Die Kämpfe auf den Inseln der Aristokraten wurden erbittert geführt, und die Verluste waren hoch.

Dort befand sich Jeatar.

Also würden wir dorthin gehen.

Fünfzig Wächter der Gilde umgaben mich. Es war uns gelungen, das Pferd zu wecken, und die Stute hatte den Karren mit mir und der Waffe gezogen. Ich ließ die Hände an der Waffe, und die Zeichen leuchteten blau. Genau wie meine Augen. Das Licht spiegelte sich auf den Rüstungen der Toten, den zerschmetterten Fenstern, den gebrochenen Seelen wider.

Aylin schwor, ich würde den Heiligen selbst Angst einjagen.

Um ein Haar hätte ich unsere eigene Streitkraft in die Flucht geschlagen.

»Was ... was ist das?« Jeatar starrte mich entgeistert an. Blut verkrustete sein Haar unmittelbar über dem Ohr.

»Das ist die Waffe des Herzogs. Er ist tot. Ich erklär's dir später.«

»Sie muss zu den Blauen durch«, fügte Aylin hinzu. »Solange es noch dunkel ist.«

Jeatar glotzte noch einen Herzschlag lang, doch Vyand schüttelte ihn, wenngleich sie mich auf dieselbe Weise anstarrte. Jeatar trat beiseite. Er brauchte eine weitere Minute, um Befehle zu erteilen.

Die Ränge unserer Soldaten teilten sich, und sie ließen mich und meine Eskorte durch.

Der Kampflärm wurde lauter, je näher wir kamen. Grunzen und Gebrüll, das Kreischen von Metall, das Klirren von Schwertern. Dann entsetztes Japsen.

»Was ist das?«

»Es ist die Schifterin!«

»Es sind die Heiligen!«

Ich blies auf das blaue Feuer in meinem Geist, und die Waffe leuchtete heller. Nicht nur die Soldaten des Herzogs schrien auf und wichen zurück.

»Die Heiligen beschützen Geveg!«, brüllte eine Frau. Ich war nicht sicher, wer sie war, allerdings klang sie verdächtig nach Ellis.

Die Rufe schlugen in Geschrei um, das Geschrei wurde zu Kreischen. Die Soldaten des Herzogs ließen ihre Waffen fallen und ergriffen die Flucht – eine Mauer entschwindender Rücken. Hörner bliesen kurze Rückzugssignale. Aus der Mauer wurde eine Flut, die von unseren Ufern zurück in den See rollte.

Ich folgte ihnen durch die Straßen, über die Brücken und in die Terrassen. Vorbei an der Villa, in der ich aufgewachsen war. Jeatar und unsere Streitkräfte begleiteten mich, ihre Klingen funkelten blau im Licht der Waffe. Und das ließ die Baseeri nur noch schneller rennen.

Sie flüchteten vor uns zur Insel des Generalgouverneurs und rasten auf die Rampen des Transportschiffs zu, das über dem Gouverneursanwesen aufragte. Soldaten schubsten einander und stießen sich gegenseitig von den Landungsstegen in die Kanäle.

Sie flüchteten immer noch an Bord, als das Transportschiff die Segel setzte. Wind blähte das Segeltuch mit einem Ruck, und das Schiff geriet in Bewegung, schleifte die Landungsstege die Seemauer entlang.

Wir hatten gewonnen. Wir hatten sie tatsächlich besiegt und vertrieben.

Unsere Soldaten jubelten, und Sprechgesänge übertönten das Geschrei und die rennenden Füße all jener, die noch versuchten, auf das fahrende Schiff zu gelangen, bevor es sich von Geveg löste. Unsere Soldaten strömten an mir vorbei hinter den letzten Blauen her, den Baseeri, den Eindringlingen.

»Nya, hörst du das?«, fragte Aylin und hüpfte neben mir auf und ab.

Ich lauschte und lächelte. »Sie singen für die Heilige Saea.«

Aylin lachte und klatschte mir aufs Bein. »Nein, sie singen *Nya.*«

Das konnte nicht sein! Dann kam eine Bö auf und trug mir die Worte direkt an die Ohren.

»Ny-a!«

»Ny-a!«

»Ny-a!«

Siebenundzwanzigstes Kapitel

Acht Tage waren vergangen. Seit acht Tagen waren wir frei.

Während der beiden ersten Tage hatten die Feuer gebrannt. Die letzten Soldaten des Herzogs waren voll Grauen aus Geveg geflohen, hatten Lampen und Fackeln fallen gelassen, Lageröfen umgetreten und so überall auf Nordinsel und den Inseln der Aristokraten Häuser und Einrichtungen entzündet. Die Löschmannschaften taten, was sie konnten, und die Soldaten des Herzogs formierten sich nicht neu, kehrten nie zurück. Sie hatten Geveg mit Absicht brennend zurückgelassen, aber sie waren *weg*.

Die nächsten sechs Tage lang formierten *wir* uns neu.

Familien fanden einander wieder, Freunde beklagten die Toten. Wir trauerten um jene, die wir verloren hatten, und feierten mit jenen, die wir gerettet hatten.

Sonnenschein wärmte mir das Gesicht, als ich in einem Zimmer stand, das früher mir gehört hatte. Jetzt war es verkohlt, geschwärzt von den Feuern, die durch die Terrassen und den Rest des Aristokratendistrikts gewütet hatten.

»Alles weg«, sagte Tali und betrat mit knirschenden Schritten mein altes Zimmer. Mittlerweile ging es ihr besser. Sie redete ein wenig, war jedoch nicht vollständig geheilt. Ginkev war nicht sicher, ob sie das je sein würde, aber ich hegte Hoffnung.

»Früher war es schön. Warme Farben, weiche Möbel. Es roch immer nach Essen.«

»Mama roch nach Blumen.«

Ich nickte mit wässrigen Augen. »Ja. Sie war wunderschön, freundlich und stark.« Ich hielt mich an ihrer Stärke fest. An diesem Tag brauchte ich das.

Ich ging zum Schrank und schlug die verkohlte Tür beiseite. Fand nasse Kleider in rußigen Haufen. Ich zog etwas heraus. Eine Hose, groß genug für Tali *und* mich zusammen. Ich ließ sie fallen.

»Das ist albern. Hier ist nichts mehr, das mir gehört.« Ich hatte keine Ahnung, weshalb ich nach all den Jahren erwartete, in unserer alten Villa noch etwas von unseren Sachen zu finden. Es war nur so ... wir hatten gewonnen. Es hätte alles wieder so sein sollen wie früher.

Was geschehen ist, ist geschehen, und ich kann nichts davon ungeschehen machen.

Mama war immer noch tot. Ebenso Papa, Großmama, Wen und Lenna. Soek und Quenji. Sogar Ipstan. Hunderte weitere, deren Namen ich nicht kannte, deren Gesichter ich nie gesehen hatte.

Ich würde nie wieder im Springbrunnen spielen. Nie wieder mit Tali im Gras herumtollen. Mich nie wieder auf dem Sofa einrollen, während Mama uns vorlas.

Mein altes Leben war nur noch Asche, genau wie mein altes Zuhause.

»Komm«, sagte ich. Tränen kullerten mir über die Wangen. »Hier ist nichts mehr, nur eine ausgebrannte Villa.«

Ich führte Tali über die schmiedeeiserne Wendeltreppe im hinteren Bereich – die einzige noch vorhandene Treppe – hinunter, und wir verließen das Haus durch das Loch, das früher einmal die hintere Küchentür gewesen war. Wir durchquerten den einstigen Garten, wo Mama zwischen ihren Veilchen Unkraut gejätet hatte, während Tali Schmetterlinge jagte. Am Himmel kreisten Seemöwen und Bussarde, die nach verkohlten Brocken suchten, mit denen sie sich die Mägen füllen konnten.

An der Vordertür warteten zwei Wachen. Sie standen auf dem geschwärzten Steinweg, genau an der Stelle, wo Wen gestorben war. Als ich vorbeiging, reihten sie sich bei uns ein, einer der Männer vor uns, der andere hinter uns. Nur eine Vorsichtsmaßnahme, hatte Jeatar gesagt, bis sich die Neugier der Menschen legte, was mich anging.

Ich hatte gedacht, das würde aufhören, wenn meine Augen nicht mehr leuchteten, doch die waren seit drei Tagen normal, trotzdem ließ die Neugier der Leute nicht nach. Das Lob störte mich weniger – dafür hatten wir hart gearbeitet –, aber die Anbetung? Darauf konnte ich verzichten.

Allerdings wurde es schon besser. Anfangs zeigten sich die Menschen äußerst zudringlich, wollten mich berühren, mich treffen.

Doch sobald sie das taten, erkannten sie, dass ich keine Heilige war. Nur ein Mädchen.

Ein *seltsames* Mädchen, keine Frage, dennoch gar nicht sooo verschieden von ihnen.

Wir verließen das Gelände der Villa und gingen auf die Straße. Die Aufräumtrupps hörten auf zu arbeiten und jubelten. Sie stimmten einen Sprechgesang mit meinem Namen an, wie es die Soldaten in der letzten Nacht des Krieges getan hatten.

Ich betete, dass auch das bald aufhören möge. Aylin meinte, als Heldin verehrt zu werden würde wesentlich länger anhalten, als eine Heilige zu sein.

Am Ende des Gehwegs wartete eine Kutsche mit einer Menge weiterer Wachen, allerdings gehörten die nicht zu mir. Sie alle trugen das Grün und Gold der Gilde, obwohl mittlerweile an einem anderen Stil für Gevegs neue Uniformen gearbeitet wurde.

»Halt mal, das ist nicht meine Kutsche.« Sie war schöner und größer.

»Der Herzog will mit dir sprechen«, erklärte einer der Wächter und öffnete den Kutschenverschlag.

Mein erster Instinkt bestand aus einem Fluchtimpuls, doch dann wurde ich wieder gewahr, dass ich diesen Titel nicht mehr zu fürchten brauchte.

Ich stieg ein. Jeatar saß auf der gegenüberliegenden Seite. Er hatte die Arme vor der Brust verschränkt und bedachte mich mit einem Blick, der mich wissen ließ, dass ich in Schwierigkeiten steckte.

Na schön, vielleicht sollte ich mich ein klein wenig davor fürchten.

»Was machst du hier?«, platzte ich hervor. Mittlerweile hätte er nach Baseer abreisen sollen.

»Dasselbe wollte ich gerade *dich* fragen.«

»Ich wollte mein … die Villa sehen.«

Ich nahm Platz, und Tali setzte sich neben mich. »Fies und Bös haben uns begleitet.« Ich deutete mit der Hand auf meine Wachen. Tali hatte ihnen die Spitznamen gegeben, aber sie fanden die lustig und hatten sie behalten. Seit dem Augenblick hatte ich sie gemocht.

»Aber nicht in die Villa?«, fragte er mit sanfter Stimme.

»Nein.«

Ich fügte nichts hinzu, und er bohrte nicht nach. Stattdessen forderte er Fies auf, uns zurück zur Gilde zu bringen, und die Kutsche rollte an.

Menschen säumten bereits die Straßen, winkten und jubelten, als wir vorbeifuhren.

»Jubeln die für dich?«, fragte ich.

»Nein.« Jeatar kicherte. »Schließlich habe nicht ich die Stadt gerettet.«

»Doch, hast du. Du hast die Soldaten des Herzogs aufgehalten, die Verteidigung geplant und sogar den Angriff auf die Truppen des Herzogs angeführt. Ohne dich wäre Geveg nicht frei.«

»Du hättest schon eine Möglichkeit gefunden.«

»Die Leute halten mich für eine Heilige.«

Er lächelte. »Sie halten dich für eine Heldin.«

»Nya hat die Stadt gerettet, Nya hat uns alle gerettet. Sie dachten, sie würden uns schlagen, doch Nya brachte sie zu Fall«, sang Tali leise, während sie beobachtete, wie die Stadt an uns vorüberzog.

»Siehst du? Sogar sie weiß es.«

Ich seufzte und lehnte mich im Sitz zurück. Ich wollte all diese Aufmerksamkeit nicht. Sicher, es war angenehm, geschätzt zu werden. Aber dass so viele Menschen mein Gesicht und meinen Namen kannten, konnte nicht gut sein. Es war immer sicherer, wenn man niemandem auffiel.

»Wann brichst du nach Baseer auf?« Kaum war er offiziell in Erscheinung getreten, hatten all seine Verbindungsleute und Verfechter begonnen, über ihn zu reden und Gerüchte zu verbreiten, er sei zurück und kämpfe für Geveg. Die Baseeri verlangten praktisch, dass er den Thron bestieg.

»In ein paar Tagen. Ich möchte hier erst noch einige Dinge erledigen.«

»Was zum Beispiel?«

»Zum Beispiel dafür sorgen, dass die Baseeri und die Geveger nicht darüber zu streiten anfangen, wer die Herrschaft über die Stadt erhält.«

»Gerüchte besagten, dass Balju die Aufgabe übernehmen will.«

Balju redete außerdem viel davon, dass Jeatar den Thron übernehmen würde, aber ich vermutete, er wollte Jeatar nur aus Geveg weghaben, bevor die Leute zu denken begannen, er wäre für das Amt des Gouverneurs besser geeignet als für das des Herzogs.

»Was meinst du dazu?«

»Er mag Geveger nicht besonders.« Sicher, er hatte mit uns gekämpft, aber ich konnte immer noch hören, wie er gefragt hatte, warum Jeatar versuchen wollte, uns zu helfen. Dieser abfällige Unterton in seiner Stimme damals … »Ich glaube nicht, dass wir Geveger mit seiner Ernennung glücklich wären.«

Jeatar kicherte. »Ich auch nicht.«

»Wird das ein Problem werden?« Einen weiteren Krieg brauchten wir wirklich nicht.

»Eher ein Kopfzerbrechen.« Er verstummte und musterte mich einen Moment lang. »Ich spiele mit dem Gedanken, Onderaan vorzuschlagen.«

»Wirklich? *Will* er überhaupt Gouverneur werden?«

Er zuckte mit den Schultern. »Hat er nie gesagt, aber er ist ein Baseeri, also werden ihn Balju und seine Leute akzeptieren. Und er ist ein Analov, daher werden ihn die Geveger akzeptieren. Noch besser, er ist dein Onkel, wenn es ihnen also nicht gefallt, kannst du sie überzeugen.« Er grinste verschmitzt.

»Onderaan ist nett«, meldete sich Tali zu Wort.

Jeatar nickte. »Ja, das ist er.«

Onderaan, verantwortlich für Geveg. Ich lächelte. »Du hast recht. Ich denke, er wäre ein guter Gouverneur.«

Außerdem blieben die Dinge so in der Familie, und es fühlte sich … *richtig* an.

»Nya«, rief Tali und hüpfte an der Tür meines Zimmers in unserem Stadthaus auf und ab. »Beeil dich, beeil dich.«

»Sie hat recht«, sagte Aylin. »Wir werden noch die Jolle verpassen.«

»Ohne uns fährt sie nicht ab.« Ich stopfte den Rest meiner Habseligkeiten in mein Bündel. Aylin stöhnte und entriss sie mir.

»So geht man nicht mit teuren Kleidern um.« Sie faltete die feinen Kleider und maßgeschneiderten Hosen ordentlich und öffnete das Bündel. Während des vergangenen Monats waren Geschenke eingetroffen. Ich hatte nichts davon behalten wollen, aber Aylin beharrte darauf, dass es die Leute verärgern würde, wenn ich sie ablehnte, und ich wollte doch keinen weiteren Krieg heraufbeschwören, oder?

Das war natürlich eine Übertreibung, im Grundsatz hatte sie jedoch recht. Einige der Geschenke waren klein – Blumen oder Küchlein –, stammten aber von Gevegern, denen ich geholfen hatte. Sie abzulehnen käme tatsächlich einer Beleidigung gleich.

»Was hast du da bloß drin, Steine?«, fragte sie. »Willst du wirklich völlig zerknittert zu Jeatars Krönung erscheinen?«

»Bis dahin hängt sich das aus. Wir haben noch eine ganze Woche.« Auch wenn es sich um eine Woche voller Feiern und Veranstaltungen handelte, die ich nicht besuchen wollte. Jeatar auch nicht, nur konnte er schlecht die Feierlichkeiten zu seiner eigenen Krönung auslassen. Seit mittlerweile fast einem Monat schob er das vor sich her, und wenngleich er bereits unangefochten herrschte, wollten die Adeligen eine offizielle Krönung mit allem Pomp. Nur, um ganz sicher zu gehen.

Soldaten aus den gesamten Drei Territorien waren zurückgerufen worden, und Jeatar hatte mit Onderaan und Verlattas neuem, selbsternanntem Gouverneur zusammengearbeitet, um eine gemeinsame Garde zu schaffen, die Straßen und Grenzen patrouillierte. Das Reisen war mittlerweile viel sicherer, obwohl es noch Probleme gab. Wahrscheinlich würde es immer Probleme geben, aber jeder Schritt führte näher zum Ende des Weges.

Jeatar hatte Balju die Verantwortung für die Straßen und den Schiffsverkehr übertragen, was es einfacher gestaltete, Onderaan im Gegenzug zum Gouverneur zu ernennen. Beide waren von dem Plan überrascht, aber glücklich damit gewesen.

»Nya, was ist das denn?« Aylin holte zwei Bücher aus meinem Bündel.

»Ich wollte ein wenig lernen, während wir weg sind.«

Sie schnaubte und warf die Bücher aufs Bett. »Ginkev hat dir die Woche freigegeben. Du hast keinen Unterricht, für den du lernen müsstest.«

»Ich habe eine Menge aufzuholen.«

Ich galt zwar nicht offiziell als Lehrling, trotzdem hatte mir Ginkev einen Platz in der Klasse angeboten. Er meinte, meine Kenntnisse seien zerklüfteter als ein Karstgebirge, und er würde mindestens ein Jahr brauchen, um die Lücken in meiner Ausbildung zu schließen, bevor er sich überlegen könne, wie viele Litzen mir zustünden. Damit hatte ich kein Problem. Ich wusste ja selbst nicht, wer oder was ich war.

»Hier.« Aylin reichte mir das Bündel mit den ordentlich gefalteten Kleidern darin. »Deine Aufgabe in dieser Woche lautet, Spaß zu haben.«

Ich grinste. »Werd mich bemühen.«

Wir verließen mein Zimmer und eilten die Treppe hinab. Unser Stadthaus war ein Geschenk von Jeatar – oder, wie er behauptete, ein Geschenk von Geveg. Es war klein und hatte nur zwei Geschosse, bot aber mehr als genug Platz für uns drei. Aylins Zimmer befand sich neben meinem, das von Tali auf der anderen Seite des Gangs. Ich hoffte, dass sie eines Tages zu ihrer Lehre zurückkehren würde wie die anderen Löser in Geveg. Die meisten jedenfalls. Einige hatten beschlossen, der neuen Beschützergilde beizutreten und zu lernen, wie man kämpfte *und* heilte. Ich konnte mir nicht vorstellen, dass sie sich *dafür* entscheiden würde.

»Keine Zeit zum Mittagessen?«, fragte Kelsea, die den Kopf aus der Küche steckte. Sie hatte zum Stadthaus gehört, ein süßes blondes Mädchen, das immer lächelte, ganz gleich, wie grantig wir anderen wurden. Jeatar behauptete, sie sei die Tochter eines Soldaten, der im Krieg gestorben war. Sie brauchte angeblich dringend eine Arbeit, doch sie war älter als ich und schien durchaus in der Lage zu sein, für sich selbst zu sorgen. Außerdem hackte sie Gemüse mit einer Inbrunst klein, als hätte es sie persönlich beleidigt.

Sie war eine Leibwächterin, ganz klar.

Ich war mir ziemlich sicher, dass Kelsea wusste, dass ich hinter ihr Geheimnis gekommen war, aber wir taten beide so, als sei sie nur ein Hausmädchen. Ich mochte sie. Dasselbe galt für Tali und Aylin, es fiel uns also nicht schwer.

Fies und Bös winkten Tali zu, als sie zur Kutsche rannte. Nicht zu meiner, zu einer von Onderaans. Seine Aufgabe als Gouverneur hielt ihn ziemlich auf Trab, trotzdem arbeitete er nach wie vor mit Jeatar zusammen und benutzte Jeatars Zauberbuch, um Waffen zu entwickeln. Das hielten wir geheim.

»Bereit für die Rückkehr nach Baseer?« Danello begrüßte mich mit einem Kuss. Er und seine Familie besaßen das Stadthaus auf der gegenüberliegenden Straßenseite, ein weiteres Geschenk Jeatars.

»Nein, aber ich komme wohl nicht drum herum.« Ich stieg ein und nahm in der leeren Kutsche Platz. »Wo sind denn alle?«

»Da ist mit den Zwillingen und Halima schon vor ein paar Tagen aufgebrochen. Sie wollten früher dort sein und Ouea besuchen.« Er grinste. »Ich glaube, Da hat eine Schwäche für sie.«

Ich lächelte. Ouea hatte sich um Jeatars Bauernhaus gekümmert und mittlerweile wahrscheinlich alle Hände voll damit zu tun, den Betrieb im Palast zu leiten. »Wenn die beiden heiraten, würdet ihr auf jeden Fall besser essen.«

»Ich glaube nicht, dass es schon so ernst ist.«

»Wir haben fast Frühling«, meinte Aylin, »da liegt ja angeblich die Liebe in der Luft, richtig?« Sie ergriff mein Bündel und verfrachtete es zusammen mit ihrer Tasche in den Kofferraum am Heck der Kutsche. Ich hatte immer noch vereinzelt Albträume darüber, dort eingesperrt zu sein, aber sie ließen nach.

Danello lief rosig an. »Ja, mag sein, vielleicht.«

»Fahren wir, fahren wir«, forderte Tali und beugte sich über die Seite der Kutsche. Sie saß gern auf der Fahrerbank bei Fies. Bös nahm hinten seinen Platz ein.

Aylin sprang herein, und wir setzten uns langsam durch die Straßen in Bewegung. Einige Geschäftsauslagen besaßen bereits neues Glas, die meisten jedoch waren noch mit Brettern vernagelt. Viele Läden hatten nicht wieder geöffnet, und Gerüchten zufolge sorgte sich der Wirtschaftsvorsteher, weil es zu viele Arbeitsplätze und nicht genug Leute dafür gäbe. Eine ziemliche Veränderung gegenüber dem letzten Sommer, als ich in einer zwanzig Menschen umfassenden Schlange hatte anstellen müssen, um eine Arbeit als Fischabladerin zu ergattern.

Geveg war verwundet, doch das würde heilen. Immerhin war Heilen das, was wir am besten konnten.

»Sie haben diese Woche so viel getan.« Danello blickte aus dem Fenster, die Finger mit meinen verschlungen. »Du solltest mal all das Holz sehen, das aus Verlatta kommt. Die Docks sind vollgestapelt damit.«

»Ich kann nicht glauben, wie schnell man die wieder aufgebaut hat«, sagte ich.

Die Docks waren als Erstes in Angriff genommen worden. Unsere Bauern- und Viehzüchterinseln sorgten zwar für einige Lebensmittel, aber wir hingen stark von Lieferungen ab, die aus Dorpstaad hergebracht wurden. Sobald der Kai wieder in Betrieb war, begannen die Arbeitsmannschaften mit dem Wiederaufbau der Häuser und Läden. Dem verheerten Aristokratendistrikt schenkten sie keine Beachtung. Diejenigen, die es sich leisten konnten, würden letztlich zurückkehren, aber vorerst mussten wir unser Augenmerk darauf richten, unsere Leute unterzubringen und zu ernähren.

Und natürlich zu beschützen. Wir waren schon einmal unvorbereitet überrascht worden, und wir würden die Sicherheit nicht erneut außer Acht lassen. Soldaten in Violett und Weiß, mit veilchenblauen Abzeichen an den Uniformen, patrouillierten durch die Straßen. Die Soldaten grüßten die Menschen im Vorbeigehen und wachten dieses Mal über uns. Sie verhinderten Plünderungen, statt sich selbst daran zu beteiligen.

Dann war da noch die Waffe. Sie wurde in der Gilde versteckt, stand aber bereit, um Geveg gegen jeglichen Angriff zu verteidigen. Genau wie ich. Allein die Bedrohung, die davon ausging, würde noch lange, nachdem die Leute aufhörten, mich eine Heldin zu nennen, für unsere Sicherheit sorgen.

Solange diejenigen, die uns schaden wollten, nicht aufhörten, uns deshalb zu fürchten, konnte man mich meinetwegen ruhig auch als Heilige bezeichnen.

»Lass mich dich etwas fragen«, sagte Aylin und strich einige Falten in ihrem Rock glatt. »Ich habe darüber nachgedacht, selbst eine Lehre zu beginnen.«

»Wirklich? Als was?«, fragte ich.

»Ich bin mir noch nicht sicher. Entweder bei einem der Schneider oder beim Glasbläser.«

Danello schürzte die Lippen und dachte darüber nach. »Ich glaube, du wärst in beidem gut.«

»Ja?« Sie grinste. »Nya, was gefällt dir besser?«

»Der Glasbläser. Dir würde langweilig dabei, den ganzen Tag Kleider zu schneidern. Das Aufregendste daran wäre wohl noch, wenn sich mal jemand mit einer Nadel in den Daumen sticht.«

Wir lachten.

»Da hast du recht«, meinte Aylin schließlich. »Beim Glasbläser gibt es Feuer. Jeden Tag Gefahr. Viel aufregender.«

Ich grinste. »Du kannst ja beides ausprobieren. Und dich für das entscheiden, was dir mehr zusagt.«

»Das kann ich wirklich, nicht wahr?« Sie lächelte, als erstaune es sie, dass sie sich überhaupt etwas aussuchen konnte, geschweige denn, dass sie die Wahl zwischen zwei Dingen haben sollte.

»Ich spiele mit dem Gedanken, bei der Beschützergilde zu unterrichten«, verriet Danello leise. »Kione sagt, man würde mich wahrscheinlich als Hilfslehrer für Rapiere einstellen.«

»Das würde deiner Mutter gefallen. Dass du unterrichtest, so wie sie es getan hat.«

»Ja, das dachte ich auch.«

Wir kamen am Analov-Park vorbei. Flüchtlinge hielten sich dort keine mehr auf, dafür blühten neue Blumen und Büsche darin. In der Mitte stand Urgroßvaters Statue. Seine ausdruckslosen Augen blicken auf den See, auf seinen ausgestreckten Armen hockten Vögel, die unter sich Dreck zurückließen. Es kursierten Gerüchte, dass man eine Statue von *mir* anfertigen wolle, aber ich hoffte, dass es sich dabei bloß um Gerede handelte.

»Ich weiß nicht, was ich tun werde.« Ich hatte vorher noch nie richtig darüber nachgedacht. Bisher hatte mein Augenmerk stets so sehr dem Überleben des jeweiligen Tags gegolten, dass ich mir über das Morgen nie den Kopf zerbrochen hatte. »Eine richtige Heilerin kann ich nicht werden, selbst dann nicht, wenn ich meine Ausbildung beende. Es würde immer jemand Schmerz für mich in Pynvium leiten müssen. Onderaan hat mir ein wenig Zaubern gezeigt, aber wenn ich es versucht habe, hat es jedes Mal meinem Magen zu schaffen gemacht. Und sonst kann ich nichts.«

»Du bist gut darin, Leute zu organisieren«, meinte Danello.

»Und richtig gut darin, Leuten zu sagen, was sie zu tun haben.« Er grinste.

»Sehr herrisch.« Aylin lachte.

»Du könntest Dock-Vorarbeiterin werden«, schlug Danello vor.

»Oder Fährenleiterin.«

»Und dich zur Hafenmeisterin hocharbeiten.«

»Wenn du die Ausbildung in der Gilde abgeschlossen hast, könntest du Erhabene werden.«

»Warum sich damit begnügen?«, warf Danello ein. »Du könntest auch Gouverneurin werden.« Sein Gelächter verstummte. Er sah Aylin an, und sie nickte mit großen und klaren Augen. »Eigentlich könntest du *wirklich* eines Tages Gouverneurin werden.«

»Ich?« Ich glotzte ihn an. »Verantwortlich für ganz Geveg?«

»Warum nicht.«

»Das ist ...«

Unmöglich? Nicht mehr als das, was ich bereits getan hatte. Onderaan war nicht der erste Gouverneur aus meiner Familie. Wenn es Jeatar im Blut lag zu herrschen, dann vielleicht auch mir.

»Allerdings gibt es da ein Problem«, sagte Danello stirnrunzelnd. Seine Augen jedoch funkelten.

»Und das wäre?«

»Gouverneurin ist ein Rückschritt gegenüber Heiliger.«

Ich knuffte ihn lachend in den Arm. Aber ich konnte den Gedanken nicht mehr aus dem Kopf bekommen. Ich, Gouverneurin.

»Ich wette, im Verwaltungsbereich gib es einige Möglichkeiten, eine Lehre zu beginnen«, meinte Danello. »Vielleicht sogar als Helferin eines der Ratsmitglieder.«

Aylin nickte. »Wer würde die Retterin von Geveg nicht für sich arbeiten lassen wollen?«

Wahrscheinlich viele Menschen, aber ich brauchte nur einen, der damit einverstanden wäre. Und als Nichte des Gouverneurs würde sich bestimmt zumindest *einer* finden.

Ich lächelte. »Also Gouverneurin.«

Vielleicht hatten doch sowohl Geveg als auch ich eine Zukunft.

Danksagung

Vier Jahre lang habe ich in Geveg gelebt und bin Nya auf ihrer Reise gefolgt. Ich muss zugeben, dass ich mehr Spaß hatte als sie, aber ich hatte auch viel mehr Leute, die mir durch schwierige Phasen halfen. Ohne die Liebe und Unterstützung meines Ehemanns Tom hätte ich es nie so weit geschafft. Obwohl ich zu viel Angst davor hatte, ihn etwas lesen zu lassen, hielt er zu mir und ermutigte mich, meinem Traum nachzujagen. Nun, da die Reihe abgeschlossen ist, werde ich sie ihn wohl endlich lesen lassen.

Familie, die man sich aussucht, spielt in der Trilogie eine große Rolle, und so wie Nya habe ich das Glück, einige wundervolle »Angehörige« in meinem Leben zu haben, mit denen ich nicht blutsverwandt bin. Meine Autorenfamilie war so hilfreich dabei, meine Geschichten und Fertigkeiten zu entwickeln, indem wir über Szenen, Handlungen, Charaktere und Ideen diskutierten. Ann und Juliette haben Stunden am Telefon mit mir verbracht, und ihre Anregungen haben zu Wendungen und zu einem Verständnis der Charaktere geführt, auf die ich selbst nie gekommen wäre. Ann hat jeden Entwurf (sogar die richtig schlechten) der gesamten Trilogie gelesen und kennt diese Geschichte wahrscheinlich so gut wie ich. Juliette hat dafür gesorgt, dass ich genauso viel Zeit damit verbrachte, über das Wer und das Warum nachzudenken wie über das Was und Wie.

Meine kritischen Freunde waren immer zur Stelle, um mir weise Worte und Ratschläge anzubieten. Bonnie half mir, die romantischere Seite der Geschichte zu erkennen (worin ich nicht besonders gut bin), und setzte ihr wunderbares Gespür für Menschen ein, um mir zu helfen, den Charakteren mehr Tiefe zu verleihen. Die Wilden – Dario, Aliette, Traci, Keyan, Doug und Genevieve – haben sich ins Zeug gelegt, den ersten Entwurf verdienterweise in Stücke gerissen und mir geholfen, die bessere Geschichte darunter freizulegen.

Meine Lektorin war so wundervoll und geduldig, während ich nicht nur dieses Buch, sondern die gesamte Reihe schrieb, und ich bin ihr sehr dankbar für ihr scharfes Auge. Gemeinsam mit ihr Ideen zu sammeln war einfach toll, und sie sagte immer genau das Richtige, um meine Kreativität anzufachen und mich dorthin zu schicken, wohin ich musste. Und sie hat sich nie daran gestört, wenn eine plötzliche Eingebung die Geschichte in eine neue Richtung lenkte. Wie eine kleine Äußerung von ihr mir helfen kann, so viel zu erkennen, übersteigt meinen Verstand, aber sie ist einfach erstaunlich gut darin.

Auch abseits des eigentlichen Schreibens hatte ich eine Menge Unterstützung. Die Buchhändlerinnen Sharon, Ellen, Karen, Jackie und Myra haben mich und meine Reihe wunderbar gefördert und geholfen, Nya und ihre Gefährten ihren Freunden und Kunden vorzustellen. Spezialisten in Medienzentren haben mir viele Male ihre Türen geöffnet und mich mit ihren Schülern plaudern lassen. Lisa, Cindy, Janice, Patricia, Becky, Kelly, Jean, Ruth, Anna und Karen – danke, dass ihr mich eingeladen habt, vorbeizuschauen.

Ein großer Dank ergeht auch an meine Agentin Kristin, die von Anfang an von der Geschichte überzeugt war, an Anita, die mich regelmäßig über die Verkaufszahlen informiert und mich mit Kleinigkeiten zum Lachen bringt, an Ruta, mit der zu reden immer so lustig ist, an Lindsey, Laura und Marissa, die so viel dafür getan haben, dass die Welt von den Büchern erfuhr, und an Emilie, die immer etwas Lustiges für mich zu tun hatte, bei dem ein Aufnahmegerät der einen oder anderen Art eine Rolle spielte.

Des Weiteren danke ich den vielen Bloggern und Rezensenten, die der Reihe (und mir) eine Chance gegeben und so nette Dinge über uns gesagt haben. Und jenen Bloggern, die ich bei meinen Blog-Touren besuchen durfte und die über Nya getwittert, geredet und gechattet haben. Es sind viel zu viele, um alle namentlich zu nennen, aber ihr wisst schon, wer ihr seid.

Und natürlich danke ich den Lesern. Bei Büchern geht es um euch, und ohne euch würde es nicht annähernd so viel Spaß machen, Geschichten zu erzählen. Ich kann gar nicht sagen, was mir eure E-Mails und freundlichen Worte über die Bücher bedeuten. Sie haben meine Tage erhellt und mich umso härter arbeiten lassen, weil ihr die bestmögliche Geschichte verdient. Es mag mir nicht immer gelingen, aber ich werde immer versuchen, euren Erwartungen gerecht zu werden.

Schreiben ist ein einsames Unterfangen, das Veröffentlichen eines Buches hingegen nicht. So viele wunderbare und großzügige Menschen haben die Ärmel hochgekrempelt und sich ins Zeug gelegt, um diese Reihe wahr werden zu lassen, und ich bin ihnen allen so unsagbar dankbar.

»Danke« reicht nicht annähernd aus, um auszudrücken, was ich empfinde.